로스트 헤븐

The Lost Heaven

III

박슬기 장편소설

로스트 헤븐

3

The Lost Heaven

D&C BOOKS

로스트 헤븐· III

초판 인쇄 2017년 7월 5일
2쇄 발행 2017년 11월 7일

지은이 박슬기
펴낸이 신현호
편집국장 김은주
편집부장 예숙영
책임편집 박상희
디자인 디자인그룹 헌드레드
영업·관리 김민원 이주형 조인희
물류 이순우 최준혁 김명일

펴낸곳 (주)디앤씨미디어
주소 서울 구로구 디지털로 26길 111, 503호
출판등록 2002년 5월 1일 제117-90-51792호
전자우편 dncbooks@dncmedia.co.kr
디앤씨북스 블로그 http://blog.naver.com/dncbooks
디앤씨북스 로맨스 카페 http://cafe.naver.com/dnc2007
블랙 라벨 클럽 트위터 @blacklabel_c

ISBN 979-11-264-4179-2 04810
979-11-264-4099-3 (set)

III. 전장의 성녀

III

전장의 성녀

Interlude 2

초승달에 걸터앉은 소년은 밤하늘을 접어 종이배를 띄우듯 하늘을 걸어 다녔다.

우주를 달리는 기차.

달빛을 깔아 놓은 뱃길.

노를 젓는 안개.

소년은 환상을 펼쳐 놓는 것에 능숙했다. 그리고 그것에 현혹된 인간은 반드시 값비싼 대가를 치러야 했다.

소년의 첫 실험작은 실체 없는 마약이었다. 원리를 형상화하는 데 있어 실제 모티브가 된 약물이 존재한다는 소문이 돌 정도로 그것은 뇌에 치명적인 교란을 일으켰다.

이후 그는 좀 더 정교하고 거대한 시스템을 짜기 시작했다. 그것은 하나의 도시였으며 철학이었고, 종교이자 병기였고, 또한 누군가의 손바닥 위에서 굴러 가는 작은 지구본의 축소판이었다.

로스트 헤븐 속에서 인간은 우주의 작은 먼지처럼 정처 없이 부유하는 존재일 뿐이다. 어느 날 우연히 마주친 늙은 별의 숨결 속에 흡수되어 결국 소멸하고 마는 덧없는 삶.

그가 빚어낸 모든 것들은 거대한 이상향의 허구를 보여 주기 위함이었다. 그러나 인간들은 존재하지도 않는 낙원을 향해 왓슨 3세가 조율하는 환영 속에서 허우적대며 신의 은총을 갈구했다.

남자는 사실 분간되지 않았다. 아직도 자신이 끝나지 않은 악몽 속을 헤매고 있는 것은 아닌지. 문득문득 시야를 덮쳐 오는 지난날의 기억이 전기 충격처럼 찌릿한 두통을 안겨 줄 때면, 그는 그제야 이것이 꿈이 아닌 현실이란 걸 깨달았다.

아담.

천재 물리학자였던 페트로비치마저 절망하게 만들었던 아이. 소년은 만물의 이치를 깨달은 신처럼 입자와 광자의 세계를 가지고 놀았다.

소년이 원하던 건 오직 하나였다.

이브.

그녀는 그의 뼈와 살이었고 생명이었고 삶이었고 존재의 기록이었다.

지구를 맴도는 달처럼 소년은 오직 소녀의 주위를 돌며 공전했다. 소녀는 파도였다. 그녀는 끌어안았다가 풀기를 반복하며 그를 적시고 축여 주었다.

소녀를 잃은 소년은 충족되지 않는 갈증에 허덕이며 몸부림 쳤다. 그러다 어느 순간 바싹 메마르기 시작했다. 모든 것이 모래알처럼 건조해져 버렸다. 껍질만 남은 고목나무는 버석버석한 호흡만 하며 신음을 흘렸다.

세상은 곧 사막이 될 거다.

널 잃은 대지는 모든 생명력을 소진하게 될 테니까.

소년은 텅 빈 눈동자로 중얼거렸다. 그리고 그 모습을 지켜보던 과학자는 두려움에 몸을 오스스 떨었다.

이 모든 것은 드리밍 플라워가 보여 주는 악몽에 불과하다는 것을 알고 있었다. 그럼에도 그는 오늘도 공포에 비명을 지르며 탈출구 없는 환영 속에서 발버둥을 쳤다.

— 만약 배신하면…… 아저씨가 탄 배는 전혀 다른 곳을 향하게 될 거예요.

아름다운 목소리로 속삭이던 소년의 경고는 그것 자체로 가혹한 고통의 낙인이 되었다. 모든 것이 파도에 휩쓸려 잊혀 가는데, 오직 그의 목소리만이 꺼지지 않는 불씨처럼 남아 괴로움을 지폈다.

— 어쩌겠습니까? 죽어도 좋다는데, 끓어오르는 호기심과 소유욕을 참을 수가 없다는데.

밀랍 날개로 원 없이 날아오르다 추락한 이카로스처럼, 인간이란 본디 제 욕망에 살해당하는 존재다.

죽은 채 살아가는 지옥은 끔찍하기 짝이 없었다. 이것은 낙원이 배출하는 배설물이다. 그는 낙원의 똥구멍에 매달려 살고 있는 것이다. 이 지독한 악몽은 낙원의 숨이 다하기 전까진 끝나지 않을 테지.

과연 그 마지막을 지켜보는 날이 오기는 할까?

Chapter 1

2100년 3월 7일 오전 00시 12분 무렵
폐쇄 도시 내 A 연구동

"너 페, 페트로비치 박사의 딸이지?"

유림은 리 박사를 물끄러미 응시했다. 그러더니 눈이 가려운지 미간을 찌푸리며 손을 올렸다. 그녀가 또다시 눈두덩을 문지르려 하자 리 박사는 냉큼 손을 잡았다.

"만지면 안 돼."

"페트로비치가 누군데? 아, 왜 이렇게 간지러운 거야?"

그는 유림이 앉아 있는 수술대에 달린 거울을 내려 주었다. 거울을 바라본 유림은 놀라 눈을 크게 떴다. 정확히 말하면 거울에 비친 그녀의 눈동자를 보고서였다.

그녀는 일단 수술대 위에서 내려왔다. 그리고 리 박사의 어깨를 잡더니 벽 쪽으로 세게 밀어붙였다.

"이 망할 돌팔이가! 내 눈에 대체 뭔 짓을 한 거야?"

유림이 화가 잔뜩 난 얼굴로 소리치자 리 박사는 "읍! 읍!" 하고 고개를 저었다. 필사적으로 부인하는 그의 눈에 눈물이 고였다. 겁에 질린 기색이었다. 유림은 그에게 얼굴을 바짝 붙이며 낮은 목소리로 물었다.

"당신 대체 누구야? 여기는 어디고?"

"여, 여기? 모, 몰라! 사, 살려 주세요."

그는 유림의 손을 잡더니 애원하듯 울먹였다. 유림은 벌레를 떼어 내듯 그의 손을 뿌리쳤다. 리 박사는 덜덜 떨며 손으로 허공을 짚었다. 그러고선 누군가와 대화하듯 중얼거렸다. 1인 2역처럼 홀로 주고받는 말이었다.

"말하지 않았어, 아무한테도……. 제, 제우스를 봤어? 아, 아니 몰라, 나, 나는 아무것도 몰라! 제, 제우스와 세멜레 이야기 알아? 모, 몰라. 말하지 않았어."

유림은 몇 초간 그를 응시하더니 인상을 쓰며 팔을 풀었다.

'정신이 나갔군.'

그녀가 팔을 풀자마자 리 박사는 머리를 부여잡더니 몸을 웅크리고 앉았다. 그는 눈알만 빼꼼 굴리며 그녀를 쳐다보았다. 유림은 델타에게 물린 상처 부위를 손으로 더듬고 있었다. 통증에 신음이 흘러나왔다. 더럽게 아프다.

"이거 당신이 꿰맨 거야?"

그녀는 말없이 이쪽을 쳐다보는 리 박사에게 물었다. 그는 대답

없이 초점 안 맞는 눈으로 이를 딱딱거렸다.

'완전 돌았네. 바늘이라도 넣고 꿰맨 건 아니겠지? 뭐 저런 또라이한테 수술을…….'

케이의 모습이 보이지 않는다는 걸 깨달은 유림은 굳게 닫힌 수술실 문 쪽을 바라보았다. 그때 뒤에서 리 박사가 말을 건넸다.

"걱정 마. 너는 감염되지 않아. 이미 우리가 수, 수없이 여러 번 델타의 피를 주입해 봤거든."

"뭐? 언제?"

"오, 오래전에."

유림은 의심이 가득한 눈초리로 그를 쏘아보았다. 미치광이 녀석의 말 따위 무시하는 게 상책이다. 그런데 어째서인지 그냥 지나칠 수가 없다. 괜히 사람 불안해지게.

"당신 나 알아?"

묘했다. 눈앞에 있는 미치광이 의사의 눈이 점차 또렷해지는 느낌이 들었다. 이쪽을 똑바로 쳐다보는 시선이 방금 전보다 훨씬 명료하고 맑다. 유림은 팔짱을 끼고 서서 그를 내려다보았다. 겁먹은 다람쥐처럼 고개만 내밀고 있던 박사는 생각에 잠긴 채 답했다.

"페, 페트로비치 박사랑 나는……."

그는 잠시 말을 멈추더니 머뭇거리며 다시 문장을 이었다.

"조금 잘 아는 사이였어."

"페트로비치 박사가 누군데?"

"네 아버지."

유림의 눈이 서서히 커졌다. 혼란스러워 보이는 그녀의 얼굴을 보며 리 박사의 눈초리는 점점 더 날카롭게 변해 갔다.

덩굴처럼 엉켜 있던 머릿속을 누군가 가위로 시원하게 싹둑싹둑 잘라 주는 것 같다. 시원해. 아주 시원하다.

굳은 채 서 있는 여자의 모습도 훨씬 잘 보였다. 안개가 걷힌 머릿속엔 옛 기억이 철길 깔리듯 두루마리처럼 펼쳐졌다.

"너…… 기억 안 나는구나?"

순식간에 두 사람의 입장이 뒤바뀌었다. 이번에 주도권을 쥔 건 리 박사 쪽이었다. 우위를 선점한 그는 한결 차분한 목소리로 물었다. 그는 갈피를 못 잡는 유림을 보며 선심을 쓰듯 말했다.

"조이 반즈를 찾아가."

"조이 반즈?"

"반즈 박사가 모든 걸 알고 있어."

"뭘 알고 있는데?"

"네가 누군지."

"내가 누군데?"

"최초의 항체 보유자."

유림은 스위치가 꺼진 듯한 얼굴로 잠시 멍하니 그를 쳐다보았다. 리 박사는 델타가 물어뜯은 그녀의 상처 부위를 살피더니 불안에 젖은 목소리로 말했다.

"여기 있다가는 그가 널 찾아낼 거야. 그 눈동자 말이야, 그에게 들켜선 절대 안 돼. 알았어? 보여선 안 된다고. 너, 너는 여기에 있으면 안 되는데……."

박사는 비틀거리며 관자놀이를 짚었다. 다시 머릿속에 구렁이 한 마리가 똬리를 틀기 시작했다. 두개골을 품고 뇌를 조이며 미칠 것 같은 두통을 일으켰다. 머릿속이 열기구처럼 부풀어서 터질 것만 같았다.

"그러니까 내가 신종 바이러스의 항체 보유자다? 내가 입실론이란 말이야?"

"입실론은 항체가 없어. 그런 거 없다고."

"뭐? 그게 무슨 말이야?"

리 박사가 갑자기 키득거리며 웃었다. 뭐가 웃긴지 혼자 허공에 대고 웃던 그는 갑자기 바닥에 자리를 잡고 누웠다. 그리고 지친 듯 긴 한숨을 내쉬었다.

"피곤해."

"입실론이 항체가 없다는 게 무슨 소리냐고?"

그는 아이처럼 몸을 모으더니 눈을 감았다. 기가 막힌 얼굴로 쳐다보던 유림은 험상궂은 표정을 지었다.

'이게 어디 감히 브루클린의 성녀 앞에서 등을 돌려?'

그녀는 리 박사의 엉덩이를 향해 '퍽' 하고 발길질을 날렸다. 그러자 그가 눈을 번쩍 뜨더니 엉덩이를 잡으며 "악!" 하고 스프링처럼 벌떡 튀어 올랐다.

"내가 꿀단지처럼 살살거리며 대화해 주니까 우습게 보여? 이 새끼가 빠져 가지고⋯⋯ 알아서 각 잡고 대기해도 모자랄 판국에 자빠져 잠을 자고 있어?"

"아, 아파⋯⋯ 자, 잘못했어요."

그는 대번에 바닥에 정수리를 찧으며 흐느끼기 시작했다. 방금 전까지 예리해 보였던 눈초리와 분위기는 찾아볼 수 없었다. 유림은 맥 빠진 얼굴로 한숨을 내쉬었다.

'그냥 정신병자가 내뱉은 헛소리였나? 그렇다고 보기에는 뭔가

가 있는 것 같았는데.'

오락가락 제정신이 아닌 듯해 보이는 남자. 이 남자가 하는 이야기를 어디까지 믿어야 하는 걸까? 유림은 리 박사가 입은 흰 가운에 박혀 있는 명찰을 응시했다.

「Doctor Lee.」

직감적으로 이 남자가 로스트 헤븐과 깊은 연관이 있다는 게 느껴진다. 여기가 어딘지는 모르겠으나 로스트 헤븐 내부인 건 확실했다. 지하 미궁처럼 폐쇄되거나 감춰진 지역 중에 하나인 걸까? 도시의 옛 연구소에 사는 미치광이 과학자. 그는 어쩌면 로스트 헤븐의 숨겨진 이면을 알고 있는 생존자일지도 모른다. 이렇게 숨어서 사는 데는 그만한 사연이 있을 테지.

안쪽의 소란을 들었는지 이중으로 된 바깥문이 열리는 소리가 들려왔다. 누군가 문을 억지로 여는지 문짝이 거의 부서질 듯한 소음이었다.

유림은 순식간에 수술대 위 가위를 잡고 벽에 붙었다. 피를 많이 쏟았는지 머리가 어지러웠다. 아니면 방금 박사와 나눈 대화 때문인지도 모른다. 눈을 질끈 감았다가 정신을 차렸다. 유림은 손에 쥔 뾰족한 가위의 끝이 들이닥칠 낯선 이의 안면을 향하도록 단단히 고정했다.

"유림?"

다급한 음성의 주인을 알아본 그녀는 황급히 문 쪽을 돌아보았다.

'케이?'

반가움에 발걸음을 옮기던 눈길도 잠시, 수술대 위에 달린 거울을 본 유림은 머뭇거리며 걸음을 멈췄다. 붉은 구슬처럼 물들어 있는 눈동자. 잠시 분주하게 주위를 둘러보던 그녀는 수술대 위에 있던 부착용 거즈를 집었다.

강화유리로 된 안쪽 문이 박살 난 건 순식간이었다.

유림은 어처구니가 없다는 얼굴로 멍하니 출입구 쪽을 바라보았다. 케이가 산산조각 난 유리문 사이로 걸어오고 있었다. 두리번거리다가 유림을 발견한 그는 멈칫하더니 빠르게 걸어와 그녀를 와락 끌어안았다.

"괜찮아요?"

바짝 마른 입술 새로 안도의 한숨이 새어 나왔다. 가슴을 바짝 졸였는지 케이의 안색이 창백했다. 고개를 든 그는 그녀의 목덜미 상처 부위를 살피기 시작했다. 봉합은 잘된 듯했다. 그러나 안심하기는 일렀다. 본질적인 문제는 여전히 해결되지 않은 상태였다.

"치료제는?"

케이가 바로 뒤따라온 노파를 곁눈질로 응시하며 물었다.

"변이가 이루어진 델타에게 직접 물린 경우는 치료제도 소용이 없습니다. 특히 목덜미나 복부 등의 부위는 감염 속도가 빨라서 말이지요. 이놈들이 혈관을 타고 순식간에 퍼져 나가는데 그사이에 무작위로 변이를 일으킵니다. 잠복기 역시 사람마다 다릅니다. 잠복기인 보균자와의 접촉으로 인해 감염이 된 경우에는 치료제가 듣지만, 일단 변이가 시작되면 손을 쓸 수가 없습니다. 백신이 없는 까닭도 이 때문입니다."

유림은 차분하게 듣고 있었다. 익히 알고 있던 사항이다. 놀랄 것도 없었다. 이런 상황이 올 것이라고 예측 못했던 것도 아니니까. 사실 수없이 마음의 준비를 해 오지 않았던가? 한번 물리면 끝장이다. 병사들에게도, 그녀 스스로에게도 무수히 던져 왔던 말이었다.

반면 케이의 표정은 절망스러웠다. 그녀는 처참한 얼굴로 서 있는 그를 위로하듯 뺨을 어루만졌다.

"혹시 모르니까 넌 나중에 복용하도록 해."

"난 상관없어요. 나는……."

"불사신이라서?"

케이는 어두운 표정으로 입을 다물었다. 농담할 기분이 아니란 듯이. 그를 보던 유림은 흐릿하게 웃었다. 자책하지 말라고 말해주고 싶었지만 그런 다정한 말이 입 밖으로 튀어나오지 않았다. 아무리 대담한 그녀라 해도 죽음이 문턱까지 닥친 마당에 여유를 부리는 건 불가능했다.

문득 난장판이 된 출구가 그녀의 시야에 들었다.

부대원이 상관을 닮아 간다는 소리는 많이 들었지만 막상 눈으로 보니 기분이 참 거시기했다.

'그러고 보니 미궁에서 델타를 처치한 것도 케이였지?'

이 녀석에게 이 정도의 폭력성이 내재되어 있는 줄은 꿈에도 몰랐다. 설마 저걸 맨손으로 때려 부쉈나? 이제야 좀 병사다운 면모를 갖추게 된 걸까? 유림은 씁쓸하게 웃었다. 능숙하게 총기를 다루고 델타를 쓰러뜨리는 그의 모습은 상상조차 되지 않는데. 왠지 아쉬운 기분마저 들었다.

생각에 잠기던 그녀의 뺨을 케이의 손이 다가와 어루만졌다. 그는 유림이 오른쪽 눈에 붙인 거즈를 가만히 들여다보며 물었다.

"이건 뭐예요?"

"아, 눈두덩에도 상처가 생겼더라고."

대수롭지 않게 대답했지만 익숙하지 않은 거짓말에 심기가 불편했다. 케이는 의아한 표정을 지었다. 아까 유림의 얼굴과 몸 구석구석을 꼼꼼하게 살폈지만 눈 주변의 상처는 보지 못했다. 빤히 쳐다보는 그의 시선에 유림은 고개를 돌려 외면했다. 일부러 속이려는 건 아니다. 그러나 섣불리 털어놓을 수도 없어 괜히 머릿속만 복잡해졌다.

— 너 페트로비치 박사의 딸이지?

— 너는 감염되지 않아.

— 조이 반즈를 찾아가.

유림과 케이는 각자 사색에 빠진 채 골몰한 시선을 유지했다. 그런 두 사람을 쳐다보던 밧세바는 이 틈에 리 박사에게로 다가갔다.

"괜찮아?"

웅크리고 있던 리 박사를 다독이는 밧세바의 모습에 유림은 눈초리를 모았다. 그녀는 날카롭게 그들을 관찰했다. 둘은 꽤 친숙해 보였다. 미치광이 박사와 달리 저 노파는 지극히 정상이다. 유림은 케이만 들리게 중얼거리며 물었다.

"저 사람들은 누구야?"

"여자는 예전 태양의 도시 소속 입실론이고, 남자는 전 왓슨 그룹 소속 과학자예요."

"아는 사이야?"

"비슷해요. 상황에 따라선……."

케이의 목소리가 한층 무거워졌다.

"모른다고 외면할 수도 있는 사이죠."

필요하다면 제거할 수도 있는 존재.

유림은 대충 알아들었다는 표정으로 다시 물었다.

"우리가 연맹군 공작원인 것도 알아?"

"그건 몰라요."

"저 남자, 부대로 데려가는 게 좋겠어."

"제정신이 아닌 자예요. 괜한 문젯거리가 될 수도 있어요."

"가끔 정신이 돌아오는 거 같던데…… 뭔가 수상해. 털면 엄청난 게 나올지도 몰라."

케이는 기가 막힌 표정으로 유림을 쳐다보았다. 이 상황에 저 남자를 데려가서 심문할 생각을 하다니. 이 여자는 제 목숨, 제 처지는 걱정되지 않는 것일까? 죽음이 코앞까지 들이친 마당이었다. 일 분 일 초가 그녀의 목숨을 위협하는, 그야말로 일각을 다투는 시점에 그런 게 뭐가 중요하다고.

하긴, 뼛속까지 군인인 여자다. 이미 죽음 따위는 예전에 각오했을 가능성이 컸다. 로스트 헤븐에 잠입한 순간부터 그녀는 살아나갈 생각이 없었는지도 모른다. 연맹군을 위해서라면 목숨도 주저 없이 바칠 여자니까.

울컥, 뭔가가 치밀어 올랐다.

— 죽지 마라, 중사.

그에게는 그토록 강요했던 삶을, 본인은 명예로운 죽음이란 변명하에 저렇게 쉽게 포기한다는 것이 용납되지 않았다. 이기적인 발상이었다. 홀로 남는 자의 상실감이란 지독히도 끔찍하다는 걸 잘 알고 있기에 더더욱 그랬다.

그러니 이쪽도 강요해야겠다.

더 이상 죄책감이나 고민 따위는 들지 않았다. 그 역시 이 이상은 한계였다.

"뭐, 뭐하는 거야?"

"유림이 원하던 거요."

케이는 유림의 엉덩이와 허벅지를 받치더니 그녀의 몸을 가볍게 품에 안아 들었다.

"그게 뭔데?"

그는 저편의 행성처럼 신비로운 눈동자로 그녀를 물끄러미 내려다보았다. 평소 잔잔하던 그의 눈길이 풍랑을 일으키듯 몰아쳤다. 심연 속으로 어두침침한 눈동자를 끌어당기며 시선에 그림자를 드리운다.

"뭘 거 같아요?"

유림은 몸을 움츠리며 손끝을 모았다. 그의 서늘한 열기가 집어삼킬 듯 밀려왔다. 짜릿한 느낌과 함께 모골이 송연해진다.

당황한 듯 말을 잇지 못하는 유림을 보며 케이의 눈은 더욱더 짙게 가라앉았다. 그는 천천히 고개를 숙여 그녀에게 입을 맞췄다. 혀끝이 입술 사이를 간질이며 들어와 치아를 뿌리까지 건드린다. 입 안쪽을 더듬던 그가 입술을 한 입 베어 물었다. 그리고 한숨 쉬듯 긴 숨결을 묻혔다.

하아…….

넘어온 열기가 전신을 삼키며 퍼져 나갔다. 유림은 엉덩이 골 안쪽이 찌릿찌릿해지는 걸 느꼈다. 발가락 끝을 오므렸다. 그래도 꼬리뼈의 간질거리는 느낌이 사라지지 않았다. 힘을 꽉 준 미간에 케이의 머리칼이 스치듯 닿았다. 질끈 감은 눈꺼풀 사이로 다가온 반듯한 콧날이 보였다. 목덜미를 빨아먹는 미끄덩한 감촉에 숨을 참고 명치를 조였다. 그의 혀가 핥고 간 농락이었다. 허벅지 안쪽 근육이 놀라서 수축했다. 몸이 한 번 튕기듯 들썩였다.

몽롱한 시야 너머로 얼핏 백발의 노파가 보였다. 그녀는 망을 보듯 복도 끝을 주시하고 있었다. 그러더니 케이에게 눈짓을 보냈다. 노파는 그가 번쩍 안아서 옮기는 유림을 빤히 쳐다보았다. 등골에 얼음을 비비듯 기분 나쁜 눈초리였다. 그녀와 눈이 마주친 유림은 일순 찬물을 맞은 것처럼 정신이 확 들었다.

어느새 복도를 걸어 이동한 케이는 말끔한 방으로 들어오더니 그녀를 침구 위에 눕혔다. 유림은 그제야 그가 하려는 게 뭔지 깨달았다.

"뭐하는 거야?"

유림이 손을 뻗어 케이의 턱을 쭉 밀어젖혔다. 그러나 의외로 강력한 그의 완력에 바로 밀렸다. 유림은 숨을 몰아쉬며 그를 노려보았다. 이 자식이 이렇게 힘이 셌던가? 평소에는 한 방에 나가떨어져서 바로 엎드리는 놈인데.

"해야겠어요, 지금."

"여기서?"

"지금 아니면 이런 곳에서조차 못하게 될 테니까."

막무가내로 그녀를 눕힌 케이는 옷을 벗기 시작했다.

"진심이야?"

그는 말없이 유림을 내려다보더니 어두워진 눈으로 생각에 잠겼다. 하지만 중단할 의사는 없어 보였다. 케이의 긴 손가락이 그녀의 쇄골을 어루만지며 천천히 더듬었다. 안쪽으로, 둥그런 둔덕을 쓸며 배꼽 아래로, 더 깊게 갈라진 밑으로 침입했다.

그러자 유림의 손이 그의 손목을 낚아채듯 움켜쥐며 쏘아붙였다.

"나 죽을까 봐 그래? 마지막으로 소원이라도 들어주려고? 지금 날 동정하는 거야?"

"그런 거 아니에요."

"그럼 고장 난 버스 마지막으로라도 타 보겠다는 심산이야?"

케이는 그만하라는 듯 그녀의 어깨를 꽉 쥐었다. 아파서 신음이 터져 나올 뻔한 유림은 그를 무섭게 노려보았다. 그 역시 종래에 본 적이 없을 정도의 서늘한 눈초리로 유림을 응시하고 있었다. 그의 낮게 젖은 목소리가 잇새로 조용히 새어 나왔다.

"유림을 죽게 하지 않아요. 다른 녀석의 권속이 되게 놔두지도 않을 거고."

"권속?"

"그래, 권속."

케이는 유림의 팔을 잡아당겨서 델타에게 물렸던 목덜미에 입술을 가져갔다. 그것은 걱정이라기보다 질투 어린 표정에 가까웠다. 아끼고 아끼던 것에 누군가 먼저 지문을 남긴 게 도저히 참을 수 없다는 눈빛. 다정하고 예쁜 미소 아래 감춰져 있던 소유욕은 실로 어마어마했다.

"유림은 내 것이니까."

그의 숨결이 피부를 적시자 유림은 잠시 멍한 눈을 떴다. 그의 너른 어깨에 기대 있던 그녀는 어깨 너머로 깨진 액자를 보았다. 먼지가 쌓인 책상, 뒤로 넘어간 의자. 누군가의 연구실이었을 이곳은 불이 꺼진 채 으스스한 분위기를 연출하고 있었다.

이곳은 낙원의 그늘 중 한 곳이다. 그들은 뱀의 똬리 내 가장 깊은 곳에 들어와 있었다.

"동작 정지."

유림의 말에 케이의 손이 허공에서 멈췄다. 막 쇄골에 입을 맞추던 그는 떨떠름한 표정으로 정말 딱 '정지' 자세를 취했다. 반사적으로 멈춘 손을 내린 케이의 눈이 유림의 눈과 마주쳤다. 유림은 화가 나서 딱딱하게 굳은 표정으로 그를 빤히 노려보고 있었다.

"지금 제정신이야?"

"유림?"

"소위님, 이겠지."

예사롭지 않은 분위기를 느낀 케이는 몸을 일으켰다. 훈련병 때 버릇이 자연스럽게 튀어나왔다. 정 교관의 비딱한 눈빛과 가시를 문 입술에는 저도 모르게 움츠러드는 것.

"전시 상황이야. 중사는 지금 놀러 나왔나?"

"유림, 아니 소위님, 그게……."

"훈련병 시절에 뭘 배웠어? 내가 상관에게 말대답이나 하라고 가르쳤어?"

몰아붙이듯 호통치는 그녀의 목소리에 케이는 멍하니 넋을 놓았다. 진짜 이 여자가 화를 내면 왜 아무 말도 할 수가 없는지 자신도 이해되지 않았다. 정말 말도 안 되는 소리지만 그냥 바보처럼 머리가 하얘졌다. 그의 실체를 아는 이들에게는 어처구니없는 광경일 것이다. 하지만 진짜 그랬다.

"군인은 무장 해제 명령이 내려질 때까지 총을 놓지 않는다. 군인은 대기 명령이 내려질 때까지 긴장을 풀지 않는다. 또한 군인은!"

마지막 말을 소리치듯 던진 유림은 숨을 크게 들이마셨다. 그녀는 케이의 어깨를 꽉 움켜쥐며 한 걸음 다가왔다. 이건 그녀의 소신이고 자존심이었다.

"그 어떤 상황에서도 임무가 목숨보다 우선이어야 한다."

어둠이 깃든 케이의 눈동자가 일렁였다. 이를 악문 채 토해 내듯 말하는 그녀의 강단은 분명 아름다웠다. 브루클린의 성녀는 절대 무릎을 꿇지 않는다. 그것이 설령 죽음의 앞일지라도.

하지만 그는 달랐다.

군인 정신 따위는 개나 주라지. 연맹군이든 로스티아벤이든 인간이든 감염자든 누가 살아남고 승리할지 그건 그가 상관할 바가 아니었다.

"그런 것 따위……."

복도의 비상 전등 불빛이 어스름이 방 안을 비추었다. 유림은 미간을 좁혔다. 착각이었나? 순간 잔혹하리만큼 무심해 보였던 케이의 표정과 노을처럼 붉게 비쳤던 눈동자는…… 노곤함이 보인 환영이었나 보다. 금세 부드럽게 물든 갈색 눈이 그녀에게 빠져들 듯 이쪽을 물끄러미 응시하고 있었다.

"나는 관심 없는데."

— 중사는 그렇게 하도록. 내가 불러도 대답이 없으면 미련 따위 갖지 말

고 중사는 필사의 힘으로 돌아가면 돼. 하지만 난 중사의 상관이다. 내 지휘 하에 있는 병사들의 목숨을 책임지는 건 당연한 일이야.

— 그럼 유림의 목숨은 누가 책임지죠?

— 글쎄. 신께 맡겨야 하나?

— 신들은…… 그런 하찮은 일에 관심 없어요. 자기들끼리의 패권 다툼만으로도 바쁘거든요.

"나는 유림만 살아 있으면 돼요."

눈 밑이 잘게 흔들렸다. 주먹을 옹그려 쥔 유림은 실망했다는 듯 시선을 회피했다. 그리고 단호한 입매 사이로 말했다.

"그럼 넌 총을 들 자격도 없어. 아군에게 피해 주기 전에 군복 벗고 제대나 해."

그때였다.

삐이이이익.

호루라기 소리가 사이렌처럼 울려 퍼졌다. 유림과 케이는 홱 복도 쪽을 쳐다보았다. 얼마 지나지 않아 다시 한 번 '삐이이이익!' 하고 경보음이 울려 퍼졌다. 건물 밖에서 들려오는 소음이었다. 밧세바가 크게 동요한 기색으로 두 사람이 있는 방에 들이닥쳤다.

"침입자입니다."

호루라기 소리는 폐쇄 도시 내 암호였다. 짧게 두 번 울리는 경보음. 그리고 다시 이어지는 긴 신호음.

"확인된 인원은 둘. 군복을 입고 있습니다."

"군복?

케이가 다가와 유림의 어깨를 안았다. 단번에 허리를 휘감는 팔에 유림은 그를 올려다보았다.

— 나는 유림만 살아 있으면 돼요.

다시 떠오른 목소리가 나직하게 뇌리를 적셨다. 유림은 참았던 호흡을 허공에 몰래 뱉었다. 사실 그 순간, 가슴이 질주를 하듯 빠르게 뛰었다. 그녀만이 최우선이라고 말하는 그의 눈빛엔 흔들림도 여유도 없었다. 죽을 각오로 적지에 뛰어드는 병사의 결의처럼 오직 그것뿐이었다. 살려 내겠다는 강력한 의지, 소유욕 어린 입맞춤이 주는 떨리는 전율처럼.

유림은 흐트러지는 숨결을 삼키며 어깨를 폈다. 목 뒤를 어루만지는 케이의 손가락이 금방이라도 뺨을 감싼 채 입을 맞출 것만 같았다. 그녀는 심호흡을 하며 눈을 감았다. 이런 긴박한 순간에 군인이 아닌 여자가 되는 자신이 한심했다.

애써 목소리를 가다듬으며 침착하게 말을 꺼냈다.

"대령님께서 보낸 녀석들일지도 몰라."

케이는 조용히 바닥에 떨어져 있던 철 조각을 주웠다. 끝이 검처럼 날카롭게 갈려 있었다. 그는 그것을 조용히 유림의 손에 쥐여주었다.

"혹시 모르니 대비는 하도록 하죠."

그와 눈이 마주친 유림은 조용히 고개를 끄덕였다. 케이의 눈길이 잠시 그녀의 얼굴에 머물렀다. 그는 걱정 말라는 듯 손을 한번 꽉 잡았다.

케이가 앞서고 유림이 그 뒤를 쫓았다. 거즈를 붙인 오른눈 때문에 배후 우측이 사각지대가 되어 버렸다. 케이도 눈치를 챘는지 오른손으로 그녀의 옆구리 쪽을 방어하며 걸었다.

입장이 뒤바뀐 느낌에 기분이 묘했다. 항상 새끼 오리처럼 맨 뒤에서 겨우 쫓아오던 녀석이 이젠 앞에서 그녀를 보호하며 이끌고 있었다. 그럼에도 아주 커다란 방패를 착용한 것처럼 전에 없던 안도감이 들었다.

저 녀석이 비로소 한 사람 몫을 하게 된 건지 아니면 자신이 나태해진 건지 알 수가 없었다. 뒤바뀐 이 위치가 정말 싫은 건지 아니면 좋은 건지 분간되지 않았다.

'나는 이 자리가 좋은 걸까? 보호받는 여자가 되고 싶은 걸까?'

느슨해진 입매를 꽉 깨물자 씁쓸한 표정이 맺혔다.

밧세바는 리 박사가 있던 수술실 안쪽으로 들어가 피신했다. 케이와 유림은 각각 벽 뒤에 몸을 숨기고 복도를 조용히 곁눈질로 내다보았다. 두 사람은 서로 눈빛을 주고받았다. 유림이 고개를 끄덕인 뒤 먼저 움직이기 시작했다. 케이는 그녀의 뒤를 엄호했다. 몸을 낮춘 채 한 걸음, 한 걸음 조심스럽게 떼던 유림은 고양이처럼 잽싸게 자세를 낮췄다.

"쉬이."

그녀는 손을 뻗어 케이에게 멈추라는 신호를 보냈다. 둘은 중앙 계단 앞에 멈춰 섰다. 누군가 계단을 오르고 있었다. 거친 숨소리와 함께 등장한 인영은 어둠에 휩싸인 복도를 보더니 멈췄다. 이틈이었다. 그림자 속에 숨어 있던 유림의 손이 쇳조각과 함께 등장해 허공을 갈랐다.

"억!"

당황한 인영은 손에 쥔 것을 툭 떨어뜨리며 뒤로 물러섰다. 그의 목 언저리에는 유림이 찌른 흉기가 바짝 다가와 있었다.

"제자리 차렷. 목에 구멍 나기 싫으면 바닥에 무릎을 꿇고 손은 만세를 실시한다."

"소, 소위님?"

얼떨결에 무릎을 꿇던 상대는 놀란 듯 입을 뗐다. 유림은 무기를 거두고 비상 조명 아래로 모습을 드러냈다. 침입자의 얼굴을 확인한 그녀의 눈이 동그랗게 커졌다.

"나츠?"

"무사하셔서 다행입니다!"

나츠는 울먹이며 소리쳤다. 안도감에 다리 힘까지 풀린 그는 양팔을 축 늘어뜨렸다. 그런 그를 보던 유림은 계단 아래를 곁눈질로 확인하며 물었다.

"혼자야?"

분명 침입자는 둘이라 했다. 그녀의 매서운 눈초리에 나츠는 고개를 저었다.

"드레이크 씨가 밑에서 대기 중입니다. 다만 움직이기 좀 힘든 상태라 제가 먼저 동태를 살피러 올라왔습니다."

"대기? 부상인가?"

"그건 아닙니다만 짐이 좀 있습니다."

의아하게 번지던 유림의 눈빛이 다시 날카롭게 변했다. 짐이라, 혼자가 아니라는 이야기군. 나츠는 유림의 속내를 읽고선 말없이 고개를 끄덕였다. 그사이 케이가 유림의 뒤로 다가와 나츠를 비스듬히 내려다보았다. 그는 나츠가 여기까지 살아온 게 용하다는 듯 놀란 표정이었다.

"케이 씨!"

반가움에 덜컥 외친 나츠는 그의 품에 덥석 안겼다. 케이는 질색하는 표정으로 양손을 허공 위에 올렸다. 떨어지라고 중얼거린 것 같기도 한데, 나츠는 못 들었는지 웃으며 그를 더 꽉 껴안았다.

"사내놈들끼리 징그럽게 왜 그래?"

유림은 눈을 흘기며 유유히 두 사람 옆을 지나갔다. 먼저 계단을 내려가는 그녀를 보며 케이는 나츠를 향해 인상을 찌푸렸다. 유림에게 괜한 오해를 받은 게 불쾌한 모양이었다. 조각 같은 얼굴에 짜증이 가득했다. 대체 얘는 자신한테 왜 이러는 건지 매번 이해가 되지 않았다. 진짜 유림의 부대에 속한 사병만 아니었다면 쥐도 새도 모르게 제거해 버렸을지도. 기본적으로 남과의 신체적 접촉을 혐오하는 케이였다. 물론 유림은 예외였지만.

"놔."

낮은 음성이지만 옅은 살기가 배어 있었다. 나츠는 황급히 팔을 풀었다. 케이의 냉랭한 태도에 머쓱해진 그는 뒷목을 긁으며 뒤로 물러섰다.

"죄, 죄송합니다."

두 번 만졌다가는 피가 튀길 기세였다. 살벌하게 돌아선 케이는 유림의 뒤를 쫓았다. 뒤에 남은 나츠는 그의 뒷모습을 보며 한숨을 내쉬었다.

왠지 중사님께서 한층 더 차가워지신 것 같다. 아니면 저게 원래 본모습이신 걸까? 그렇다면 차라리 안심이었다. 그게 아니라면 자신이 그렇게나 싫다는 의미니까. 혹시 입대 테스트의 일을 아직도 신경 쓰고 계시나? 정말 아무에게도 말하지 않았는데…… 유메에게도 비밀을 유지했는데.

번져 가는 상념을 지우려는 듯 나츠는 고개를 도리도리 저었다. 나중에 생각하자. 지금은 이럴 때가 아니잖아. 호흡을 길게 내쉰 그는 미간에 힘을 모으고 뺨을 철썩 때렸다.

"어?"

바닥을 손으로 더듬더듬 짚던 나츠는 빈 손바닥을 멍하니 쳐다보았다. 떨어뜨렸던 총이 어디 갔지? 설마 그새 소위님께서 집어 가신 건가? 갑자기 눈앞이 싸해졌다. 그는 엎드려서 바닥을 기며 총을 찾았다. 그러나 아무런 성과도 없이 벽에 콕 부딪쳤다. 나츠는 이마의 혹을 어루만지며 초점이 사라진 눈으로 어둠을 응시했다. 혹시 케이 씨가 가져가셨나? 아니면 계단에서 올라올 때 떨어뜨렸나?

— 실전 상황에서 총기는 네놈들이 딸칠 때 잡는 좆처럼 소중하다. 따라서 본인의 손과 총기는 늘 한 몸처럼 절대 분리되지 않도록 한다. 알겠나?

카리스마 넘치는 목소리로 훈육하던 유림의 모습이 뇌리를 스쳤다. 나츠의 얼굴색이 잿빛에서 흙빛으로 파리하게 변해 갔다. 망했다. 나는 죽었다. 뭐가 되었든 나중에 소위님께 빨랫감처럼 두들겨 맞을 게 뻔하다. 케이 씨는 그 옆에서 무표정한 얼굴로 한심하다는 듯 지켜보시겠지.

나츠는 머리를 쥐어뜯으며 신음을 흘렸다. 그의 한 손에는 다른 짐이 들려 있었다. 축구공만 한 크기의 무언가를 감싼 보자기였다.

"아, 맞다."

그는 자책하듯 제 머리를 주먹으로 연이어 때렸다. 소위님께 이것에 관해 보고를 올리는 것도 잊었네. 누가 명치를 손가락으로 꾹 누르는 것처럼 답답했다. 나중에 홀딱 벗겨진 채 사격장 과녁에 걸리는 건 아닐까? 소문에 의하면 소위님께서는 병사들을 그런 식으로 체벌하신다고 했다.

괜히 억울해진 나츠는 떨어뜨렸던 보자기 뭉치를 벽을 향해 '퍽' 하고 날렸다. 그러자 보자기 안에서 "으윽!" 하고 신음 소리가 울려 퍼졌다. 나름의 화풀이를 하자 한결 기분이 나아졌다. 잠시 후 보자기 안에서 구시렁대는 말소리가 들려오기 시작했다. 나츠는 조용히 하라는 듯 다시 한 번 주먹을 날렸다. 보자기 속 주인이 겨우 입을 다물자 그는 두 사람을 쫓아 계단 아래로 발을 구르며 뛰었다.

한편 1층으로 내려온 유림은 직감에 의존해 드레이크를 추적하고 있었다. 안면에 상처를 입은 게 이번이 처음은 아니지만 시야의 반이 사라진다는 것은 역시 불편했다. 중앙 계단 양쪽으로 복도가 길게 펼쳐져 있었다. 양쪽 다 어스름한 비상 조명이 안개처럼 번져 있었다.

"갈라질까?"

유림의 말에 케이는 잠시 고민했다. 그러다가 둘은 동시에 외쳤다.

"왼쪽."

"왼쪽이요."

딱히 설명할 수 없지만 왼쪽 복도에서 묘한 위화감이 느껴졌다. 본능적으로 감지한 인기척이었다. 드레이크는 왼쪽 복도 어딘가에 숨어 있을 것이다. 그녀의 야생의 감이 그렇게 확신했다.

유림은 똑같이 왼쪽을 선택한 케이에게 칭찬을 날렸다.

"제법인데?"
"그럼 상으로 키스 한 번……."
"싫어."
고양이처럼 등을 꼿꼿하게 편 그녀가 콧방귀를 뀌며 획 걸어갔다.

— 접촉은 내가 원할 때 해.

느낌이 좋아도 본인이 주도하지 않으면 괜한 심통을 부린다. 제 손으로 고삐를 쥐고 흔들어야 만족을 하는 여자니까.
케이는 소리 없이 웃었다. 그는 가만히 고개를 기울이더니 유림의 어깨를 잡고 순식간에 입술을 훔쳤다. 그녀의 입가에 아이스크림이라도 흘린 양 입꼬리를 혀로 날름 핥으며 마지막에는 볼에다가 '쪽' 하고 도장을 남겼다.
당황한 유림은 뒤늦게 허공에다가 팔을 휘둘렀다. 그러나 그는 이미 미꾸라지처럼 빠져나간 채 눈웃음을 치고 있었다. 유림은 황당한 표정으로 케이를 노려보았다.
"오른쪽 어깨, 사각지대죠? 방금 못 봤잖아요."
"봤어."
"정말요?"
그는 고개를 숙인 채 그녀의 오른쪽 눈에 붙은 거즈를 손가락으로 톡 건드렸다. 거즈 겉면을 손가락으로 긁는 걸 느낀 유림은 민감하게 반응하며 그의 손을 쳐 냈다. 케이는 의심스러운 눈초리로 그녀의 눈을 빤히 쳐다보았다. 그러고는 잠자코 '흐음' 하며 뒤로 물러섰다.

안에서 리 박사와 무슨 일이 있었던 건가? 그래서 눈에 상처를 입었나? 유림이 뭔가 숨기고 있는 건 확실했다. 아직도 자신을 믿지 못하는 모양이었다. 그녀가 자신을 믿지 않는다는 것에 안심을 해야 할지, 속상해야 할지 감이 오지 않았다.

결정적으로 유림은 눈에 상처를 입지 않았다. 정말 눈두덩에 상흔이 있다면 그곳을 건드렸을 때 아파서 몸부터 움찔거렸을 테니까.

'뭘 숨기는 거지?'

케이는 공허한 눈빛에 잔잔한 물결을 띄웠다. 서운함으로 가득한 표정인데 정작 본인은 깨닫지 못한 듯 멍했다. 애써 담담한 척 고개를 든 그는 유림이 의심하기 전에 얼른 표정을 바꿨다. 그리고 금세 나긋한 음성으로 속삭이듯 물었다.

"그럼 봤는데도 못 피한 거예요?"

그건 그것대로 우습지 않느냐는 듯한 미소. 그것도 저렇게 해사하게 웃으며 말하니 유림은 더 짜증이 치밀어 올랐다.

"못 피한 게 아니고."

"앞으로 한 시간 동안 세 번이요."

"뭐?"

"세 번 더 키스할 거예요. 여기 오른쪽 입술과 뺨에 각각 한 번씩, 그리고 오른쪽 귓불에 하나 더."

"웃기고 있네. 방금 전에 요행으로 한 번 성공했다고 상당히 건방진 발언을 한다?"

"성공하면 진짜로 상 줘요."

"무슨 상?"

아무래도 교육을 잘못시킨 것 같다. 훈련을 하도 못 따라와서 레벨 하나 올라갈 때마다 보상을 줬더니, 이제는 뭐 하나 성공할 때마다 보상을 달라고 한다. 그걸 당연시 여기는 분위기였다. 저렇게 뻔뻔한 눈빛으로 느른하게 웃으면서 잘도 말이지.

얼굴을 확 갖다 붙인 케이는 금방이라도 입 맞출 듯 시선을 내리깔았다. 그는 달콤한 목소리로 유혹을 제시했다.

"내가 진짜로 원하는 거."

"그게……."

'뭔데?'라고 유림은 끝까지 묻지 못했다. 척추 끝이 서늘하게 젖고 엉덩이가 다시 간질거렸다. 골반 사이로 차오른 열기가 순식간에 솟구쳐 뺨을 후끈후끈하게 지폈다.

겉보기엔 노을이 그려 낸 화폭 속의 존재처럼 서정적인 남자였다. 예쁘게 생긋 웃으면서 제대로 하는 거 하나 없고, 약해 빠져서 허구한 날 부대의 후방만 맡는 녀석.

착각이었다. 여태까지 그녀는 액자 속 그림만 봤을 뿐, 그려 낸 손의 주인을 보지 못했다. 진정한 일면을 보기 위해선 붓을 쥔 화가의 손을 낚아챘어야 했는데.

"만약 성공하면."

그래서 기대가 되기도 했다. 이제 막 보인 이 남자의 손을 잡고 따라가면 어떤 얼굴을 보게 될지. 얼핏 보인 진득진득한 눈빛, 그 야만적인 욕망은 사실 그가 감추고 있던 실체가 아닐까?

이런 상황만 아니었다면 이곳이 폐쇄 도시든 쓰레기 더미 속이든 그의 품에 안겼을 것이다. 땀에 젖은 알몸으로 짐승처럼 헐떡이며 서로의 팔다리를 얽은 채 굴렀겠지.

그런데 자꾸 마음과 달리 이런 상황 속에서도 그를 원하게 된다.

귓바퀴를 녹이는 달콤한 속삭임이 안개처럼 몸을 에워싼 채 시야를 가렸다. 가라앉고 있었다. 그의 눈동자 속 깊은 심연으로 호흡의 열기를 끌어안고서 잠겨 간다.

유림은 홀린 듯한 얼굴로 뒷말을 중얼거렸다.

"기회는 주지, 기회 정도는 말이야."

그녀의 말이 끝나기 무섭게 케이가 허리를 숙였다. 오른 뺨에 그의 입술이 스치듯 닿더니 긴 손가락이 턱을 움켜쥐었다. 그는 저항할 틈도 없이 순식간에 그녀의 아랫입술을 '앙캉' 베어 먹고선 기분 좋은 미소를 지었다.

"두 번 남았어요."

또 한 번 눈뜨고 코 베인 유림은 망연자실한 표정이었다. 같은 각도, 같은 위치, 같은 수법. 동일한 수법에 또 당했다. 그녀는 자존심이 완전 무너진 채 그를 쳐다보았다. 천하의 정유림이 남자 하나에게, 그것도 케이 애덤슨에게 철저하게 농락당했다. 대체 언제부터 이 녀석 손바닥 위에서 놀아나게 된 거지?

케이가 유림의 어깨를 잡았다. "유림." 하고 속삭이는 목소리에 그녀도 정신을 번뜩 차리고 벽에 등을 붙였다. 그는 어둠에 가려진 바닥을 빤히 내려다보고 있었다. 낌새를 눈치챈 유림도 천천히 시선만 움직였다. 이윽고 케이는 고개를 들더니 전방 30m 끝에 위치한 화장실 전등을 바라보았다.

"케이?"

"숙여요!"

잽싸게 몸을 낮춘 유림은 바닥을 짚고 엎드린 채 위를 쳐다보았다. 날카로운 활촉 같은 것이 순식간에 허공을 가르며 뒤쪽으로 날아갔다.

댕그랑!

뭔가에 부딪친 듯한 금속음이 정적을 깨뜨렸다. 막혔던 숨이 터지듯 흘러나왔다. 유림은 태연한 얼굴로 반듯하게 서 있는 케이를 올려다보았다. 그는 손을 들여다보고 있었다. 그녀는 북치듯 뛰는 심장을 진정시키며 침착하게 물었다.

"괜찮아?"

식은땀이 한 줄기 흐른다. 그는 바닥에 떨어진 쇠꼬챙이를 집으며 걱정 말라는 듯 생긋 웃었다.

"괜찮아요. 벽에 맞고 떨어진 거예요."

"대체 누가……."

쇠꼬챙이를 바라보던 유림은 놀라서 말꼬리를 흐렸다. 날카로운 쇠촉 끝이 휘어 있었다. 유림은 케이의 손을 흘끗 쳐다보았다. 손으로 막는 것처럼 보였는데 착각인가? 그녀는 잘 이해되지 않는다는 표정으로 눈을 빠르게 깜빡였다.

'댕그랑!' 하고 들린 금속 마찰음은 한 번뿐이었다. 확실하진 않지만 허공에서 쇠꼬챙이가 붙잡힌 듯한 바람소리를 들었는데.

"유림."

케이가 나직하게 그녀를 불렀다.

"여기서 기다릴래요? 안쪽 한번 확인하고 올게요."

"뭔데? 델타야?"

동체시력이 우수하다고 자부하는 유림도 확인하지 못한 대상이었다. 둥둥 떠다니는 풍선도 맞추지 못하는 남자가 방금 전 그걸 봤을 리는 없다. 자신이 못 봤는데 그가 포착했을 리가 없다고 생각하면서도 유림은 그에게 물었다. 왠지 그가 뭔가 알고 있는 것 같았다.

"델타는 아닌 것 같아요."

그때 화장실 안쪽에서 흘끔 쳐다보는 시선이 느껴졌다. 바로 고개를 든 유림이 떨어져 있던 쇠꼬챙이를 잡았다.

"가자."

케이가 걱정스러운 눈빛으로 서 있자, 유림은 일말의 재고 여지도 없다는 듯 못을 박았다.

"너 혼자 들여보내라고? 그게 더 불안하니까 빨리 따라와."

"네."

어차피 안 들을 줄 알았다. 뒤에서 순순히 보호받을 바에는 차라리 총알받이가 되어 장렬하게 전사할 것을 선택할 여자였다. 빠르게 포기한 케이는 흘끗 뒤를 돌아보았다. 어느새 따라온 나츠가 단거리 저격용 총을 쥔 채 엄호사격 자세를 취하고 있었다.

그도 방금 전 상황을 봤는지 긴장한 기색이 역력했다. 나츠는 케이에게 뒤는 맡기라는 눈빛을 보냈다. 앞서 가던 유림도 나츠의 엄호를 확인한 모양이었다. 그녀는 곁눈질로 눈짓을 보내더니 남자 화장실 안으로 미끄러지듯 진입했다. 케이는 나츠에게 대기하라는 수신호를 보내며 그녀의 뒤를 쫓았다.

벽 뒤에 숨어 있던 것은 사람이었다. 얼핏 봤지만 드레이크는 확실히 아니었다. 그보다 훨씬 작은 체형. 실루엣밖에 확인하지 못했지만 여성이다.

이십 평 남짓의 내부는 동굴처럼 깜깜했다. 육안으로는 한 치 앞도 확인되지 않는 상황. 유림은 벽을 짚어 배후를 확보했다.

뭔가가 온다.

허공을 가르고 날아오는 흉기.

본능적으로 직감한 유림은 오른쪽으로 구르며 피했다. 중간에서 무언가에 뚝 잡힌 그것은 바닥에 '쟁그랑' 하고 떨어졌다.

날카로운 금속 소음. 좀 전과 마찬가지로 쇠꼬챙이일까? 이것들은 대체 어디서 구해 오는 거지? 일순 미궁 바닥에 굴러다니던 자재들이 떠올랐다. 아니면 모래의 도시에서 들여오는 것일 수도 있겠지.

인기척도 없이 날아드는 공격.

이 무거운 것들을 어떻게 소리도 내지 않고 던져 대는 것일까? 마치 유령을 상대하는 것만 같았다. 상대가 어느 방향에서, 어떤 호흡으로 움직이는지 종잡을 수가 없으니.

"케이!"

"유림, 움직이지 말아요."

그가 바로 옆에서 속삭였다. 그때 밖에서 대기하던 나츠가 전투 상황을 눈치채고 합류하며 말했다.

"엄호하겠습니다."

나츠가 비춘 라이트 불빛이 시야를 밝혔다. 유림은 눈을 찌푸리며 앞을 쳐다보았다. 옆에 있던 케이는 언제 이동했는지 화장실 중앙에 서 있었다. 그리고 그의 손에는 후드를 뒤집어쓴 여성 한 명이 제압당한 채 끙끙대고 있었다.

"멈춰!"

배후에서 누군가 소리쳤다. 홱 돌아선 유림은 화장실 입구에서 낯선 여자들을 발견했다. 그들은 하나같이 후드로 얼굴을 가리고 있었다.

"그 여자를 놔줘라. 안 그러면 이 남자는 죽는다."

다섯 명의 여자들에게 둘러싸인 채 사로잡힌 남자는 드레이크 앤더슨이었다. 여자들은 각각 그의 머리와 목에 총구 및 흉기를 겨누고 있었다. 그는 양손을 올린 자세로 면목 없다는 표정을 지었다.

"여자를 놔줘."

우두머리로 보이는 듯한 여자가 말하자 유림은 무표정한 얼굴로 맞받아쳤다.

"거절한다."

"이 남자가 죽어도 좋다는 건가?"

유림의 반듯한 미간에 잠시 침묵이 어렸다. 케이와 나츠는 그녀의 결정을 기다리며 쳐다보았다. 유림은 콧방귀를 뀌더니 눈썹을 치켜 올렸다.

"로스티아벤은 반란 분자와 협상하지 않는다."

유림은 케이가 포박한 여자 쪽으로 다가갔다. 그리고 손에 쥔 흉기로 포로가 된 여자의 목을 살짝 찔렀다. 동료의 목에서 핏방울이 똑 떨어지자 여자 두목은 놀란 듯 주춤거렸다.

"서로 머릿수를 하나씩 줄이고 시작하는 것도 나쁘지 않지."

목을 더 깊게 찌르는 유림을 보며 당황한 두목이 소리쳤다.

"자, 잠깐 기다려!"

"싫은데?"

유림이 생긋 웃으며 답하자, 여자의 눈이 분노로 뒤집혔다.

"이 남자도 죽이겠다."

드레이크는 빳빳하게 선 채 유림을 쳐다보고 있었다. 유림은 어쩔 수 없다는 듯 한숨을 내쉬더니 비장한 눈빛을 전했다.

"명예롭게 죽도록. 시신은 거둬 주겠다."

목울대를 울렁인 드레이크는 잠시 멍한 눈빛이었다. 그는 천천히 고개를 끄덕였다. 두 사람의 대화를 지켜보던 여두목은 기가 막힌다는 표정을 지었다.

"지, 진심이야?"

"내가 내 부하 목숨을 두고 농담이라도 하는 것 같나?"

유림은 그게 더 기분 나쁘다는 눈초리로 살벌하게 되물었다.

여자는 제 뜻대로 되지 않자 이성을 잃고 소리를 지르기 시작했다. 그녀는 드레이크를 냅다 밀고선 유림을 향해 달려들었다. 케이가 방어하듯 앞을 가로막으며 왼손으로 그녀의 팔뚝을 잡았다. 그 모습을 확인한 드레이크가 총구를 겨눈 양옆 여자들의 손목을 정확히 꺾어 비틀었고, 마지막으로 유림이 달려드는 두목의 복부를 무릎으로 가격하며 쓰러뜨렸다.

모두 순식간에 일어난 일이었다.

손발이 척척 맞는 팀워크에 유림은 흡족한 미소를 지었다. 이제야 녀석들이 제법 한 팀다운 면모를 보이는 듯했다. 우두머리 여자는 바닥에 쓰러지며 쥐었던 칼을 놓았다. 유림은 후드를 쓴 두목의 뒤통수를 누르며 칼로 정확히 목을 겨눴다.

"자, 이제 너희가 말하는 협상이란 걸 해 볼까 하는데 어때?"

드레이크에게 손목을 잡힌 여자들은 고통에 주저앉았다. 나머지 여자들은 후드를 쓴 채 우왕좌왕하고 있는 중이었다. 주요 멤버들이 전부 제압당하자 그녀들은 어찌할 바를 몰랐다.

나츠가 총구를 들면서 외쳤다.

"조심하십시오, 소위님!"

뺨을 스치며 날아간 파편이 화장실 벽에 부딪혀 떨어졌다. 가까스로 유림을 밀친 케이는 안도의 숨을 내쉬며 천천히 몸을 일으켰다. 그의 무표정한 눈동자는 조금 화가 난 듯 암갈색으로 일렁였다.

"제압 완료했습니다."

나츠가 '달칵' 하고 방아쇠를 걸며 말했다. 그가 몸을 낮춘 채 총구를 겨눈 상대는 방금 전까지 케이에게 잡혀 있던 여자였다. 그녀는 혼란을 틈타 바닥을 기어서 화장실 칸막이 사이로 이동해 있었다. 기회를 엿봐 공격을 시도한 모양이었다. 유림을 노려보는 그녀의 눈초리가 아쉽다는 듯 날카롭게 올라갔다.

"긴장을 늦추지 마십시오, 소위님. 이들은 ESP를 씁니다."

드레이크가 양손에 빼앗은 총을 쥐며 말했다. 어느새 여자들은 화장실 중앙에 무릎을 꿇고 앉아 있었다.

"초능력? 입실론인가?"

유림은 우두머리 여자의 후드를 냉큼 벗겼다. 그러자 그녀의 이마에 선명하게 찍힌 낙인 하나가 모습을 나타냈다.

"이건……."

어스름한 조명에 비친 여자의 얼굴은 사십 대 중후반 정도로 보였다. 네 사람은 잠시 말없이 놀란 표정을 지었다. 나머지 여자들의 후드도 차례차례 벗겼다. 그녀들의 얼굴에는 하나같이 불로 지진 듯한 낙인이 새겨져 있었다. 이마 혹은 뺨에 선명하게 새겨진 흉터는 알파벳 'Y'를 닮은 형상의 문자였다. 바닥에 엎드려 있던 여자는 살벌한 눈빛으로 이를 드러내며 으르렁거렸다.

"입실론이라 하지 마라. 우린 윕실론이다."

"웁실론?"

밖에서 또 다른 인기척이 들려왔다. 케이는 벽에 등을 붙였다. 드레이크는 휘리릭 나이프를 쥐었다. '딱, 딱' 이어지는 지팡이 소리와 절뚝거리는 걸음걸이. 유림과 케이는 발소리의 주인을 알아차리고선 눈초리의 힘을 풀었다.

굽은 등의 노파가 어둠 속에서 모습을 드러냈다. 그녀는 나츠가 조준한 총구에서 나오는 라이트 불빛에 눈을 찌푸렸다. 인상을 쓴 나츠는 당장이라도 발포할 듯할 기세였다. 유림이 고개를 저으며 중지 명령을 내렸다. 그가 총을 내리자 웁실론들을 지휘하던 두목 여자의 표정이 혼란스럽게 변했다.

밧세바는 화장실 내부에서 일어난 사태를 즉시 파악했다. 그녀는 내부를 훑어보더니 한숨을 쉬며 말했다.

"다들 그만합시다. 우리는 서로 적이 아니오."

그녀의 뒤로 두 명의 여자들이 더 등장했다. 여자들의 품에는 드레이크가 수송 중이었던 '짐'이 안겨 있었다. 짐의 정체를 알아본 유림의 눈동자가 휘둥그레 커졌다.

"그쪽 군인이 데리고 있었다는데 맞습니까?"

"드레이크?"

유림이 쳐다보자 드레이크가 묵직한 목소리로 상황 보고를 올렸다.

"지하 미궁에서 오베론 측의 수상한 움직임을 포착, 접전 끝에 오베론의 수장인 유령의 군주를 생포하는 데 성공하였습니다."

잡혀 온 유령의 군주는 의외로 침착했다. 유림은 그녀를 보며 공교롭다는 듯 헛웃음을 흘렸다.

"우리 인연도 참 질기네."

유령의 군주는 델타에게 물린 유림의 목덜미를 뚫어져라 쳐다보더니 뭔가 말할 듯싶다가 입을 다물었다.

"이 아이가 오베론의 수장이라고?"

밧세바가 믿을 수 없다는 표정으로 되물었다.

"아직 어려 보이는데."

"그러는 당신은 너무 늙어 보이는데?"

팔다리가 없어 딱히 포박할 것도 없어 보이는 소녀. 딱해 보이는 아이였다. 하지만 그녀가 쏘아붙이는 목소리에서 성질머리를 알아본 밧세바는 웃음을 터뜨렸다.

"그래, 겉보기 나이는 중요하지 않지."

상황을 가만히 지켜보던 나츠가 유림에게 속닥이며 귓속말을 전했다.

"소위님, 보고 드릴 게 한 가지 더 있습니다."

"뭔데?"

그는 재빨리 복도로 나갔다가 들어왔다. 다시 들어온 그의 손에는 뭔가가 들려 있었다. 걸어오며 허둥지둥 보자기를 풀던 나츠의 손 사이로 내용물이 바닥에 툭 떨어졌다. 그것을 본 유림의 눈이 굳었다.

사람의 목이다.

밧세바의 옆에 서 있던 욥실론이 라이트를 비추었다. 데굴데굴 굴러서 유림의 발치까지 간 모가지를 잡은 건 케이였다. 그는 잘린 목을 허공에 들어 얼굴을 확인했다.

그때 잘린 목의 주인이 눈을 부릅떴다. 라이트를 비추던 욥실론은 놀라서 비명을 질렀다. 반면 목을 들고 있던 케이는 태연하게 시선을 마주하고 있었다. 진짜 사람의 목이 아니란 건 처음부터 눈치챈 상태였다. 케이는 잘린 목의 툭 불거진 눈알을 손가락으로 꾹 눌러서 밀어 넣었다. 안으로 눌린 눈알은 반동으로 인해 오히려 용수철처럼 튕겨 나왔다. 바닥에 통통 굴러 떨어진 제 눈알 한 짝을 바라보던 목의 주인은 침착하게 입술을 열었다.

"케이 애덤스 중사시군요?"

케이는 대답 대신 모가지 주인을 빤히 쳐다보았다. 절단된 목 밖으로 끊어진 선들이 주렁주렁 나와 있었다. 그 사이로 수액이 줄줄 흘러내렸다. 드레이크는 잘라 온 사회자의 목에 관해 부연 설명을 덧붙였다.

"편의상 핵심 부분만 잘라 왔습니다. 목만 잘라 왔어도 코어는 무사합니다. 인지 기능에 문제가 없기 때문에, 대화 역시 가능할 겁니다."

유림은 문득 기억의 도시에서 보았던 안드로이드들을 떠올렸다. 몸통이 박살 나고 턱이 무너져도 끝까지 발목을 잡던 손. 인공지능이었기에 더 섬뜩했던 집요한 생존력이었다. 그녀는 불쾌감을 털고자 눈살을 찌푸리며 말했다.

"안드로이드는 심문 대상으로서 가치가 없다는 걸 잊었나? 고문도 협상도 불가능한데 왜 데리고 온 거지?"

"제 가치를 그렇게 폄하하시다니, 조금 섭섭합니다."

한쪽 눈알을 잃은 채 사회자는 씁쓸하게 중얼거렸다. 소름 돋는 연기였다. 아니, 모방력이다.

"저는 안드로이드들을 통솔하는 책임자입니다. 군대로 따지면 대대장급이죠. 적 진영의 지휘관을 사로잡았는데, 제가 정녕 협상

대상으로서의 가치가 없습니까?"

"네 가치를 강조하는 이유가 뭐지? 로봇도 공포를 느끼나?"

"전 로봇이 아닙니다."

"목 잘리고 말할 수 있는 게 로봇 말고 또 있나 보군."

"그 점이 매력적이죠. 육체적 한계가 없다는 것."

사회자의 말을 가만히 듣던 케이의 눈빛이 느슨하게 흐려졌다. 기시감. 그것도 아주 불쾌한 기시감이 든다.

"낙원의 슈퍼컴퓨터 왓슨에게는 공간적 한계가 없죠. 그 옛날 인터넷이 처음 개발되었을 때처럼 말입니다. 하지만 과거에는 인터넷 서버에 접속하려면 매개체가 필요했습니다. 인터넷은 가상공간을 통해 물리적 벽을 허무는 시스템이었기 때문이죠. 반면 왓슨은 스마트 더스트로 물리적 공간 그 자체를 지배하는 데 성공했습니다. 대단하지 않습니까? 안드로이드인 전 인간이 가진 육체적 한계는 뛰어넘었을지 몰라도 그건 개인적 차원에 그칠 뿐입니다. 개체의 벽을 무너뜨린 제가 왓슨의 공간 지배력을 갖게 된다면…… 그때는 정말 완벽한 조합이 탄생할 겁니다."

인공지능인 주제에 소유욕과 지배욕을 갖고 있다니. 아니, 그조차도 모방일 테지만 이 녀석은 너무나도 인간과 흡사하다. 과할 정도로 완벽하게 '자아'를 구축해 놨다. 제 업적에 대한 자부심과 진보하고자 하는 욕망을 갖고 있다. 이게 정말 안드로이드인가?

유림은 흘끗 케이의 눈치를 살폈다. 녀석이 찬양하는 '왓슨'의 창조자는 정작 별 감흥이 없는 표정으로 듣고 있었다. 오히려 지루해 보이는 눈빛이었다. 한심하다는 표정 같기도 하고 그냥 관심 없어 보이는 것 같기도 했다.

그녀로서는 목 잘린 기계가 뭐라고 나불거리는지 솔직히 이해가 되지 않았다. 그냥 어느 미치광이의 연설로만 보일 뿐. 기계와 궤변을 논하다니, 시간 낭비일 뿐이다.

"피노키오처럼 인간이 되고 싶나 보네. 꿈과 사상이 있는 고철이라니 대단하군."

유림은 계속 뒤통수를 누르고 있던 웁실론 두목을 놓고 일어섰다. 그러자 웁실론들이 몰려와 그녀를 부축했다. 여자는 눈을 흘겼지만 더 이상 유림을 향해 적대감을 보이지 않았다. 유림은 자세를 바로잡더니 힘 있는 목소리로 외쳤다.

"드레이크!"

"예, 소위님."

"상황 보고는?"

"소위님의 GPS 위치를 쫓아 미궁에 진입했을 때 현장 지휘권은 호크 대령님에게서 이미 세르게이 총사령관님에게로 넘어간 상태였습니다. 이후 총사령관님께서는 저희에게 미궁 내 델타의 존재를 이유로 철수 명령을 내리셨습니다만, 저와 시게노 대원은 명령에 따를 수가 없었습니다."

"명령 불복종은 징계감이다. 총사령관의 지시를 불이행한 경우에는 가중처벌이 될 수도 있어. 그런데도 명령을 무시했어?"

유림은 붉은 입술에 느른한 미소를 머금은 채 그를 응시했다. 그 모습에 홀린 듯 눈을 풀던 드레이크는 모호한 미소로 답했다.

"각오하고 있습니다."

용병은 떠돌이다. 그들에게서 충성과 헌신은 쉽게 볼 수 있는 게 아니었다. 유림은 드레이크의 주위를 한 바퀴 돌며 그를 훑어보았다. 먹잇감을 관찰하는 독수리처럼 날카롭고 신랄한 눈초리였다.

"그 이후에는 어떻게 됐지?"

"본부에서는 미궁 내로 증원 부대를 보냈다고 했는데, 저희 외에 다른 사병들의 모습은 확인할 수가 없었습니다."

곰곰이 듣던 유림의 눈초리가 사납게 일그러졌다. 그녀의 입가에는 경멸 어린 미소가 어렸다.

"증원 부대로 델타를 보냈군."

누군가 믿을 수 없다는 듯 숨을 들이켰다. 나츠였다. 일본계 소년병은 부정하듯 눈을 껌뻑이더니 말했다.

"총사령관님께서 말입니까? 왜 그런 짓을……."

"그러게, 왜 그랬을까?"

홱 돌아서며 묻는 유림에게 나츠는 아무 대답도 하지 못한 채 주춤거렸다. 한쪽 눈에 거즈를 붙인 유림의 모습은 바다 위의 용맹한 여적을 연상케 했다. 비단 그것은 나츠 혼자만의 상상이 아니었다. 넋을 놓고 서 있는 드레이크 역시 그녀에게서 눈을 떼지 못하고 있었다.

"나까지 죽이려고 작정한 게 아닌 이상 어떻게 델타를 투입할 생각을 할 수가 있지?"

"답은 간단하죠."

사회자가 끼어들었다.

"당신까지 죽이려고 한 겁니다."

유림은 케이의 발에 깔린 채 샌드위치가 되어 있는 사회자를 빤히 쳐다보았다. 케이는 사회자의 머리를 축구공 삼아 발로 볼을 꾹 짓밟고 있었다.

"나를?"

기가 막혀서 되묻던 유림은 헛웃음을 터뜨렸다. 한참 웃던 그녀는 흔들리는 동공 사이로 문득 정색하고 물었다.

"나를 왜?"

"몰라서 물으시는 건가요?"

"그럼 아는데 묻겠어?"

가라앉은 목소리로 묻는 그녀의 미간이 구겨졌다. 내심 짚이는 구석이 있는 것 같기도 했다. 그녀가 물끄러미 던지는 시선에 사회자는 한쪽 눈알을 굴리며 찌그러진 입술을 열었다.

"낙원의 암살자가 '죽은 척 위장한 고양이'란 사실이 밝혀졌거든요."

유림은 한쪽 눈을 크게 뜬 채 잠시 침묵했다. 허공을 빤히 보던 눈이 다시 케이의 발밑에 깔린 사회자의 목을 쳐다보았다.

"어떻게 밝혀졌는데?"

"글쎄요, 그것까진 저도 모르겠습니다."

입상스러운 녀석, 촉새같이 종알거리다가 꼭 중요한 대목에서 입을 다물어 버린다. 줄곧 잠자코 있던 케이가 입술을 열었다.

"솔로몬이에요, 유림."

예쁜 얼굴에 붓으로 그린 듯 담연한 눈초리. 그는 그녀 대신 살기를 품고 있었다.

베스타 신전에서 평의원을 암살했던 그날은 너무 많은 노출이 있었다. 여기저기에 흔적을 뿌리고서야 간신히 빠져나왔던 사건 현장. 그곳에 남긴 수많은 족적과 지문들, 솔로몬은 당연히 확인하지 않았을까?

머릿속에서 밑그림이 두루마리처럼 좌르륵 펼쳐졌다. 잘 생각해 보면 모든 사건들은 삐죽빼죽 튀어나온 톱니인 양 맞물린 채 연결돼 있었다.

조목조목 따져 보면 이와 같다.

첫째, 화이트 채플의 도박 경기는 위즈덤이 개발한 최신식 안드로이드와 델타 사이의 모의 전투를 기록하기 위한 것이다.

둘째, 유령왕의 경호 부대인 회색 기사단은 병기형 안드로이드로 이루어진 부대다. 즉, 유령왕은 줄곧 솔로몬으로부터 안드로이드를 공급받고 있었다. 둘은 평의회 몰래 물밑에서 거래를 주고받는 사이다.

셋째, 안드로이드 개발사인 위즈덤은 기억의 도시에 위치하고 있다. 이곳에서는 병기형 안드로이드의 생산이 남들 모르게 이루어지고 있다. 평의원을 암살하기 위해 그곳에 갔던 유림은 솔로몬이 숨겨 둔 전투 병기 부대를 발견했다. 그리고 전투를 벌였다. 이 과정에서 솔로몬은 유림이 데드캣이라는 걸 눈치챘을 수도 있다. 그는 화이트 채플의 도박 경기에서 그녀에 관한 정보를 이미 얻었을 확률이 높기 때문이다.

넷째, 그렇다면 솔로몬은 유림의 정체—연맹군 스파이로 숨어든 암살범 데드캣—를 평의회, 혹은 군 수뇌부에 일러 줬을 가능성이 크다. 물론 그가 이런 고급 정보를 순순히 넘겼을 리는 없다. 필시 대가로 뭔가를 거래하려 들었을 것이다. 제일 먼저 떠오르는 건 위즈덤이 로스티아벤에 병기형 안드로이드를 독점으로 납품하는 것. 그게 아니라면 호크를 제거한 뒤 본인이 의원석을 차지하려는 심산이었을지도 모른다.

다섯째, 평소 호크 대령을 눈엣가시로 여기던 세르게이 총사령관이 이런 절호의 기회를 놓쳤을 리가 없다. 그는 호크 대령에게 이번 사건을 덮어씌웠다. 평의원 암살과 이브의 생일 파티 테러의 배후라니, 이보다 더 훌륭한 올가미는 없었을 거다. 그는 호크를 구금하고 유림도 즉시 체포하라 명했다. 주민들의 지지를 받고 있는 두 사람의 일이 밖에 알려지면 곤란하니, 최대한 신속하게 처리하려 했을 것이다. 그래서 델타를 이용하여 그녀를 제거하려 한 걸까? 전투 중 사망보다 더 완벽한 구실은 없을 테니까.

마지막으로 여섯째, 결론 및 추측을 말하자면 솔로몬은 유령의 군주를 버리고 우리야 세르게이 총사령관과 손을 잡았다. 그는 비단 군권만 장악하려는 것이 아니라, 나아가서는…… 낙원까지 장악하려고 한다.

아무리 생각해 봐도 솔로몬의 행보의 끝은 그것밖에 없었다. 낙원의 주인이 되는 것, 그게 그자의 목표인가?

케이가 고즈넉한 눈초리로 생각에 잠겨 있는 동안, 유림은 초조한 듯 제자리에서 좌우로 왔다갔다 움직이고 있었다.

"대령님을 구해야 돼."

"방법이 없을 텐데요. 당신은 현재 수배가 내려진 상태고, 노아 호크 대령은 군 재판을 기다리고 있습니다. 집행은 빠르게 이루어질 거고, 최소 사형일 가능성이 높습니다. 그런데 제 머리 위에 있는 발 좀 치워 주시면 안 됩니까?"

유림은 눈초리를 확 치켜세우며 짜증이 솟구친 표정을 지었다. 그녀는 어금니를 깨물고선 케이의 발밑에 깔려 있던 사회자의 머리를 발로 뻥 차 버렸다. 그의 목구멍에서 '꽥!' 소리가 튀어나왔다. 발길질을 맞고 날아간 그는 화장실 칸막이 모서리에 부딪치더니 반대편 벽으로 통통 튕겨져 나갔다.

"아, 아프네."

평소 단련을 했다지만 역시 맨발로는 좀 아팠다. 유림은 찢어진 드레스 밑으로 손을 넣어 발바닥을 주물렀다.

그 모습을 보던 케이가 그녀의 앞에 무릎을 꿇고 몸을 낮췄다. 그는 유림의 발등과 발가락 사이를 손가락으로 주무르며 "아파요?" 하고 물었다. 고개를 살짝 기울인 그의 옆선이 단정하고 아름답다. 완벽할 정도로 늘 정돈되어 있는 표정. 가끔은 이 녀석도 안드로이드가 아닐까 하는 생각이 든다.

"괜찮아."

태연한 척 외면했지만 그녀의 파리해진 입술은 얼마나 긴장했는지 고스란히 보여 주고 있었다. 델타에게 둘러싸여도 패기를 잃지 않는 브루클린의 성녀가 블랙 호크의 위기에 이토록 마음을 졸이다니.

케이의 눈빛이 탁한 물처럼 흐려졌다.

불쾌했다. 두 사람 사이에 이어진 그 유대감이 형언할 수 없을 정도로 언짢고 못마땅했다. 그녀를 칭칭 묶어 둔 노아 호크의 정교한 거미줄이 보인다. 아주 오랫동안 공들여 이루어 놓은 정서의 족쇄.

몸을 일으킨 케이는 유림의 뺨에 입을 맞췄다. 그러나 정작 유림은 그가 입을 맞추는지도 못 알아챌 정도로 깊은 생각에 빠져 있었다. 통나무처럼 굳은 몸은 반응을 보이지도 않았다. 호크에 대한 우려로 정신이 팔린 탓이었다.

생각하지 마.

다른 남자는 떠올리지 마.

질투 어린 감정이 끈적끈적한 액체처럼 목구멍에 달라붙어 숨을 조였다. 골몰히 생각에 잠긴 그녀의 머리를 잡아 거칠게 입을 맞추고 싶었다.

나만 봐.

목울대를 삼킨 그는 눈초리에 몰린 혈류를 눈을 깜빡이며 억지로 풀었다. 그럼에도 붉어진 눈동자는 쉽사리 원상 복구가 될 기미를 보이지 않았다.

그녀에게 이런 면을 들키고 싶지 않다. 포악한 질투, 이기적인 소유욕, 자제할 수 없는 욕망, 무자비한 비인간성.

유림이 알면 경멸할지도 모른다. 그녀는 모두를 이끄는 의로운 방패이자 전장의 등불과도 같은 존재다. 과거 악마에게 대항하던 갑주의 성녀도 그녀처럼 용맹하진 못했을 것이다.

그녀의 앞에선 자신마저 일개 병사가 되는 기분이었다. 피 칠을 하고 앞장서는 그녀에게 어느새 그 자신도 목숨을 버릴 각오를 한 채 따르고 있었으니까.

유림은 알고 있을까? 그녀를 숭배하는 만큼 집착도 커져 가고 있다는 것을. 자신의 머릿속에서 어떤 끔찍한 상상들이 펼쳐지는지 짐작이나 하고 있을까? 그가 잔인한 것인지 그녀가 잔인한 것인지는 중요하지 않았다. 어차피 각자의 입장에서 판단하기 마련이다.

받기 힘든 것을 주려는 자와 받아 주지 않는 자 중에서 누가 더 이기적인가? 그는 이제부터 그녀에게 받기 힘든 것들을 주려고 하고 있었다.

손끝에 미세한 먼지가 모여들었다. 복도의 비상 조명이 깜빡거리기 시작했다. 주변 공기가 이성을 잃은 그에게 동요하고 있었다.

케이는 급히 심호흡을 하며 자제력을 끌어모았다. 초조해 미쳐 버릴 것 같았지만 태연한 표정으로 애써 감췄다. 추악한 질투 따위 보일 수 없다. 그는 아무렇지 않은 척 눈을 감고 입술 새로 호흡을 내뱉었다.

아직은 때가 아니다.

아직은, 그녀가 내 권속이 아니다.

"진정해요, 유림."

유림은 불안한 눈빛으로 케이를 올려다보았다.

"호크 대령님께서 그리 쉽게 당할 분은 아니잖아요. 날 믿어요. 날 못 믿겠으면 왓슨 3세를 믿어요. 왓슨의 분석에 따르면 블랙 호크를 제거하는 건 군부를 해체하는 것만큼 어렵다고 하니까. 그 남자는 유림이 상상하는 것 이상으로 대단하거든요."

속삭이듯 말하는 그의 목소리는 밤공기처럼 부드럽고 깊었다.

"두 번째 키스였는데, 잘 세고 있어요?"

스미는 듯한 웃음소리가 귓가를 간질였다. 전혀 생각도 못하고 있던 유림의 눈이 커졌다.

"항상 긴장을 늦추면 안 되죠, 소위님."

"너……."

화를 내려던 유림은 힘이 빠지는지 말끝을 흐렸다. 그러고는 헝클어진 머리를 긁적였다. 케이는 속을 알 수 없는 눈빛으로 그녀를 쳐다보며 생긋 미소를 지었다. 그 얼굴을 보자 거짓말처럼 마음이 진정됐다.

유림은 한쪽에서 잠잠히 지켜보고 있는 여자들을 쳐다보았다. 옵실론들은 밧세바와 함께 벽 쪽에 붙어 일렬로 서 있었다. 그녀들

가운데에는 여전히 붙잡혀 있는 오베론의 군주가 보였다.

"읍실론이라고 했나? 이름이 뭐지?"

"실비아다."

유림이 말을 걸자 우두머리인 여자는 퉁명스럽게 대답하며 곁눈질로 밧세바의 눈치를 살폈다. 실질적인 지도자는 이 여자가 아니라 저쪽의 노파다.

유림은 어슬렁어슬렁 걸어서 밧세바의 앞으로 다가갔다. 지팡이에 의지한 채 서 있는 노파는 늘어진 눈꺼풀을 들어올렸다.

"당신들과 태양의 도시 입실론들은 서로 어떤 관계야?"

밧세바는 몇 발자국 떨어져 서 있는 케이를 쳐다보았다. 그는 무표정한 얼굴로 이쪽을 뚫어져라 응시하고 있었다. 유림의 수술을 명한 뒤로는 저렇게 아무런 지시도 내리지 않고 있다.

— 반드시 살려야 할 사람이지.

사실 그 한마디로 이미 그는 모든 걸 설명했다. 여자는 남자에게 있어 존재 자체로 의미 있는 사람이다.

"우리들은 최초의 입실론들입니다."

거즈를 붙이지 않은 유림의 한쪽 눈이 슬쩍 커졌다. 그녀는 뺨을 긁으며 잘 이해가 되지 않는다는 표정을 지었다. 밧세바의 입가에 흐릿한 미소가 맺혔다. 아직 그는 그녀에게 아무것도 말해 주지 않은 모양이었다.

"최초 유포자로부터 직접 감염된 뒤 살아남은 여자들이죠. 그리고 버려진 자들입니다."

"잘 이해가 되지 않는데."

"혹시 권속이란 단어를 들어 보셨습니까?"

찌푸리듯 미간을 좁히던 유림의 눈이 휘둥그레 커졌다. 그녀는 바로 옆에 서 있는 케이를 쳐다보았다. 태연하게 서 있던 케이는 유림과 눈이 마주치자 다정한 미소를 머금었다. 알 듯 말 듯 오묘한 눈빛으로.

"우리는 권속입니다. 권주가 만든 무리죠. 권주란 오리지널 바이러스를 보유하고 있는 자를 뜻합니다. 그들이 왜 권속을 만드는지는 아직까지 미스터리입니다."

"그들? 하나가 아니란 소리인가?"

"최소 둘 이상일 겁니다. 지금까지 발견된 권속 무리가 둘이니까요."

"둘이나 된다고?"

"델타와 입실론."

유림은 잠시 눈을 뜬 채 얼어붙었다. 충격에 입술이 바짝 말랐다. 어디서도 들어 본 적 없는 내용이었다.

"그러니까 당신들은 오리지널 바이러스를 보유한 녀석의 권속이었는데 이후 그자로부터 버림받았다는 건가? 어째서?"

"쓸모가 없어졌으니까요."

유림에게 잡혀 있던 우두머리 여자가 자조적인 웃음을 흘리며 말했다. 그녀는 이마에 찍힌 낙인을 손톱으로 긁으며 앞으로 걸어 나왔다.

"우리는 늙고 병들어 갔습니다. 권속이 된 여자들은 새로운 능력을 얻지만 반드시 대가를 치러야 했죠. 대가가 무엇이냐는 각 권주의 바이러스에 따라 다릅니다. 델타는 흉물스러운 외모를 얻고 지성을 잃게 된 데 반해, 우리들의 대가는 노화였습니다."

"그 권주라는 자가 혹시."

유림은 손에 쥔 흉기로 벽을 툭 긁었다. '끼릭' 하는 소리와 함께 그녀의 눈초리가 사납게 올라갔다.

"낙원의 관리자인가?"

질문을 던진 순간 읍실론들의 눈빛이 변했다. 이를 바득 가는 여인들도 있었다. 낙인이 찍힌 얼굴들에는 증오심이 어렸다. 굳이 대답을 들을 필요는 없어 보였다.

"엘 카인."

밧세바가 지팡이를 쥔 손에 턱을 괸 채 입을 열었다.

"그가 바로 낙원의 관리자이자 우리들을 감염시키고 죽음으로 몰아넣은 장본인입니다."

"그럼 지금 태양의 도시에 있는 입실론들의 정체는 뭐지? 새로운 권속?"

"그녀들은 얼핏 보기에 과거의 우리와 굉장히 흡사한 면이 있어요. ESP를 쓰는 것도 그렇죠. 과거 엘 카인의 권속이었던 우리 역시 초능력이 있습니다. 들리는 소문으로는 그들 모두가 ESP를 가진 건 아니라고도 하니, 아마 엘 카인의 직접적인 권속은 아닐 가능성이 큽니다."

"그걸 어떻게 확신하는데?"

유림의 질문에 읍실론들은 비릿하게 웃었다. 애증이 밴 눈빛에는 한때 그녀들이 몸 바쳐 사랑했던 남자의 그림자가 어스름이 비치는 듯했다.

"엘 카인은 이제 권속을 만들지 않아요. 더 이상의 권속은 필요 없다고 했으니까요. 자신의 아이를 낳을 여성은 정해졌다면서."

"흥, 제인 왓슨이겠지. 그 멍청한 여자!"

누군가 코웃음을 치며 비웃었다. 그러자 밧세바는 고개를 저었다.

"아니야. 그 여자는 아닐 거다."

그녀의 뇌리 속에 황홀한 얼굴로 웃던 남자의 광기가 스쳐 지났다. 붉은 눈의 소녀를 데려온 뒤로 그는 입실론에게로의 발길을 완전히 끊었다.

"이브, 그 아이라면 몰라도."

"이브? 그게 누구야?"

"이브 페트로비치. 유일한 항체 보유자였던 소녀의 이름입니다. 치료제 개발은 이브의 항체로 이루어졌죠. 엘 카인은 이브에게 완전히 미쳐 있는 상태였습니다."

— 너 페트로비치 박사의 딸이지?

유림은 손으로 거즈를 짚었다. 눈가가 욱신거렸다. 누군가 억지로 가시를 쑤셔 박기라도 한 것처럼. 심장 언저리에서 북 치는 소리가 들려왔다. 흐트러진 퍼즐들이 머릿속을 어지럽히며 두통을 일으켰다. 아주 오랜 시간, 기억 속에 고여 있던 파편들이었다.

"그래서 그 이브란 소녀는 어떻게 됐는데?"

"죽은 걸로 알고 있습니다. 그 뒤 엘 카인은 첨탑에 틀어박힌 채 낙원의 관리자가 되어 모든 공식 석상에서 자취를 감췄습니다. 그리고 태양의 도시에 거주하던 여자들을 하나하나 처단하기 시작했죠."

— 여기 있다가는 그가 널 찾아낼 거야. 그 눈동자 말이야, 그에게 들켜선 절대 안 돼. 알았어? 보여선 안 된다고.

"우리는 권주들의 싸움에 휘말린 겁니다. 그들의 권속이 되어 태풍의 눈에 휩쓸려 온 게지요. 델타도 입실론도 웁실론도 모두 희생양에 불과한 것. 이 모든 것은 권주들이 사라져야 끝날 전쟁입니다."

비장한 음성의 눈초리가 향한 곳은 케이였다. 밧세바는 주름진 눈으로 게슴츠레 그를 쳐다보았다. 팔짱을 낀 채 벽에 비스듬히 기대 서 있던 케이는 그녀와 눈이 마주치자 무덤덤한 표정을 지었다. 티끌만 한 동요의 기색도 찾을 수 없었다.

권주.

눈앞의 남자 역시 그들 중 하나임에 틀림없었다. 그의 권속이 무엇인지는 알 수 없지만 그건 확실했다. 어쩌면 엘 카인보다 무서운 자일지도 모른다. 아직 그만큼 잔혹한 일면을 보이지 않았지만 그게 더 불안했다. 엘 카인의 광기가 정말 이 남자에겐 없을까? 결국 둘은 동족이지 않던가?

"당신들이 원하는 건 엘 카인의 죽음인가?"

유림이 바닥에 앉은 채로 물었다. 웁실론들은 대답 대신 살기 어린 눈빛을 전했다. 그러자 유림은 비딱하게 웃으며 칼끝으로 허공 어딘가를 짚었다.

"그렇다면 우리는 같은 곳을 겨누고 있군."

한데 얽힌 호흡이 무겁게 가라앉았다. 지팡이를 짚은 밧세바 뒤로 모인 웁실론들은 그녀의 눈치를 살폈다. 아마존의 여전사처럼 야만스럽게 웃는 유림을 경계하면서도 매료된 얼굴들이었다. 남녀노소를 구분하지 않고 상대를 끌어당기는 힘. 그것이 브루클린의 성녀였다.

"나츠 시게노, 드레이크 앤더슨."

"예, 소위님."

"자네들은 본부로 귀환하도록 한다. 오늘 이곳에서 있었던 일은 입 밖으로 내지 않도록. 이런 일엔 휩쓸리지 않는 게 좋으니까. 너희들은 미궁에서 그 누구도 만난 적이 없다. 운 좋게 출구를 찾아 빠져나온 걸로 해."

"저는……."

더듬거리며 말을 꺼내던 나츠의 시선이 밧세바와 마주쳤다. 늙은 고목처럼 주글주글한 눈초리였다. 노파 역시 전사였다. 총칼을 쥐진 않았지만 굴곡진 풍파를 헤쳐 온 여인이다. 저도 모르게 시선을 피한 나츠의 눈빛은 포로로 잡힌 유령의 군주에게로 향했다. 소녀는 제 또래의 소년을 물끄러미 응시하고 있었다. 멍하니 그 시선을 받던 나츠는 결심한 듯 이어 말했다.

"저는 소위님을 따르고 싶습니다."

옆에 서 있던 드레이크가 기다렸다는 듯이 따라 대답했다.

"저도 같습니다. 계속 소위님을 모시게 해 주십시오."

예상치 못한 두 사람의 대답에 유림은 감격보다는 곤란하다는 표정을 지었다. 그녀는 흉기를 든 손으로 목 언저리를 긁었다. 그러고는 안짱다리로 고쳐 앉으며 턱을 괸 채 비릿한 눈빛을 지었다.

"나는 목숨 줄이 여러 개여도 살아남기 힘든 빙판 위에 서 있다. 그리고 오늘 이후, 너희들의 비명 소리를 들어도 돌아볼 수 없는 숲의 가운데로 진입하게 된다.”

“알고 있습니다.”

나츠는 말 잘 듣는 학생처럼 고개를 끄덕였다. 그런 그를 보며 유림은 쉽사리 말을 잇지 못했다. 죽게 될 거다. 갓 스무 살도 못 넘긴 이 녀석은 분명 죽게 될 텐데.

“소위님께서는 제 이상형이십니다.”

“내가?”

옆에서 듣고 있던 욥실론들이 키득거리며 웃었다. 소년병 나츠의 수줍은 고백이 꽤 귀여운 모양이었다.

“그, 그런 뜻이 아니고 제 말은 소위님을 존경한다는 의미에서…… 소, 소위님처럼 되고 싶다는 뜻입니다.”

손사래를 치던 나츠는 언짢아 보이는 케이의 눈초리에 얼어붙었다. 그는 팔짱을 낀 채 비스듬히 감은 눈으로 이쪽을 바라보고 있었다. 썩 유쾌해 보이는 얼굴은 아니었다. 이게 아닌데. 중사님이 또 오해를 하신 듯했다. 소위님을 그런 식으로 연모하는 건 아닌데.

나츠의 머릿속에는 방금 전 유림의 뺨에 입을 맞추며 끌어안던 케이의 모습이 떠올랐다. 밀착된 몸, 서로를 바라보는 시선, 닿을 듯 말 듯 가까운 입술. 두 사람의 분위기가 예사롭지 않았다. 눈치 없는 자신조차 둘 사이에 전과는 다른 열기가 흐른다는 걸 알 수 있었다.

다들 애덤슨 중사가 나약하고 덜 떨어졌다며 욕했지만, 나츠만은 그의 실체를 알고 있었다. 중사님은 충분히 강했다. 소위님을 지켜내기에 결코 부족함이 없는 남자였다.

나츠는 본인의 감정을 선망이라고 결론지었다. 두 사람을 보고 있으면 그 순간만큼은 영혼을 채우고 있던 어둠이 사라지는 기분이었다. 저 사람들은 찬란했다. 그 뒤를 걷고 있으면 자신 역시 빛을 걷는 느낌이 들 정도로.

이 한 걸음이 자신과 유메에게는 치명타일 수 있다는 걸 안다. 하지만 그녀는 용서해 줄 것이다. 지금껏 살아오면서 이보다 더 생생하게 살아 있다는 걸 느껴 본 적이 없으니까. 영혼의 반쪽을 공유하고 있는 그녀라면 분명 이해해 줄 것이라 믿었다.

"함께 가게 해 주십시오. 실수하지 않겠습니다. 후회하지 않겠습니다."

옆에 있던 밧세바가 가래 낀 기침을 토하듯 걸걸거리며 웃었다.

"데려가시죠, 지휘관님."

유림의 눈초리가 그녀에게로 향했다. 밧세바는 뭐가 그렇게 즐거운지 얼굴에 한가득 미소를 걸고 있었다.

"여름에 태어난 아이들은 가슴에 불꽃을 담고 산다는데, 저 아이 가슴에 불씨를 던지셨으면 책임을 지는 게 마땅하지 않겠습니까?"

"여름?"

"나츠는 일본어로 여름이란 뜻입니다. 그렇지요?"

밧세바가 쳐다보자 나츠는 얼떨결에 고개를 끄덕였다. 노파는 처음과 달리 푸근한 눈빛을 보이고 있었다.

여름에 태어난 아이.

그녀는 아주 자연스럽게 그 사실을 짚어 냈다. 설마 저 노파도 일본 출신인가?

괜한 반가움이 일었다. 신기하다는 얼굴로 그녀를 보던 나츠는 다시 유령의 군주와 눈이 마주치자 놀라서 흠칫 굳었다. 소녀는 입술을 깨문 채 부들부들 떨며 분노하고 있었다. 주체할 수 없는 화를 담고서 죽일 듯 나츠를 노려보던 그녀는 고개를 홱 외면했다. 당황한 나츠는 입을 벙긋하다가 다물었다. 드레이크가 감시를 하며 이쪽을 예리하게 주시하고 있었다.

"일단 다들 이동하시죠."

밧세바의 지시에 따라 웁실론들이 먼저 나가고, 유림과 부대원들이 뒤를 따랐다. 맨 마지막으로 나온 케이는 석연치 않은 낌새를 느끼고선 걸음을 멈췄다. 그는 복도 끝을 응시했다. 앞서 가는 유림과 밧세바는 완전히 긴장을 푼 채 방심하고 있었다.

"유림!"

케이의 외침과 함께 어둠 속에서 바람이 일었다. 돌아선 유림의 한쪽 눈이 잉크가 번지는 것처럼 새까맣게 확장되었다. 파다닥 움직인 그림자는 벽을 밟더니 잽싸게 튀어 올랐다. 그 모습을 포착한 유림이 모두가 들을 수 있게 소리쳤다.

"델타다!"

나츠와 드레이크는 동시에 총을 잡았다. 천장에 올라간 델타는 전선을 쥔 채 거꾸로 매달려 있었다. 유림은 드레이크로부터 건네받은 단검을 움켜쥐었다.

유림이 다가오자 델타는 흥분한 듯 숨소리를 내쉬었다. 그녀는 개구리처럼 점프를 하며 벽을 밟았다. 벽 위에서 주르르 미끄러지기를 반복하면서도 유림의 혼을 빼놓는 게 목적인지 정신없이 움직였다. 그런데 어쩐지 모양새가 어설펐다.

유림은 남들보다 시력이 좋은 편이었다. 특히 접전일 경우 그녀는 스스로가 다른 장교들보다 판단력이 빠르고 정확하다고 자부했다. 눈앞의 그림자가 움직이는 걸 발견한 순간, 유림은 상대가 델타라고 확신했다. 델타는 무리를 지어 움직이는 게 특징이다. 하지만 녀석은 혼자였다. 아마 뒤에 남기고 온 동료들도 없을 것이다. 그랬다면 벌써 소리를 지르며 동족을 불러 댔을 테니까.

'이상해.'

흥분한 게 아니라 숨이 벅찬 듯 녀석의 호흡이 거칠었다. 가까이 다가갈수록 의혹은 짙어졌다. 근방에 와서 보니 델타의 몸체가 이상하리만큼 가늘고 작았다.

— 숙이세요.

머릿속에 울려 퍼지는 목소리에 유림은 몸을 낮추며 뒤를 돌아보았다. 웁실론들이 마름모꼴 대형을 이룬 채 복도를 가득 채우고 서 있었다.

선두에 선 것은 처음에 유림을 향해 쇠꼬챙이 공격을 하던 웁실론 여성이었다. 그녀가 후드를 벗자 핏줄이 불거진 눈이 보였다. 여자의 ESP 능력은 물리적 접촉 없이 사물을 움직이는 염력이었다. 바닥에 떨어져 있던 쇠붙이들이 공중에 떠올랐다. 그리고 보이지 않는 활시위에 튕겨져 나가듯 빠른 궤적을 그리며 날아갔다.

짧고 괴팍한 비명 소리가 울려 퍼졌다. 델타가 내지른 소리였다. 그녀는 어둠 속에서 몸을 흔들며 괴로워했다. 그 모습을 지켜보던 유림은 자세히 보기 위해 눈을 찡그렸다.

'여자?'

어깨를 끌어안고 헉헉대는 인영은 이쪽을 흘끔거리며 뒷걸음질을 쳤다.

"마무리하겠습니다!"

"잠깐……."

유림이 말릴 새도 없이 나츠는 총을 잡고 달려가면서 방아쇠를 당겼다.

탕!

총소리와 함께 털썩 쓰러지는 소리가 들렸다. 당연히 델타일 거라 예상하고 먼 곳을 응시하던 유림과 부대원들은 섬뜩한 느낌에 고개를 돌렸다. 차가운 복도 바닥 위에 나츠가 왼쪽 배를 움켜쥔 채 쓰러져 있었다.

"나츠!"

델타는 이쪽을 빤히 쳐다보더니 뒤돌아서 후다닥 뛰었다. 황급히 도망치는 델타의 입에는 총이 물려 있었다. 드레이크가 연달아 총탄을 발사했다. 짐승처럼 네발로 땅을 짚고 뛰던 델타는 어느새 두 다리로 기립하더니 바람처럼 내달려 사라졌다.

"리 박사에게로 데려가!"

밧세바가 소리쳤다. 유림은 나츠를 일으키며 입술을 깨물었다. 그녀의 눈초리는 정체불명의 델타가 사라진 방향을 지그시 노려보고 있었다.

에덴 타워 B4F 왓슨 연구소 '1급 제한 구역'.

관리자 전용 엘리베이터의 문이 열리자 집무관이 모습을 나타냈다. 홀로그램으로 이루어진 여성 집무관은 반듯한 미소로 낙원의 관리자를 맞이했다.

– 어서 오십시오, 박사님께서 기다리고 계십니다.

엘 카인은 불편한 표정으로 걷기 시작했다. 흘끔거리며 복도를 쳐다보는 눈초리는 피곤해 보였다. 애써 멀리했던 장소였다. 새장 속의 새가 날아가 버린 후부터 연구동은 그에게 있어 존재의 가치를 상실했다.

복도 끝에 도달하자 원형으로 된 시멘트 벽이 개폐되고 하얀 연구원복을 입은 여성이 걸어 나왔다.

"오셨습니까?"

"오랜만이죠, 반즈 박사?"

"예, 대표님."

"그래서…… 첨탑 꼭대기까지 비상 호출씩이나 해서 나를 소환한 이유가 뭘까요?"

엘 카인의 짜증 어린 미소에 반즈 박사는 입꼬리만 올려 웃었다. 그는 여전했다. 애쉬드 블론드 헤어에 창백한 푸른 기의 눈동자, 반듯하고 정중해 보이는 외모 속에 언뜻 비치는 광기.

카인은 서늘한 눈초리로 소리 없는 협박을 이었다. 여기까지 행차하게 만든 것에 대한 보람이 없다면 각오하라는 뉘앙스였다.

"실망하지 않으실 겁니다."

이곳은 주로 델타에 관한 연구 및 실험이 이루어지는 장소였다. 반즈 박사는 왓슨 연구소의 총괄 및 왓슨 대학의 교수직도 겸하고 있었다.

"잡힌 지 한 시간도 채 지나지 않았습니다."

원으로 된 잠금 장치의 걸쇠가 풀리고, 두꺼운 쇠 벽이 미닫이처럼 옆으로 구르며 열렸다. 동굴처럼 깊은 방이 모습을 드러내자,

엘 카인은 빤히 내부를 들여다보았다. 집무관이 조명을 밝혔다. 환해진 안쪽을 보던 그의 눈이 살짝 커졌다.

제일 먼저 눈에 들어온 것은 흰 바닥에 뚝뚝 떨어져 있는 피였다. 하얀 방 모퉁이에는 어깨에 쇠꼬챙이가 박힌 채 몸을 움츠리고 앉은 인영이 보였다.

"델타인가?"

반즈 박사는 대답 대신 허공에 보고서를 띄웠다. 푸른 실선으로 이루어진 입체 보고서 세 장이 나란히 나타났다.

"본 개체는 폐기된 델타입니다. 엊그제 미궁에 투입한 델타 부대의 일원이죠. 오른쪽 사진은 폐기 전 실험체 EZ14이었을 때의 모습입니다. 그리고 이게 현재 모습입니다."

엘 카인은 오른쪽 EZ14의 사진을 먼저 확인했다.

육식 동물처럼 크고 날카로운 골격과 치아, 파충류에 가까운 피부, 듬성듬성 빠진 머리털과 굽어 버린 척추, 퇴화된 지능과 시력 등 그녀는 일찍이 인간의 존엄성을 완벽하게 상실한 상태였다.

"이게 이렇게 변했다고? 반대가 아니라?"

"그렇습니다."

그랬던 그녀가 완전히는 아니지만 인간에 가깝게 돌아온 상태였다. 두드러지게 발달했던 광대와 턱은 작아지고 굽었던 등은 펴졌다. 피부색은 온전히 돌아왔고 시력도 어느 정도 회복되었다. 다리와 어깨의 근육은 아직 남아 있었지만 지금 상태로만 본다면 그녀는 확실히 델타보다 인간에 가까웠다.

"이걸 보시죠."

반즈 박사가 다음으로 띄운 것은 기밀용 문서였다.

이브에게 델타의 피를 주입한 뒤 생성된 항체로 델타를 역치료한 케이스였다. 물론 엘 카인 본인도 잘 알고 있는 프로젝트였다. 그도 그럴 것이 지브 제로를 지휘한 게 그 자신이었다.

"본 케이스와 유사한 회복 반응을 보이고 있습니다."

그러나 이브가 탈출하면서 지브 제로는 미완성으로 남게 된다. 지브 제로는 다른 델타들에게 효과를 발휘하지 못한 채, 오직 변이를 이루기 전 감염자들에게만 효력을 보였다.

"모든 델타는 돌연변이입니다. 새롭게 형성된 델타는 이전 치료제로도 치료할 수 없죠. 따라서 EZ14 역시 지브 제로를 복용하여 회복된 건 아닐 겁니다."

보고를 마친 반즈 박사는 상기된 표정을 지었다. 이것은 획기적인 발견이었다. 그동안 제자리걸음만 하던 연구에 마침내 한 줄기 빛이 내려온 것만 같았다.

"……이브."

카인은 홀린 듯 멍한 눈으로 중얼거렸다.

"예?"

"이브가 한 짓이야."

"하지만 이브는 이미……."

반즈 박사는 조심스럽게 반박했다. 그러자 엘 카인이 그녀의 어깨를 확 움켜쥐며 물었다.

"죽었다고?"

그는 입매를 일그러뜨리며 비딱한 미소로 말을 이었다.

"그녀는 그 자체로 기적인 존재란 걸 잊었습니까? 모르겠어요, 반즈 박사? 이건 그녀가 내게 보내는 메시지입니다. 자신이 살아 있다는 걸 내게 알려 준 거죠."

반즈 박사는 당황한 표정으로 말을 잇지 못했다. 낙원의 관리자가 된 그가 망령에 사로잡혔다는 소문을 듣긴 했지만 헛소리로 치부하던 그녀였다. 하지만 지금 보니 일리가 있는 유언비어였다. 불쑥 제인 왓슨에게 연민의 감정이 들었다.

"당신도 알고 있지 않습니까? 이브가 아니라면 이런 건 다른 누구도 불가능하다는 사실을요."

"예, 하지만 새로운 가능성을 배제할 순 없습니다. 이브가 가능했다면 제2의 이브가 출현하지 말라는 법도 없지 않습니까?"

엘 카인은 그녀가 제시한 의견이 마음에 들지 않는다는 표정이었다. 그는 강화유리 벽 너머의 델타를 보며 말머리를 돌렸다.

"대화는 통합니까?"

"대화는 아직 성공하지 못했습니다만 시간이 지나면 언어 기능도 좋아질 겁니다. 다만 기억의 혼재가 올 수도 있습니다."

그는 갑자기 뭔가 떠오른 듯 물었다.

"태양의 도시 여자들 중 타인의 기억을 엿볼 수 있는 능력을 가진 사람이 있었죠?"

"입실론 메리 말씀이십니까?"

"델타의 기억을 엿보는 것도 가능합니까?"

"아직 시도해 본 적은 없습니다만 불가능하진 않을 겁니다."

"불러 오세요. 지금 당장이요. EZ14의 기억이 흐릿해지기 전에 말입니다."

"하지만 입실론과 델타의 접촉은 가급적이면 피하는 게……."

엘 카인은 팔을 들어 그녀의 뒷말을 제지했다. 그러고는 잇새로 작지만 분명하게 말했다.

"잘 들어요, 반즈 박사. 그녀들은 아무런 가치가 없어요. 아무런 가치가 없다고요. 알겠어요? 입실론 열 명이 죽든 백 명이 죽든 상관없습니다. 어차피 그들은 그런 용도예요. 저렇게 내가 쥐새끼처럼 그녀들을 한곳에 모아 놓은 걸 보면 모르겠어요? 전쟁터에서 적장이 전리품을 취하면 어떻게 하던가요? 예쁘게 장식해서 진열하든지, 아니면 한 번 사용하고 죽여 버리죠. 반즈 박사는 아주 똑똑한 사람이죠? 그러니까 지금 내가 무슨 말을 하고 있는지 잘 알고 있을 겁니다."

창백한 얼굴로 듣고 있던 반즈 박사는 멍하니 고개를 끄덕였다. 곁눈질로 유리 벽 너머를 쳐다보자 EZ14가 이쪽을 바라보는 게 보였다. 엘 카인은 그런 그녀를 향해 온화한 표정으로 웃어 보였다. 그 모습을 본 반즈 박사는 모골이 송연해지다 못해 토악질이 일었다. 눈앞에서 웃고 있는 그는 옛날 어린 이브를 보며 짓던 특유의 아름다운 미소를 그대로 재현하고 있었다. EZ14를 보며 웃는 그가 지금 무엇을 상상하고 있는지는 굳이 묻지 않아도 알 수 있을 정도였다.

엘 카인은 감탄 어린 눈으로 두 손을 모으더니 기다릴 수 없다는 표정을 지었다. 어린아이가 성탄절 선물을 기다리듯 기대감에 가득 찬 얼굴이었다.

"그러니까 입실론의 팔다리가 잘리든 델타의 팔다리가 잘리든 나는 전혀 관여하지 않을 겁니다. 그저 이브가 살아 있는지, 아니면 제2의 이브가 나타난 건지, 그것부터 알아오세요. 나는 오로지 그걸 알고 싶어요. 알겠습니까?"

"네, 대표님."

반즈 박사는 손가락 마디 사이를 하얗게 옹그려 쥐며 짧게 대답했다. 제 손과 발은 아직 무사했다. 그녀로서는 그게 더 중요한 일이었다.

• • •

제인 헬렌 왓슨은 겁에 질렸다. 태어나서 그런 끔찍한 광경은 처음이었다. 테러라니! 그것도 낙원의 상징이자 지상에 강림한 천사라 불리는 그녀의 생일 파티에서 말이었다.

물론 자신은 제일 먼저 안전한 장소로 이송되었지만 여전히 화를 참을 수가 없었다. 왜냐하면 지금 이 난리 속에서 누구도 그녀의 현재 상태나 안위에 관하여 손톱만큼의 관심도 내보이지 않고 있기 때문이었다.

사상자의 숫자는 백 단위를 넘었다고 한다. 낙원이 설립된 이래 초유의 사태였다. 평의회는 비상대책위원회를 세우고 연일 머리를 맞댄 채 논쟁 중이었다. 제인 왓슨은 코웃음을 쳤다.

대체 누가 감히 로스트 헤븐을 공격한단 말인가? 국제 연맹도 건드리지 못하는 지상 위 유일한 낙원을 말이다. 겁 없는 테러리스트들의 정체와 목적이 도대체 무엇인지, 쏟아지는 언론의 의혹과 질문에 평의회는 짧게 대꾸했다.

> **그들은 무정부 괴뢰 집단이며 본 테러의 목적은 낙원의 고위 인사들을 해치기 위함으로 여겨진다. 이들의 배후에 관해서는 현재 조사 중에 있으며, 아직까지는 그 어떠한 정보도 언론에 공개할 수 없음을 밝힌다.**

모든 것은 다 정치적 쇼맨십에 불과했다. 평의회는 이미 그들이 누구인지 알고 있었다. 녀석들은 모래의 도시 바닥에 사는 해충들이다. 일명 고스트라 불리는 해충들에 관해 종종 이야기를 들은 적이 있었다. 유령처럼 숨어 사는 낙원 내 불법 체류자들. 그리고 그들을 이끄는 조직 오베론과 유령의 군주. 모두 깡그리 죽여 없애도 아무런 문제가 될 게 없는 족속들이었다. 이런 벌레 같은 것들 때문에 자신의 생일 파티가 엉망이 되다니 끔찍했다. 더더욱 참을 수 없는 건 평의회에서조차 그녀에게 비밀로 한 채 이번 생일 파티를 이용해 테러리스트들을 소탕할 계획을 꾸몄다는 것이다. 한마디로 양쪽 모두 그녀를 꼭두각시처럼 이용했다.

제인 왓슨은 며칠째 방에서 꼼짝도 하지 않았다. 그녀는 개인 집무관으로 부리는 안드로이드 이외엔 누구도 방으로 들이지 않았다. 자존심 상하는 이야기였지만 사실 찾아오는 이도 없었다. 사건 당일 우리야 세르게이 총사령관이 한 번 다녀갔을 뿐이다. 예상은 했지만 비참했다. 조부인 램지 왓슨 회장은 오늘내일하며 죽을 날만 바라보고 있었고, 방계 친족들은 이 기회에 그녀가 사고사라도 당하길 바랐을 터였다. 다친 곳 하나 없이 멀쩡하다는데 그들이 찾아올 리는 만무했다.

테러리스트들이 노린 표적은 낙원의 관리자였다. 카인은 무사할까? 제인은 곧 헛웃음을 지었다. 걱정할 사람이 따로 있지. 그는 처음부터 반란 분자에 대해 알고 있었다. 그러니 대역도 세우고 특수부대도 대기시켜 놓았겠지. 파티의 주역인 그녀에게는 귀띔 한 마디도 없이!

늘 이런 식이었다. 그는 여전히 그녀를 열 살 먹은 어린애 다루듯 했다. 수많은 여자들과 잠자리를 해 놓고선 정작 그녀에게는 입맞춤 이상의 것을 해 준 적이 없었다. 결혼을 미루는 것도 같은 맥락 선상의 일이다. 그녀도 잘 알고 있었다. 그가 야망을 위해 정치적으로 그녀를 이용하고 있을 뿐이라는 걸. 그녀가 알면서도 이용당해 준다는 걸 엘 카인도 알고 있다. 그들은 그런 관계였다. 결코 평등하지 않은 저울 위에서 한쪽이 호구처럼 죄다 퍼 주는 일방적 사랑.

그럼에도 제인은 폭주 열차 같은 그녀의 감정을 멈출 수가 없었다. 긴 세월 동안 맺힌 설움이 그녀의 고집을 더욱 단단하게 영글게 했다는 사실도 부인할 수 없었다.

알림

방문객(1)이 있습니다.

허공에 뜬 메시지를 본 제인은 눈가를 훔치고선 몸을 일으켰다. 평의회인가? 내키지 않는 얼굴로 고개를 든 그녀는 방문객의 모습을 확인했다. 하늘색 원피스에 커다란 꽃바구니. 제인의 얼굴색이 대번 화사하게 밝아졌다.

"사샤!"

"안녕, 제인."

사샤는 빙그레 웃으며 또각또각 걸어왔다. 촉망받는 무용가였던 그녀는 불의의 사고로 두 다리를 잃고 얼굴과 등에 심한 화상을 입었다. 인공다리와 피부 이식술이 성공리에 행해져 겉보기에는 문제가 없는 듯해 보였지만, 그녀의 삶에 새겨진 흉터는 여전히 치유되지 않은 채 깊게 남아 있었다.

"그 이름으로 부르지 말라고 했잖아."

"아, 그렇지. 미안해, 이브."

매번 사과하면서도 사샤는 꼭 그녀를 '제인'이라고 불렀다. 영리한 그녀가 같은 실수를 계속할 리는 없고, 고의적인 행동이라는 걸 제인도 알고 있었다. 그러나 제인은 한 번도 진심으로 화를 내지 않았다. 활화산 같은 그녀의 성격을 생각하면 놀라운 일이었다.

"몸은 좀 어때?"

"네 눈에는 어떤 걸로 보이니?"

사샤의 질문에 제인은 툴툴거리며 거실 탁자 위에 꽃바구니를 놓았다. 그러자 한쪽에 대기하고 있던 가사로봇이 다가와 재빠르게 찻잔과 쿠키를 준비했다.

"아주 멀쩡해 보여. 심기가 불편한 것 빼고는 말이야."

사샤는 소파에 앉으며 다리를 꼬았다. 힐끔거리던 제인은 그런 자세도 가능하냐는 표정으로 그녀를 쳐다보았다. 사샤는 대수롭지 않다는 듯 차갑게 웃었다.

"춤만 못 출 뿐이야."

농담처럼 가볍게 답했지만 방 안의 공기가 순식간에 싸해졌다. 제인은 아무런 말도 하지 않았다. 비록 자신밖에 모르는 그녀일지라도 사샤만큼은 동정했다. 음악가 집안에서 촉망받는 무용가로 자라던 소녀에게서 두 다리를 빼앗다니 신께서는 대체 무슨 생각이실까? 차라리 목숨을 앗아 가는 게 나았을지도 모른다는 생각이 들 정도였다.

사고 이후 사샤의 성격은 날이 갈수록 괴팍해졌다. 겉으로는 여전히 우아하고 세련된 얼굴로 웃으면서 이렇게 가끔 제인에게마저 못된 심통을 부리곤 했다. 그런 면이 은근히 엘 카인과 비슷해서 제인은 그런 사샤가 싫지 않았다.

사샤 피보바로바는 현재 낙원 홍보 영상의 총감독을 맡고 있었다. 그녀는 제인이 친구라 여길 수 있는 단 하나의 존재였다. 제인이 사샤를 특별하게 여기기 시작했던 건 두 사람이 처음 만났던 스타시티의 창립 기념 파티에서부터였다. 아브라함 회장의 아들인 알렉스가 마약을 하고 연회장에서 난동을 피우던 그날부터 제인은 그녀가 마음에 쏙 들었다.

– 아가씨, 태양의 도시로부터 온 익명의 수신입니다. 연결할까요?

제인의 홈 AI인 앨리스가 벽면 화면에 나타나 물었다. 제인은 시큰둥한 얼굴로 고개를 끄덕였다. 옆에 앉아 있던 사샤는 쥐색 소파에 느긋하게 몸을 기댔다.

"무슨 일이야?"

– 입실론 하나가 아담의 호출을 받았습니다.

달그랑!

거칠게 찻잔을 내려놓는 소리가 울려 퍼졌다. 사샤는 놀란 얼굴로 제인을 쳐다보았다. 그녀는 벌떡 일어나 험상궂은 표정으로 주먹을 꽉 쥐었다. 사샤는 흥미진진한 표정을 지었다.

"확실해? 아담이 직접 자신의 방으로 부른 거야?"

– 그런 것 같습니다.

제인은 "악!" 소리를 내지르며 쿠키가 담겨 있던 그릇을 집어 던졌다. 와장창 깨지는 고가의 그릇을 보며 사샤는 태연한 얼굴로 차를 마셨다.

하여간 성질머리 하나만 보자면 알렉스와 쌍벽을 이루는 수준이라니까? 알렉스의 경우는 선전척인 유전적 결함에 의한 인격 장애였지만, 제인은 그릇된 자녀 교육에 의해 빚어진 결과물이었다. 어릴 때 양친을 잃은 손녀가 가여운 나머지 오냐오냐 기른 왓슨 회장의 인생 최대의 실수이자 오점이라고나 할까?

"말도 안 돼. 갑자기 이제 와서 왜 그러는 거야?"

제인은 불안한 표정으로 중얼거리며 테이블 주위를 왔다 갔다 했다. 십 년이 넘도록 태양의 도시 근처는 쳐다보지도 않던 남자였다. 입실론뿐만 아니라, 그 어떤 여자도 엘 카인의 흥미를 끄는 데 성공하지 못했다. 그건 그녀 자신을 포함해서 하는 소리였다.

제인은 머리를 쥐어뜯으며 핏줄이 선 눈으로 소리쳤다.

"누구야? 카인이 불러들였다는 그 계집애가 대체 누구냐고!"

알림

입실론 메리 님은 브리지로 와 주십시오.

메리는 고개를 갸웃거렸다. 알림 메시지를 재차 읽어도 도무지 이해가 되지 않았다. 아니, 겁이 난다고 표현하는 게 옳았다. 지시에 따라 브리지에 간 그녀는 전혀 예상치 못했던 전언을 듣게 되었다.

— 아담의 호출입니다.

당혹스러운 상황이었다. 갑자기 난데없는 관리자의 부름이라니, 무슨 이유에서일까? 혹시 정체를 들킨 것일까?

"안쪽에서 기다리고 계십니다."

안드로이드 집무관은 빙긋 웃으며 뒤로 물러섰다. 메리는 베이지색 제복을 입은 집무관을 흘끗거리며 문 앞에 섰다. 크리스털로 이루어진 바닥 밑으로 아찔한 상공이 보인다. 이곳은 첨탑의 꼭대기 층이자 로스트 헤븐의 정점. 낙원의 관리자가 거주하는 집무실이었다.

– 어서 오십시오, 입실론 메리 님.

테두리에 다이아몬드가 장식된 유리문이 열리자, 어스름한 조명이 보석처럼 박힌 대리석 바닥이 보였다. 오리엔탈 문양의 붉은 카펫이 집무실까지 길게 깔려 있었다. 아직 밖은 한창 밝은데 안쪽으로 걸어갈수록 은은한 밤공기를 밟는 듯 고요했다.

"반갑습니다, 입실론 메리."

메리는 놀란 눈으로 정면을 응시했다. 색소가 거의 없는 금발의 남자가 단정한 슈트를 입은 채 서 있었다. 적보라색 벨벳 의자 팔걸이에 손목을 걸친 자세에서 여유가 느껴졌다. 진회색 재킷이 근사하게 어울리는 미남자는 생긋 웃더니 손을 내밀어 자리를 안내했다.

"이쪽에 앉아요."

방 안 곳곳에는 고가의 명화들이 걸려 있었다. 창가는 모두 암막 모드로 빛을 차단한 상태였고, 바닥에서 올라오는 크리스털 조명이 동작을 감지해 앞길을 비춰 주었다. 전체적으로 신비로운 분위기였다.

메리는 긴 드레스 자락을 들어 소파에 앉았다. 맞은편에 앉은 그는 테이블을 옆으로 밀더니 그녀를 향해 바짝 당겨 앉았다. 향수를 뿌린 것 같지는 않은데 좋은 향기가 났다. 독특하고 매력적인 체취였다.

"나는 엘 카인이라고 합니다. 낙원의 주민들은 관리자 또는 아담이라고 부르기도 하죠."

가까이서 그를 본 메리는 얼어붙은 채 눈을 떼지 못하고 있었다.

"많이 놀랐나요?"

"네? 아니…… 아닙니다."

긴장으로 목소리가 떨려 나왔다. 그런 그녀를 보던 엘 카인은 밀어 뒀던 테이블 위로 커피 잔을 내주었다. 잔을 건네받던 메리는 손가락 끝이 그의 손과 닿자 흠칫 놀라 고개를 들었다. 엘 카인은 생긋 웃으며 뒤로 몸을 젖혔다.

"고, 고맙습니다."

멍하니 허공을 응시하며 커피 잔을 들던 메리는 굳은 눈으로 다시 몸을 떨었다. 그런 그녀를 흥미로운 표정으로 지켜보던 그는 깍지 낀 손으로 몸을 굽혔다. 그러고는 은밀한 어조로 입을 열었다.

"당신에게 특별한 능력이 있다고 들었어요."

"네?"

"초능력 말이에요."

"아…… 입실론들은 거의 다 ESP를 가지고 있어요. 저만 딱히 특별한 건 아닙니다."

"아니요, 특별해요. 그녀들 중에서도 아주 특별하죠. 타인과 정신적으로 교감할 수 있는 능력은 몹시 귀중한 케이스거든요."

잠시 침묵이 흘렀다.

메리는 커피 잔 안을 들여다보았다. 동그랗게 파문을 그리고 있는 잔 속의 커피 물이 보였다. 그 속에 기대로 가득 찬 엘 카인의 눈이 비쳤다. 아, 알았다. 그가 부른 이유를.

"제가 무엇을 봐 드리면 됩니까?"

엘 카인은 웃음을 터뜨렸다. 영리한 여자였다. 눈치도 빠른 것 같고. 그는 흡족한 표정으로 박수를 치며 일어섰다. 뒤쪽에 붉은 벽지가 발라진 벽이 미닫이처럼 옆으로 움직이며 열렸다.

숨겨진 방 안쪽에는 손발에 족쇄가 채워진 여자 하나가 스틸 의자 위에 앉아 있었다. 어깨를 축 늘어뜨린 채 바닥을 보던 여자는 힘없이 고개를 들었다. 그녀는 메리와 눈이 마주치자 울먹이는 얼굴로 양손을 모았다. 그러더니 고개를 조아리며 모은 손을 높이 들고 싹싹 비볐다. 목숨을 구걸하고 있었다.

메리는 흘끔 뒤를 돌았다. 엘 카인은 천사처럼 상냥한 얼굴로 미소를 짓고 있었다. 긴 눈초리를 휘며 웃는 모습이 자꾸만 누군가를 연상케 했다. 메리는 잡념을 떨쳐 버리기 위해 애써 고개를 외면했다. 차라리 보지 않는 편이 나았다. 이건 하늘이 주신 기회였다. 좋은 인상을 남겨서 그와 가까워져야 한다.

"그 여자에게서 무엇이 보입니까?"

메리는 여자가 포갠 양손을 부드럽게 감싸 쥐었다. 눈물로 가득한 눈망울이 겁에 질린 채 그녀를 올려다보고 있었다. 죄책감이 일었지만 눈을 감고 집중했다. 빨려 들어가듯 인도된 기억 속으로 영상 하나가 눈앞에 나타났다.

"전투가 있었어요."

엘 카인의 눈이 커졌다. 조각처럼 아름답고 품위 있던 얼굴에 흥분이 어렸다. 입꼬리가 쫙 찢어져 올라가더니 귀까지 걸렸다. 그의 얼굴 전체가 함박웃음으로 곡선을 그리며 일그러지고 있었다.

"전투! 그래, 당연히 전투가 있었겠죠. 그다음은요?"

"한 사람이 크게 다쳤어요. 그녀가……."

메리는 놀란 듯 눈을 떴다. 여자를 잠시 쳐다보았다. 여자는 겁에 질린 눈으로 끙끙대더니 식은땀을 흘리고 있었다. 멍하니 그녀를 응시하던 메리의 눈초리가 그녀의 어깨로 향했다. 총상을 입은 상처가 눈에 띄었다. 붕대로 감은 어깨를 물끄러미 보던 메리는 마저 이야기를 이어 나갔다.

"상대를 마구 물어뜯었어요. 누군가 비명을 지르는군요. 어린아이 같아요."

"어린아이? 여자애인가?"

"네, 여자아이에요."

엘 카인은 주먹을 꽉 쥔 채 격한 숨을 토했다. 기쁜 듯해 보이는 그의 얼굴은 극심한 흥분에 젖어 있었다.

그때 갑자기 실험체 EZ14가 축 늘어지며 정신을 잃었다. 돌아선 메리는 여자의 손을 놓았다. 엘 카인은 갸웃거리며 그녀를 쳐다보았다. 메리는 차분히 설명했다.

"대상의 의식이 없으면 기억을 엿볼 수가 없습니다."

"흐음, 그래요?"

엘 카인은 잠시 생각하더니 "이쪽으로." 하고 어디론가 그녀를 안내했다. 서재로 보이는 방이었다. 허공에는 홀로그램으로 이루어진 실루엣이 얇은 커튼처럼 겹겹이 걸려 있었는데, 슈퍼컴퓨터 왓슨이 낙원의 관리자에게 올리는 보고서들이었다. 보아하니 확인하지 않은 창들이 수십 개는 되는 듯했다.

실크 커튼처럼 부유하는 홀로그램 창들을 통과하니, 벽 하나를 가득 채운 사진이 그녀를 기다리고 있었다. 붉은 눈, 검은 머리칼, 부러질 듯 가녀려 보이는 소녀는 이쪽을 흘끗 응시한 채 앉아 있었다. 강단 있는 눈빛과 꽉 다문 입술은 야리야리해 보이는 몸과 달리 고집스러운 인상을 연출했다. 사람의 시선을 빨아들이는 묘한 매력이 있는 소녀였다.

"어때요? 그녀의 기억 속에 이 소녀가 있던가요?"

"아니요. 이 아이는 보지 못했습니다."

엘 카인의 눈동자가 반쯤 감겼다. 못 믿겠다는 기색이었다. 그는 잠긴 눈으로 그녀를 뚫어져라 응시하더니 조용히 입을 열었다.

"왓슨."

메리는 천장 쪽을 쳐다보았다.

– 호흡과 맥박은 모두 정상입니다. 손동작, 시선, 눈 깜빡임, 땀 배출 등에서도 불안 증세는 보이지 않습니다. 거짓말을 하고 있을 가능성은 7% 미만입니다.

엘 카인은 낭패가 어린 표정을 지었다. 그러고는 초조한 듯 주머니에 손을 찔러 넣었다. 메리는 불쾌한 눈빛으로 돌아서며 물었다.

"절 못 믿으시나 보군요."

"기분 나빠 하지는 말아요. 당신을 못 믿는다는 건 아니니까요."

그는 화를 억누른 눈으로 억지 미소를 지어 보였다.

"저 모습 그대로일 리는 없겠죠. 벌써 십오 년이나 지났으니까요. 그럼 메리가 봤다는 그 어린애 말이에요. 그녀는 어떻게 생겼던가요?"

"본 게 아니고 들었습니다. 시력이 많이 안 좋은 편이었어요. 그래서 주변 상황이나 인물들의 모습이 또렷하게 보이지 않았습니다. 게다가 색맹도 있는 것 같고……."

색맹과 좋지 않은 시력. 뇌리를 스친 생각에 메리는 무심코 질문했다.

"델타였던 건가요? 그 여성분."

"그렇습니다. 무슨 이유에서인지 본모습으로 돌아왔지만."

엘 카인은 토라진 아이처럼 흥미를 잃은 눈빛이었다. 의욕이 꺼진 눈초리는 타다 남은 장작처럼 산만하고 탁했다. 그는 서재에 놓인 책상 앞 의자에 털썩 앉더니 마지막으로 물었다.

"델타가 물어뜯은 아이는 죽었나요?"

"물린 게 아이라고 말씀드리진 않았는데요. 여자애가 소리를 질렀다고만 했죠."

메리의 말을 듣던 그의 눈이 점차 다시 커졌다.

"물린 건 성인 여성이었습니다."

곁눈질로 이브의 사진을 본 메리는 담담한 어조로 답했다. 그는 그녀를 빤히 쳐다보았다. 도마뱀이 눈 깜빡임 하나 없이 먹잇감을 들여다보는 것처럼. 메리는 그의 동공 속에 갇힌 느낌이 들었다. 그녀는 주춤거리며 한 발 물러섰다. 갑자기 왜 이러지? 도대체 감정의 기복을 종잡을 수가 없는 남자였다. 등에 쭈뼛쭈뼛 소름이 돋았다. 다르게 말하자면 천성적으로 남에게 공포심을 안겨 주는 사람이었다.

"어떻게 생긴 여성이었죠? 몇 살쯤으로 보이던가요? 눈동자 색은? 머리 색은? 아, 색맹이라 했죠?"

깊은 한숨이 흘러나왔다. 그는 피곤한 듯 눈을 감으며 돌아섰다. 메리가 물었다.

"왜 그러시죠?"

"판단이 힘들어서요."

카인은 의자에 앉아 빙그르 돌았다. 회전하는 의자 위에 몸을 기댄 그는 멍하니 천장을 올려다보았다.

"호흡, 맥박, 시선 그런 것들은 조금만 훈련해도 조절할 수 있거든요. 진실인지 거짓말인지 구분하는 건 사실 왓슨보다 내가 좀 더 잘해요."

의자가 멈췄다. 반쯤 돌려진 의자에 앉아 있던 그가 곁눈질로 이쪽을 보는 게 느껴졌다.

"겁을 주면 어느 정도 솔직해지죠. 인간들은 그런 족속이니까."

"절 못 믿는다는 말씀이시군요."

"아까도 말했지만 못 믿는다는 건 아니에요."

나긋나긋한 말투인데 날 선 느낌이 들었다. 친절하지만 칼날을 갈고 있는 듯한 매서운 살기가 입을 마르게 했다. 메리는 깍지 낀 손에 힘을 주었다. 안 그러면 손이 사시나무처럼 떨릴 게 분명했다.

"메리는 필요 이상의 말은 결코 하지 않는군요. 아주 현명합니다."

다시 일어선 그는 환하게 웃으며 칭찬했다. 금발의 천사가 감주를 든 채 아름다운 미소를 짓는다.

"비밀을 지닌 사람들은 하나같이 눈빛이 묘하거든요. 메리, 당신처럼요. 당신은 나를 왜 그렇게 쳐다볼까요? 괴물 쳐다보듯 본단 말이죠. 무서워하는 것 같기도 하고요."

대부분의 여자들은 그를 홀린 듯 바라볼 것이다. 완벽하리만큼 아름다운 외모, 친절한 말투와 다정한 손동작. 이 남자는 어떻게 하면 여성들이 설레는지 아주 잘 알고 있었다.

"무엇을 봤습니까?"

"네?"

그가 한 발 한 발 다가올 때마다 메리의 눈동자는 풍랑 위 조각배처럼 흔들렸다. 그녀는 유림처럼 육탄전에 강하지 못했다. 설령 유림이라 해도 이 남자와 맞서서 이길 수 있을지는 알 수 없었다. 자신의 역할은 정보원이었다. 신속하고 정확하게 적의 정보를 빼내서 고양이에게 생선의 위치를 알려 주는 것. 그런데 만약 그녀가 직접 생선을 발견한다면?

이 남자는 최우선 암살 대상이다.

그가 만약 진짜 낙원의 관리자라면 이 자리에서 죽여야 했다. 그건 두말할 여지조차 없었다. 로스트 헤븐 잠입 부대의 목적은 왓슨

3세의 파괴와 낙원의 관리자를 제거하는 것이다. 설령 요원 스스로의 목숨이 위태로운 상황이라고 해도, 최적의 기회가 왔다면 절대적으로 임무 완수가 우선이다.

'하지만 그럼 유림은?'

천장을 기던 델타가 노린 것은 용맹하게 싸우던 여자의 목덜미. 여자는 하늘거리는 드레스를 쫙 찢어 올린 채 익숙한 몸짓으로 델타와 접전을 벌이고 있었다.

메리는 그녀가 누군지 한눈에 알아보았다. 델타를 상대로 그렇게 싸울 수 있는 여전사는 그녀가 알기론 오직 한 명뿐이었다.

"아까 나와 손이 닿았을 때, 무엇을 봤나요?"

어느새 코앞까지 다가온 엘 카인이 바짝 얼굴을 붙인 채 묻고 있었다. 눈앞에서 커다랗게 보이는 그의 눈동자를 본 메리는 숨이 막힐 것 같은 표정을 지었다.

"설마 내 머릿속까지 볼 수 있을 줄은 몰랐거든요. 말해 봐요, 메리. 나의 '무엇'을 봤죠?"

그는 눈 속을 채운 피의 무곡이 휘몰아치듯 웃었다.

이 남자가 찾고 있는 대상은 분명했다. 기억을 엿본 델타가 물어뜯은 주인공, 어쩌면 사진 속 붉은 눈의 소녀와 연관이 있는 여자.

……유림이 위험하다.

한편 폐쇄 도시 쪽 사람들은 눈도 붙이지 못한 채 애만 태우고 있었다. 비상 전력 외에는 모든 시스템이 멈춘 상황 속에서 의사는 제정신이 아닌 미치광이 박사 하나뿐, 그를 도와줄 의료 전문 안드로이드 역시 존재하지 않았다.

"나츠는?"

유림이 벌떡 일어나 물었다. 수술실에서 나온 밧세바는 걱정하지 말라는 얼굴로 고개를 끄덕였다. 피곤해 보이는 안색을 보니, 리 박사가 수술을 하는 내내 옆을 지킨 모양이었다. 여기저기서 안도의 한숨 소리가 흘러나왔다.

"그 미치광이 박사가 수술한 거야? 제대로 한 거 맞아?"

"당신이 보시기엔 어떻습니까? 제대로 한 것 같습니까?"

밧세바가 유림의 상처 부위를 짚으며 물었다. 유림은 '쳇' 하고 입을 다물었다. 저 여자, 이죽거리며 비딱하게 말하는 솜씨가 일품이다.

"그나저나 대체 어떻게 된 겁니까? 아군이 쏜 총탄에 당한 겁니까?"

모두의 시선이 드레이크에게로 향했다. 그는 인상을 쓰며 억울하다는 어조로 말했다.

"전 아닙니다."

"아군의 총탄이 아니야."

"그럼……."

"델타다."

잠시 공백이 내려앉았다. 다들 어안이 벙벙하다는 표정이었다. 웁실론들조차 고개를 갸웃거렸다.

"하지만 델타는 도구를 사용할 만한 지능이 안 되지 않습니까?"

"물론 안 되지. 보통의 델타라면 말이야."

"보통의 델타라면?"

누군가 묻자 유림은 턱을 괸 채 이어 말했다.

"생김새가 묘했어. 델타라기보다는 어쩐지 인간에 가까웠던 것 같아……."

"소위님을 노리고 있는 듯했습니다. 소위님 주위만 얼씬거렸어요."

델타들은 무리를 지어 움직인다. 그리고 각 무리에는 리더가 존재한다. 이를테면 화이트 채플에서 델타들을 통솔하던 델타7처럼, 리더는 동료들에게 공격 신호를 보내거나 불리할 땐 후퇴를 명하기도 한다. 하지만 거기까지였다. 그들이 작전을 짜거나 무기를 이용하는 건 지금까지 단 한 번도 본 적 없었다.

"케이는 어디 갔어?"

유림이 묻자 드레이크는 모르겠다는 표정을 지었다. 옆에 앉아 있던 밧세바는 고갯짓으로 중앙 계단 쪽을 가리켰다. 위층에 올라갔나? 유림은 의아한 얼굴로 그쪽을 바라보더니 드레이크의 어깨를 툭툭 치며 말했다.

"나츠의 옆을 지켜 줘. 나는 애덤슨 녀석을 찾아올 테니까. 조금 이따가 대책 회의를 한다."

"알겠습니다."

A동의 꼭대기 층은 과거에도 격벽으로 엄중히 닫힌 제한 구역이었다. 대부분의 1급 제한 구역은 은밀한 실험이 이루어지던 곳이다. 에덴 타워의 최하층부도 그랬고, 이곳 폐쇄 도시의 연구동 건물들 지하나 맨 꼭대기 층이 그랬다.

비상 전기조차 들어오지 않는 곳. 어디선가 어스름한 빛이 새어 나오고 있었다. 푸른빛은 자주색으로 바뀌었다가 다시 노란색으로 바뀌고 다시 초록색으로 변했다. 앨리스의 이상한 나라처럼 몽환적인 분위기였다.

격자무늬로 이루어진 대리석 바닥, 그곳을 비추는 환상적인 조명들. 케이는 의외란 표정으로 입구에 서 있었다. 그는 눈을 살짝 크게 뜬 채 풀어진 표정을 지었다.

추억의 보물 상자라도 발견한 기분이었다. 이게 여기에 있을 줄이야. 게다가 아직 가동 중이라니, 그럼 드리밍 플라워는 지금도 누군가의 뇌파를 사용 중이란 얘긴가?

그는 신기하다는 듯 주위를 둘러보았다. 기억의 도시에서 사용하는 가상 인터코스 프로그램도 드리밍 플라워를 바탕으로 만든 것이었지만 여기에 남아 있는 건 오리지널 버전이었다. 정체불명의 과학자 K가 왓슨 그룹에 넘겼던 그 모습 그 세팅 그대로.

어디선가 흐느끼는 소리가 들려왔다. 흘끗 돌아본 케이는 널따란 안쪽 홀로 진입했다. 상아색 바닥 위에 리 박사가 아기처럼 몸을 웅크린 채 누워 있었다. 한심하다는 얼굴로 그를 내려다보던 케이는 천천히 허리를 굽혀 상태를 살폈다.

"여기서 뭘 하고 있어, 박사?"

번쩍 눈을 뜬 리 박사의 동공이 공포로 휘둥그레 커졌다. 환해진 방 속에 등장한 천사가 날개를 단 악마처럼 섬뜩하게 웃고 있었다.

"여, 여긴 어떻게……."

주섬주섬 일어난 그는 냉큼 고개를 조아렸다. 바닥에 코를 박고 멍하니 생각에 빠졌다. 또 꿈을 꾸는 건가?

"고개 들어."

리 박사는 흠칫하며 고개를 들었다. 이놈의 망할 악몽은 매번 너무 현실적이다. 너무 리얼해. 그래서 도무지 두려움이 사라지지 않는다. 꿈이란 걸 알면서도 그는 늘 상대에게 목숨을 구걸했다. 구차하지만 치욕스러운 감정이 공포심을 지워 주진 못했다. 어쩔 수 없다. 리 박사는 울먹이며 양손을 싹싹 빌기 시작했다.

"사, 살려 주세요."

"누가 들으면 오해하겠어. 죽인다고 한 적도 없는데 왜 그런 말을 해?"

케이는 도통 모르겠다는 표정으로 고개를 갸웃거렸다. 박사는 멍하니 손을 떨어뜨렸다. 저 표정, 저 얼굴을 알고 있다. 입꼬리만 올려서 웃는 예쁜 미소, 인간미 없는 눈웃음. 저들이 처형을 내리기 전에 보이는 마지막 호의다.

"아, 아무에게도 말하지 않았어. 카, 카인 대표님! 제, 제발 용서해 주세요. 사, 살려 줘!"

그 순간 웃고 있던 케이의 얼굴이 싸늘하게 굳었다. 그는 차가워진 눈초리로 다리에 매달린 리 박사를 보며 '퍽' 하고 걷어찼다. 그대로 벽까지 날아가 털썩 부딪힌 리는 바닥에 쓰러진 채 '쿨럭' 기침을 토하며 배를 움켜쥐었다.

"그 녀석하고 착각하지 마."

살기가 밴 목소리였다. 언짢은 기색이 가득한 눈동자. 토성과 목성이 섞인 듯 신비로운 빛깔이 암적색으로 가라앉는다. 멍하니 케이를 보던 리 박사의 눈이 커졌다.

"아, 아담?"

"이제 좀 정신이 돌아왔나?"

케이는 정말 반가운 듯 웃었다. 물론 그 미소 속에 죽여 버리고 싶다는 살기는 여전했지만.

"혹시 기억나?"

"기억? 뭐, 뭐가……."

"배신하면 내가 어떻게 한다고 했더라?"

리 박사는 생긋거리며 묻는 케이를 넋을 놓은 채 쳐다보았다. 왜소하고 창백했던 소년은 몰라볼 정도로 훌쩍 자라 있었다. 게슴츠레한 눈으로 바딤 옆에서 무심하게 쳐다보던 아이가, 이십 센티는 더 커 버린 모습으로 나타나 그를 느른하게 내려다보고 있었다.

"왜 배신했어?"

케이는 천진한 얼굴로 갸웃거리며 물었다. 아, 저럴 때의 모습은 어릴 적과 똑같다. 무표정한 얼굴로 티 없는 눈동자를 깜빡이며 쳐다보는 눈초리. 도무지 어린아이로는 보이지 않던 태연함과 잔혹함.

"배신하지 않았어. 배신 같은 거 하지 않았다고!"

리 박사는 억울한 듯 눈시울을 붉혔다.

"내게 있어선 결과적으로 같아. 결국 이브를 되찾지 못했으니까."

"이, 이브?"

"정말 다 잊은 거야?"

케이는 홀에 위치한 실험대 의자 위에 앉았다. 왕처럼 편하게 걸터앉은 그는 무슨 말부터 해야 할지 잠시 생각했다. 담담하고 무심했던 소년의 눈빛에 새겨진 복수의 칼날이 달빛처럼 서늘하게 흘렀다.

"박사, 당신이 그랬지. 왓슨 3세를 완성시키면 이브를 돌려주겠다고. 약속대로 나는 왓슨 3세를 완성시켰어. 로스트 헤븐의 설계도 완벽하게 마쳤고. 하지만 당신은 이브를 돌려주지 않았어. 대신 어디론가 꼭꼭 숨어 버렸지. 우리가 한 거래 따윈 안중에도 없었다는 듯이."

케이는 짜증난 눈빛으로 미간을 구겼다. 장밋빛 입술 새로 역겹다는 듯 혀를 차는 소리가 나왔다. 박사는 무릎을 꿇고 앉은 채 다리를 덜덜 떨었다. 오줌이라도 지릴 기세였다.

죽일 가치도 없는 버러지 같은 놈.

차라리 고문을 하는 게 나을까? 살점을 하나씩 뜯어서 물고기 밥으로 주면서 말이다. 아니면 격벽 사이에 묶어 놓고 쇠문을 닫으며 압사시켜 죽일까? 그것도 아니면 눈알을 파고 혀를 뽑고 귀를 멀게 한 다음 온몸을 천천히 난도질할까?

온갖 살육 방법을 떠올리던 케이는 뭘 해도 만족스럽지 않다는 표정으로 중얼거렸다.

"이브는 죽고 당신만 살아 있다는 게 마음에 안 들어."

"이, 이브도 살아 있어!"

리 박사의 말에 케이의 눈빛이 굳었다. 얼어붙어 있던 그의 얼굴이 천천히 일그러졌다. "하!" 헛웃음이 흘러나왔다. 너무 분노한 나머지 웃음 아닌 웃음이 터져 나왔다.

이제는 감히 이브의 생사를 두고 말장난을 치려 해? 더 이상 고민할 여지도 없었다. 이 자리에서 이 남자의 세포 하나까지 갈기갈기 찢어 죽일 것이다. 이렇게까지 살의가 치솟는 것도 간만이었다.

"시체를 확인했어? 이브가 죽은 걸 직접 확인했냐고!"

리 박사가 애원하듯 물었다. 의자에서 내려오던 케이는 침묵했다. 아까보다 더 화가 난 얼굴이었다. 하지만 뭔가 걸린다는 눈초리로 쉽게 대답하지 못했다.

리 박사는 침을 꿀꺽 삼켰다. 수염이 지저분하게 난 턱 끝에 땀이 송글송글 맺혔다. 그는 빠르게 바닥을 기어 와 조심스럽게 속삭였다.

"이브는 살아 있어."

"……."

"살아 있다고."

고요히 일렁이던 케이의 눈동자가 더 이상 참을 수 없다는 듯 커졌다. 힐끔 아래를 내려다본 그의 눈초리가 서늘하게 가라앉았다.

"죽지 않았…… 크헉!"

리 박사의 목을 움켜쥔 케이의 눈이 분노로 타올랐다. 리 박사는 허공에서 버둥거리며 목을 쥔 그의 손을 덥석 잡았다. 살려 달라고 입 모양으로 뻐끔거리는 걸 보며 케이는 싸늘한 얼굴로 입을 열었다.

"또 간사한 혓바닥을 놀려 살길을 찾으려 하는구나."

리 박사가 위기를 모면하기 위해 짜낸 계책이란 걸 알고 있음에도 일순 가슴이 내려앉았다. 이브는 그에게 있어 절대적인 약점이었다. 살아 있을 때도, 죽은 뒤에도 그녀의 이야기는 그를 무장해제시킨다.

누구든 이브를 빌미 삼아 그를 흔들려고 한다면 산 채로 폐를 쥐어뜯을 것이다. 맹세하건대 가장 끔찍한 방법으로 고문하다 죽일 것이다. 케이는 그의 목젖을 누른 손가락 끝에 천천히 힘을 주며 말했다.

"죽음에 대한 공포를 실제로 느껴 본 적 있어? 바로 이런 거야. 이런 느낌."

리 박사는 창백한 얼굴로 허우적거렸다. 손아귀 힘이 대단했다. 사람인가 싶을 정도로. 숨 막혀 죽기 전에 목뼈가 부러져 죽을 것이다. 아니, 그전에 눈알이 뽑힐까?

케이와 눈이 마주친 리 박사는 숨을 헐떡였다. 붉고 커다란 동공. 핏물을 뚝뚝 떨어뜨린 것처럼 점 하나 없는 선홍색의 눈이다. 페트로비치의 딸, 그 아이의 눈처럼. 피로 젖은 듯 섬뜩했던 그녀의 눈처럼.

'사람이…… 아닌가?'

리 박사는 컥컥거리며 눈알을 뒤집었다. 숨 막히는 입술 새로 끊어질 듯 말이 새어 나왔다.

"내가…… 봐, 봤어! 허, 허억…… 이브를…… 봐, 봤다고…… 쿨럭!"

툭.

손이 풀리자 허공에 떠 있던 리 박사의 몸이 바닥에 털썩 떨어졌다. 그는 바닥에 엎드린 채 어깨를 들썩이며 기침을 했다. 콜록콜록 넘어오는 숨에 목과 폐부가 타는 듯 뜨거웠다.

케이는 리 박사를 서늘하게 응시했다. 어느새 그의 붉은 눈은 투명한 연갈색 빛으로 돌아와 있었다. 잠자코 있던 그가 조용히 입술을 열었다.

"어디서 봤는데?"

단정한 음성 끝이 미세하게 떨렸다. 이 비열한 미치광이에게 농락당하고 있다는 걸 알면서도 미끼를 물고 있었다. 어쩔 수 없다. 이브인걸. 이브에 관한 건 저항할 수 없어. 리 박사도 그걸 알기 때문에 끝까지 물고 늘어지는 거겠지.

"이브가 어디에 있냐고 묻잖아."

케이는 그의 정수리를 뽑을 듯 쥐었다. 대답하지 않으면 당장 뇌수부터 가랑이까지 몸을 절반으로 찢어 버릴 기세였다. 혓바닥이라도 잡아서 뽑아 버리고 싶은 걸 간신히 자제하고 있었다.

"여, 여기에 있어."

리 박사는 과호흡이 오는지 숨을 헐떡거리며 말했다. 벌게진 얼굴과 파리해진 입술을 보니 졸도하기 직전이었다.

'여기에 있다고?'

온몸에 잔경련이 일었다. 머릿속이 멍해지면서 심장이 터질 것처럼 뛰었다.

리 박사는 기침을 하더니 풀린 눈으로 '허억, 허억' 천장을 보고 누웠다. 조바심이 난 케이는 몸을 굽히고 앉았다. 그는 박사의 턱을 잡아 억지로 시선을 마주치며 물었다.

"똑바로 말해. 이브가 여기 있다는 게 무슨 뜻이야?"

이브는 죽었다. 노아가 그렇게 말했다. 섬광 속에서 시체는 찾을 수조차 없게 갈기갈기 찢겨 버렸노라고.

상실의 고통에 아무런 생각도 들지 않았다. 노아가 한 말을 의심할 생각조차 하지 못했다. 눈앞에서 그녀가 피를 흘리며 멀어지는 것을 보았기에, 그 손을 놓친 건 자신이었기에 더욱 그랬다. 며칠을, 몇 달을, 아니, 몇 년을 멍하니 보냈다.

리 박사는 빗뜬 눈을 흘겼다. 그는 주위에 아무도 없는지 확인하려는 것처럼 비밀스레 눈초리를 옮겼다.

"그녀는 낙원에 있어."

케이의 눈이 커졌다. 눈앞이 하얘져서 아무 생각도 들지 않았다.

"로스트 헤븐 내에 있다고!"

부릅뜬 눈으로 소리친 그는 웩웩거리며 토악질을 했다. 믿어 주지 않아도 상관없었다. 아담이 코앞에 있는 그녀를 몰라보는 건 자신의 책임이 아니니까.

"이곳에 있어, 이브가 낙원에……."

흐느끼며 중얼거리던 리 박사는 초점을 잃더니 바닥에 스르륵 엎어져 정신을 잃었다. 케이는 그런 박사를 쳐다보며 망연자실한 얼굴을 했다.

— 노아, 이브는 어떻게 됐어?

초점 풀린 눈이 먼 곳을 응시했다.

— 죽었어?

생각해 보면 노아는 그녀가 '죽었다'고 말한 적은 없었다. 그렇게 믿을 수밖에 없는 표현과 상황적 묘사로 죽음을 연출했을 뿐.

— 이브의 얼굴이 잘 생각나질 않아.
— 찰나의 기억이니까요.

입가에 서늘한 입김이 맺혔다. 잔물결이 이는 눈동자에는 주체할 수 없는 떨림이 파도치고 있었다.

— 정유림 소위, 일명 브루클린의 성녀, 지옥교관. 연맹군 측의 스파이이자 입실론 메리와는 자매입니다. 최근 낙원을 공포 속에 몰아넣고 있는 평의원 연쇄살인의 주범이기도 하죠. 낙원에서 그녀를 모르면 간첩입니다. 최전방에서 그녀가 포획한 델타 수와 제압까지 걸린 시간은 아직도 최고 기록

으로 남아 있을 정도이니…….

— 훌륭한 전투 요원, 그게 다인가?

— 정 소위는 조금 특별한 체질입니다. 입실론들의 정신감응 능력이 그녀에게는 통하지 않는 걸로 확인되었습니다.

— 감염된 적은?

— 엄밀히 말하면 없습니다.

— 그래서…… 지금 그녀를 나의 권속으로 맞이하라?

— 예, 한 가지 당부의 말씀을 드리자면 억지로 관계를 맺는 건 안 됩니다. 그랬다가는 모든 것이 수포로 돌아가게 될 수도 있습니다. 눈치채셨겠지만 보통 여자가 아닙니다. 자연스럽게 마음을 얻어서 관계를 맺으십시오. 이건 제가 마스터께 드리는 숙제입니다.

머릿속에 떠오른 파편들이 순식간에 톱니바퀴처럼 맞물려서 돌아가기 시작했다.

— 낙원에 온 것을 환영한다, 애덤스 훈련병.

처음 만났을 때부터 묘한 감정을 느꼈다. 그녀의 행동 하나하나가 시선을 끌었고, 마음 깊숙한 곳을 건드렸다. 유림의 모든 것은 그의 기억 저편에 위치한 조각들을 자석처럼 끌어당기며 무언가를 완성시키고 있었다. 그게 대체 무엇인지 눈앞에 선명하게 보이지가 않아서 매번 답답하고 불안했다.

— 궁금하지 않으십니까? 중사님을 미치게 만드는 그 감정이.

가끔 바람이 심하게 부는 밤이면, 유림은 밤새 악몽에 시달린 뒤 땀에 흠뻑 젖은 몸으로 유령처럼 거실을 배회했다. 몽유병 환자처럼 멍한 표정을 지으며 무언가를 몹시 두려워하는 듯한 얼굴로 창밖을 빤히 내다보고는 했다.

그녀가 공포에 젖은 눈으로 노려보던 대상은 늘 하나였다. 에덴타워. 사연을 모르는 이라도 한눈에 눈치챌 수 있을 정도로 살기를 품고선, 유림은 이를 악문 채 그렇게 한참을 창가에 기대 서 있고는 했다.

— 유림, 혹시 고소공포증 있어요?

— 어떻게 알았어? 물 공포증도 있어서 바다나 강가 근처는 완전 쥐약이야.

— 공중훈련 때요, 숨이 거칠어지던걸요. 흐음, 소위님한테 약점이 다 있다니…… 적어 놔야겠네요.

— 죽을래?

수면에 잠긴 달처럼 농몽한 눈빛이 점차 흐리게 내리 감겼다.

— 아담이 근처에 오면 이브는 콧노래가 나와.

아침마다 우유를 마시며 콧노래를 흥얼거리던 유림의 모습이 떠올랐다. 그 모습은 오래전, 정체를 알 수 없는 노래를 흥얼거리며 부엌에서 요리하던 사라의 모습과 겹쳐지며 눈앞을 가득 채웠다.

— 이브는 스트로베리 캐럿 케이크!

목울대에 울컥 올라온 감정이 흉곽을 숨도 못 쉬게 조였다. 붉어진 눈가가 울먹이며 일그러졌다. 괴로움에 고개를 젖히고 미간을 짚었다. 억눌러 보려고 이를 악물어 봤지만 턱 끝에 주르륵 흘러내리는 것들까진 막지 못했다.

— 딸기 생크림 케이크! 삼 분 준다. 늦으면 벌칙이야, 케이.
— 오늘 저녁은 카레야.

어떻게 모를 수 있었을까…….

— 난 가끔 꿈을 꿔. 에덴 타워가 날 집어삼킬 듯 쫓아오는 꿈.

넋이 나간 얼굴로 대리석 바닥을 응시했다. 멍한 갈색 눈동자 속엔 붉은 언덕, 나발루니에가 있었다. 백야가 떠 있던 날들이 파도처럼 밀려와 가슴속 응어리를 적셨다.

'내가 어떻게 너를…….'

그는 바닥에 비친 제 모습을 응시했다. 다 큰 남자가 심장을 부여잡은 채 눈물을 뚝뚝 떨어뜨리고 있었다. 누가 들을까 봐 손등으로 입을 막고선 숨죽인 채 겨우 울음을 터뜨렸다.

지난 십오 년 간 억눌러 왔던 감정이 오열하며 빗소리처럼 먹먹하게 흘렀다. 어깨를 들썩이던 그는 그 뒤로도 한참 동안 고개를 들지 못했다.

파도가 밀고 온 여운이 가실 때까지 조금 더 시간이 필요할 것 같았다.

Chapter 2

엘 카인.

낙원의 관리자로서 '아담'이라 불리는 남자다. 그는 왓슨 그룹의 상속녀인 제인 왓슨의 연인이자 왓슨 그룹의 실세이고 후계자였다. 현재 국제 연맹은 신종 바이러스를 창궐시킨 배후 세력으로 왓슨 제약회사를 의심하고 있었다. 사실상 의심이 아닌 확신하고 있는 단계라고 보는 게 옳았다. 하지만 그들은 틀렸다. 왓슨 그룹은 신종 바이러스를 만든 주범이 아니었다.

주범은 엘 카인이다. 아니, 주범들 중 하나라고 정정한다. 권주들은 각자 패권을 두고 다투고 있었다. 그러나 왕좌는 하나뿐이었고, 권좌를 차지하지 못하면 도태될 게 뻔했다. 엘 카인은 정해진 왕좌를 빼앗기 위해 동족상잔을 저질렀다. 그는 알고 있었다. 설령 죄를 지어도 죄질을 다룰 자가 없다는 것을.

왜냐하면 왕좌는 아직 비어 있지 않은가?

— 메리와 이야기를 나누는 건 상당히 즐겁네요. 그러니 오늘 밤에 또 오도록 해요. 당신과 더 많은 시간을 보내고 싶거든요.

아담의 집무실을 나온 메리는 멍한 얼굴로 복도에 섰다. 밤에 또 오라는 건 무슨 의미일까? 가슴이 얇은 판막처럼 두근두근 뛰기 시작했다. 단순한 두려움만이 아닌 복합적인 감정이 용솟음쳤다. 악인이란 걸 알면서도 자꾸만 시선이 가는 남자였다. 그의 일그러진 미소가 끔찍하다고 생각하면서도 한 번쯤은 어루만져 보고 싶다는, 그런 이율배반적인 마음이 들 정도로.

외모 때문이다.

마이클을 쏙 빼닮은 그의 이목구비 때문에 이런 이해할 수 없는 기분이 드는 게 분명했다. 결코 그에게 끌리는 건 아니었다. 메리는 동요하는 속내를 가지 치듯 그렇게 단언했다.

– 입실론 메리 님께서는 앞으로 S관 출입이 가능하십니다. 태양의 도시에서 관리자 직무실 직속 엘리베이터를 이용하시겠습니까?

뱀의 목구멍 속을 들어갔다 나온 자의 심정이 이러할까? 온몸의 모골이 찌릿찌릿 서 있는 느낌인데, 담력 시험을 통과한 듯 묘한 성취욕도 들었다.

엘 카인, 그 남자의 존재감은 화사하지만 늘 빛에 휩싸여 경계가 불명확한 마이클과 달리 어둠에 잠겨 있지만 수면 위로 비친 윤곽처럼 뚜렷했다.

"메리 님."

어디선가 나타난 집무관이 고개를 숙이며 인사했다.

"뭐죠?"

"이브께서 찾으십니다."

메리는 할 말을 잃은 얼굴로 안드로이드 집무관을 응시했다. 아담을 만나고 왔더니, 이번에는 낙원의 이브께서 자신을 찾는다고? 엘 카인을 짝사랑하기로 유명한 그 성질 나쁜 왓슨가의 공주님이?

메리는 한숨을 포옥 내쉬었다. 좋지 않은 예감이 들었다. 그것도 아주 많이 말이었다.

제인이 지내는 곳 역시 에덴 타워 내에 위치하고 있었다. 그녀는 엘 카인과 마찬가지로 에덴 타워의 층 하나를 전부 개인 공간으로 사용했다. 하얀 숲처럼 순백의 대리석으로 이루어진 인테리어. 그녀의 공간은 얼음 궁전처럼 차갑고 시원한 느낌을 주었다. 문득 유림이 툴툴거리며 욕하던 말들이 떠올랐다.

— 지가 무슨 천사인 줄 알아. 마녀처럼 못돼 처먹은 주제에, 광고 영상 속에서는 무슨 숲 속의 요정인 양 하고 나온다니까?

유림은 제인 왓슨의 이중성을 늘 역겨워했다. 이브의 광고 영상이 나오면 토할 것 같은 얼굴로 웩웩거리던 그녀의 모습이 떠오르자 메리는 피식 웃었다.

"뭐가 그렇게 재밌어요?"

까칠한 여자의 목소리가 들려왔다. 메리는 경직된 얼굴로 발을 멈췄다. 안쪽에서 제인이 팔짱을 낀 채 유유히 걸어 나오고 있었다.

"입실론 메리?"

"네."

"앉아요."

아이보리색 쉬폰 원피스를 입은 제인은 밝은 금발을 틀어 올린 채 가녀린 목선을 내보이고 있었다. 과연 낙원의 요정이라 불릴 만했다. 청초한 자태, 불면 날아갈 듯 얇은 몸. 메리는 화사한 조명 아래 놓인 상아색 가죽 소파에 앉으며 주위를 빠르게 훑었다. 특별할 건 없어 보였다. 여성스러운 인테리어, 전체적으로 깔끔하고 산뜻하다. 한쪽 벽면에서는 광고 영상이 끊임없이 재생되고 있었고, 햇살이 비치는 유리 벽 쪽에는 화려한 드레스들이 진열되어 있었다.

다시 테이블 위를 응시하던 메리는 흠칫 놀라 옆을 쳐다보았다. 원목으로 된 의자에 한 여자가 앉아 있었다. 곱슬곱슬한 검은 머리에 창백할 정도로 하얀 얼굴, 그리고 모델처럼 훤칠한 체격. 아담한 제인과 달리 성숙한 미를 뽐내는 여자는 다리를 꼬고 앉은 채 커피를 마시고 있었다. 그녀는 메리와 눈이 마주치자 생긋 웃으며 눈인사를 나눴다. 먼저 와 있던 손님인 모양이었다. 무안해진 메리는 맞은편에 앉은 제인에게 조심스럽게 말을 건넸다.

"무슨 일로 찾으셨는지 여쭤도 될까요?"

"얼굴 좀 보려고요."

제인은 톡 쏘아붙이듯 대꾸했다. 메리는 피로감을 느꼈다. 역시 안 좋은 예감은 늘 적중한다. 낙원의 요정의 심기가 대단히 불편해 보였다. 벌떡 일어나 뺨을 한 대 쳐도 이상해 보이지 않을 정도로 사나운 눈초리가 그녀를 노려보고 있었다.

"카인과는 무슨 이야기를 나눴죠?"

사샤는 의외라는 얼굴로 제인을 쳐다보았다. 저 성격파탄자가 나름 화를 누르며 이성적인 대화를 나누고 있다니. 속에서는 천불이 나서 콧김이 나와도 벌써 나왔을 텐데, 이제야 저 공주님께서도 철이 좀 드는 건가? 아니면 엘 카인에게 미움받을까 봐 최대한 참고 있는 건가? 철부지 어린애인 건 여전하니까 후자일 가능성이 높았다.

"제 능력을 필요로 하신다고 하셨어요."

제인의 눈썹이 치켜 올라갔다.

"능력? 무슨 능력?"

"저는 접촉으로 타인의 기억을 엿볼 수 있습니다."

제인의 얼굴색이 조금 밝아졌다. 본인이 예상한 것과 다른 상황으로 보이자 기분이 좋아진 듯했다. 그러니까 카인은 그녀에게 성적 호감을 느낀 게 아니고, 단순히 능력을 필요로 해서 불렀단 말이지.

제인의 말투가 한결 부드러워졌다.

"누구의 기억을 엿보라고 하던가요?"

"델타의 기억을 엿보길 원하셨습니다."

"델타? 아, 델타는 말이 안 통하니까."

그럴 수 있지. 제인은 고개를 끄덕였다. 하지만 곁눈질로 흘기는 눈초리에는 여전히 의심 한 터럭이 묻어 있었다.

"그 외에 다른 일은 없었고?"

"네, 없었습니다."

"델타의 기억에 뭐가 있었죠? 그가 뭘 찾던가요?"

"죄송합니다. 그건 말씀드릴 수가 없습니다."

메리는 정중히 고개를 숙이며 말했다. 그러자 제인의 표정이 삽시간에 굳었다. 화기애애하던 대화가 뚝 끊겼다.

메리가 다시 고개를 든 순간, 노여움에 찬 손이 날아와 그녀의 뺨을 '철썩!' 때렸다. 가녀린 손이 어찌나 맵던지 고개가 홱 돌아갈 정도였다. 뺨을 어루만진 메리는 터진 입술에 맺힌 피를 훔쳤다. 제인의 살벌한 눈초리가 그녀의 정수리를 찍어 내릴 듯 노려보고 있었다.

"말씀드릴 수가 없어? 태양의 도시가 누구의 소관이야? 모든 입실론들을 관리하는 건 이브인 나라는 걸 잊으면 곤란한데요, 입실론 메리?"

"당치도 않습니다. 제가 함구하는 것 또한 이브 님을 위한 행동임을 알아 주셨으면 합니다."

"나를 위한 행동?"

담담한 어조로 답하는 메리를 보며 제인은 주먹을 부르르 쥐었다. 그녀가 꼬박꼬박 말대답하는 게 어지간히 꼴 보기 싫은 눈치였다. 다행히도 더 이상의 손찌검은 날아오지 않았다.

제인 역시 이런 화풀이 따위는 소용없다는 걸 알고 있었다. 한눈에 봐도 보통내기가 아닌 듯한 메리를 더 갈구어 봤자 얻을 건 없었고, 그러다가 엘 카인의 귀에라도 들어가면 곤란했다. 이유야 어찌 되었든 그가 십수 년 만에 처음으로 찾은 입실론이었다.

제자리에서 씩씩거리던 제인은 결국 문을 박차고 나섰다. 제 화를 못 참고 직접 엘 카인을 찾아가는 모양이었다.

메리는 피곤한 얼굴로 한숨을 내쉬었다. 최악의 상황에는 머리채를 잡힌 채 관리자 집무실까지 끌려가는 걸 상상했는데, 다행히 그 정도는 아니었다. 소파에 앉아 그 광경을 빤히 구경하던 사샤가 몸을 일으키며 물었다.

"괜찮아요?"

"아, 네. 괜찮습니다."

"그냥 대충 둘러대서 말하지 그랬어요. 어차피 제인은 가서 묻지도 못할 텐데. 당신이 그렇게 감싸 줘도 제인은 아마 계속 이렇게 불러서 괴롭힐걸요? 쓸데없는 배려예요."

"제인 왓슨을 위해서 그런 게 아닙니다. 관리자께 괜한 의혹을 심어 드리고 싶지 않았을 뿐이에요."

"왜요? 카인 대표는 당신을 꽤 신뢰하는 것 같은데요. 그렇지 않고서야 집무실까지 들이고 살려 보냈을 리가 없죠. 대부분은 시체가 되어서 나오거든요."

사샤의 말에 메리의 안색이 창백해졌다. 역시 운이 좋았던 것일까? 아니면 오히려 더한 불운 속으로 뛰어든 것일까?

— 나의 '무엇'을 봤죠?

메리는 아랫입술을 깨물었다. 파리한 낯빛에 두려움이 안개처럼 번지다가 사라졌다. 첨탑 꼭대기에는 악마가 산다. 신이 실수로 빚어 버린 괴물, 인간은 그런 것과 싸우고 있다.

"그는 제가 아직 쓸모 있다고 여기는 듯합니다. 신뢰를 얻는 것보단 가치를 어필하는 쪽이 낫겠죠. 존재 자체로 유용할 테니까요."

사샤는 빙긋 웃었다. 현명한 처사다. 대부분의 입실론들은 제인에게 아부를 떨고 시녀처럼 충성을 바치기 바쁜 반면 그녀는 판도 전체를 한눈에 파악한 상태였다. 그리고 허울뿐인 '퀸' 따위는 일찌감치 배제하고 있다.

결국 제인은 엘 카인과 평의회로부터 따돌림을 받는 존재였다. 낙원의 상징적인 인형일 뿐, 허수아비에 불과한 그녀가 제 손으로

할 수 있는 것은 아무것도 없었다. 엘 카인은 그녀가 원하는 게 뭔지 정확히 알고 있었다. 제인은 정치적 발언권 따위에는 전혀 관심 없다. 회사 운영 같은 건 머리가 아프다고 싫어하는 편이었다. 그녀가 원하는 건 오로지 대중의 관심과 사랑, 그리고 엘 카인뿐이었다.

"입실론들은 늘 감시받고 있어요. 특히 메리, 당신처럼 특별한 사람은 더더욱 말이죠. 이제 카인 대표의 집무실에 들락거리게 되었으니 전보다 더 움직임에 제한이 가해질 거예요. 모든 사람이 주목하는 인물이 된 걸 축하해요. 축하할 일이 맞는지 모르겠지만요."

메리는 입가에 묻은 피를 닦으며 어두운 눈빛으로 바닥을 응시했다. 그녀는 희미한 미소를 지으며 꾸벅 인사를 했다.

"충고 감사합니다. 이만 실례하겠습니다."

"잠깐만요."

사샤가 그녀의 어깨를 잡더니 뭔가를 내밀었다. 그녀의 손바닥 위에는 새끼손톱만 한 금색 칩이 놓여 있었다. 메리는 얼떨결에 그걸 손에 받아 쥐었다. 그 순간 칩에서 눈부신 빛이 뿜어져 나왔다. 이윽고 허공에 인간 형상을 한 홀로그램이 윤곽을 갖추며 생성되기 시작했다. 그리고 십 초도 채 되지 않아 그곳에는 메리와 쌍둥이처럼 똑같은 모습의 여자가 나타났다.

"이건……."

"섀도우[1], 기억 형상 홀로그램이란 것이에요. 낙원 내에서는 왓슨의 눈이 닿는 한 완벽하게 유효하죠. 타인은 직접 만지지 않고서

1 섀도우: 왓슨의 눈이 관찰한 주민 데이터를 기반으로 대상의 겉모양을 쌍둥이처럼 구현하는 기술. 외양뿐만 아니라 대상의 언어 정보, 신체 리듬, 감정 대응, 성격 등까지 입체 홀로그램으로 완벽하게 재현할 수 있다. 기억의 도시에서는 드리밍 플라워와 섀도우를 이용하여 고객의 취향을 파악하고 가상 인터코스 서비스까지 제공하고 있다. 현재 로스티아벤에서도 섀도우를 이용한 전략을 강구하고 있다.

야 그게 홀로그램이란 걸 알 수 없답니다."

메리는 신기하다는 얼굴로 손을 쭉 내밀었다. 그러자 그녀와 똑같은 모습을 하고 서 있는 '섀도우 메리'가 고개를 갸웃거리며 그녀를 쳐다보았다. 메리는 '섀도우'의 몸 중앙을 관통한 손을 물끄러미 내려다보았다. 정말 실체가 존재하지 않는 허상이었다. 그럼에도 육안으로는 살아 숨 쉬는 사람처럼, 실물처럼 완벽했다.

"이걸 왜 제게 주시는 거죠?"

그것보다 눈앞의 여자가 누군지 더 궁금했다. 사샤는 팔짱을 끼더니 미소를 머금었다.

"내 이름은 사샤 피보바로바예요. 낙원의 광고 영상을 제작하는 감독이자 홍보부의 고문이기도 하죠. 그리고 왓슨 3세와 낙원을 설계한 익명의 과학자와는 둘도 없는 절친 사이랍니다. 따라서 아주 조금은, 익명의 과학자로부터 혜택을 받고 있어요. 이를테면 이 섀도우 칩은 그가 내게 준 특별한 선물 같은 것이거든요."

낙원의 설계자.

왓슨 3세의 창조자.

일명 익명의 과학자.

도시 전설처럼 떠도는 이야기들이 모두 사실이었단 말인가? 로스트 헤븐의 설계자가 존재한다고? 대부분의 사람들은 스타시티가 낙원을 설계 및 건설한 것으로 알고 있었다.

"그렇게 중요한 걸 왜 제게……."

"나보단 당신에게 더 쓸모가 있을 듯해서요."

메리는 여전히 의심을 거두지 못한 눈초리였다. 사샤는 알 만하다는 얼굴로 피식 웃더니 눈을 흘기며 넌지시 물었다.

"나를 '신뢰'할 수 없어서 그래요? 고작 그런 이유로 이렇게 '유용'한 물건을 거절할 생각은 아니겠죠?"

유림이라면 이 상황에서 어떻게 했을까? 설령 함정이라 해도 냉큼 받아 챙겼을 것이다. 적이 내민 것이 곧 터질 폭탄이라 해도 때에 맞춰 잘 던지기만 한다면 써먹을 수 있다는 게 그녀의 지론이니까.

"감사히 받겠습니다."

메리는 손바닥 위의 섀도우 칩을 말아 쥐며 말했다. 사샤는 만족스럽다는 듯이 웃었다.

"나는 이만 갈까 하는데 메리는 어때요? 밖에 태워다 줄까요?"

"밖에요?"

"나갈 생각 아니었어요?"

메리가 멈칫하는 사이 그녀의 섀도우가 생긋 웃으며 앞서 나갔다. 태양의 도시 쪽으로 가 버리는 섀도우를 보며 메리는 망연자실한 표정을 지었다. 사샤는 빙긋 웃었다. 마치 그녀의 머릿속을 훤히 들여다보고 있는 것만 같았다.

'설마 내 정체도 알고 있는 건가?'

메리는 두려운 눈빛으로 사샤를 바라보았다. 혹시 왓슨 3세를 만들었다는 익명의 과학자가 이 여자 본인인 건 아닐까?

"그렇게 겁먹지 말아요. 나는 고작 전직 무용수일 뿐이니까요."

사샤는 콧노래를 부르며 돌아섰다. 메리는 당황한 얼굴로 물었다.

"혹시 사샤 씨도 ESP 능력이 있으신 건가요?"

"아니요. 그건 왜요?"

"아, 그게……."

"내가 메리 씨의 생각이라도 읽는 것 같아요?"

전용 엘리베이터로 향한 사샤는 크게 웃음을 터뜨렸다. 테두리에 크리스털이 박힌 문이 열리자 사샤는 메리를 잡아 엘리베이터에 태웠다.

"내가 쭉 좋아하던 사람은 조금 무서운 사람이에요. 그 사람과 마주 보고 있으면 마치 발가벗은 것처럼 속마음이 훤히 드러나는 느낌이거든요. 눈빛에 영혼이 흡수되는 것 같다고 해야 하나? 무한한 우주 속에서 빛조차 빨아들이는 블랙홀 같은 남자예요. 그런 사람 곁을 오랫동안 지켜 왔으니 내게도 어느 정도 그와 닮은 부분이 생겼는지도 모르겠어요."

정신을 차리고 보니 어느새 올라타 있었다. 경비가 삼엄한 에덴 타워를 어떻게 빠져나왔는지도 기억나지 않았다. 메리는 사샤와 마주보고 앉아 멀어져 가는 S관 승강장을 바라보았다.

— 왓슨 3세를 만든 익명의 과학자와는 둘도 없는 절친이랍니다.

그 말이 허풍은 아닌 모양이었다. 만일 그렇다 해도 저런 중요한 정보를 이리 발설해도 되는 것일까?

메리는 사샤를 물끄러미 쳐다보았다. 시트에 앉아 버건디 색 립스틱을 바르던 사샤는 무슨 일이냐는 듯 그녀를 쳐다보았다.

"왜 도와주시는 거죠? 그쪽은 제인 왓슨과 가까운 사이시잖아요."

그게 웬 뚱딴지같은 소리냐는 표정을 하던 사샤는 눈을 휘더니 시원하게 웃었다. 그녀는 립스틱을 내려놓고 전자 담배를 입에 물었다.

"오래전 일이지만 말이에요, 내게는 동창이자 같은 뜻을 품은 친구가 있었어요. 나는 그 친구를 처음으로 믿어 준 사람이었고, 우리들 아지트로 데려온 장본인이었죠. 생각해 보면 난 그 친구의 은인이었네요. 그런데 우리가 계획을 실행하기로 한 날, 그 녀석은 우리 모두를 배신하고 말았어요. 덕분에 나는 두 다리를 잃었고, 내가 사랑하는 사람은 삶에서 가장 소중한 이를 잃었죠. 마지막 통신을 주고받던 당시 그 친구가 그러더군요. 내가 자유로워지기 위해서는 너희들이 없어져야 한다고. 난 최근에야 비로소 그 말뜻을 깨달았어요. 그 녀석에게 복수를 할 수만 있다면 나는 뭐든지 할 수 있다는 것을요. 역설적이게도 복수를 다짐한 순간, 나는 그 친구의 옛 행동을 이해할 수 있게 된 거예요."

메리는 사샤의 다리를 쳐다보았다. 프로 아티피셜[2]이라고는 생각지도 못했는데 의족이었다니. 하반신의 움직임이 실제 다리와 다름없을 정도로 정교하고 자연스러워서 미처 알아채지 못했다. 심지어 웬만한 사람들보다 자세가 우아하기까지 했다.

"난 분명 제인 헬렌 왓슨의 친구예요. 적어도 제인은 그렇게 여기고 있죠. 하지만 낙원을 망가뜨리기 위해서라면, 그 빌어먹을 녀석을 잡기 위해서라면 나는 뭐든지 할 수 있어요. 그것이 설령 제인의 두 다리를 앗아 가게 될지라도 말이에요. 그렇다고 해서 제인이 굳이 이 사실을 알 필요는 없어요. 그렇지 않나요?"

우아하게 웃던 사샤의 입꼬리가 독을 품은 장미처럼 섬뜩해 보였다. 그러나 메리에게 있어선 아이러니하게도 그 모습이 충분히 설

---

2 프로 아티피셜Pro-Artificial: 줄여서 PA라고 부른다. 의지인공사지, Artificial limb는 상반신인 의수Artificial arms와 의족Aritificial legs으로 나뉜다. 과거에는 EMGElectromyogram 전극을 이용한 로봇 의수가 대중적이었다면, 프로 아티피셜PA은 세포융합 반응을 활용하여 의수를 골격과 신경계에 직접 연결한다. PA의 경우 신경말단과 연결된 의수, 의족은 미세한 근육의 움직임까지 재현이 가능하며 한 번 착용한 의수는 반영구적으로 사용이 가능하다.

득력 있게 느껴졌다.

— 유림, 굳이 네가 갈 필요는 없어.

— 메리를 혼자 보낼 수는 없잖아. 반드시 돌아올게. 헤벨로, 우리들의 집으로.

— 언제라도…… 언제라도 힘들면 돌아와, 나의 고양이…….

그 순간, 무너지듯 유림을 끌어안던 마이클의 모습을 영원히 잊지 못한다. 붉게 젖은 눈시울로 유림에게 금방이라도 입 맞출 듯 간절해 보이던 시선. 그 광경이 가슴이 아프면서도 통쾌했다. 유림이 반드시 자신을 따라와 줄 것이라 예상하고 내린 결정이었다. 사랑하는 여자를 적진에 보낸 채 전전긍긍하게 될 마이클을 생각하니 당시에는 조금 보상받는 기분이었다.

"아주 쉽게 말하면 나는 제인을 이용하고 있는 거죠. 우리는 모두 타인을 이용해요. 본인의 이기심과 욕망을 위해서요. 메리도 그런 경험이 한 번쯤은 있을 거라 믿어요."

사샤의 말에 메리는 멍한 표정으로 에어쉽 문을 잡고 있던 손을 스르르 놓았다.

"해가 지기 전에 이곳에서 다시 보죠. 폐쇄 도시는 위험한 곳이니 조심히 다녀오도록 해요."

닫힌 에어쉽 문 안쪽에서 사샤의 음성이 흘러나왔다. 메리는 얼떨결에 고개를 끄덕였다. 그러자 흑조처럼 검은 깃털을 단 듯한 블랙 에어쉽은 상공을 날아 저편으로 사라졌다.

돌아선 메리는 A 연구동 쪽으로 걸어가며 씁쓸한 미소를 머금었다.

— 제인이 굳이 이 사실을 알 필요는 없어요.

유림은 정말 몰랐을까? 마이클의 마음을, 그리고 그녀의 마음을.

어디선가 호루라기 소리가 들려왔다. 주위를 휙 둘러보던 메리는 눈앞으로 날아오는 물체를 피하며 몸을 숙였다. 다시 고개를 든 그녀는 황당한 얼굴로 얼어붙었다. 날카로운 쇠붙이들이 허공에 뜬 채 그녀를 포위하고 있었다.

'입실론?'

아니, 입실론은 아니다. 후드를 쓴 여자들 역시 메리의 등장이 달갑지 않은지 당황한 기색이 역력했다. 그들은 저들끼리 쑥덕거리며 상의를 하더니 그녀를 건물 내부로 이끌었다. 메리는 순순히 그들을 따르며 속으로 감탄했다.

훈련받은 조직적인 움직임이다. 오베론 외에 낙원에 이런 조직이 또 있었다니.

"메리?"

입실론들을 대동하고 나타난 유림은 보초를 서던 입실론들에게 잡혀 온 메리를 보고 놀란 표정을 지었다.

"유림!"

메리는 살았다는 표정으로 한숨을 토했다. 분명 맞게 찾아왔는데 분위기가 예상보다 험악해서 겁이 나던 차였다. 혹시 유림이 이미 잘못된 건 아닌지 하는 생각도 덜컥 들었다. 잘못되기는커녕 대장처럼 서 있는 그녀의 모습에 메리는 웃음이 나왔다.

"여긴 어떻게 알고 온 거야?"

"그런 으스스한 장소는 이곳밖에 없지."

유림은 무슨 소리인지 모르겠다는 얼굴이었다. 그러자 메리는 그녀의 목덜미를 보더니 생긋 웃으며 톡 건드렸다.

"봤거든. 널 문 델타의 기억."

유림과 메리가 살갑게 대화를 나누는 동안 읍실론들은 경계하는 눈초리로 밧세바 곁에 모였다. 고대 그리스풍의 여신 드레스를 입은 메리의 옷차림. 누가 봐도 입실론이었다. 엘 카인의 후궁과 다름없는 태양의 도시 여자가 이곳까지 어쩐 일이란 말인가? 그녀들 입장에서는 께름칙한 방문이었다.

"어떻게 빠져나왔어? 선글라스 낀 안드로이드 녀석들이 또 따라붙은 거 아니야?"

"이번에는 아니야. 하지만 오래 있을 수는 없을 것 같아."

"그게 무슨 소리야?"

"신뢰할 수는 없지만 조력자가 생긴 듯해. 어쩌면 그녀도 연맹군 사람일지 몰라. 자세한 건 나중에 일러 줄게."

"조력자?"

안 좋은 예감이 든다. 메리가 이렇게까지 위험부담을 감수한 적이 있던가? 유림은 불길한 눈빛을 지었지만 더 이상의 토는 달지 않았다. '신중하고 침착한 메리니 어련히 알아서 하겠지'라는 믿음으로 지켜보는 수밖에.

"어? 중사님!"

드레이크의 목소리에 모두의 이목이 중앙 계단 쪽으로 쏠렸다. 아무리 찾아도 보이지 않던 케이가 유유히 계단을 내려오고 있었다. 그를 보자마자 유림은 눈초리를 사납게 세우며 걸어갔다. 그녀는 대뜸 그의 정강이를 퍽 걷어찼다. "윽!" 하고 신음을 흘린 케이는 바로 무릎을 접은 채 고개를 들었다.

"대체 어디서 뭘 하다 오는 거야?"

"아, 유림……."

"나츠가 부상당해서 인원도 부족한 마당에 멋대로 위치 이탈할 거야?"

케이를 찾으러 건물 전체를 몇 번이나 오르락내리락했는지 모른다. 유림은 목에 핏대가 서도록 잔소리를 해 댔다. 케이는 그런 유림을 멍하니 바라보고 있었다. 평소보다도 더 얼이 빠진 눈빛이었다.

"유림."

"소위님, 이라고 부르라 했지? 몇 번을 말해, 몇 번을!"

"유림이 몇 살이었죠?"

뜬금없는 질문에 유림은 더 열 받아서 속이 부글부글 끓었다. 이제는 화를 내도 듣지를 않네? 주먹을 불끈 쥐던 유림은 케이의 진지한 얼굴을 보고선 이상하다는 표정을 지었다. 진지하다 못해 간절한 눈빛이었다. 그의 묘한 분위기에 전의를 상실한 그녀는 팔짱을 끼고 대답했다.

"스물일곱. 몇 월생인지는 나도 몰라. 왜?"

긴장한 채 듣던 케이는 힘 빠진 미소를 머금었다. 왜 저렇게 웃지? 가슴 먹먹한 눈빛으로 뚫어져라 쳐다보면서.

"울었어?"

유림이 인상을 쓰며 묻자 그가 눈두덩을 손으로 짚더니 고개를 돌렸다.

"아니요, 왜요?"

"아니, 눈이 좀 부었는데."

"그럴 리가요. 잠깐 자다 와서 그런가?"

"잤다고?

유림이 기가 막혀서 되물었다. 케이는 눈초리를 예쁘게 휘며 얼렁뚱땅 변명했다.

"눈 뜨고 잤어요. 술래 없는 숨바꼭질을 하고 있었거든요."

케이 녀석, 또 알 수 없는 소리를 한다. 유림은 이제 그가 내뱉는 허황된 소리를 이해할 생각조차 없었다. 그녀는 팔짱을 끼고선 샐쭉한 눈으로 그를 노려보았다.

"신이 내린 숙제인지 뭔지를 풀고 있던 건 아니고?"

"그건 이미 풀었을지도요."

유림이 무슨 소리냐는 표정을 지었다. 케이는 그녀의 눈에 붙인 거즈를 손가락으로 톡 건드리더니 피식 웃으며 물었다.

"그런데 이건 안 뗄 거예요?"

"이걸 왜 떼? 다, 다쳤다니까."

"흐음…… 가벼운 상처라면서 오래도 붙이고 있네요."

당황한 듯 말을 더듬던 유림은 변명할 구색을 찾는지 심각한 얼굴을 했다. 케이는 그런 그녀를 쳐다보며 의미심장하게 웃었다.

유림의 뒤로 걸어오던 메리는 케이를 보자마자 누군지 직감한 듯 미소 지었다. 난처해하던 유림은 마침 잘됐다는 표정으로 두 사람을 인사시켰다.

"아, 이쪽은 메리야. 태양의 도시 입실론이고 우리 언니. 그리고 이쪽은 케이, 내가 집에서 키우는 애완 사병이지. 얼마 전에 쫓겨났던가, 참?"

케이의 안색이 돌연 파리해졌다. 그는 유림의 눈치를 보더니 슬그머니 그녀를 뒤에서 끌어안으며 귓불에 입을 맞췄다.

"그만 용서해 줘요."

"싫어."

"키스 세 번 완료했는데, 이제 소원 들어주는 거예요?"

"한 시간 안에 하는 거 아니었어? 한 시간 예전에 지났거든?"

그는 당황한 기색이 역력한 표정을 지었다. 본인이 시간제한을 걸어 놓고선 잊고 있던 게 틀림없었다. 그는 낭패 어린 얼굴로 아쉬운 듯 한숨을 내쉬었다.

유림은 의외라는 표정을 지었다. 케이가 뭘 깜빡하는 모습은 처음이었다. 허당처럼 보여도 은근히 철저한 녀석인데.

"도대체 위층에서 뭘 했기에 본인이 건 내기도 잊고 있던 거야?"

"위층에서요?"

그녀가 빤히 쳐다보는 시선에 케이는 모르겠다는 표정으로 생긋 웃었다. 또 저런 식으로 구렁이 담 넘듯 넘어가려는 심산이다. 그는 절대 깊은 속내까지 공유하지 않는다. 가까워진 숨결만큼 신뢰가 쌓였다고 생각한 건 역시 그녀 혼자만의 착각이었다.

유림은 손가락 끝을 모으며 힘을 주었다. 손마디 끝이 뼈를 하얗게 드러낼 정도로 꽉 쥔 주먹으로 그를 쳐다보던 그녀는 홱 돌아서며 말했다.

"둘이 알아서 인사 나눠."

메리는 호기심 가득한 눈으로 케이를 쳐다보았다. 반면 무표정한 얼굴로 서 있던 케이는 메리와 눈이 마주치자 기계적으로 생긋 웃었다.

"안녕하세요? 입실론 메리 님."

“네, 애덤슨 중사님.”

메리가 장갑 낀 손을 내밀자 케이는 순순히 그녀와 악수를 나눴다. 생글생글 웃으며 손을 놓을 줄 모르는 두 사람 주변으로 묘한 분위기가 감돌았다. 모두가 쳐다보는 가운데 메리와 케이는 서로를 뜯어보듯 시선을 나누며 대화를 나눴다.

“우리 유림이, 다루기 꽤 어려우시죠?”

그녀의 말에 케이는 소리 없이 웃었다. 메리는 선심 쓰듯 어깨를 으쓱하며 조언을 건넸다.

“몇 가지 팁이 있긴 해요. 유림의 기분이 언짢거나 피곤할 때는…….”

“달콤한 음식이 약이죠. 특히 스트로베리 케이크나 쇼콜라를 좋아하거든요, 우리 소위님은요.”

케이의 부드러운 음성에 메리는 놀란 듯 눈이 커졌다. ‘우리 소위님’이라 강조하는 그의 말투에 묘한 경쟁의식이 엿보였다. 메리는 대충 사정을 알겠다는 듯 재미난 표정을 짓더니 쿡쿡 웃었다.

“유림이 심부름을 어지간히 시켰나 보네요.”

“네, 삼 분 안에 도착해서 입에 넣어 드리지 않으면…….”

대답하던 케이의 눈길이 드레이크와 이야기를 나누고 있는 유림에게로 닿았다. 무슨 이야기를 나누는지 깔깔 웃는 유림의 모습에 그의 눈빛이 서늘하게 가라앉았다.

“얼차려라도 받나요?”

메리의 물음에도 그는 무표정한 얼굴로 유림 쪽을 바라보고 있었다. 드레이크가 유림의 어깨를 털어 주는 게 보였다. 꽤 다정한 손길로, 친밀해 보이는 눈길로 그녀를 바라보면서. 짜증 섞인 눈빛으로 변한 케이의 미간이 곧추섰다. 그는 잇새로 웃음을 머금더니 주변에 다 들리도록 목소리를 높였다.

"차라리 그런 거면 쉬울 텐데요. 아주 중독성 강한 벌칙을 내리시거든요. 자꾸만 늦고 싶게 말이죠. 달콤해서 또 먹고, 또 맛보고 싶은 그런 벌칙."

느른하게 웃으며 눈초리를 휘는 케이의 모습에 메리는 일순 넋을 놓았다.

'왜 엘 카인이 떠오르는 거지?'

유림이 눈을 휘둥그레 뜨고 이쪽을 바라보는 게 보였다. 옳다구나 싶은 케이의 입가에 짓궂은 미소가 어렸다. 그는 허리를 숙여 메리에게 더 바짝 몸을 붙였다. 그러자 유림도 신경을 곤두세운 채 토끼처럼 귀를 쫑긋 세웠다.

"죽을 것 같지만 또 당하고 싶은 그런 고문이요. 본인의 욕구만 채우고 냉큼 달아나 버리는 게 얄밉긴 하지만, 어쨌든 그 시간만큼은 소위님을 마음껏 애무할 수 있거든요. 본인이 원할 때는 키스는 물론이고, 온몸을 사랑해 달라며 두 다리로 하반신을 조여 오는데 그게 정말이지 사람을 미치게 만들죠. 제일 고통스러운 벌칙은 키스만 하는 거예요. 가르랑거리며 안기는데 일부러 그러는 게 명백한 얼굴이에요. 덮치고 싶은데 온 힘을 다해 자제하는 제 모습을 아주 좋아하거든요."

메리의 뺨은 점차 붉어졌다. 귓가에서 속삭이는 그윽한 음성 때문인지, 아니면 외설스러운 내용 때문인지는 모르겠으나 목까지 열기로 뜨거웠다.

"아, 목욕을 할 때도 종종 같이 들어가서는……."

"무슨 헛소리를 지껄이고 있는 거야!"

유림이 던진 신발이 직격으로 케이의 안면을 강타했다. 메리는 깜짝 놀라 케이의 얼굴을 올려다보았다. 코가 부러진 건 아닐지 걱정이 될 정도로 엄청난 소리였다. 그도 그럴 것이 유림이 던진 건 낡은 군화였다. 당사자인 유림도 당황했는지 던진 자세 그대로 굳은 채 서 있었다. 그녀는 '설마 이것도 못 피할 줄이야.'라는 표정이었다.

유림은 난감한 눈빛으로 미간을 좁혔다. 저 녀석의 한심한 반사신경을 잊고 있었다. 오늘따라 움직임이 좋기에 발전을 좀 했나 싶었는데, 역시 그럴 리가 없지.

'그러게 왜 갑자기 이상한 소리를 나불거리고 난리야.'

그녀는 이 모든 게 케이의 후진 운동신경 때문이라고 합리화하며 인상을 썼다. 그래도 구시렁거리는 그녀의 표정에는 미안함이 묻어 있었다.

케이는 얼굴에 붙은 신발을 떼어 내더니 유림을 쳐다보았다. 그녀는 나머지 한쪽 군화를 바닥에 털며 애꿎은 화풀이를 하고 있었다. 멀뚱히 서 있던 드레이크는 케이와 눈이 마주치자 슬그머니 자리를 피했다. 원수를 보는 듯한 케이의 살기 어린 눈초리를 보고 나서야 사태의 원흉이 본인이란 사실을 파악한 것이다.

"중사님, 얼굴 괜찮아요? 세게 맞은 것 같은데."

"괜찮습니다."

케이는 걱정하는 메리에게 익숙하다는 얼굴로 웃었다. 그는 뺨에 묻은 흙을 털며 다시 유림을 응시했다. 그러고는 고개를 푹 숙이고 있는 그녀가 귀엽다는 듯 입매를 느슨하게 풀었다.

"원래 소위님은 화가 나면 잘 할퀴거든요. 이쯤이야 익숙합니다."

"유림은 저한테 이런 얘기하는 걸 굉장히 부끄러워해요. 그런데 두 사람이 목욕까지 같이하는 사이인 줄은 몰랐네요."

"같이 안 한다니까!"

귀를 쫑긋 세우고 있던 유림이 다시 벌떡 일어서더니 소리쳤다. 이미 그녀의 얼굴색은 홍당무 수준을 넘어서 토마토처럼 새빨개진 채였다.

"내가 안 불러도 씻을 때마다 들어오려고 안간힘을 쓴단 말이야. 변케이, 변태슨 같으니."

"아, 변태…… 제가요?"

케이는 미처 몰랐다는 듯 눈을 크게 뜨더니 쿡쿡 웃었다. 오늘따라 더욱 얄미워 보이는 얼굴이었다.

유림은 갑자기 그녀를 향해 걸어오는 케이를 보며 뒤로 흠칫 물러섰다. 왜 다가오냐며 경계하는 눈초리였다.

"군화가 좀 큰 것 같은데 어디서 난 거예요?"

"나츠 거야."

케이는 유림 앞에 한쪽 무릎을 세우고 몸을 숙였다. 그는 그녀가 던졌던 군화를 왼발에 신겨 주기 시작했다. 유림은 멋쩍은 듯 그의 어깨를 잡고 속삭였다.

"나 혼자 할 수 있는데."

"결국 내가 두 번 하게 만들 거잖아요. 리사도 없으니 그냥 가만히 있어요."

유림은 재밌어 죽겠다는 표정으로 웃고 있는 메리를 보며 한숨을 내쉬었다. 이게 뭔 망신이야? 이대로 먼지가 되어 사라져 버리고 싶다.

"유림은 메리 앞에서 쑥스러움을 많이 타네요. 다른 부대원들 눈은 신경도 안 쓰면서."

메리를 흘끗 쳐다본 케이는 중얼거리며 비스듬히 눈을 깔았다. 그러고는 서운하다는 듯 나직한 목소리를 흘렸다.

"……질투 나네요."

"우리 언니한테 샘내지 마."

"원래는 내가 일등이었는데, 샘이 안 날 리가 없죠."

"뭐가 일등이야? 설마 내가 케이를 메리보다 더 좋아한다고 생각하는 건 아니겠지?"

"아니에요? 박사님보다도 내가 더 좋다고 했는데?"

"누가? 무슨 박사님?"

케이는 잠시 대답을 아꼈다. 잔잔하게 일렁이는 그의 눈빛에 유림은 고개를 갸웃거렸다. 저무는 석양에 머무는 바람처럼 쓸쓸한데, 입가에 걸린 곡선은 더없이 다정했다. 뭔가 아주 그리운 걸 떠올리듯이. 한참을 말없이 그녀를 보던 케이는 자연스럽게 화제를 돌렸다.

"다른 형제자매는 또 없어요?"

"오빠가 하나 더 있어."

군화를 다 신기고 마무리하던 그의 손이 멈칫 멈췄다. 굳은 눈동자로 유림을 빤히 보던 케이는 긴장한 목소리로 물었다.

"오빠요?"

"왜 그렇게 쳐다봐? 설마 헤벨의 밀러가 누군지 몰라?"

"아, 그 오빠."

그는 속상한 눈초리로 중얼거렸다. 유림이 잘 때도 간혹 잠꼬대로 중얼거리던 이름이다. 밀러 이야기만 나오면 유림은 눈을 반짝거리며 좋아했다. 그렇게도 좋은가, 그 남자가?

마이클 밀러.

헤벨의 함장이자 연맹군 전략국 작전부장인 유림의 의붓오빠.

"잠깐 자매끼리 할 얘기가 있는데 자리 좀 비켜 주시겠어요?"

메리가 케이의 어깨를 콕콕 찌르며 말했다. 케이는 어깨 너머로 그녀를 쳐다보았다. 냉큼 유림의 팔을 잡아끄는 메리의 눈빛이 일순 그와 교차했다. 먹잇감을 뜯어보는 독수리처럼 날카롭고 공격적인 눈초리였다. 좀 전까지 뺨을 붉히며 같이 농담을 주고받던 모습과는 확연히 다른 태도였다.

케이는 메리가 건드리던 어깨를 손으로 만지작거리며 묘한 눈빛을 지었다. 메리는 어느새 벗었던 장갑을 다시 끼고 있었다. 유림에게 너무 몰두한 나머지 눈치채지 못했다.

'신체적 접촉에 의해 상대의 기억을 볼 수 있다고 했던가?'

웁실론들과 외모를 비롯해 능력까지 상당히 닮은 그녀였다. 하지만 엘 카인의 권속은 아니다.

'설마 미카엘의 권속인가?'

알아볼 가치는 있을 듯했다. 의심 어린 눈초리로 메리를 보던 케이는 건물 밖으로 나섰다. 그는 밖에 나오자마자 바로 스마트 워치를 어루만졌다.

– 안녕, 아담.

음성의 주인은 사샤였다.

"네가 데려온 거야?"

– 메리? 맞아. 엘 카인이 그녀와 접촉했어. 어쩌면 네 존재를 눈치챘을 가능성이 있을지도 모르겠다는 생각이 들더라고. 차라리 메리 쪽에서 움직여

주는 게 나을 것 같아서. 엘 카인 쪽 분위기가 심상치 않아. 대체 지금 무슨 일이 벌어지고 있는 거야?

케이는 흐리흐리한 날씨를 올려다보며 잠시 침묵했다.

"노아 호크는 어디 있어?"

– 모래의 도시 형무소에 갇혀 있는 것 같아. 구출하려고?

"아니."

케이의 목소리가 낮게 가라앉았다. 사샤는 바로 숨을 죽였다. 좀처럼 감정을 드러내지 않는 그가 가시처럼 돋은 살기를 내뿜는 게 느껴졌다.

"선수를 뺏길까 봐."

– 선수라니?

"내가 가기 전에 누가 먼저 구해 주기라도 하면 곤란하니까."

노아, 방주의 길잡이이자 유일하게 남은 부모 세대의 어른이었다. 멸족 위기에 처한 일족의 마지막 후손들을 데리고 먼 여정을 떠난 장본인. 그는 방주에 탄 모든 아이들의 아버지나 다름없었다.

모성에 도착할 무렵, 엘 카인은 반기를 들고 동족을 공격했다. 노아는 그것을 바람직한 '변화'라 칭하며 찬사했다. 그리고 다른 형제들이 엘 카인에게 당한 이유는 규율에 복종하고 따랐기 때문이라 덧붙였다.

동족 살해는 중죄다.

그렇게 가르친 것은 노아였다. 그러나 신을 살해하는 게 금기라 한 적은 없지.

– 설마…… 호크 대령을 죽이려는 건 아니지?

방주의 길잡이는 역할을 다했다. 낙원에 낡은 신의 제단은 필요치 않다. 이곳은 오로지 그녀만을 위한 성소였으니까.

"글쎄."

낮게 중얼거린 그의 입가에 온기 없는 표정이 어렸다. 무감정한 눈초리는 흐릿하게 개어 가는 하늘을 보며 말했다.

"그 능구렁이가 죽인다고 죽을지나 모르겠네."

한편, 연구동 옥상으로 올라온 유림과 메리는 버려진 정원으로 향했다. 관리되지 않은 옥상 정원은 잡초가 무성했다. 메리는 불안한지 계속 주위를 살피며 두리번거렸다. 에어쉽이 다니지 않는 하늘이 오히려 그녀의 마음을 더 조마조마하게 만들었다.

"이렇게 밖으로 나와도 되는 거야? 왓슨의 눈에 걸릴지도 모르잖아."

"괜찮아. 왓슨은 알아도 관리자는 알 수 없을 테니까."

왓슨의 주인이 여기에 있는데 왓슨의 눈 따위가 뭔 걱정인가. 케이와 함께 있을 때는 그런 걱정을 할 필요가 없다. 메리는 무슨 이야기냐는 표정을 지었지만 유림은 자신만만한 미소를 지었다.

두 사람은 정원 내 다과 테이블 의자에 앉았다. 유림은 곧바로 본론부터 짚었다. 역시 제일 신경이 쓰이는 건 메리를 이곳으로 데려왔다는 의문의 조력자였다.

"그 사샤라는 사람이 메리를 왜 돕는 건데? 평의회가 심어 둔 첩자일지도 몰라."

"그건 아닌 것 같아. 본인 말로는 익명의 과학자와 아는 사이래."

"익명의 과학자?"

들어 본 것 같은데 그게 누구였더라? 미간에 힘을 주는 유림을 보며 메리는 웃음을 머금었다.

"슈퍼컴퓨터 왓슨을 만든 사람 말이야. 로스트 헤븐도 그가 설계했다는 말이 있고."

"아."

끄덕이던 유림의 고갯짓이 멈췄다. 그러니까 바깥에서는 케이를 '익명의 과학자'라고 부른단 말이지? 생각해 보니 헤벨에 있을 때도 낙원의 설계자니, 익명의 과학자니 하는 이야기들을 종종 들었던 것 같다. 대부분이 허무맹랑한 소문에 불과했지만 그 모든 게 케이에 관한 말들이었다니 새삼 신기했다.

"앞뒤 안 맞는 얘기 같기도 한데, 어쩌면 익명의 과학자는 낙원이 무너지길 바라는지도 몰라."

메리의 말에 유림의 눈이 커졌다. 유림은 슬그머니 시선을 회피하며 콧잔등을 만지작거렸다. 메리에게 사실대로 털어놔야 할지, 케이의 비밀을 지켜 줘야 할지 내적 갈등이 일었다. 메리는 눈치가 빠른 편이었다. 자칫 눈을 마주친다면 뭔가 숨기고 있다는 걸 바로 들킬지도 모른다.

"딱히 그럴 이유가 있어?"

유림은 은근슬쩍 물었다. 메리는 잠시 곰곰이 생각하더니 대답했다.

"그 여자는 복수를 원하는 것 같았어. 오래전에 누군가에게 배신을 당했다고 했거든. 그리고 익명의 과학자는……."

— 내가 사랑하는 사람은 삶에서 가장 소중한 이를 잃었죠.

사샤가 사랑한다고 했던 사람. 메리는 그 대상이 누구인지 뻔하다고 생각했다. 익명의 과학자 같은 특별한 사람이 주위에 있다면 누구든 사랑에 빠지지 않겠는가?

"그 남자는 그냥 모든 걸 파괴해 버리고 싶은 걸지도 몰라. 생각해 보면 익명의 과학자는 로스트 헤븐의 설계 이후 완전히 종적을 감췄잖아. 분명 무슨 일이 있었던 걸 거야. 그렇지 않고서야 이렇게 대단한 업적을 세우자마자 과학계에서 증발해 버릴 리가 없어."

메리의 말을 듣던 유림의 머릿속에는 케이가 중얼거리듯 한 말이 떠올랐다.

— 여동생이 하나 있었어요.

좀처럼 본인의 이야기를 하지 않던 그가 처음으로 들려준 개인사였다. 혹시 그의 여동생과 관련이 있는 것일까? 퍼즐을 맞춰 보듯 추리해 가던 두 사람은 난데없이 머리 위에서 들려온 폭격 소리에 놀라 벌떡 일어섰다.

"메리, 저걸 봐!"

하늘에서 축포가 터지고 있었다. 요란한 소음과 함께 하늘을 형형색색으로 물들이는 불꽃들. 이윽고 커다란 불꽃 하나가 올라가더니 광활한 창공을 금빛으로 화려하게 물들였다.

"게이트[3] 쪽이야."

투어 관광객을 받을 시기가 아닌데 게이트가 열리다니 무슨 일일

3 게이트: 낙원의 동남쪽 해안가에 위치하고 있으며 일명 낙원의 입구라 불린다. 게이트의 실질적인 업무는 출입국 심사다. 낙원으로 이주하는 주민들과 투어 관광객들은 예외 없이 모두 게이트를 거쳐야 한다. 게이트는 세로 97m, 가로 54m에 달하는 거대 건축물인데 입구는 포도 덩굴로 얽힌 창살대문의 형태를 이루고 있다. 로스트 헤븐에 입도하고자 하는 이들은 왓슨의 눈이 닿기 시작하는 게이트 중앙을 통과해 걷는다. 그 뒤로 가면 묘한 신비로움을 지닌 아름드리나무가 입국자들을 맞이하는데, 붉은 과실이 주렁주렁 맺혀 있는 성목은 어느 종교 단체가 기부한 천년 고목으로 '아스포델로스'라 불리고 있다. 아스포델로스는 과거 신들이 먹은 '암브로시아'를 맺은 성목이라는 전설을 품고 있는데, 진실 여부는 솔직히 낙원 주민들을 포함해 누구도 관심 없다.

까? 얼마 전 테러 사건으로 인해 평의회는 게이트를 당분간 폐쇄한 상태였다.

남동쪽 하늘을 올려다보던 메리의 에메랄드 눈동자가 일렁였다. 축포라기보다 경고로 보이는 폭죽 소리. 깊은 생각에 잠겨 속눈썹을 드리운 그녀는 홱 돌아서더니 유림의 어깨를 잡았다.

"유림, 헤벨로 돌아가."

"갑자기 무슨 소리야?"

"이번 테러 사건은 기억의 도시에서 일어났어. 거긴 낙원의 주민보다 관광객들이 더 많은 곳이야. 테러 사건 피해자들 중 상당수가 외부인일 거란 뜻이지. 그렇다면 이번 테러 사건을 조사하기 위해 연맹국 측에서 군대를 보내왔을 수도 있어."

유림의 눈이 커졌다. 그제야 말뜻을 이해한 그녀는 다시 게이트 쪽을 바라보았다. 메리도 심각한 눈초리로 같은 하늘을 쳐다보았다.

"그럼 지금 게이트에 연맹군이 와 있다는 소리야?"

"내 예상으로는 그래. 그리고 만약 연맹군이 왔다면 분명……."

헤벨일 것이다. 그리고 헤벨이 왔다면 남태평양전대 총사령관인 그가 와 있을 것이다. 헤벨의 함장이자 전략국의 기둥 그리고 그들의 상관인 마이클 밀러 중령이.

"밀러가?"

"이건 기회야, 유림. 이번 기회를 놓치면 낙원을 빠져나가는 건 불가능에 가까워. 그러니 너는 이참에 헤벨로 복귀하도록 해."

"무슨 말도 안 되는 소리야? 올 때 함께였으니 나갈 때도 함께야. 나 혼자서는 절대 안 가. 그리고 임무도 완수하지 못한 주제에 무슨 복귀를 한다고?"

"그건 나한테 맡겨. 내가 완수할 테니까, 넌 돌아가."

유림은 짜증 난 얼굴로 이마를 찡그렸다. 메리는 가만히 그녀의 손을 잡았다. 종종 유림을 설득할 때 쓰는 방법이었다. 눈을 마주치며 가만히 온기를 전하는 것. 마이클은 애완 고양이를 어루만질 때 쓰는 수법 같다며 초를 쳤지만 유림은 유독 메리의 손길에 약했다.

"오늘 관리자 아담을 직접 만났어."

"관리자를?"

놀라서 소리치는 유림에게 메리는 검지를 입술에 대며 '쉿' 하고 진정시켰다.

"그래, 만났어."

"역시 엘 카인이야?"

메리는 고개를 끄덕였다.

"그가 널 찾고 있어."

"나를 왜?"

황당한 얼굴로 묻던 유림은 뭔가를 떠올리고 멈칫 눈을 일렁였다.

"엘 카인이 나를 소환한 건 어느 여자의 기억을 들여다보게 하기 위해서였어. 여자의 어깨에는 총상이 있었고, 언어 능력은 아직 돌아오지 못한 상태였지."

역시 잘못 본 게 아니었다. 델타라기보다는 인간의 형상에 가까웠던 그녀.

"그 델타를 말하는 거지? 날 공격했던 이상한 델타."

"내가 만난 그녀는 더 이상 델타의 모습이 아니었어. 나를 보고 살려 달라고 두 손을 빌었거든. 델타라면 절대 할 수 없는 사회적 행위잖아. 그녀는 다시 인간으로 돌아온 거야. 유림, 너를 물고 난

후에 말이야."

설마 했던 예상이 적중하자, 유림은 적지 않게 충격을 받았다. 잠시 말없이 서 있던 그녀는 오른눈에 붙인 거즈를 천천히 떼어 냈다. 그러자 안쪽에 숨어 있던 붉은 동공이 모습을 나타냈다. 이번에는 메리의 눈이 커졌다. 유림은 목소리를 낮추더니 조곤조곤 속삭였다.

"델타에게 물린 지 열두 시간도 더 지났어. 일차적으로 발생하는 고열은 없었고 물린 상처도 아물어 가는 중이야. 쉽게 말하면 난 감염이 아닌 회복 증세를 보이고 있어."

"넌 원래 상처 회복이 빠르잖아."

멍이나 타박상은 말할 것도 없고, 베인 상처도 몇 시간이면 흔적도 없이 치유되는 유림이었다. 그 능력은 여전히 베일에 싸인 채 누구도 원인을 밝혀내지 못했지만, 헤벨 내에서 유림이 데드캣이라고 불리는 이유 또한 이와 관련 있었다. 고양이처럼 날렵하고 유연한 그녀의 움직임 외에 고양이 목숨이 아홉 개라는 전설도 한몫한 것. 그 어떤 전투에서도 전장의 여신처럼 부활해서 돌아오는 유림을 경외하는 의미였다.

"말해 줘, 언니는 이 눈이 무엇을 뜻하는지 알고 있잖아."

처음부터 유림을 문 델타의 기억을 보고 온 메리였다. 멀쩡하게 서 있는 유림을 보고도 아무렇지 않은 반응을 보이는 그녀의 태도가 오히려 이상했다.

"메리!"

"나도 자세히는 몰라. 다만 네가 바이러스에 감염되지 않는다는 사실만 알고 있었어. 헤벨에 왔을 때부터 넌 이미 항체를 가지고 있었거든."

"항체? 왜 진작 말을……."

"안 했냐고?"

메리가 맥을 끊으며 묻자, 유림이 멈칫했다.

"네 몸에 관해선 연맹군 최고 수뇌부도 몰라. 아버지와 마이클이 철저히 비밀에 붙였으니까. 헤벨의 인공지능인 아벨은 무조건 함장의 명령만 들으니 문제 될 건 없었지."

"혹시 페트로비치 박사라고 알아?"

"페트로비치? 아니, 모르겠는데. 왜?"

"아까 내 상처를 봉합한 박사가 나한테 페트로비치 박사가 어쩌고 했거든. 혹시 내 과거와 관련 있는 사람인가 싶어서."

"나도 잘 모르겠어. 내가 이걸 알게 된 건 로스트 헤븐에 오기 직전이었거든. 아버지와 마이클은 내게조차 네 항체에 대해 비밀을 유지해 왔으니까."

"그 박사가 난 입실론이 아니라고 했어. 입실론이 아닌 최초의 항체 보유자라고. 왜 다들 내게 비밀로 한 거야? 언니도 지난 몇 년간 내게 숨겨 왔다는 소리잖아."

유림은 아직도 과거를 기억하지 못했다. 그녀가 메리에게 주기적으로 손을 내주는 까닭은 그렇게라도 과거의 파편을 엿보고 싶어서였다. 그걸 알고 있을 메리마저 함구했다니 서운한 마음이 들었다. 유림을 보던 메리는 미안한 미소를 지었다.

"마이클과 아버지는 널 지키고자 그런 결정을 내린 거야. 기억나니? 마이클은 널 로스트 헤븐 앞바다에서 발견했어. 분명 낙원에 붙잡혀 있던 거겠지. 발견 당시 넌 정신적으로나 육체적으로나 몸시 심약한 상태였고, 설상가상으로 해리성 기억상실 증세도 보였어. 네 존재를 상부에서 안다면 어떻게 했을까? 분명 연맹군도 낙원과 다름없는 짓들을 했을 거야. 생체 실험을 했겠지. 아버지와 마이클은 그런 일들을 막고자 당사자인 너에게조차 철저하게 비밀로 유지한 거라 생각해. 네 정체는 스스로도 모르는 편이 훨씬 안전했을 테니까. 알았다면 네가 가만히 있었겠어?"

"가만 못 있지."

유림은 아랫입술을 깨물었다. 그녀의 붉은 눈동자는 이미 화염처럼 타오르고 있었다. 메리는 그럴 줄 알았다는 투로 말을 이었다.

"그것 봐. 네 성격을 빤히 아는데 마이클이 네 등을 떠밀 거 아니면 일러 줬겠니? 네가 로스티아벤에서 델타 포획조로 뉴욕 최전방에 있을 때 오빠가 왜 가만히 보고만 있었겠어? 네가 감염될 확률이 있었다면 절대 널 그렇게 보낼 사람이 아니잖아. 헤벨의 고양이를 자기 목숨보다도 끔찍하게 여기는 남자인데."

유림은 반박 한마디도 하지 못한 채 벙어리처럼 듣고만 있었다. 메리의 말이 맞다. 만약 자신이 이 사실을 알았더라면 주변에서 아무리 말렸어도 여기저기를 들쑤시면서 과거를 캐고 다녔을 게 분명했다. 연맹군이나 낙원이 그녀의 정체를 눈치채는 건 시간문제였을 테고, 지금쯤 실험체가 되어 연구소 어딘가에 갇혀 있었겠지. 마이클과 아버지는 그것을 미연에 방지하고자 이 사항을 극비에 붙인 것이다.

"그럼 날 낙원에 보내지 말았어야 하는 거 아닌가?"

"네가 막는다고 안 갈 애니?"

"아니, 메리를 혼자 보낼 수는 없지."

절대 안 된다며 고개를 내젓는 유림의 모습에 메리는 웃음을 지우며 입술을 다물었다. 유림이 이곳에 오게끔 그물을 친 건 자신이었다. 분명 그녀가 위험해질 거란 걸 알면서도 마이클의 곁에서 어떻게든 떼어 놓고 싶었다. 하지만 네가 죽길 바란 건 아니었어.

"그러니까 이제 그만 돌아가."

헤벨로, 그리움에 사무쳐 너를 기다리고 있을 그 남자에게로. 이만하면 마이클도 많이 괴로웠을 테니까.

"혼자서는 안 간다니까."

유림은 그만하라며 눈살을 찌푸렸다. 메리는 한숨을 내쉬었다. 유림의 고집은 아무도 못 꺾는다. 못 꺾으니 마이클도 결국 그녀를 낙원으로 보낸 게 아닌가?

유림은 메리의 눈치를 살피며 슬그머니 화제를 돌렸다.

"엘 카인은 언니를 신뢰해?"

"그건 모르겠지만 내게 호기심을 가지고 있어."

"역시 메리 혼자서는 너무 위험해."

위급 상황 시 대응력이나 순발력에 있어서는 유림이 메리보다 월등히 뛰어났다. 따라서 행동 작전에 그녀가 아닌 메리가 투입되는 건 어불성설이었다. 밀러였어도 승인하지 않았을 작전이다. 유림의 생각을 눈치챈 메리가 반론했다.

"원래부터 아담을 암살하는 건 내 임무였어. 그래서 입실론으로 온 거잖아. 낙원의 관리자 곁에 갈 수 있는 여자들은 태양의 도시의 입실론뿐이니까."

"어떻게 빠져나올 건데?"

메리는 손안에 쥔 금색 칩을 내밀며 보여 주었다.

"이게 뭐야?"

"조력자가 준 부적."

조력자란 여자가 누군지는 몰라도 메리의 허파에 바람을 잔뜩 불어넣어 놨다. 만나면 모가지를 비틀어 버려야지.

유림은 이를 바득 갈며 못마땅한 시선으로 섀도우 칩을 노려보았다.

"어떻게든 되겠지."

메리가 태연한 얼굴로 웃었다.

— 어떻게든 되겠지.

유림의 얼굴이 시무룩하게 젖었다. 그녀가 메리에게 습관처럼 뱉던 말이었다. 저게 이렇게 들리는 거였구나. 메리는 매번 이런 심정으로 그녀를 꼭 안아 줬던 것일까?

"하지만 메리는……."

"너처럼 강하지 않다고?"

"아니, 그게 아니고."

유림은 허를 찔렸다는 표정으로 한숨을 내쉬었다.

"블러디 마리아를 우습게 보면 안 되지. 그리고 언니가 되어서는 동생을 사지에 밀어 넣고 뒷짐 진 채 구경할 수도 없는 노릇이잖아?"

유림은 동의 못한다는 눈초리를 지었다. 풋 웃던 메리는 헛기침을 했다. 지금 물어봐야 할 것 같다. 왠지 오늘이 아니면 다시 묻지 못할 것 같은 기분이어서.

"애덤스 중사, 좋아하니?"

유림은 무슨 소리냐는 표정을 지었다. 메리는 이미 다 알고 있다는 표정으로 웃고 있었다. 유림은 금세 한숨을 머금고 턱을 괴었다.

— 오지 마, 케이.

— 상관없어요.

피 묻은 입가에 그의 입술이 닿던 순간, 이대로 숨이 멎어도 좋다고 생각했다. 이렇게 끝을 맺어도 후회는 없을 것 같다는 결심마저 들 정도로.

얼마 전까지만 해도 자신의 죽음은 전장 한가운데일 거라고 확신했다. 죽는 순간까지 칼날을 휘두르며 적을 베다가 기운이 다 떨어져서 눈을 감을 거라고.

"케이와 있으면 자꾸 여자가 돼."

데드캣이 아닌 정유림이 된다. 적당히 욕구를 충족시키기 위해 혀를 섞고 입을 맞추던 때와는 달랐다. 그의 온기가 간절했다. 그에게 안기면 모든 고뇌가 녹아내리는 듯 안도감이 들었고, 억누르고 있던 두려움이 치솟았다.

"전장에서 나도 모르게 살고 싶다는 생각을 해."

지휘관으로서 해서는 안 될 생각을 하게 되었다. 다른 누구보다도 이 남자가 살기를 바랐다. 설사 자신이 잘못될지언정 케이만큼은 무사하길 원할 정도로.

입술을 만지작거리는 유림의 모습에 메리의 눈이 불안하게 일렁였다. 유림의 이런 모습은 난생처음이었다. 막내임에도 가장 듬직했던 아이. 어렸을 때부터 헤벨의 사병들과 구르면서 실력과 패기로 모든 이를 압도했던 유림이었다. 남성 장병들도 그녀 앞에서는 꼼짝 못했다. 실실거리며 그녀에게 고백을 했다가 곤죽이 된 녀석들로만 줄을 세워도 헤벨의 식당을 가득 채울 정도였다.

"나는 내 이상형이 밀러 같은 남자라고 생각했었어. 케이처럼 저렇게 덜 떨어진 놈, 순 능글맞기만 하고 끈기와 독기라고는 찾아볼 수도 없는 데다가 아직까지 총도 제대로 못 쏘는 녀석…… 잘하는 게 뭔지 굳이 꼽자면 요리 정도랄까?"

공허한 목소리였다. 유림은 걱정이 가득한 얼굴의 메리를 보며 힘없이 웃었다.

"그런데도 이렇게 되어 버렸네."

결국 마지못해 인정하고 만 감정. 속이 시원하다는 눈빛이었지만 입술을 삐죽거리는 것을 보니 쌓인 게 많은 모양이었다.

"마이클이 굉장히 질투하겠는걸?"

메리가 턱을 괴며 웃었다.

"오빠가 왜?"

"생각해 봐. 본인은 죽을 고통으로 몇 년을 기다렸는데, 돌아온 네가 사랑하는 사람이 생겼다고 고백하면…… 가슴이 찢어지다 못해 울지도 몰라. 그 인간, 애덤스 중사를 총 쏴서 죽이려 들지도 모르겠어."

"설마."

천사 같은 밀러가 그럴 리 없다. 군인이지만 폭력과 어울리지 않는 햇살처럼 부드럽고 밝은 사람인데. 메리는 유림의 머릿속이 훤히 들여다보인다는 듯 웃음을 터뜨렸다.

"넌 마이클의 진짜 얼굴을 몰라."

폭력적이지 않다고? 거친 면모가 없다고? 그런 나약한 사람이 헤벨의 함장 역을 해낼 수 있을까? 온갖 모략과 함정이 득시글대는 전략국의 작전부장이 될 수 있었을까?

그가 얼마나 독하게 자신의 마음을 감춰 왔는지, 오빠라는 위치에서 얼마나 치밀하게 연기를 해 왔는지 유림은 죽었다 깨나도 알 수 없을 것이다.

메리는 눈웃음이 담긴 시선으로 전할 수 없는 독백을 대신했다. 손사래를 치던 유림은 갑자기 무슨 생각이 들었는지 낯빛이 하얗게 변했다.

“밀러는 몰라도 케이는 걱정이네. 저 녀석 특기가 웃으면서 상대방 약을 살살 올리는 건데.”

은근히 못돼먹어 가지고, 리사한테 하는 것만 봐도 케이가 얼마나 이중인격인지 알 수 있었다. 밀러한테 그 심술을 안 부릴 리가 없지. 호크 대령한테도 웃는 얼굴로 이죽거리며 속을 뒤집어 놓는 녀석인데.

“두 사람이 마주치는 건 역시 피하는 게 좋겠어.”

중얼거리는 유림을 보며 메리는 어두운 표정을 지었다. 그런 메리를 흘끔 본 유림이 불쑥 물었다.

“대체 뭘 봤는데 그래?”

메리가 놀라서 유림을 쳐다보았다. 유림은 팔짱을 낀 채 허리를 숙이고 얼굴을 바짝 맞댔다. 메리의 눈을 뚫어져라 직시한 그녀는 다시 물었다.

“케이와 접촉했잖아. 뭘 봤는데 이렇게 표정이 어두워?”

역시 유림이다. 제멋대로인 것처럼 보여도 지휘관으로서 그녀는 순식간에 상황을 읽는 판단력이 누구보다도 뛰어나다. 돌발 상황에서의 대처 능력과 순발력은 마이클뿐만 아니라 호크 대령도 인정할 정도였으니까. 아닌 척했지만 멀리서 그녀와 케이를 언뜻언뜻 지켜보고 있던 게 틀림없었다.

메리는 유림의 손을 잡더니 조심스레 속삭였다.

"지금까지 내가 기억을 엿볼 수 없던 사람은 너 하나뿐이었어."

지금 이 순간도 유림에게서는 아무것도 볼 수가 없다. 어떻게 보면 유림은 메리에게 있어서 유일한 안식처였다. 편안하게 잡을 수 있는 단 하나의 손.

"애덤슨 중사에게서 뭘 보고 놀란 게 아니야. 오히려 아무것도 볼 수 없었기에 충격이었지. 이렇게 지금 네 손을 잡은 것처럼 아무것도 볼 수 없었어."

"뭐?"

유림의 눈이 커졌다.

"두 번이나 시도해 봤지만 그의 기억을 엿보는 것에 실패했어. 안드로이드 같지는 않아. 하지만 뭔가 있는 것 같아. 너와는 미묘하게 다른 느낌이었거든. 중사와 접촉했을 때는 오히려 내가 집어삼켜지는 느낌을 받았어. 암흑 속으로 빨려 들어가는 듯한…… 내 존재 자체가 사라지는 감각이랄까? 그러더니 머릿속에서 날 이렇게 '팟' 하고 튕겨 냈어."

메리는 두려움에 젖은 눈으로 속삭였다. 그녀는 창백한 안색으로 하얗게 질린 채 유림을 끌어안았다.

"여태까지 네가 말한 애덤슨 중사의 이미지와는 너무 달랐어. 내가 지금까지 접촉한 사람들 중에서 가장 섬뜩한 느낌을 안겨 준 사람이야. 아무것도 볼 수 없었지만, 접촉만으로 내게 직접적인 '감각'을 선사하고 '감정'을 일으킨 건 그가 처음이었어."

공포였다.

편안한 어둠을 주는 유림과 달리, 그는 스스로 그녀의 능력을 차단하는 듯한 느낌을 주었다. 네가 아무리 나를 들여다보려 해도 소용없다는 듯이, 그는 암흑 속에 걸터앉아 그녀를 느른하게 내려다보고 있었다. 누군가에게 모든 것을 간파당한다는 게 이토록 소름끼치고 두려운 일인 줄은 몰랐다.

"걱정하지 마, 메리."

유림은 부드러운 목소리로 메리를 진정시키듯 말했다.

"케이는 날 절대 해치지 않아."

"그걸 어떻게 알아?"

"알 수 있어. 메리가 아득한 두려움을 느꼈듯…… 나와 그 사이에도 주고받은 감정이 존재하니까."

유림은 메리가 무슨 말을 하는지 다 이해한다는 얼굴로 말갛게 웃었다. 메리는 불안한 얼굴로 다시 입을 뗐지만 금세 다물었다. 유림의 눈빛에 담긴 신뢰는 이미 그녀가 아닌 애덤슨 중사를 향해 더 무겁게 기울어져 있었다.

한편 연구동 상공에는 검은 에어쉽 하나가 천천히 접근하고 있었다. 사샤는 찻잔을 들고 향을 맡으며 기분 좋은 듯 눈을 감았다.

"그런데 아담은 왜 저렇게 화가 난 거야? 좀처럼 보기 힘든 모습인데. 그렇지 않아, 왓슨?"

– 마스터의 감정 변화는 측정이 불가하니 저로서도 알 수가 없습니다.

"하긴, 측정과 예상이란 게 가능한 남자는 아니지."

사샤는 차 한 모금을 마시더니 블랙 스완[4] 밖을 내다보았다. 그녀의 눈은 누군가를 찾듯 분주하게 움직이고 있었다. 그때 에어쉽 천장에서 쿵 소리가 들려왔다. 사샤는 깜짝 놀라 창문을 열고 고개를 내밀었다. 케이가 에어쉽 위에 올라탄 채 서 있었다.

"아담? 그 위에서 뭐하고 있는 거야?"

"생각."

"무슨 생각?"

귀찮은 어조로 대답한 케이는 반듯한 이마를 구기더니 털썩 자리를 깔고 드러누웠다. 사샤는 황당한 얼굴로 밖을 살폈다. 대체 어디서 날아온 거람? 서서히 착륙 중이던 에어쉽은 지상으로부터 최소 팔십 미터는 떨어져 있었다.

– A 연구동 옥상에 계셨던 듯합니다.

"저기서 온 거라고?"

사샤는 멍하니 옥상을 올려다보며 입을 다물지 못했다. 높이도 높이지만 거리부터가 사람이 물리적으로 뛰어넘을 수 있는 간격이 아니었다. 이제는 제법 익숙해질 만도 했지만 매번 그의 능력을 볼 때마다 놀라게 되는 건 어쩔 수 없었다. 사샤는 기가 막힌 듯 헛웃음을 흘렸다.

"마이클 밀러 중령이라고 연맹군 소속인데 혹시 만나 본 적 있어?"

밖에서 들려오는 케이의 목소리에 사샤는 다시 조용히 찻잔을 들

---

4 블랙 스완: 사샤의 전용기다. 에어쉽의 일종이긴 하지만 낙원에서 주민들이 일반적으로 타고 다니는 자가용 에어쉽과는 다르다. 엄밀히 말하면 군용 에어쉽이라고 할 수 있다. 얼핏 보기에는 예쁘장한 전용기지만 탑재된 성능과 기능은 웬만한 군용기보다 월등하다.

었다. 안에서 얼굴을 마주 보며 대화하고 싶지만 언제나 그렇듯 그녀는 욕심을 부리지 않았다. 그는 잡을 수 없는 바람과 같은 존재니까. 바람은 계절을 돌아 다시 불기를 기다리는 것이지, 가둔다고 머무는 존재가 아니란 것을 진즉에 깨달았다.

“만나 본 적은 없지만 이야기는 많이 들었어. 사교계에서 아주 유명한 사람이거든.”

“왜 유명한데?”

“젊고 잘생긴 데다가 능력 있는데 아직 독신이거든. 엘 카인처럼 공식적인 약혼녀가 있는 것도 아니니 여자들이 노릴 법하지.”

“능력이 좋다는 건 군인으로서 우수하다는 건가?”

“그렇겠지?”

케이의 눈빛에 짜증이 어렸다. 밀러인지 뭔지 얘기만 하면 배시시 풀어지던 유림의 얼굴을 생각하니, 창자가 꼬이는 것처럼 심기가 불편해졌다. 그런 표정은 자기 얘기를 할 때만 보였으면 좋겠는데, 어떻게 하면 그렇게 만들 수 있으려나?

가만히 듣고 있자니 젊은 독신인 헤벨의 함장이 마음에 두고 있는 게 누구일지 불 보듯 뻔했다. 메리의 말만 주워서 대충 이어 붙여도 눈에 보이는 그림인데, 정작 당사자인 유림은 모르는 눈치였다.

저런 둔한 면은 박사님을 닮은 건가? 사라는 운동신경만큼이나 눈치도 잽쌌는데 유림은 그 방면으로 재능이 없다.

케이는 불쾌한 얼굴로 털썩 앉더니 턱을 괴었다.

‘마이클 밀러라.’

그녀와 지난 십오 년을 함께한 남자.

‘없애면…… 유림이 슬퍼하겠지?’

안 그래도 지금 그를 원망할 거리가 천지인데, 여기서 하나라도 더 추가되는 건 곤란했다. 점수를 쌓아 놔도 모자랄 판에 스스로 무덤 파는 짓은 하지 말아야지.

문득 웃음이 터져 나왔다. 생각해 보니 이렇게 뭔가에 끙끙 앓아 본 게 너무 오랜만이었다. 가끔 이브가 다쳐서 타이탄이 사진을 보내 줬던 때가 떠올랐다. 수업 시간임에도 어찌나 속이 타던지 시계 초침만 일 분에도 수십 번 쳐다봤던 기억이 난다. 그런 초조함을 새삼 다시 느끼게 될 줄은 꿈에도 몰랐다.

— 케이는 날 절대 해치지 않아.

— 그걸 어떻게 알아?

— 알 수 있어. 메리가 아득한 두려움을 느꼈듯…… 나와 그 사이에도 주고받은 감정들이 존재하니까.

케이의 입가에 옅은 호선이 어렸다.

– 마스터, 엿듣는 건 안 좋은 취미입니다.

"엿들은 게 아니고 들려온 거지. 왓슨, 바로 이동할 거니까 에어쉽 하나 가져와."

– 형무소로 가십니까?

"그래. 가져갈 게 있으니 불가시 모드로 옥상에 대기한다."

– 예, 알겠습니다. 그런데 가져가실 것이라면 정 소위님인가요?

왓슨의 말에 케이는 당혹스러운 눈초리를 지었다.

– 틀렸습니까?

"틀린 건 아닌데 정답도 아니야. 물론 하루 종일 데리고 다니고 싶지만 내 마음대로 되는 여자가 아니라서."

– 그렇군요. 하지만 그건 집안 내력이니 어쩔 수 없는 것 같습니다.

"집안 내력? 네가 뭘 안다고?"

– 제가 타이탄과 완전한 동일 모델은 아니지만, 계보를 잇는 만큼 페트로비치가에 대해서는 나름 빠삭하답니다.

왓슨의 말에 케이는 불쾌한 듯 눈초리를 흘렸지만 딱히 반박하지 않았다. 저 녀석의 밉살스러움도, 저렇게 가끔 거만한 집사처럼 나불거리는 기능도 모두 그가 만든 것이니 욕을 해 봤자 누워서 침 뱉기였다. 어쩔 수 없다. 박사님도, 사라도, 이브도 모두 타이탄을 사랑했던 만큼 어느 정도 그의 특징을 남겨 두고 싶었다.

"십 분 안에 처리해야 되니까 서두르지."

– 왜 십 분입니까? 지금부터 카운트할까요?

"유림의 인내심은 십 분이 최대거든."

에어쉽 뚜껑 위에 선 케이의 눈이 붉은 물감을 뿌린 듯 물들기 시작했다. 석양처럼 붉기로 아름답게 젖어 가는 눈. 가까워지는 지면을 보던 케이는 허공을 바라보더니 구십 도로 몸을 뚝 떨어뜨렸다. 이윽고 공기를 가르는 파풍과 함께 그의 모습이 순식간에 상공에서 사라졌다.

• • •

나츠는 일본식 이름으로 여름을 뜻한다고 한다. 그는 동양인치고도 체구가 작은 편이었다. 같은 동양계이자 여성인 유림보다도 가늘고 호리호리하니 말 다 했다. 아직 열일곱밖에 안 되었다고 했던가? 미성숙한 심신이라 그런지 사실 전장에서 가장 위태로워 보이는 병사였다. 중성적인 얼굴에 가느다란 목소리. 얼핏 보면 성별조차 구분이 잘되지 않았다.

"으음."

수술 후 처음 눈을 뜬 나츠는 침상 위에서 몸을 일으켰다. 그는 눈을 뜨자마자 고개를 벌떡 들었다. 두리번거리며 재빨리 바닥에 발을 디뎠다. 줄타기하듯 위태로운 삶을 걸어온 소년의 본능적인 움직임이었다. 시야를 확보하자마자 발견한 인영에 긴장을 곤두세웠다. 다행히도 그림자의 주인공은 적이 아닌 아군이었다.

"드레이크 씨?"

"좀 더 누워 있지 그래?"

"아, 아닙니다."

드레이크는 벽에 기댄 채 피곤한 표정으로 서 있었다. 나츠는 뭔가 허전한 느낌에 자신의 몸을 내려다보았다. 상반신이 벗겨져 있었다. 총상을 입은 복부에는 붕대가 감겨 있었고 가슴팍은 원래 입고 있던 보호대가 착용되어 있다. 흘끗 나츠를 쳐다본 드레이크는 그의 군복을 던지며 말했다.

"소위님과 중사님께서 몇 번이나 들어오신다는 걸 만류하느라 고생했다."

"아, 감사합니다."

나츠는 떨떠름한 표정으로 옷을 잡더니 앞가슴을 가렸다. 드레이크는 고개를 돌리며 팔짱을 꼈다.

"입어. 이쪽 보고 있을 테니까."

"예."

어색한 공기가 흘렀다. 나츠는 살짝 붉어진 뺨으로 심호흡을 했다. 뒤돌아 서 있는 드레이크는 아무런 말도 없었다. 짧게 깎은 머리카락, 지평선처럼 듬직한 어깨, 탄탄해 보이는 등 근육. 남자다운 몸이다.

복부의 통증 때문에 신음이 흘러나왔다. 돌아서 있던 드레이크가 곁눈질로 나츠 쪽을 흘끔 보며 물었다.

"도와줄까?"

"아닙니다. 혼자 할 수 있습니다."

다시 침묵이 이어졌다. 부스럭거리는 소리 이외에 간간이 끙끙거리는 소리만이 날 뿐이었다. 나츠는 고요히 서 있는 드레이크의 등을 간혹 쳐다보았다. 매너를 지키고자 돌아 서 있는 그의 뒷모습이 오히려 부끄러움을 안겨 주었다.

"왜 남자 행세를 하는 거야?"

딱히 시비조는 아니었다. 정말 순수하게 궁금한 듯한 목소리였다. 드레이크의 시선은 여전히 반대쪽을 향하고 있었다. 나츠는 "아……." 하고 중얼거리더니 묘한 표정을 지었다.

"그보다 왓슨은 어떻게 속인 거야? 그런 게 가능할 리가 없는데."

"속인 게 아니에요. 저는 정말 남자니까요."

나츠가 딱 잘라 대답했다. 드레이크는 황당한 얼굴로 돌아섰다. STF의 상징인 황금 날개 로고가 박힌 전투복. 그걸 입은 나츠는 좁은 어깨선의 각을 맞췄다. 자그마한 체구, 아직 어린 티를 벗지 못한 섬세한 얼굴, 변성기가 채 지나지 않은 듯한 가느다란 목소리.

"그럼 대체 그 가슴은……."

대뜸 묻던 드레이크는 아차 싶은지 말끝을 흐렸다. 대놓고 물어보기도 민망한 상황이었다. 나츠는 담담한 표정으로 대꾸했다.

"궁금하시면 다음에 같이 사우나나 한번 가시죠. 달릴 거 제대로 달려 있는 남자니까요."

드레이크의 시선이 나츠의 가랑이 사이로 흘끗 향했다. 그는 난해하다는 표정으로 미간을 찌푸렸다. 그러니까 가슴 봉긋한 녀석이 사타구니에 남근도 박혀 있다는 건가?

"잠깐."

그가 앞을 지나쳐 걷는 나츠의 손목을 낚아채듯 잡아 세웠다.

"하나만 더 묻자."

"뭡니까?"

나츠가 예민해진 목소리로 날카롭게 반응했다. 더 이상의 논쟁은 회피하고 싶다는 눈초리였다.

"넝쿨에 휘감긴 성배."

미간을 구기고 있던 나츠의 얼굴이 놀란 듯 굳었다.

"네 배꼽 위에 새겨진 문신 말이야. 오베론의 회색 기사들이 몸에 새긴 것과 같은 모양이던데 아닌가? 성배는 기사단의 상징이었지, 아마."

얼어붙은 채 아무 말도 못하는 나츠를 보며 드레이크는 입가에 미소를 그렸다.

빙고인가? 하여간 어수룩한 녀석.

"나츠 시게노, 너였구나. 아군의 에어쉽에서 쏜 포탄의 주인공."

악몽이 되어 버린 이브의 생일 파티에는 이례적으로 낙원의 관리자가 모습을 나타냈었다. 아담이 등장한 특별관람석에는 모두의 시선이 쏠렸고, 누군가 '축포다!'라면서 붉은 포물선을 그리는 불빛을 가리킨 순간, 거대한 폭발음과 함께 글라스 돔 전체가 무너져 내리기 시작했다.

나츠는 의외로 침착한 표정이었다. 그는 침묵한 채 긍정도 부정도 하지 않았다. 드레이크는 이미 대답을 들었다는 얼굴로 팔짱을 꼈다. 어차피 근접전에서는 그가 전적으로 유리했다. 총기가 없는 나츠를 제압하는 건 그에게 있어 어린애 손목을 비트는 것만큼이나 쉬운 일이었다.

"미안하지만 소위님께 알려야겠어."

나츠가 아랫입술을 꽉 깨문 채 말했다.

"소위님께…… 폐를 끼치려던 건 아니었습니다. 정말이에요."

"네 본의가 무엇이었든 간에 결과적으로 소위님께서 의심을 받게 되었지."

나츠는 주먹을 꽉 움켜쥐었다. 드레이크는 마지막 쐐기를 박듯 돌아서며 중얼거렸다.

"애덤슨 중사님께서 이 일을 아시면 굉장히 실망하시겠군."

케이의 이름이 나오자 나츠의 동공이 파도치듯 일렁였다. 흔들리던 초점은 바르르 떠는 턱과 함께 조각나듯 평정심을 잃었다.

"여기서 대기하고 있어. 보고 드리고 올 테니까."

"드, 드레이크 씨!"

문을 열고 나가려던 드레이크는 멈칫하며 어깨 너머를 돌아보았다. 나츠의 손이 그의 소매 끝을 간절히 붙잡고 있었다. 그의 시선 끝에 닿은 검은 눈동자가 눈물을 뚝뚝 떨어뜨리기 시작했다.

"뭐, 뭐야. 왜 갑자기 울고 그래?"

"변명하려는 건 아닙니다. 그게……."

드레이크는 나츠를 당혹스러운 눈으로 바라보았다.

"유메의 말은 절대적이에요. 결코 거스를 수 없는 철칙 같은 겁니다."

"유메?"

"제 누나예요. 쌍둥이 누나요."

소녀는 너무나 깊고 고독한 구렁을 갖고 있었다. 그 속에서 웅크리고 있는 그녀의 영혼은 십수 년 전부터 지금까지 무슨 짓을 해도 해방시킬 수가 없었다. 그녀는 구렁 속에서 증오에 찬 눈으로 손을 내미는 이들을 노려보기만 했다. 쌍둥이 동생인 나츠마저도 그녀를 구원하는 건 불가능했다. 둘은 같은 배 속에서 탯줄을 공유한 채 태어났지만 그녀의 구렁은 그녀만의 것이었다.

"제 누나는 몸에 장애를 가지고 태어나 혼자서는 아무것도 할 수 없었어요. 태어나자마자 미궁에 버려진 저희가 살아남아 빠져나온 곳은 모래의 도시 하층부, 미들 타운이었습니다. 저희는 그곳에서 들개보다도 못한 삶을 살았어요. 남들이 먹다 버린 걸 발견한 날은 운이 좋은 거였죠. 어린 저는 무엇이든 했습니다. 살아남을 수만 있다면 무엇이든요. 다행히도 몸뚱이조차 정상이 아닌 저희들에게 크게 관심을 갖는 이들은 없었습니다. 가끔 유메를 장난감 삼아 가지고 노는 이들은 있었지만요."

"너는?"

"네?"

조용히 듣던 드레이크가 불쑥 물었다. 그의 시선이 나츠의 가슴을 응시하더니 하반신으로 옮겨 갔다.

"널 가지고 놀던 사람은 없었고?"

"전……."

나츠의 목소리 끝이 떨렸다.

"전 남자니까요. 괜찮았습니다."

그는 고개를 푹 숙인 채 손등으로 얼른 눈가를 훔쳤다.

"유메는 자신을 드러내고 싶어 해요. 우리를 이곳에 버린 자들에게 할 수 있는 최대의 복수는 우리의 존재를 세상에 알리는 거라 생각하죠. 하지만 유메의 행동은 점점 도를 넘고 있어요. 무고한 사람들이 죽고 다쳤는데, 이건 아니라고 생각해요."

유메의 증오에 날개를 달아 준 건 솔로몬, 그 남자였다. 부유 체어를 선물하면서 온갖 감언이설로 유메를 꼬드겨 거래를 할 때부터 알아챘어야 했는데. 하기는, 솔로몬이 없다 해도 낙원을 뒤엎고자 한 유메의 뜻이 꺾일 일은 없었을 것이다.

"울어서 죄송합니다. 저기…… 주, 중사님께는 제가 직접 말씀드릴 테니……."

더듬더듬 눈치를 살피며 말하던 나츠의 눈이 커졌다. 드레이크의 팔이 그를 천천히 끌어안고 있었다. 투박하지만 등을 다독여 주는 손길에 나츠는 멍하니 이끌려 안겼다. 귓가에 들려온 그의 목소리가 좀 전과는 판이하게 자상했다.

"괜찮아. 어린애는 가끔 울어도 돼."

함께 사지를 넘었던 전우이니만큼 이 정도의 위로는 괜찮을 거라고 드레이크는 스스로에게 변명 중이었다.

"그렇다고 네가 한 일을 눈감아 준다는 건 아니야. 중사님께는 가서 직접 말씀드리도록 해."

"네. 고맙습니다, 드레이크 씨."

나츠는 결국 그의 어깨에 얼굴을 묻고 울음을 터뜨렸다. 드레이크는 한숨을 내쉬며 난감한 표정으로 천장을 올려다보았다. 뭔가 기분이 애매했다. 여자를 안고 있는 건지, 사내놈을 안고 있는 건지, 그냥 애를 안고 있는 건지 분간이 되지 않는다.

그는 뒤를 흘끔 보더니 뒷걸음쳐서 문에 몸을 기댔다. 누가 이런 광경을 보기라도 하면 곤란했다. 군복을 입은 사내 녀석 둘이 껴안고 있는 모습이라니. 아, 게다가 어리기까지 하지. 그는 몸으로 문을 막은 채 연거푸 한숨을 내쉬었다.

콰광!

불현듯 들려온 폭발음에 나츠와 드레이크는 끌어안고 있던 자세에서 후다닥 떨어졌다. 둘은 혼란스러운 표정으로 서로의 얼굴을 쳐다보았다.

굉음은 먼 곳에서 들려온 것처럼 크지 않았지만 바닥에서 미세한 진동이 느껴질 만큼 위력이 있었다.

멋쩍은 얼굴로 나츠를 보던 드레이크는 까무잡잡한 얼굴을 손바닥으로 거세게 쓸어내렸다. 심장이 쿵쾅댔다. 방금 전 폭발에 동조한 건가? 그렇다고 치는 게 마음이 편할 듯했다. 나츠 때문에 가슴이 뛰었던 거라고는 죽어도 인정할 수 없으니.

"일단 나가자."

순식간에 군인의 얼굴로 돌아온 드레이크가 먼저 문을 열고 나섰다. 고개를 끄덕인 나츠는 눈물을 닦으며 그의 뒤를 따랐다.

유림과 메리는 이미 연구동 밖에 나와 있었다. 사샤의 블랙 스완은 A 연구동 입구에 착륙한 상태였고, 웁실론들은 경계 태세로 사샤의 에어쉽을 에워싼 상태였다.

"소위님."

드레이크와 나츠가 나오자 유림이 그들을 쳐다보았다. 나츠를 발견한 그녀는 화색을 하며 반겼다.

"나츠, 몸은 괜찮아?"

"네, 괜찮습니다."

"미치광이 의사가 제 몫을 하긴 하네."

"소위님, 그런데 방금 그 소리는 대체 뭐였습니까?"

드레이크의 질문에 유림이 말을 떼려는 순간, 검은 에어쉽 문이 열렸다.

"모래의 도시 쪽에서 일어난 폭발음이에요. STF는 벌써 출동했다고 하는군요."

낯선 여자의 목소리에 유림의 눈초리가 살벌해졌다. 긴 흑발에 백인 여자. 창백한 낯빛이지만 우아한 느낌을 주는 인상이었다. 사샤와 눈이 마주치자 유림은 미간을 구겼다.

"그 유명한 브루클린의 성녀를 직접 뵙다니 영광입니다."

사샤는 에어쉽에서 내리며 손을 내밀었다. 유림은 그녀를 빤히 쳐다볼 뿐 악수를 무시했다. 머쓱해진 사샤는 내민 팔을 거두며 말을 건넸다.

"경계하시는 것 같은데, 전 그쪽 편이랍니다."

"당신이 메리가 말한 조력자인가?"

유림의 질문에 메리가 눈짓을 보냈다. 물 흐르듯 걸어온 사샤는 자연스럽게 메리에게 팔짱을 꼈다. 그 광경을 본 유림의 표정은 더욱 안 좋아졌다. 어딘지 모르게 사샤의 행동에서 계산적인 냄새가 풀풀 풍기고 있었다.

"조력자라, 그럴지도요."

"낙원의 설계자와 아는 사이라는 게 진짜야?"

"그럼요."

확인해 봐야겠다. 미간을 좁히며 눈을 구긴 유림은 두리번거리며 주변을 살폈다. 그런데 정작 주인공이 보이지 않았다.

"케이는 어딜 간 거야?"

다들 모른다는 표정이었다. 이 남자가 한 번도 아니고 두 번이나 위치 이탈을 해? 그녀의 입가에 폭발 직전의 미소가 떠올랐다. 명령 불복종을 밥 먹듯 해 대는 걸 보니, 제 상관이 '브루클린의 성녀'라는 걸 잊은 모양이다.

"메리 씨는 저와 함께 가시죠. 슬슬 복귀하지 않으면 위험할 거예요."

"아, 네."

메리가 사샤에게 이끌려 에어쉽에 올라타자 유림은 못마땅한 얼굴로 그들을 쳐다보았다. 자꾸만 탐탁지 않은 기분이 들었다. 에어쉽 문이 닫히려는 순간, 유림은 팔을 뻗더니 사샤의 손목을 턱 움켜쥐었다. 그러고는 몸을 숙여 에어쉽 안쪽에 앉은 그녀와 눈을 똑바로 마주쳤다.

"잘 들어."

붉은 입술 사이로 나직한 경고가 새어 나왔다.

"행여나 메리에게 무슨 일이라도 생기면."

사샤는 유림과 눈을 마주친 채 가만히 듣고만 있었다. 유림은 외눈박이 고양이처럼 날카로운 눈으로 살기를 내뿜으며 그녀의 귓가에 속삭였다.

“그나마 멀쩡히 남아 있는 양팔마저 의수를 쓰게 만들어 줄 줄 알아. 나는 여자든 노인네든 때리고 눕힐 수 있는 사람이란 걸 기억해 뒀으면 해.”

말을 마친 유림은 꽉 잡고 있던 사샤의 팔을 천천히 풀어 주었다. 사샤는 빨갛게 부은 손목을 내려다보더니 싱긋 웃으며 대꾸했다.

“명심하도록 하죠.”

그녀의 산뜻한 대답에 유림은 불쾌한 표정으로 에어쉽에서 물러났다. 사샤는 보답이라도 하듯 문을 닫으며 말을 흘렸다.

“호크 대령을 구하러 갈 생각이라면 서두르는 게 좋을 거예요. 폭발이 일어난 지점은 모래의 도시에서도 심해에 위치한 최하층, 블랙 호크는 그곳 특별 형무소에 구금되어 있거든요.”

고마운 정보였지만 빚지는 기분에 썩 유쾌하지 않았다. 유림은 아직 열려 있는 문 안쪽을 걱정스럽게 바라보며 말했다.

“조심해, 메리.”

“걱정하지 마.”

고개를 빼꼼 내민 메리가 부드럽게 웃으며 답했다. 평소와 정반대의 입장에서 대사를 주고받는 두 사람. 유림의 눈 속에 불안한 안개가 꼈다. 석연치 않은 기분이 가시지를 않는다.

메리는 손에 끼고 있던 장갑을 벗어 내밀었다. 유림은 장갑을 받으며 가슴이 울렁거리는 걸 느꼈다.

“헤벨의 고양이에게 신의 가호가 있기를.”

서로를 바라보며 눈빛을 주고받는 두 사람의 모습에 사샤는 조소를 머금었다. 찻잔을 들고 호르르 차를 마시던 그녀는 머릿속으로 비아냥거렸다.

'신의 가호라. 그딴 것에 의지하는 순간 사지가 잘린 채 유혈이 낭자하는 꼴을 보게 될 텐데. 거기서 운이 좋다면 나처럼 목숨만은 부지할지도 모르겠지만…….'

한편으로는 아직 저렇게 순수한 대화를 나눌 수 있다는 게 부럽기도 했다. 둘 다 영리하고 재능 있는 사람들이었다. 특히 유림의 경우엔 운동신경도 대단하지만 날카로운 눈썰미가 있었다. 아마 타고난 감각일 거다. 자신의 양다리가 의족이란 걸 이렇게 단시간 내에 알아본 사람은 그녀가 처음이기도 했고, 시종일관 적대감을 감추지 않는 걸 보니 본능적으로 뭔가를 감지한 모양이니까. 그런 건 가르친다고 길러지는 게 아니다.

"그럼 건투를 빕니다, 여러분."

사샤의 정중한 인사말을 마지막으로 블랙 스완이 이륙하기 시작했다.

유림은 쏜살같이 멀어지는 흑조를 바라보며 메리의 장갑을 움켜쥐었다. 함께 창공을 올려다보던 드레이크가 휘파람을 불며 감탄했다.

"거의 군용기 급으로 잽싸군요. 얼핏 보니 껍데기도 철갑이던데요. 25구경 기관총으로 쏴도 끄떡없을 듯해 보였습니다. 거의 실전 군용기에 옷만 입혀 놓은 자가용 수준이지 않습니까?"

"밧세바!"

유림의 목소리에 지팡이를 짚은 밧세바가 천천히 걸어 나왔다.

"우리는 뭐 저런 거 없나? 철갑까지는 아니더라도 불가시 모드

정도는 장착된 수준이면 좋겠는데?"

"에어쉽 말입니까?"

"그래. 참고로 난 빨강이 좋아. 저런 거무칙칙한 색 말고."

밧세바는 황당하다는 얼굴로 유림을 쳐다보더니 '쯧' 하고 혀를 찼다.

"어차피 불가시 모드로 있을 건데 색이 무슨 소용인지요?"

"어차피 남들은 보지도 못할 속옷 색깔을 고르는 것과 비슷한 이치 아니겠어? 어쨌든 난 빨강이 좋다고! 케이한테 시키면 되잖아? 뭐든 십 분 내로 뚝딱 해치우는 녀석이니까. 그런데 이 녀석은 대체 어디 간 거야?"

밧세바는 지팡이로 바닥을 툭 짚더니 빈 웃음을 터뜨렸다.

"그 참, 이렇게 될 줄 아셨던 건지. 중사님은 소위님의 행동 패턴을 훤히 들여다보고 계신가 보군요."

"무슨 소리야?"

"따라 오시지요."

좀 전에 메리와 있던 A 연구동의 옥상이었다. 잡초가 무성한 정원을 가로질러 가니 에어쉽 착륙지가 눈에 띄었다. 아무것도 없던 허공에는 불가시 모드로 대기 중인 에어쉽이 뚜껑부터 천천히 모습을 드러내기 시작했다.

"빨간색이네?"

유림의 입꼬리가 배시시 말려 올라갔다. 마음에 쏙 든다는 표정이었다. 에어쉽에 올라타자마자 영상 통화가 이루어졌다.

– 유림.

"어디야, 케이?"

화질이 좋지 않았다. 노이즈도 있는 게 전파 방해를 받는 것 같은데, 폐쇄 도시라서 그런가? 흐려졌다가 다시 또렷해지기를 반복하는 케이의 모습 뒤로 보이는 영상은 마치 전쟁터를 방불케 했다.

– 십 분 안에 돌아가려 했는데, 시간이 조금 걸리게 됐어요.

"그니까 어디냐고?"

– 형무소요.

유림이 말을 멈칫 멈췄다. 그녀는 잠시 흔들리는 동공에 초점을 맞추더니 불길한 낌새를 눈치채고 물었다.

"설마 그 폭발, 네가 한 짓은 아니겠지?"

– 아쉽게도 한발 늦었어요. 블랙 호크는 이미 탈출하고 없었거든요.

유림은 당황한 채 멍하니 듣고 있었다. 그냥 던져 본 질문이었데, 진짜 케이가 한 짓이라고?

– 탈옥한 지는 얼마 안 된 것 같으니 완전히 놓친 건 아닐지도 몰라요. 지금 낙원 전체를 스캔 중이니까 이것만 하고 갈게요. 조금만 기다려요.

평소와 다르게 케이의 목소리가 날카로웠다. 짜증이 배어 있는 톤이었다. 누가 보면 호크를 잡고 싶어 안달이 난 줄 알겠다. 혹은 제가 구출하지 못한 것에 대한 아쉬움인가?

'케이가 대령님을 이렇게까지 생각했었나? 독단적으로 구출하러 갈 만큼?'

유림은 스스로도 황당한지 웃었다. 누가 봐도 호의보다는 적개심을 내보이던 케이였다. 그녀와의 달콤한 시간을 방해받아서라는 말도 안 되는 이유 때문이었지만 그가 호크를 좋아하지 않는 건 확실했다. 이제 와서 제 지휘관이 되었다고 갑자기 의리를 지킬 녀석도 아닌데 무슨 심보지? 게다가 저렇게 요란한 방식이라니, 평소의 케이답지 않았다. 아니면 슬슬 교육의 효과가 나타나는 건가? 저렇게 화끈한 방식은 영락없는 유림 그녀의 스타일이었다.

"혹시 그 목 잘린 안드로이드를 데려가셨습니까?"

옆에서 조용히 듣던 밧세바가 난데없이 끼어들며 물었다. 케이는 잠시 생각하더니 천연덕스러운 어조로 대답했다.

– 데리고 오긴 했는데 중간 어디에 떨어뜨린 것 같군. 옆에서 쉼 없이 떠들어 대니 시끄러워서 말이지.

옆에서 듣고 있던 엡실론들은 어쩔 줄 몰라 하며 서로를 쳐다보았다. 좀 전까지 그녀들은 유림의 명으로 유령의 군주를 지키고 있었다. 그런데 뭔가가 휙 지나간다 싶더니, 무슨 일이 일어난 건지 눈치채기도 전에 정신을 잃고 말았다. 잠시 후 눈을 뜬 그녀들 앞에는 소녀만 남고 사회자의 목은 사라진 채였다. 여자들은 유림에게 책잡힐까 봐 두려운 표정으로 슬그머니 시선을 회피했다. 반나절 넘게 유림을 지켜보면서 내린 결론은 '브루클린의 성녀의 성질은 아주 지랄 맞다'였다.

"그 안드로이드는 이번 테러를 일으킨 용의자의 꼬리이자, 대령님의 무죄를 입증할 증거야. 그걸 네 멋대로 가져가더니 심지어 중간에 떨어뜨렸다고?"

– 좀 알아볼 게 있어서요. 유림의 말대로 이 녀석은 배후의 꼬리에 불과하니, 꼬리를 끊고 도망가기 전에 잡아당겨서 몸통이라도 봐야 하지 않겠어요?

얼굴이 잘 보이지 않는데도 케이의 표정이 눈에 선하게 보이는 듯했다. 평소처럼 생긋 웃으며 태연하게 말하고 있군. 유림은 팔짱을 끼며 위협조로 말했다.

"거기서 얌전히 기다리고 있어."

– 유림은 오지 않는 게 좋을 것 같은데…… 어차피 내 말은 안 들을 거죠?

"지금 누구보고 오라 가라야? 요즘 아예 상관이 누군지 잊은 모양인데 이왕 그렇게 밖에 꺼내 놓은 간덩이 아예 발목에 한번 차고 다녀 보지그래? 하루도 지나지 않아 터진 축구공처럼 너덜너덜하게 만들어 줄 테니."

– 왜요?

"내가 하루에 열두 번도 더 찰 거라서."

케이는 낮게 웃음을 터뜨렸다. 청량하게 울려 퍼지는 그의 웃음소리에 유림은 멋쩍은 표정을 지었다. 바짝 졸라고 협박한 건데, 되레 귀엽다는 듯 웃는 건 뭐지?

– 어쨌든 눈에 띄지 않게 와요. 그거 주인 있는 에어쉽이라 격추당하면 잔소리 듣거든요.

"잔소리? 누구한테?"

– 있어요, 잔소리꾼. 그리고 내가 갈 때까지 절대 에어쉽에서 내리지 말 것. 이건 듣기 싫어도 들어야 해요. 알았죠?

"지금 또 누구한테 명령을……."

다정한 목소리로 당부하던 케이는 유림의 말이 채 끝나기도 전에 통신을 뚝 끊어 버렸다. 유림은 황당한 얼굴로 앞을 빤히 쳐다보았다. 와, 이게 점점 가관이네? 만나면 어떤 벌을 줄지 생각하는 것만으로 짜릿할 정도로 분노가 일었다.

"오, 이거 브루클린의 성녀 피규어 초콜릿 아닌가요? 에어쉽 주인이 소위님 팬인가 보네요."

신기하다는 듯 쳐다보던 드레이크는 초콜릿을 좌우로 돌려보더니 다시 제자리에 놓았다. 드레이크의 옆 좌석에 올라탄 나츠는 눈치를 살피며 주머니의 총을 움켜쥐었다. 유림은 턱을 괸 채 밖을 내다보았다. 언짢은 기색이 그녀의 이마에 핏줄로 살짝 도드라져 있었다. 에어쉽에 착석한 밧세바는 오베론의 군주를 무릎에 앉혔다. 나츠와 눈이 마주친 오베론의 군주는 아랫입술을 물더니 싸늘한 표정으로 고개를 홱 돌렸다.

불가시 모드로 변형한 에어쉽은 바람처럼 날아 모래의 도시로 향했다.

집무관의 보고

평의회 전용 대회의실.

현재 접속한 의원 수 아홉 명, 긴급회의 중.

말발굽 형태의 테이블에는 속속들이 '접속' 시그널이 켜졌다. 홀로그램 모습의 평의원들은 저마다 불편한 심기를 감추지 못한 채 등장했다.

테이블 중심의 상석에는 우리야가 앉았다.

"다들 모래의 도시 상황에 대해서는 이미 듣고 오셨으리라 믿습니다."

모래의 도시는 낙원의 남서쪽 절벽 뒤에 위치하고 있었다. 로스티아벤의 본부가 있는 만큼 철저하게 요새화된 도시다. 모래의 도시는 지하 깊숙한 곳까지 나선형으로 층층이 이어져 있는데, 잠수정이 드나드는 심해 최하층에는 델타 수용소와 범법자들을 구금하는 특별 형무소가 자리하고 있었다. 그리고 방금 전 폭발이 일어난 장소가 바로 이곳 특별 형무소였다.

여성 안드로이드 집무관은 군청색에 은색 단추가 달린 제복을 입고 짤막한 보고를 올리기 시작했다.

"현재 사망자는 다섯 명, 부상자는 열한 명입니다. 이 중 중상자가 세 명, 나머지는 경미한 부상에 그쳤습니다. 하지만 모래의 도시 특성상, 집계되지 않은 고스트들 중에서도 피해자 수가 상당할 거라 예상됩니다. 형무소의 피해는 약 97퍼센트로 사실상 완전 괴멸된 상태입니다. 폭발 원인에 관해서는 현재 조사 중인데 애를 먹고 있습니다. 폭발 시 발생된 에너지는 엘로힘과 흡사한 에너지원으로 판독되었습니다."

"엘로힘?"

"연맹군 정보국 측 연구 자료실에 등록된 내용으로 조약에 의해 우리 측은 검색만 가능합니다. 내용 열람은 ROU 정보국에 협조 요청이 필요합니다. 요청하시겠습니까?"

"일단 보류하지. 용의자 판독은?"

"죄송합니다. 용의자 정보는 아직 수집된 게 없습니다."

"미사일이 떨어진 것도 아니고, 폭탄에 다리가 달려서 혼자 걸어 들어간 것도 아닌데 용의자 정보가 없다고? 그게 말이 된다고 생각하나?"

"모래의 도시 하층부는 왓슨의 눈이 닿지 않는 곳입니다. 관리자 집무실로 보고된 내용 외에, 저희 집무관들이 보고받은 내용에는 아직까지 용의자에 관한 사항은 없습니다. 죄송합니다."

"노아 호크는 어찌 됐나?"

집무관은 쉽게 말문을 열지 못했다. 안드로이드 주제에 저런 반응을 보이는 건 우리야의 평소 패턴 분석 결과에 따른 행동이었다. 약 5초 정도 뜸을 들인 뒤 대답하는 편이 우리야의 화를 덜 산다는 걸 아는 것이다. 물론, 대답이 부정적일 경우에 한에서였지만.

"설마 탈출한 건 아니라고 믿고 싶다만."

"송구합니다."

우리야의 얼굴이 굳었다. 그는 힘줄이 선 이마를 짚더니 미간을 구기며 한숨을 내쉬었다.

– 공중 정원의 피해 내역은 좀 어떻습니까?

"공중 정원의 부유 시스템은 현재 복구 중에 있으나 전체 파손율이 칠십 퍼센트가 넘습니다. 현재 위즈덤으로부터 진행 상황을 보고받고 있습니다."

– 위즈덤이라면 스타시티 산하의 안드로이드 회사 말입니까? 왜 그들이 보고를 합니까?

홍보부의 클라크 장관이 못마땅한 어조로 질문을 던졌다. 그러자 다른 평의원들도 동의하는지 웅성거림을 얹었다. 최근 기억의 도시에서 수입을 올리고 있는 위즈덤에 대한 부정적 시선이 수면 밑에서 힘을 실어 주는 분위기였다. 잠시 지켜보던 우리야는 묵직한 음성으로 잡음을 눌렀다.

"위즈덤의 수장 솔로몬은 이제 우리의 친구이고, 동료이고, 파트너입니다. 테러 당시 위즈덤의 구조 작업이 낙원에 큰 도움이 되었다는 건 부정할 수 없는 사실입니다. 또한 이번 테러 용의자에 대한 결정적인 제보를 한 인물도 솔로몬이었다는 걸 잊으면 안 됩니다. 그는 낙원에 헌신하고 있습니다. 게다가 최근 개발한 병기형 안드로이드 오백 기를 로스티아벤에 무상으로 공급하겠다고 약조까지 했죠."

홀로그램에 비친 평의원들의 표정이 저마다 굳었다. 그들은 심기가 불편한 얼굴로 서로의 눈치를 살폈다. 헛기침을 하면서 시선을 교환하는 이들의 눈빛에는 불신의 씨앗이 남아 있었다.

– 세르게이 총사령관, 이번 상황 대처에 있어 거리낌 없이 손을 내준 위즈덤에게는 우리 모두 감사를 표하는 바입니다. 하지만 솔직히 말해서 그자의 의도가 의심스러운 건 사실이죠. 우리는 솔로몬이 누군지도 모릅니다. 대제국 스타시티의 후계자라는 소문만 돌 뿐, 그의 정체는 아무도 모르지 않습니까? 혹시 총사령관님은 실제로 그를 만나 본 적이 있는 겁니까?

얼마 전까지만 해도 황금의 바벨탑 솔로몬은 사리사욕에 영혼을 판 장사치로 치부되고 있었다. 그랬던 그가 이제는 낙원의 동료이고 파트너라니, 황망하기 이를 데 없는 표현이었다.

"말씀 중에 죄송합니다."

중앙으로 나온 집무관이 파란색 홀로그램 보고서를 펼쳤다.

"또 뭔가?"

"델타 수용소의 격벽이 파손되어 델타들 중 일부가 수용소 밖으로 빠져나간 것 같습니다."

특별 형무소와 마찬가지로 모래의 도시 최하층에 위치한 델타 수용소.

세계 각지로 파견된 STF가 생포해 온 델타들이 구금된 장소였다. 비공식적인 집계지만 수용소에 구금되어 있는 델타의 숫자만 오십여 마리다. 회의실은 순식간에 공포에 휩싸였다.

– 델타가 수용소 밖으로 탈출했다고요?

– 맙소사, 또 말입니까?

– 몇 마리나 나온 겁니까?

이성을 잃은 의원들은 두려움에 언성을 높였다.

"아직 모래의 도시 밖까지 나간 것 같진 않습니다만, 현재 정확한 확인에 어려움을 겪고 있습니다."

"주민 피해는?"

"모래의 도시 하층부는 일반 주민의 출입이 엄격히 금지된 곳입니다. 그러나……."

"그러나?"

우리야가 날카로운 눈초리로 되물었다.

"모래의 도시 하층부에서 조금만 올라가면 고스트들의 거주지가 있습니다. 이대로라면 인명 피해가 꽤 클 거라 예상됩니다."

"고스트들은 낙원의 주민도 아닌데 뭣 하러 신경 쓰나?"

냉정하게 뱉은 우리야의 말에 의원들도 동의한다는 듯 고개를 끄덕였다. 암, 고스트들은 말 그대로 유령이다. 낙원의 그늘 속을 떠도는 덧없는 존재들일 뿐, 그들이 아무리 많이 죽어도 언론에 보도조차 되지 않을 것이다.

"테러의 배후가 오베론임이 밝혀진 마당에 고스트들이 형무소 폭발 건과 무관할 리는 없다고 생각합니다만, 의원님들의 생각은 어떠십니까?"

– 같은 의견입니다.

"이참에 낙원의 골칫덩이들을 모두 처리하도록 하죠. 몰아세울 명분도 있고, 좋은 기회입니다."

– 모두 처리요? 하지만 그건…….

"관리자께서도 이미 승인하신 일입니다."

다들 놀랐는지 더 이상 토를 달지 않았다. 하지만 내심 걱정되는지 서로를 살피며 헛기침을 해 댔다.

고스트들이 못마땅하긴 했지만 낙원에 있어선 필요악적인 존재였다. 곧은 성목에도 굽은 가지는 존재하는 법. 완벽한 낙원조차도 빛이 비추는 한 그늘이 없을 수는 없다. 낙원의 주민이라고 검은 욕망이 없겠는가? 모두가 바라는 이상향이란 것을 유지하기 위해서는 책임을 전가할 대상이 필요했고, 고스트들이야말로 그에 있어선 적임자였다.

– 그런데 델타들은 어찌할 생각입니까? 델타에게 물린 고스트들이 델타로 변이하는 것도 곤란하지 않습니까?

"특보대가 나가 있습니다. 필란 중위에게 연결해 보게."

집무관은 "예." 하고 대답하더니 허공에 특별보안대의 로고인 'SSF'를 띄웠다. 지구본처럼 원 안에서 파랗게 돌아가는 로고를 보며 의원들은 긴장한 눈빛을 지었다. 그때 집무관이 돌아서더니 목례와 함께 다시 보고했다.

"죄송합니다. 연결할 수가 없습니다."

"그게 무슨 소리인가? 연결할 수가 없다니?"

"모래의 도시 하층부에 통신 자체가 연결되지 않습니다. 형무소의 상황을 확인하는 것도 현재 불가능합니다. 시스템 오류인 것 같습니다."

– 그럼 탈출한 델타들의 상황도 확인할 수가 없다는 겁니까?

– 현재 나가 있는 특보대와 STF 요원들은 델타가 탈출한 것도 알지 못하는 상황 아닙니까?

우리야는 잇새로 욕설을 뱉으며 주먹을 움켜쥐었다. 짙은 기시감이 들었다. 우리야뿐만이 아니었다. 다른 평의원들도 불길한 눈빛을 지으며 몇 달 전의 악몽 같았던 상황을 떠올리고 있었다.

신입 용병들을 뽑기 위해 열었던 입대 테스트. 그곳에 난입했던 델타들과 먹통이 되었던 상황실. 이후 진입한 STF 요원들이 속속히 발견했던 훈련병들의 시신들.

그때의 위급했던 상황 속에서 길을 뚫어 준 것은 브루클린의 성녀와 블랙 호크였다. 하지만 안타깝게도 두 사람은 더 이상 그들 수중에 없었다.

"제가 가도록 하죠."

– 총사령관님께서 직접 말입니까?

"그럼 여러분들께서 가 주실 겁니까?"

우리야가 쏘아붙이며 되묻자 평의원들은 말문이 막힌 채 시선을 회피했다. 다들 몸을 일으킨 우리야를 보며 민망한 표정을 지었다. 그러나 누구 하나 나서서 그를 만류하지 못했다. 그의 말대로 호크 대령도, 브루클린의 성녀도 없는 이 상황 속에서 그들이 기댈 수 있는 존재는 이제 우리야밖에 없었다.

"제가 함께 가 드리도록 하죠, 세르게이 총사령관님."

나긋하고 정중한 목소리가 정적에 파문을 던졌다. 회의실 상석에 앉아 있던 우리야는 놀란 얼굴로 입구를 쳐다보았다. 개폐된 문 사이로 한 남자가 입장하고 있었다. 남자가 입은 갈색 군복은 로스티아벤의 제복이 아니었다. 밝은 금발에 맞춰 제작한 듯 조화롭게 어울리는 군복의 왼팔 상단에는 금장과 함께 낯익은 마크가 박혀 있었다.

두 개의 머리를 한 황금 독수리. 쌍두독수리는 한쪽 발톱에 칼을, 다른 한쪽 발톱에는 올리브 가지를 쥔 채 날개를 활짝 펼치고 있었다. 국제 연맹국 산하의 군대인 연맹군의 문장이다. 두 개의 독수리 머리는 각각 연맹군의 전략국과 정보국을 상징했고, 칼과 올리브 가지는 무력과 평화를 뜻했다.

접속 중이던 다른 의원들의 모습이 순식간에 검은 화면 뒤로 사라졌다. 냉큼 모습을 감춘 의원들은 예정에 없던 방문객의 얼굴을 보고선 소스라치게 놀라며 술렁였다.

– 당신은…….

– 이곳에는 어쩐 일로…….

남자의 군복 가슴에 붙은 별 두 개가 반짝거리며 빛났다. 그는 정갈한 걸음으로 다가와 우리야 옆에 섰다. 그리고 모습을 감췄지만 회의실을 보고 있을 의원들을 향해 인사말을 올리며 옅은 미소를 머금었다.

"연맹군 전략국 내 작전부 산하 남태평양전대 총사령관인 마이클 밀러 중령이라고 합니다. 낙원의 평의회 의원님들을 뵙게 되어 영광입니다. 좀 전에 로스트 헤븐 내에서 2차 테러가 발생했다는 이야기를 듣고 조력을 드리고자 급히 걸음을 했습니다만, 결례를 범한 건 아닌지 모르겠습니다."

얼굴을 가린 의원들의 표정이 곤혹스럽게 변했다. 내부에서 여전히 영상 회의 중이던 의원들은 저자가 무슨 꿍꿍이냐는 눈빛을 주고받았다. 침묵 속에서 불편한 심기를 눈치챈 밀러는 곁눈질로 흘끔 우리야를 응시했다. 중요한 건 의장인 그의 의중이었다.

"그럴 리가 있겠습니까? 이렇게 와 주셔서 감사합니다, 밀러 중령님."

우리아는 선뜻 반갑게 맞이하며 악수를 청했다. 밀러도 선한 웃음으로 손을 잡으며 감사를 표했다.

"자세한 이야기는 가면서 나누도록 하죠. 상황이 꽤 시급합니다."

"알겠습니다. 아쉽지만 상황이 이러니 인사는 다음에 다시 여쭙도록 하겠습니다."

의원들은 괘념치 말라며 친절하게 응답했다.

– 저희는 괜찮습니다.

– 두 분 다 무사히 귀환하시길 기원합니다.

– 두 분께 이브의 가호가 있기를.

돌아서던 밀러의 걸음이 멈칫 멈췄다. 그는 입가에 기분 좋은 곡선을 띄우며 나직이 말했다.

"이브의 가호라……. 듣기 좋군요. 고맙습니다."

두 남자가 퇴장하자 의원들은 다시 테이블 위로 모습을 나타냈다. 그들은 서로를 쳐다보며 언짢은 표정을 주고받았다. 난감한 분위기 속에서 다들 한숨을 쉬며 쉽게 접속을 끊지 못했다.

로스티아벤의 노련한 호랑이와 연맹군의 젊은 독수리의 만남이라니! 대체 앞으로 무슨 일이 벌어지게 될지 한 치 앞도 가늠할 수 없는 불안감이 회의실 내를 압도했다.

– 뭐, 별일이야 있겠습니까? 너무 마음 졸이지 맙시다.

– 그렇습니다. 그럼 여러분들, 총사령관님께서 귀환하시면 다시 뵙도록 하지요.

– 그럽시다.

이곳은 로스트 헤븐이다. 세계 최고의 용병 부대와 기술력을 지닌 유일무이한 낙원. 이 또한 곧 지나가리라는 믿음이 그들 가슴속에 내심 자리하고 있었다.

서로의 불안감을 잠식하듯 위안을 주고받던 의원들은 차례차례 접속을 해제했다. 큰일은 없을 것이다. 늘 그러했듯 이브의 가호가 낙원을 지켜 줄지니.

한편 모래의 도시 최하층에 위치한 특별 형무소 앞은 무거운 긴장감이 돌고 있었다.

현장은 마치 폭격이라도 맞은 듯 처참했다. 셰인은 터널처럼 구멍이 뻥 뚫려 있는 형무소 입구를 보며 할 말을 잃은 듯 서 있었다. 형무소 입구는 'T' 자 형태의 레일로드를 통해서 들어가는데, 에어쉽 승강장부터 이어진 레일로드는 죄수만 올려놓으면 알아서 움직여 형무소 내부까지 연행한다. 레일로드를 덮는 강화유리는 용의자가 도주를 시도할 시 전기 쇼크를 가하게끔 되어 있었다.

당연한 말이지만 입구가 박살 났다면 레일로드도 무사할 리가 없었다. 레일로드는 중간이 뚝 끊긴 채 꺾여 있었다. 지진이나 태풍을 맞은 것처럼 지면이 내려앉은 채였다.

"호크 대령은 이미 탈주를 한 듯합니다."

"그런 것 같다."

주위를 둘러보던 셰인의 눈가에 그늘이 내려앉았다. 델타 수용소와 앞뒤로 나란히 붙어 있는 특별 형무소는 낙원 내에서 에덴 타워 S관과 맞먹는 수준의 보안 등급을 자랑한다. 무기는커녕 몸에 작은 철못 하나도 지니지 못했을 호크 대령이 어떻게 이런 구멍을 내고 유유히 탈출했을까?

모래의 도시는 중앙이 비행로이기 때문에 뻥 뚫린 나선형으로 지하 깊숙이 지어진 도시였다. 때문에 비행로에 등록된 에어쉽이나 나사처럼 이어진 레일을 따라 움직이는 화이트 캡을 이용하지 않고서는 도시 내를 이동하는 게 불가능했다.

깔때기처럼 아래로 좁혀지는 모래의 도시에는 지상과 연결된 상층부와 잠수정이 있는 해수 밑 하층부 외에도, 중층부라 불리는 미들 타운이 존재했다. 미들 타운은 낙원의 시스템이 제대로 갖춰지지 않은 지역으로 미궁처럼 미완성 지대였다. 그곳은 개미굴처럼 연결된 범법자들의 소굴인데 왓슨의 눈이 닿지 않아 STF의 특수부대원들조차 순찰하기를 꺼렸다.

얼마 전 도박 경기가 이루어진 화이트 채플도 바로 고스트들의 주거지인 미들 타운에 있었다. 낙원의 고스트들 대부분은 이곳 미들 타운에 숨어 지냈는데, 웬일인지 오늘은 하층부 가까이까지 내려와 형무소 근처를 기웃거리고 있었다.

불법 개조 에어쉽들에 올라탄 그들은 낄낄거리며 박수를 쳐 댔다. 아무래도 폭발이 일어난 사고 현장을 구경하고 싶은 모양이었다. 개중 몇몇은 당당하게도 훔친 화이트 캡을 하층부까지 몰고 와 그 안에서 술을 마시며 상황을 지켜보고 있었다.

이를 바득 간 셰인은 조용히 대원들에게 눈짓을 보냈다. 특보대가 앞으로 나오자 함께 온 STF 요원들은 조용히 총을 잡았다. 셰인은 내부 통신을 켜고 읊조리듯 말했다.

– 스네이크1이 전 대원들에게. 지금부터 눈에 보이는 고스트들을 무작위로 사냥한다. 대항하는 녀석들은 사살해도 좋다는 평의회의 승인이 떨어졌으니 아군의 등만 빼놓고는 마음대로 갈겨도 좋다. 다들 알겠지만 이 녀석들은 어제 일어난 공중 정원 테러를 일으킨 녀석들과 한패고, 형무소를 깨부순

범인들도 저들 사이에 숨어 있을 가능성이 높다. 감히 로스티아벤을 우습게 보고 낙원을 어지럽히는 녀석들에게 질서를 가르쳐 주도록.

– 예, 중위님.

– Roger, sir.

멀찍이서 구경하던 고스트들의 얼굴이 하나둘씩 굳었다. 그들은 서로를 쳐다보더니 영문을 알 수 없다는 표정으로 다시 셰인 부대와 STF 요원들을 바라보았다. 터널처럼 구멍 나 있는 형무소 앞에 특수요원들이 일제히 그들에게 총구를 겨눈 채 서 있었다.

– 격발!

셰인이 방아쇠를 당김과 동시에 여기저기서 '탕탕!' 하고 총성이 발포되기 시작했다.

"으아악! STF의 공격이다!"

"피, 피해!"

겁먹은 비명 소리가 터져 나왔다. 에어쉽 뚜껑 위에 올라타서 맥주를 마시던 고스트들은 화들짝 놀라 우왕좌왕 창문 사이로 몸을 끼워 넣기 시작했다. 꽁지 빠지게 날아가는 에어쉽들을 보던 셰인은 비웃듯 입꼬리를 올렸다. 그 순간, 활짝 열려 있던 중앙 비행로의 덮개가 사방에서 닫히며 하늘을 덮었다. 상공이 막히자 당황한 고스트들의 에어쉽들은 비행로를 차단한 격벽 주위를 맴돌며 어쩔 줄 몰라 했다.

그 뒤를 따라붙은 특별보안대 소속 에어쉽은 고스트들의 에어쉽들을 겨냥했다. 그리고 그들의 엔진을 향해 기관총을 '투다다다!' 쏘아대기 시작했다.

쾅!

하나둘씩 격추당한 에어쉽 속에서 고스트들은 발 빠르게 비상 탈출을 감행했다. 미처 탈출하지 못한 사람들은 폭발과 함께 화염 속에 갇혀 "아악!" 고통 어린 비명을 내질러야 했다. 하지만 에어쉽에서 빠져나온 고스트들이라고 무사한 건 아니었다. 그들은 지면에 착지하자마자 특보대와 함께 온 STF 요원들에 의해 포위당하고 말았다. 선두로 선 세인은 총구를 겨눈 채 나직이 물었다.

"형무소에 테러를 한 게 누구냐? 너희들 전부가 함께한 짓인가?"

"우리는 그냥 폭발 소리를 듣고 구경 왔을 뿐이다! 네놈들이 무능한 걸 가지고 엄한 사람들한테 덮어씌우지 마!"

탕!

날카로운 총성과 함께 소리치던 남자가 털썩 쓰러졌다. 남자의 부릅뜬 눈 사이 미간에 박힌 총탄 자국에서 핏줄기가 흘러내렸다. 옆에 서 있던 자들의 얼굴에는 삽시간에 두려움이 어렸다.

"무능? 뻔뻔하게 잡아떼고 있는 것들이 누군데 그딴 소리를 지껄이는 거야?"

로스티아벤 로고가 박힌 총자루를 쥔 세인은 대원들 사이로 천천히 걸어 나왔다. 그는 양팔에 문신을 한 거구의 남자를 향해 총구를 다시 겨누었다.

"형무소를 저렇게 만든 게 너냐?"

"아, 아닙니다. 나는 모, 모르는……."

탕!

그는 말을 끝맺기도 전에 옆으로 쿵 쓰러졌다. 마찬가지로 이마 정중앙에 총탄이 박힌 채였다.

정적이 내렸다.

멀리서 들려오는 에어쉽 엔진 폭발 소리 외에는 쥐 죽은 듯 고요했다. 셰인은 피식 웃더니 총자루를 손 안에서 빙그르르 돌렸다. 스무 명 남짓의 고스트들은 움찔거리며 뒤로 물러섰다.

"모르는 일이라고? 너희 고스트들이 전부 한패라는 걸 우리가 모를 줄 알아? 오베론이 한 짓은 곧 너희 고스트들 모두의 뜻이라는 걸 어린애들도 안다. 여기서 너희 전부를 죽여도 뉴스에는 한 줄 기삿거리도 되지 않을 거야. 그런 존재야, 너희들은."

셰인은 총구를 다시 들었다. 고스트들이 겁에 질린 얼굴로 숨소리를 죽이자, 그는 더욱 희열에 찬 얼굴로 거만하게 웃었다. 이 순간이 좋았다. 그가 최전방이 아닌 낙원 특보대에 머무는 것도 바로 이런 순간에만 느낄 수 있는 전율 때문이었다. 겁먹은 표정, 살려달라고 애원하는 눈빛, 그들의 목숨 줄을 쥐고 있다는 쾌감.

"중위님! 이것 좀 보십시오!"

토니 코즈메의 목소리였다. 형무소 내부를 조사하기 위해 진입했던 그는 안에서 뭔가를 발견했는지 급히 뛰어나오고 있었다. 토니가 공중 높이 든 구체를 확인한 셰인은 총구를 거두며 불쾌한 표정을 지었다. 한창 즐기고 있던 순간을 방해받은 그의 눈빛이 언짢은 기색으로 물들었다.

"뭐야, 사람 목을 들고 나온 거야?"

"아닙니다. 사람이 아니라 안드로이드 같습니다."

그는 목만 떨어져 나온 안드로이드의 머리통을 허공에 흔들며 말했다. 셰인은 별것도 아닌 것으로 소란을 피웠다는 듯 퉁명스럽게 명했다.

"형무소에서 쓰던 서기관이나 헌병 중 하나겠지. 에어쉽에 가서 실어 봐."

"형무소 소속 안드로이드가 아닌 것 같습니다. 얼굴을 한번 자세히 봐 보십시오. 좀 낯이 익지 않습니까?"

토니가 갸웃거리며 묻자 셰인은 그제야 천천히 다가왔다. 그가 유심히 살피던 사이, 가만히 기억을 더듬던 토니는 무릎을 탁 치듯 깨달음에 소리쳤다.

"아, 기억났습니다! 어제 저녁 이브의 생일 파티에서 사회를 보던 남자 아닙니까?"

결국 제 놈이 자문자답할 거였으면서 뭘 자세히 봐 달라는 건지. 눈을 흘기던 셰인은 토니로부터 사회자의 목을 받아 들었다.

양쪽 눈알 중 하나는 어디 갔는지 안구째 빠져 있었고, 머리카락은 그을린 상태였다. 잘린 목에서 흘러나온 수액이 굳어 회로를 막았다. 그나마 남은 외눈 하나마저 불빛이 껌뻑껌뻑하는 게 조만간 방전될 기세였다.

"네놈이 왜 형무소에 있던 거냐?"

셰인을 본 사회자는 한쪽이 찢어진 입술을 열더니 느릿하게 말했다.

"대상, 인식, 셰인, 필란, 중위. 특별, 보안대, 소속. 특별, 수사대, 소속, 정, 유림, 소위에게, 심한, 열등감을, 품고, 있다."

"뭐, 무슨…… 이게 지금 뭔 헛소리를 지껄이는 거야!"

얼굴이 붉어진 셰인이 주먹을 들었다. 그 순간 그의 어깨 너머로 STF 요원들과 SSF 부대원들의 모습을 확인한 사회자의 눈동자가 노랗게 물들었다. 그는 입에서 수액을 질질 흘리기 시작했다.

"로스티아벤 특수부대 STF, SSF 요원들 포착."

안드로이드이면서 인간보다도 더 유려한 말솜씨를 자랑하던 녀석이었다. 그런 그가 오십 년 전 모델처럼 기계적으로 말을 내뱉는 모습에 토니는 고개를 갸웃거렸다. 시스템에 에러라도 난 건가?

입가에 수액을 잔뜩 쏟아 낸 사회자는 눈에서 붉은 광선을 뿜어내더니 비뚤어진 턱을 끌어당겨 입을 벌렸다.

"회색 기사단은 눈앞의 적을 섬멸하라."

기계음 섞인 목소리가 또박또박 말하자, 셰인은 흠칫한 눈으로 천천히 뒤를 돌았다. 그러는 동안 사회자는 재차 같은 말을 반복했다.

"회색 기사단은 눈앞의 적을 섬멸하라. 회색 기사단은 눈앞의 적을……."

등골이 오싹해지는 기분이었다. 셰인은 기분 나쁘다는 표정으로 사회자의 얼굴에 주먹을 날렸다.

"입 닥쳐!"

— 눈앞의 적을…… 섬멸하라.

"주, 중위님! 저기 좀 보십시오."

잔재 속에서 잿빛 코트를 입은 남자들이 하나둘씩 걸어 나오고 있었다. 그들의 몸은 투명한 공기 속에서 점차 윤곽을 그리며 또렷해졌다. 흡사 불가시 모드였던 에어쉽이 등장할 때 같았다.

회색옷의 남자들은 머리에 후드를 쓴 채 무리를 지어 원을 그렸다. 셰인은 주춤거리며 총을 꺼냈다.

"물러서!"

"5초 안에 멈추지 않으면 발포한다."

토니와 데이비드도 각자 총을 들고 위협 사격 자세를 취했다. 그럼에도 후드를 쓴 이들은 아랑곳하지 않고 점점 그들을 향해 가까이 걸어왔다. 토니는 그들이 걸친 옷을 바라보더니 두려움에 젖은 목소리로 말했다.

"설마…… 회색 기사단인가?"

"일전에 들은 적이 있습니다. 고스트들이 따르는 조직 오베론의 수장, 유령의 군주를 보필하는 녀석들이 있다고요. 모래의 도시 내 질서를 관장하는 실력가들인데 늘 잿빛 코트를 입고 다녀서 회색 기사단이라 불린다고 합니다."

토니의 옆에서 총을 쥐고 있던 데이비드가 떨리는 목소리로 말했다.

"역시 오베론이 배후에 있었군. 긴장할 것 없다. 상대는 겨우 다섯이야."

특보대 뒤에 대기하던 STF 요원 수십 명들은 셰인의 말에 "예!" 하고 대답했다. 반면 기사단을 본 고스트들의 얼굴에는 화색이 돌았다. 그들은 '이제 살았다'며 가슴을 쓸어내리고선 뒷걸음질을 치기 시작했다.

"어리석네. 항상 생각하지만 특보대 녀석들은 뭘 믿고 저렇게 자신만만한 거지? 약해 빠진 주제에."

불가시 모드로 형무소 위 상공에 떠 있는 에어쉽에서는 한심하다는 목소리가 울려 퍼졌다. 유림은 안타깝다는 눈빛으로 혀를 찼다. 도대체가 훈련은 제대로 하는 건지, 자동조준 기능이 없는 총이라도 쥐여 주었다간 허공에 총탄을 갈기다가 비명횡사할 운명들이었다.

어쩔 줄 모르고 우왕좌왕하는 셰인의 모습을 보고 있자니 그녀의 얼굴이 다 화끈거릴 지경이었다.

실력이 없진 않지만 지휘관으로서의 자각도 책임감도 없는 녀석이었다. 왈패 떼처럼 어깨에 힘이나 실어 준다고 소속 대원들을 챙겨 주는 게 아닌데. 총자루를 쥔 골목대장처럼 애들 사탕이나 뺏고 보람을 느끼는 소인배다. 정치 놀음하겠다고 의원들 뒤치다꺼리나 하더니, 결국 그 안일함이 부메랑이 되어 돌아온 것이다.

"녀, 녀석들 움직임이 마치 델타 같습니다!"

"속도를 따라잡을 수가 없습니다, 중위님!"

특보대원들은 숨이 차오르는지 헐떡이며 외쳤다. 셰인은 대답할 겨를도 없이 정면을 향해 총을 쏴 갈겼다.

'피슉' 하고 바닥에 튕겨진 탄약을 본 그의 표정이 굳었다. 전기가 흐르는 것처럼 빛이 나는 검으로 총탄을 받아친 회색 기사는 그를 향해 천천히 다가오고 있었다.

"초, 총탄이 통하지 않는데 어떡해야 합니까?"

이미 2소대의 STF 요원들은 절반 이상이 바닥에 쓰러진 상태였다. 불과 2분도 채 지나지 않아 벌어진 일이다.

"중위님!"

서로의 등을 붙이고 모인 특보대원들은 식은땀을 흘리며 총을 움켜쥐었다. 셰인은 포위를 한 채 좁혀 오는 회색 기사단을 보며 코너에 몰린 채 창백한 입술을 깨물었다.

"저러다 진짜 죽겠는데? 이쯤에서 적당히 그만하지?"

유림은 밧세바의 무릎에 앉아 있는 유령의 군주를 쳐다보며 말했다. 그녀는 긴장한 얼굴로 식은땀을 흘리고 있었다. 유림은 쯧쯧대며 혀를 찼다.

"저 정도 하면 저 바보 일당도 알아서 꽁무니를 뺄 거야."

그래도 일단은 낙원 제일의 용병이라는 STF 요원들인데 저렇게 수세에 몰린 걸 보니, 역시 회색 기사단은 우습게 볼 대상이 아니었다.

유림은 문득 화이트 채플에서 그녀를 구해 줬던 회색 기사를 떠올렸다. 바람을 밟듯 순식간에 이동하던 몸짓, 서늘한 시선에 맺힌 붉은 눈. 기억을 떠올린 것만으로 등골에 소름이 끼쳤다.

그녀는 에어쉽 문 앞에 서서 팔짱을 꼈다. 천천히 하강하는 에어쉽 아래로 레일로드가 보였다. 무덤처럼 하얀 돔 형식이었던 형무소 건물은 형태를 알아볼 수 없을 정도로 붕괴했고, 그와 이어진 레일로드는 중간이 덜렁 끊어져 있었다. 뭔가 이상한 느낌이 들었다. 유림은 날카로운 눈초리로 에어쉽 밖을 향해 고개를 내밀었다.

"방금 무슨 낌새가……."

끼갸갸갹! 키아악!

"소위님!"

벌떡 일어선 드레이크가 유림의 팔을 황급히 잡아당겼다. 뒤로 자빠진 유림은 멍하니 정면을 응시했다. 허공을 가로지르듯 점프한 델타가 울부짖으며 에어쉽 문밖을 스쳐 지나가고 있었다. 귀청이 찢어지는 듯한 울음소리가 모래의 도시 최하층부 전역에 울려 퍼졌다. 소스라치게 놀란 고스트들은 바닥에 주저앉은 채 혼백이 나간 표정을 하고 있었다.

"델타다!"

"델타가 나타났다!"

다리에 힘이 풀린 고스트들은 겁에 질린 채 사방팔방으로 도망가기 시작했다. 특보대와 회색 기사단 역시 재빨리 흩어졌다.

셰인은 황망한 얼굴로 위를 올려다보았다. 비행로는 격벽에 의해 차단된 상태였다. 거대한 철문이 조리개처럼 물린 채 닫혀 있는 게 보였다. 델타가 나타난 이상 전투보다는 탈출이 시급했다. 데이비드가 눈치를 살피며 셰인에게 속삭였다.

"중위님, 서둘러 격벽 해제를 요청해 주십시오."

"불가능해."

"예?"

"요청을 해도 열리지가 않는다고! 사령 본부와 평의회 쪽 통신도 끊겼어."

"그, 그럼 어떻게 합니…… 크아악!"

되묻던 데이비드가 비명을 지르며 양팔을 휘저었다. 등 뒤에서 덮쳐 온 델타가 그의 어깨에 올라탄 채 머리를 덥석 물어뜯고 있었다. 쩍 벌어진 입으로 머리통을 뜯어낸 델타는 핏물이 뚝뚝 떨어지는 이빨을 드러내며 질겅질겅 살점을 씹었다. 육즙을 쭉쭉대며 맛본 그녀는 잔여물을 퉤 뱉었다. 미역처럼 엉킨 머리칼이 피와 살점에 섞여 바닥에 오물처럼 흩어졌다.

넋이 나간 얼굴로 서 있던 데이비드는 잘려 나간 머리 단면을 더듬더듬 손으로 짚었다. 그는 피로 흥건한 손바닥을 멍하니 내려다보더니 흐느끼며 셰인을 향해 팔을 뻗었다.

"주, 중위님 살려 주세……."

네발로 뛰어오던 델타 한 마리가 그의 어깨를 물고선 몸을 흔들었다. 델타가 포효하며 날뛰자 데이비드의 몸은 종이 인형처럼 허공에서 쉴 새 없이 흔들렸다. 바닥과 무너진 석재에 부딪친 몸은 '우드득!' 하고 뼈 부서지는 소리를 냈다. 데이비드는 고통에 찬 비명을 질러 대기 시작했다.

"아아악! 사, 살려 주세요! 끄아악! 주, 중위님!"

셰인은 얼어붙은 채 주춤주춤 뒷걸음질을 쳤다. 눈에 핏대가 오른 데이비드는 팔을 허우적대며 그를 향해 울부짖었다. 셰인은 목이 멘 채 울음을 터뜨렸다.

"데, 데이비드……."

살려 달라고 애원하던 데이비드는 팔다리 관절이 기이하게 꺾인 채 셰인의 발 앞에 쓰러졌다. 사과 한 입을 베어 문 것처럼 푹 파인 그의 머리통에서는 뇌수가 줄줄 흘러나오고 있었다.

"비, 빌어먹을 괴물……."

셰인은 시퍼렇게 질린 얼굴로 간신히 돌아섰다. 그는 에어쉽을 향해 줄행랑을 쳤다. 그런 그의 앞을 회색 기사들이 바람처럼 날아와 가로막았다. 셰인은 일순 그들이 안드로이드라는 것도 잊은 채 울분을 터뜨렸다.

"야, 이 새끼들아! 지금 우리끼리 싸울 때야? 저것들부터 처치해야 할 거 아니야! 너희 동료들도 속수무책으로 당하고 있는데 나랑 체력 소모해서 어쩌려고? 고스트들이야말로 네 녀석들이 지켜야 할 놈들 아니었어?"

갈래갈래 쉰 목소리로 호소해 봤지만 회색 기사들의 움직임에 변화는 없었다. 그들은 무표정한 얼굴로 셰인에게 칼끝을 겨누며 다가왔다. 셰인은 충혈된 눈으로 어금니를 깨물었다. 여기서 이렇게 개죽음을 당할 수는 없다.

유림은 황당하다는 얼굴로 돌아섰다.

"대체 지금 뭐하자는 거야? 지금 우리가 서로 대치하고 총을 겨눌 때야?"

그녀는 비난조로 유령의 군주를 몰아붙였다. 유령의 군주는 그녀의 힐책에도 아무런 대꾸를 하지 못했다. 밧세바의 무릎 위에 앉아 있는 그녀는 소공녀 인형처럼 얌전했다.

"당장 네 친위기사들에게 명해서 미들 타운 주민들부터 보호하라고 해. 기사단이라면 델타와 비등하게 전투할 능력이 될 테니까."

"난 못해. 회색 기사들은 수장인 기사단장의 명만 따른단 말이야."

"그게 무슨 소리야? 넌 오베론의 리더잖아. 기사단장인지 뭔지 하는 것보다 훨씬 높은 거 아니야?"

"그거와는 별개의 문제야."

유림은 기가 막힌 얼굴로 잠시 오베론의 군주를 내려다보았다. 소녀는 아랫입술을 지그시 깨물더니 나약한 어조로 읊조렸다.

"나도 답답해. 하지만 내가 할 수 있는 게 없어."

곁눈질로 시선을 든 그녀는 정면에 앉은 나츠와 드레이크 쪽을 바라보았다.

"이 상황을 해결할 수 있는 건 기사단장뿐이야."

유림은 망연자실한 표정을 지었다. 부아가 치밀어 올랐다.

"이런 걸 대장으로 두고 있으니 다 죽어 나가지. 지 친위대 하나도 못 다루면서 모래의 도시의 질서를 주관해? 여기저기서 뒤통수나 맞고 다니는 주제에 왜 네 무능력함 때문에 죄 없는 이들이 목숨을 잃어야 하는 건데?"

소녀는 입을 꾹 다문 눈으로 고개를 숙일 뿐 여전히 묵묵부답이었다.

못마땅한 눈초리로 짜증을 낸 유림은 홱 돌아섰다. 시야에 피범벅이 되어 산 채로 물어뜯기고 있는 병사들과 고스트들이 들어왔다.

"소위님, 뭐하시는 겁니까?"

"내려가야지. 여기서 손가락만 빨며 구경할 텐가?"

유림이 어깨를 잡아 세우는 드레이크의 팔을 뿌리치며 쏘아붙였다. 망설임 하나 없는 그녀의 눈빛엔 살벌한 기운이 흘렀다. 드레이크는 주춤거리며 손을 놓았다.

"안 와?"

자신도 모르게 긴장했던 드레이크는 호흡을 내쉬며 나직이 말했다.

"소위님께서 가시는 곳이라면 어디든 따라갈 겁니다."

"어머나, 침실까지 따라올 기세네?"

그가 당황한 얼굴로 멈칫하자 유림은 입꼬리를 끌어올렸다. 서늘하던 그녀의 눈초리에 장난기가 섞였다. 전투가 놀이처럼 즐거운 듯 천진난만한 모습이었다.

하강하는 에어쉽 문 앞에 선 유림은 뛰어내릴 자세로 몸을 낮추었다. 그때 나츠가 그녀의 곁에 다가와 팔을 잡았다.

"제가 가겠습니다, 소위님."

"넌 됐으니까 여기 남아서 엄호하도록."

"아닙니다. 제가 자초한 일이니 제가 끝을 맺겠습니다."

"자초? 그게 무슨 소리야?"

나츠는 불안한 눈초리로 앉아 있는 유령의 군주와 시선을 교환했다. 그녀가 괴로운 듯 고개를 돌리자 그의 입가에 미세한 곡선이 어렸다.

“걱정하실 필요 없습니다. 늘 하던 대로 하고 오겠습니다.”

유림의 눈동자가 혼란스럽게 일렁였다. 나츠는 이를 드러내고 개구쟁이처럼 웃었다.

“애덤슨 중사님께서 소위님은 에어쉽에 계시라고 하셨잖아요. 저는 사실 소위님보다 중사님이 훨씬 더 무섭거든요.”

나츠는 누가 만류하기 전에 비상 탈출용 낙하산을 펼치며 뛰어내렸다. 뒤늦게 허공으로 팔을 뻗은 유림은 황급히 밖을 내다보았다. 케이 못지않게 운동신경이 꽝인 녀석인데 저런 용기는 대체 어디서 난 건지.

자칫 발을 잘못 디뎌 발목을 삐끗하는 건 아닌지 걱정하기 무섭게 지상에서 몸을 굴려 착지하는 나츠의 모습이 보였다. 다행히도 데굴데굴 굴러 레일로드에 잘 착지했다. 바닥을 짚은 그는 재빨리 무릎을 털고 일어나 내달리기 시작했다.

유림과 함께 에어쉽 밖을 내다보던 드레이크는 유령의 군주를 쳐다보았다. 안색이 아주 창백했다. 그는 잠시 턱을 긁더니 입을 열었다.

“혹시 네 이름이 유메?”

“그걸 어떻게…….”

그녀가 놀란 표정으로 말끝을 흐렸다.

“유메라면 나츠처럼 일본식 이름인 것 같은데, 그쪽 이름은 무슨 뜻이야?”

유림은 갑자기 쓸데없는 대화를 주고받는 두 사람을 흘끗 쳐다보았다.

"유메는 꿈이란 뜻이지요."

조용히 앉아 있던 밧세바가 대신 대답했다. 무릎 위에 있던 유메가 동요한 표정으로 그녀를 응시했다.

"나츠는 여름, 유메는 꿈. 한여름 밤의 꿈처럼 서로 어울리는 이름이랍니다."

밧세바의 설명에 유림의 눈빛이 굳었다. 일전 화이트 채플 잠입 때의 일이 머릿속을 스쳐 지나갔다.

— 암호는?

— 낙원의 여름…… 오베론의 꿈.

유메는 죄인처럼 땅을 바라보고 있었다. 생각을 정리한 유림은 싸늘해진 목소리로 말했다.

"네가 그랬지. 넌 기사단을 움직일 수 없다고, 그건 기사단장의 권한이라고."

유메는 침묵 어린 눈빛으로 답했다. 각오를 한 듯 순순한 태도였다. 그러나 꺼질 듯한 불꽃처럼 위태로워 보이는 눈동자가 보였다. 아까부터 에어쉽 밖을 흘끗거리는 그녀의 불안한 시선에는 저곳에 나가 있는 누군가를 걱정하는 간절함이 깃들어 있었다.

"회색 기사단 제자리에."

밖에서 울려 퍼진 목소리에 모두들 휘둥그레진 눈으로 주목했다. 미풍에 퍼지듯 스며든 속삭임은 여리면서도 강단 있었다.

익숙한 목소리에 밖을 쳐다본 유림의 눈도 커졌다. 기사단 전원이 일제히 움직임을 멈춘 채 동상처럼 서 있었다.

"지금부터 기사단은 단장의 명을 최우선 과제로 삼는다. 각자 위치로."

제자리에 대기하던 회색 기사들이 양팔과 두 다리를 척 모았다. 그리고 중앙으로 모여 발맞춰 이동하기 시작했다. 그들을 이끄는 지휘관 자리엔 방금 전 레일로드로 뛰어내렸던 소년이 서 있었다.

'나츠…….'

모든 게 다 꽝이었지만 저격 실력만큼은 타의 추종을 불허했던 아이. 공중 정원에서 관리자를 향해 포탄을 쏜 건 아군의 에어쉽이었다.

— 제가 자초한 일이니, 제가 끝을 맺겠습니다.

유림의 눈동자가 파동을 그리며 흔들렸다. 무슨 우여곡절이 있어서 저 어린 나이에 용병이 된 건지 궁금했다. '도대체 어떤 삶을 살았기에'라는 의문을 가졌지만 맑아 보이는 소년의 눈동자에 모든 물음표를 지웠다.

— 그런데 두 사람은 이곳까지 어떻게 찾아온 거야? 미궁에서 길을 찾는 게 쉽지 않았을 텐데.

— 나츠 녀석이 한쪽 손으로 벽을 짚더니, 벽 짚은 손을 따라 신기하게도 길을 척척 찾아내지 뭡니까? 그야말로 미궁의 아리아드네 공주와 다름없었죠.

— 아, 아닙니다. 운이 좋았습니다.

— 눈을 감고도 길을 훤히 찾는데 도저히 초행길이라고는 생각지 못할 정도였습니다. 마치 제집 앞마당처럼 수없이 들락거려 본 듯한…….

— 들락거리다니요? 출입구도 없는 미궁을 제가 어떻게 알고 와 본단 말입니까?

— 그 정도로 놀랍다는 거지. 하여간 나츠 덕에 유령의 군주도 잡을 수 있었습니다. 물론 소위님께서 미리 휩쓸어 놓은 상태라 수월했던 거지만요.

— 진짜 우연이었습니다. 오베론과 마주칠 줄 알았다면 다른 길로 갔을 거예요. 거기서 그렇게 딱 마주칠 줄이야…….

유림의 눈길이 다시 유메에게로 향했다. 심술보가 가득해 보였던 소녀의 눈초리는 초조함이 극에 달해 있었다.

지옥의 용병 부대라 불리는 로스티아벤에 오는 이들의 가슴속에 검은 웅덩이 하나쯤은 다 있는 법이다.

유림은 안타까움에 입술을 깨물었다. 나츠, 네 웅덩이가 이거였니?

"회색 기사들은 지금부터 이곳에 있는 인간들의 생명과 안전을 최우선적으로 지킨다. 그리고 눈앞에 보이는 델타는 모두 섬멸한다."

얇지만 단호한 목소리였다. 회색 기사들의 꺼진 눈동자에 어스름한 빛이 스며들었다. 나츠의 눈동자도 그들과 공명하듯 비장한 기색을 품었다.

"드레이크, 우리도 내려가자."

유림은 브루클린의 성녀 피규어 초콜릿을 아작아작 씹어 먹으며 말했다. 의무감에 채운 당분 보충이었지만 달콤한 초콜릿 향에 한결 기운이 나는 느낌이었다.

나츠 일은 잠시 잊어버리자. 일단은 이 상황을 정돈하는 게 우선이다. 유림은 스트레칭을 하듯 허리를 굽혔다. 어깨와 가슴을 유연하게 펴면서 에어쉽 밖으로 상체를 쭉 내밀었다. 드레이크는 여전히 걱정스럽다는 말투로 말했다.

"중사님께서 소위님은 이곳에 꼼짝 말고 계시라고 당부하지 않으셨습니까?"

"케이라면 어차피 내 성격상 이 시점쯤 움직일 걸 예상하고 있었을 거야."

유림은 고양이 같은 눈초리를 휘며 붉은 입술에 생긋 미소를 그렸다. 드레이크는 얼굴을 바짝 붙이고 이야기하는 유림에게서 슬그머니 시선을 회피했다. 유림은 깔깔 웃음을 터뜨렸다. 한참을 기분 좋게 웃던 그녀는 흥미가 떨어졌는지 재미없다는 표정으로 미소를 지웠다. 그 모습에 드레이크는 떨떠름한 표정을 지었다. 가만 보니 그녀는 애덤슨 중사가 없어서 지루한 모양이었다. 평소 데리고 놀던 장난감이 없으니 자신을 대신 놀려먹고 있는 것이다.

헛웃음이 흘러나왔다. 그는 비로소 평소 케이가 느꼈을 고충을 통감했다. 그녀의 유혹에 한순간이라도 정신을 놓았다가는 순식간에 병신 취급을 당하게 될 것이다. 악마처럼 못된 구석이 있는 유림이니 충분히 가능성 있는 이야기였다. 이제 보니 그간 유림을 능숙하게 다루던 케이가 얼마나 대단했던 것인지, 드레이크는 새삼 그에 대한 존경심이 솟구쳐 올랐다.

"셰인 녀석이 정말 싫기는 한데, 그렇다고 죽게 내버려 두는 건 좀 가혹한 것 같지?"

중얼거린 유림은 팔을 펼치며 뛰어내렸다. 공중에서 꽃송이가 춤을 추듯 아름다웠다. 그녀는 몸을 가볍게 뒤집은 뒤 지상 위에 날렵하게 착지했다. 그리고 지면에 발을 대자마자 셰인을 향해 엄청

난 속도로 달려가기 시작했다.

"소위님, 잠깐……."

드레이크는 유림의 뒤로 경주마처럼 따라붙는 델타를 발견했다. 그는 재빨리 총구를 겨눴다. "끼에엑!" 하고 울부짖는 델타의 복부는 납작했다. 임신했을 가능성은 일 퍼센트 남짓인가? 미안하다. 짧게 사죄를 읊조린 드레이크는 아랫입술을 깨물었다. 어쩔 수 없는 상황이다. 그는 한숨과 함께 방아쇠를 당겼다.

탕!

머리 위에서 울린 총소리에 유림은 어깨 너머를 돌아보았다. 델타의 목덜미에 정확히 총탄을 맞춘 드레이크가 뒤따라 지상에 착지하고 있었다.

셰인을 발견한 유림은 지면을 박차고 뛰어올랐다. 그녀는 막 그를 덮치고 있던 델타의 목을 향해 칼날을 찔러 넣었다. 그러고는 어깨에 올라타 양다리로 목을 조르기 시작했다. 그녀의 다른 한 검은 이미 델타의 목구멍 안쪽에 박혀 있는 상태였다. 혼비백산한 얼굴로 있던 셰인이 놀라서 외쳤다.

"저, 정 소위?"

"필란 중위님, 거기 자빠져 누워서 뭘 하고 계십니까? 이런 곳에서 일광욕을 즐기시다가는 순식간에 골로 가십니다."

유림은 생긋 웃으며 델타의 몸을 밟고 양손으로 칼을 쑥 뽑아냈다. 칼이 뽑히자 델타는 꿈틀거리며 신음을 흘렸다. 괴수가 된 그녀는 이미 의식을 잃은 듯 반쯤 눈을 감은 채 부르르 몸을 떨었다. 셰인은 바닥에 떨어뜨린 총을 더듬더듬 찾았다. 그는 멍하니 그녀를 올려다보았다.

"네가 어떻게 이곳에……."

"쥐새끼가 나타나면 고양이가 등장하는 건 당연한 이치 아닙니까? 잽싸게 엉덩이 들고 일어나시죠. 여긴 훈련소가 아니고 실전입니다. 전장에서 숨 돌리다가는 바로 죽습니다."

따끔한 일침에 그의 얼굴은 민망함으로 일그러졌다. 이죽거리는 유림의 눈초리가 밉상이었다. 아니, 그보다 망신살이 뻗쳐서 얼굴이 화끈거렸다.

"총을 쏠 거면 턱 밑 목덜미나 목구멍 안쪽을 노리는 게 좋을 겁니다. 다른 곳은 총탄이 제대로 박히지도 않을 테니까요. 빔건[5] 정도는 쏴야 먹히는 수준의 갑옷이거든요."

"그 정도는 나도 알아."

"이론을 습지하고 있어도 강제 일광욕을 당하기 십상인 게 실전이죠. 그대로 관속까지 직행하고 싶지 않다면 자만하지 마십시오."

유림의 입가에 맺힌 서늘한 웃음에서 한기가 뚝뚝 떨어졌다. 그녀 역시 긴장하고 있었다. 델타와 숱하게 대치해 봤다는 유림조차도 숨소리를 죽이는 모습에 셰인은 마른침을 꿀꺽 삼켰다.

'이대로 탈출을 시도할 것인가, 아니면 남은 델타들과 접전을 벌일 것인가?'

유림은 재빨리 머리를 굴렸다. 셰인이 비록 동네 왈패처럼 군다해도 실력까지 어설픈 건 아니었다. 그래도 어느 정도 기본은 되니까 특보대 우두머리를 맡고 있는 것이다. 엄호하던 드레이크는 다른 곳에서 접전 중인지 어느새 보이지 않았다. 나츠는 약 오십 미

---

5 빔건: 입자식 빔포 레이저건의 한 종류로 고에너지 '입자'를 전자기력으로 이용해 고속으로 가속화시켜 발포한다. 인명 살상용으로는 실용화 중이나 대함용으로는 아직까지 부적격하다는 판단에 사용되지 않고 있다. 물에 약해서 수중에는 쓸 수가 없기 때문이다. 빔건은 레이저포 훈련을 받은 병사만 사용할 수 있다.

터 떨어진 곳에서 회색 기사들과 함께 전투 중이었다. STF 요원들은 거의 전멸 상태. 남은 건 나츠와 기사단이 보호하고 있는 고스트들뿐이다.

'케이는 대체 어디서 뭘 하고 있는 거야?'

왓슨에게 명해서 차단된 비행로라도 열어 줘야 탈출을 할 게 아닌가? 이렇게 광활한 곳에서 델타와 싸우는 건 좋은 전략이 아니다. 일대일이라면 어떻게든 되겠지만 저들이 떼로 몰려오기라도 한다면 아무리 그녀일지라도 끝장이었다.

"정 소위, 어떻게 할 생각이야? 이 녀석들 수용소에서 탈출한 것 같은데 숫자가 점점 늘고 있어. 특보대 대원은 나까지 셋밖에 남지 않았어. 회색 기사들은 넷인 것 같고."

"다섯입니다."

주위를 확인한 유림이 정정했다. 셰인은 그럴 리 없다는 눈으로 다시 숫자를 세었다. 원래 다섯이었던 기사들 중 하나가 아까 델타 떼거리에 의해 쓰러지는 걸 봤는데 다섯이라니? 고스트들을 보호하며 전투를 벌이는 회색 기사들의 숫자를 세던 셰인의 눈에 한 명의 기사가 더 들어왔다.

잿빛 코트를 입은 남자는 델타 두 마리를 동시에 상대하고 있었다. 다른 회색 기사들과는 분위기가 묘하게 달랐다. 아슬아슬하게 접전을 벌이는 기사들과 달리, 그는 최소한의 움직임으로 상대를 적당히 떼어 놓고 있었다. 발목이나 물고 늘어지는 강아지를 처치하듯 너무나 손쉬워 보였다. 상대는 델타였다. 총탄도 칼날도 쉽게 뚫을 수 없는 갑주와 강철도 씹어 먹는 엄니의 괴물인데.

셰인은 믿을 수 없다는 표정으로 눈을 깜빡였다. 의문의 회색 기사는 낑낑거리며 바닥에 엎어진 델타의 머리통을 축구공처럼 뻥 걷어찼다. 그러고는 이쪽을 향해 유유히 걸어오기 시작했다.

'이곳으로 온다.'

셰인은 고개를 홱 돌려 유림을 쳐다보았다. 그녀는 막 달려든 델타 하나와 근접전을 벌이고 있었다.

정체불명의 회색 기사는 깊숙이 뒤집어쓴 후드 때문에 얼굴을 확인할 수가 없었다. 하지만 낯익은 느낌이 들었다. 유림이 인정하는 그의 유일한 장기가, 한 번 본 상대는 절대 잊지 않는다는 것이었다. 실제로 그의 관찰력과 직관력은 꽤 인정해 줄 만했다. 남들을 괴롭히는 데서 희열을 느끼는 불한당이어서 그렇지 제 심기에 거슬리는 놈들은 어디에 숨든 족집게처럼 찾아내곤 했다.

그런 셰인이 처참하게 굴욕을 당하고 두 번이나 놓쳤던 상대의 움직임을 잊었을 리 만무했다. 우아하지만 무자비한 공격과 순식간에 시야에서 모습을 감추는 능력까지.

'저 녀석…….'

셰인은 의심스러운 눈초리를 구겼다. 그때 목 잘린 사회자가 눈을 벌겋게 번쩍이며 입을 벌렸다.

– 돌발 상황 발생. 빠르게 접근하는 열원 감지, 폭격 후 이어질 충격과 2차 피해에 대비하십시오. 3초, 2초…….

그의 목구멍에서 딱딱한 기계음이 울려 퍼졌다. 사회자의 목을 지키고 있던 나츠의 눈이 급격히 커졌다. 그는 황급히 격벽으로 차단된 비행로 쪽을 올려다보았다.

콰쾅!

천둥이 치듯 귀청을 흔드는 우레 소리가 울려 퍼졌다.

콰르르르!

비행로를 덮고 있던 격벽에서 잔재가 부딪치며 무너지는 소음이 뒤따랐다. 폭파 충격에 의해 지면은 파도를 타듯 거세게 흔들렸다. 기역 자로 꺾여 있던 레일로드는 도미노처럼 바닥 타일을 으그러뜨리며 지면 아래 더 깊숙이 파묻혔다.

"소위님!"

나츠의 부름에 유림은 비행로의 격벽을 쳐다보았다. 파괴된 격벽 사이로 수십 개의 에어쉽들이 모습을 나타내고 있었다. 셰인이 인상을 쓰며 소리쳤다.

"저건 블랙 팬서 아니야? 총사령관님의 직속 부대인?"

"저것들이 미쳤나!"

유림은 믿기 힘든 표정을 지었다. 지상에 아군인 특보대와 STF 요원들이 있다는 걸 알면서도 격벽을 폭파하다니! 제정신이 아니었다. 유성처럼 떨어지는 돌무더기들 사이로 꽥 소리를 내며 깔려 죽는 델타들이 보였다. 이대로는 병사들도, 델타도, 고스트들도 다 개죽음을 당할 판국이었다.

반딧불처럼 속속히 날아드는 에어쉽들 속에서 뭔가를 발견한 유림의 눈이 얼어붙었다.

'아크레인?'

푸른 삼각형에 황금색 돛이 날개를 달고 있는 문양의 은색 음속비행정. 그녀의 눈이 틀리지 않았다면 저건 헤벨의 아크레인이었다.

"정 소위, 위험해!"

셰인이 유림의 팔을 잡더니 확 끌어당겼다. 뒤로 넘어지는 유림의 코앞으로 거대한 격벽 덩어리가 쿵 떨어졌다. 지면에 부딪친 부스러기가 뺨을 향해 튀어 오르자 유림은 멍한 얼굴로 따끔한 손등을 내려다보았다.

"뭐하는 거야? 넋 놓으면 골로 간다고 훈수 두던 게 누군데!"

유림은 세인을 쳐다보았다. 그의 한쪽 눈두덩 위로 피가 줄줄 흘러내리고 있었다.

"중위님, 괜찮은 겁니까? 머리에서 피가……."

"됐으니까 일단 피하자."

두 사람은 형무소 건물로 뛰었다. 그쪽은 델타가 튀어나오는 방향이었지만, 그래도 하늘에서 떨어지는 격벽 잔재들을 맞고 즉사하는 것보단 낫다는 판단이었다.

"사령 본부로부터 미리 연락을 못 받은 겁니까?"

"받기는 뭘 받아! 통신이 아예 먹통이었는데."

블랙 팬서 부대를 이끌고 나타난 선두의 에어쉽, 저건 틀림없는 세르게이 총사령관의 것이었다.

가까스로 건물 안쪽으로 들어온 두 사람은 숨을 몰아쉬었다. 세인은 하얗게 질린 얼굴로 상공 위를 가리키며 말했다.

"정 소위, 저것 좀 봐."

블랙 팬서의 에어쉽들이 차례차례 폭발하며 허공에서 추락하고 있었다.

알림

본기의 자폭 시스템이 가동되었습니다.

이 기체는 곧 폭발합니다.

비상 탈출 모드를 실행하시겠습니까?

우리야는 먹먹한 귓바퀴를 비비며 몸을 일으켰다. 펑펑 터지던 폭발음 사이로 서둘러 비상 탈출을 한 게 마지막 기억이었다. 아직도 귓전에서 '삐' 소리가 들려왔다. 그는 먼지와 재로 따가운 눈을 깜빡이며 주위를 둘러보았다.

주변 광경은 참혹했다. 격벽에서 떨어진 잔재들이 유성처럼 추락해 지상 여기저기에 박혀 있었다. 그 밑에 깔린 병사들의 시체와 델타의 사체가 보였다. 타닥거리며 불붙은 채 굴러다니는 에어쉽들 대부분은 블랙 팬서의 것이었다.

"우리야 세르게이."

비틀거리며 일어선 그의 발 앞에 누군가 다가왔다. 고개를 든 우리야는 먼지와 연기로 뿌연 시야 속에서 총자루를 움켜쥐었다.

"누구…… 아, 회색 기사인가?"

그는 다행이란 듯 한숨을 내쉬었다. 잿빛 코트의 남자는 입가에 미소를 머금더니 아름다운 자세로 곧게 팔을 들었다.

"엘 카인에게 안부를 전해 주겠나?"

귓가에 나직이 스며든 음성의 끝에 옅은 웃음이 배어 있었다. 군모를 벗은 우리야는 묘한 분위기의 남자를 홀린 듯 쳐다보았다.

"안부?"

남자는 조각 같은 입술에 해사한 미소를 머금었다. 등골에 오싹한 한기가 스미는 게 느껴졌다. 정체불명의 기사가 턱을 살짝 들자 뒤집어쓴 후드 아래 붉은 동공이 번뜩이는 게 보였다. 우리야의 눈이 커진 채 얼어붙었다. 그 순간, 푹 하고 흉부를 관통한 무언가에 그의 허리가 휘청거리며 꺾였다.

"크헉……."

비명을 토한 입술 새로 신음이 새어 나왔다. 우리야는 부들거리는 얼굴로 천천히 아래를 내려다보았다. 그의 몸을 향해 일직선으로 펼쳐진 남자의 팔이 보였다. 순식간에 창처럼 꿰뚫고 들어온 손은 그의 심장을 꽉 움켜쥐고 있었다.

"무, 무슨 짓을……."

생긋 웃은 남자는 움켜쥔 손에 힘을 주었다. 그러자 펄떡펄떡 뛰던 심장이 그의 주먹 쥔 손안에서 물주머니 터지듯 파열되며 쪼그라들었다.

비명조차 지르지 못한 우리야는 "커헉!" 숨소리를 내뱉으며 무릎을 꿇었다. 덜덜 떠는 아랫입술과 핏줄이 선 채 충혈된 눈자위만이 극도의 고통과 공포를 드러내고 있었다.

"녀석에게 보낼 선물로는 안성맞춤이군."

정체불명의 기사는 피 묻은 손을 옷에 닦으며 후드를 벗었다. 바닥에 쓰러진 우리야는 눈을 부릅뜬 채 그를 올려다보았다. 천연덕스럽게 생긋 웃는 얼굴이 누군가를 떠올리게끔 했다. 특유의 소름 끼치는 분위기, 그럼에도 눈을 뗄 수 없는 아름다운 얼굴과 인간성을 상실한 잔혹한 눈동자.

"엘은 유독 이런 걸 좋아하거든."

동족상잔은 금기, 그리하여 그들은 권속을 이용한 전쟁을 벌인다.

우리야는 분노에 찬 눈으로 마지막까지 사력을 다해 버텼다. 그러나 그의 동공은 이미 빛과 초점을 잃어 가고 있었다. 가까스로 붙잡고 있던 생명의 불길이 힘없이 꺼지자 버티고 버티던 눈꺼풀이 스르르 감겼다.

알림

전투복 내 바이탈 사인 정지.

우리야 세르게이, 심장 파열로 사망.

즉사를 해도 이상하지 않을 정도의 충격을 주었는데 대단한 정신력이었다. 엘 카인에게 있어 이자는 단순한 심복 그 이상의 존재였을 것이 확실했다.

우리야의 시신을 뒤로한 채 케이는 산뜻한 표정으로 돌아섰다. 혈향이 코끝에 감돌아서인지 흥분이 좀처럼 가라앉지를 않았다. 그는 차분하게 호흡을 하기 시작했다. 붉은 눈동자에 먹물을 떨어뜨리듯 파동을 일으키자 눈동자 색이 어둡게 섞이기 시작했다.

웅얼거리는 바람 소리에 묻어 어디선가 톡톡 튀는 목소리가 들려왔다.

"위즈덤이 배후라고요, 위즈덤의 솔로몬! 왜 자꾸 애꿎은 절 체포하시겠다고 으름장을 놓는 겁니까?"

가시 돋은 말투에 짜증이 배어 있는 것이 영락없는 유림이었다. 그의 입매가 저절로 곡선을 그리며 반응을 했다.

"지금 네 말을 믿으란 거야? 위즈덤이 미치지 않는 이상 자기 앞

마당인 기억의 도시와 공중 정원을 쑥대밭으로 만들겠냐고!"

"두 눈으로 증거를 직접 봐 놓고도 못 믿겠다고 하니 별수가 없네."

"너 지금 나한테 말 놓냐?"

"혼자 중얼거린 겁니다만? 목 잘린 안드로이드가 회색 기사단에게 명령하는 모습을 봐 놓고도 그러시니 더 이상 드릴 말씀이 없습니다. 오베론과 고스트들이 설마 스스로 저런 병기형 안드로이드들을 생산했겠습니까? 숟가락 들어 떠 먹여 줘도 삼키질 못하는 아이에게는 답답해서 수저를 거두는 법입니다."

혀를 찬 유림은 부라린 눈초리로 쏘아붙였다. 셰인은 인상을 쓰며 "아오, 이걸 그냥!" 하고 허공에서 주먹만 움켜쥐었다.

논쟁이 소강상태에 이르자 유림은 줄곧 찾고 있던 케이의 흔적을 뒤쫓았다.

"이 자식은 또 어디에 졸도해 있는 거야? 지가 올 때까지 기다리라더니……."

말로는 성질을 바락바락 내고 있지만 그녀의 표정에는 조바심이 가득했다. 곳곳에 보이는 건 조각난 시체와 델타의 사체뿐이었다.

드레이크와 나츠도 연락이 닿질 않았다. 전투 때도 보이지 않던 케이인지라 저번처럼 몸을 잘 숨기고 있지 않을까 했지만 불안감이 엄습했다.

"나 찾았어요?"

달콤한 목소리가 바로 옆 귓가에서 속삭인 것처럼 들려왔다. 심장이 쿵쾅 뛰었다. 유림은 호흡도 잊은 채 돌아섰다.

바로 몇 걸음 떨어진 곳에 그가 서 있었다. 느른하게 휜 눈초리 아래 조각 같은 입매에는 해사한 웃음이 걸려 있었다. 불안과 걱정에 일렁이던 유림의 눈동자에 울컥 감정이 치솟았다.

"케이!"

그녀가 소리치며 달려오자 그는 얼떨결에 그녀를 품에 껴안았다.

"놀랐잖아! 이번에야말로 어디 혼자 가서 개죽음당한 줄로만 알고……."

"개죽음이요? 설마요, 난 불사……."

"시끄러워."

케이는 쿡쿡 웃으며 허리를 숙였다. 뺨에 쪽 하고 닿는 입술에 유림의 눈이 살짝 커졌다. 그가 녹아들 듯한 눈웃음을 그리며 그녀를 바라보고 있었다. 어리광쟁이 유림, 심술쟁이 유림, 변덕쟁이 유림. 그녀는 이 모든 모습들이 전부 다 사랑스럽다는 걸 알고 있을까?

안대 속을 한 번만 보자며 괜히 또 거즈를 긁어 보던 케이는 유림이 당황하며 신경질을 내자 웃음을 터뜨렸다. 그러고는 품에서 빠져나가려는 그녀의 몸을 재빨리 다시 잡았다.

"잘못했어요, 가지 마요."

"거즈 건들지 마."

케이는 알았다며 다정하게 입을 맞췄다. 살그머니 입술을 삼키던 그는 점차 격정적으로 입을 맞췄다. 아랫입술이 붉게 부어올라도 멈출 생각을 않자, 유림은 그의 어깨를 밀어내며 속삭였다.

"그만해, 필란 중위가 보잖아."

비스듬히 고개를 숙여 키스를 하던 케이의 눈길이 그제야 셰인을 발견했다. 못마땅한 표정의 셰인을 본 그의 눈빛이 순식간에 돌변했다. 방금 전까지 유림을 보면서 미소가 끊이지 않던 그의 눈초리가 불쾌한 기색으로 번져 가고 있었다.

"제일 먼저 죽을 줄 알았는데 잘도 살아 있네?"

셰인이 비아냥거리며 말문을 열었다. 그러나 말과 달리 케이를 보는 그의 표정은 의심으로 가득 차 있었다. 케이는 고개를 홱 외면하며 진노를 다스렸다. 일순 이성을 잃고 흘린 살기가 동공에 붉은 색채로 일렁이고 있었다. 호흡으로 진정시킨 그는 평소처럼 가볍게 그의 말을 무시했다.

"유림."

"왜?"

건성으로 대답한 그녀는 셰인과 케이 사이에 오가는 긴장 따위에는 관심 없어 보였다.

"내가 없을 땐 다른 남자한테 빈틈 보이지 마요."

"빈틈? 내가 언제?"

"좀 전에요."

격벽이 무너져 내릴 때 유림의 팔을 잡아당겨서 안던 셰인의 모습이 떠오르자, 케이는 살기 어린 웃음을 지었다.

"덕분에 화가 나서 예정에 없던 짓까지 해 버렸잖아요."

그는 짜증이 치밀어 오르는 눈초리에 애써 미소를 담고 말했다. 유림에게는 이런 모습을 보이고 싶지 않았다.

"유림은 아직 잘 모르겠지만……."

아니, 솔직한 심정으로는 보이고 싶다. 그녀가 이런 잔혹한 면모를 알아 줬으면 좋겠다는 생각이 들기도 했다. 물론 영원히 모르기를 바라는 바람이 더 크기는 했지만. 이율배반적인 마음의 충돌, 그 갈등의 교착점이 어디가 될지 본인도 궁금해지는 중이었다.

케이는 코트에 묻어 있는 핏자국을 감추며 옷을 벗었다. 물론 화가 났던 이유는 연기처럼 자취를 감춰 버린 노아 때문이었지만, 유림을 안던 셰인의 행동이 성난 감정에 기름을 부은 것도 사실이었다.

"나는 유림에게 상당히 미쳐 있거든요. 절제의 귀재인 내가 이성을 잃을 정도면…… 그건 정말 위험한 수준에 도달해 있는 거예요."

케이가 유림의 어깨에 뺨을 묻으며 속삭였다. 그녀의 쇄골에 쪽 입을 맞춘 그는 스스로를 진정시키는 것처럼 보였다. 평소보다 진한 소유욕을 과시하는 그의 행동에 유림은 고개를 갸웃거렸다.

"뭐가 위험한데?"

케이는 멍한 눈으로 고개를 들었다. 누구보다도 관능적인 그녀는 때때로 허탈할 정도로 순수했다. 사실 그녀는 본인의 욕망 외에는 별 관심이 없는 여자였다. 상대에게 한껏 불을 붙여 놓고서 터지기 직전의 폭탄을 물에 적셔 버리는 방식으로 빠져나가기 일쑤였다. 그게 수컷에게 있어 얼마나 자극적이고 위험한 도발인지 정녕 모르는 것일까? 유림에게 입술을 맞출 듯 턱을 잡던 케이는 나른한 숨결에 젖은 눈빛을 허공에 떨어뜨렸다.

그녀가 순수한 짐승처럼 뭐가 위험하냐고 묻는다.

그는 좀 전에 무자비한 폭력의 대상이 되었던 우리야를 잠시 동정했다. 물론 단순한 화풀이 대상으로만 삼았던 것은 아니었다. 그 남자는 결국 그리될 운명이었다. 다만 그게 굳이 오늘이었을 필요는 없었지만.

셰인 필란 또한 그렇게 될지도 모른다. 사실 머릿속으로는 이미 셰인의 사지를 절단 낸 채 뼈까지 갈아서 골백번도 더 도륙을 내 놓은 상태였다. 척추 뼈를 부수고 갈비뼈를 떼어 낸 뒤 허파를 쥐어짜고 두개골을 부쉈다.

"유림은 몰라도 돼요."

달콤하게 웃는 케이의 눈웃음에 유림은 고개를 갸웃거렸다. 먹음직스럽게 젖은 붉은 입술이 눈에 들어오자 그는 베어 물듯 삼키며 그녀를 끌어안았다.

"그만 좀 하지?"

보다 못한 셰인이 얼굴을 찌푸리며 말했다. 이러다가 여기서 몸도 나눌 기세였다. 유림은 피식 웃더니 케이의 품에서 쏙 빠져나왔다. 들이대는 남자는 홀랑 벗겨서 과녁에 꽂아 고자를 만든다는 전설의 브루클린의 성녀가 남자 앞에서 이렇게 애교를 부리다니. 셰인은 내심 그녀에게 실망했다는 눈초리를 감추지 못했다.

못마땅하게 혀를 차는 셰인을 보며 케이는 '역시 죽일까?'라는 생각으로 그를 빤히 쳐다보았다.

"그런데 케이, 회색 기사단 옷은 왜 입고 있던 거야?"

"아, 이거요? 그냥 위장용이에요."

유림의 물음에 케이는 별거 아니란 표정을 짓더니 화염에 휩싸인 에어쉽 잔재 속으로 코트를 휙 던졌다. 유림은 대수롭지 않게 여기며 넘어갔지만 셰인의 눈초리는 예사롭지 않았다. 그는 케이가 던진 피 묻은 기사단 옷이 불 속에서 타오르는 걸 보며 미간을 좁혔다.

"전투 내내 또 어디 숨어 있었지?"

"다 끝나기만을 조용히 기다리고 있었죠. 걱정했어요?"

슬며시 묻는 케이의 목소리에 유림은 눈을 흘겼다. 빤히 알면서 꼭 저렇게 육성으로 듣자고 묻는 건지.

"그러고 보니 델타들은 다 어디로 간 거지?"

죄다 도망을 간 건지 한 마리도 보이지 않았다. 한두 마리 정도는 남아서 낑낑대고 있을 법도 한데, 모조리 사라지다니 신기한 일이었다. 명령을 받고 일제히 철수한 병사들처럼 일사불란한 움직임이었다.

"정 소위, 저기 블랙 팬서의 대원들 아니야?"

삼십 미터 정도 떨어진 곳에 살아남은 병사들이 머뭇거리며 모여들고 있었다. 맞는 것 같다며 고개를 끄덕인 유림의 눈빛이 일렁였다. 분위기가 어째 묘하다. 대원들이 크게 당황한 듯 어수선한 기색이었다.

"가 보죠."

폭파된 에어쉽 잔재들이 고약한 연기를 뿜어내고 있었다. 그 사이를 지나니 연기가 확 걷히고 시야가 맑아졌다. 황량한 공기 속에 위화감이 감돌고 있었다. 원을 그린 채 모여 있는 병사들의 얼굴에는 충격과 공포가 가득했다. 그들 사이를 비집고 들어간 유림과 셰인은 동시에 놀란 표정으로 굳었다.

"초, 총사령관님?"

우리야가 처참한 모습으로 숨진 채 누워 있었다. 셰인은 충격에 말을 잇지 못했다. 시신의 왼쪽 가슴인 심장 부위는 폭격이라도 맞은 것처럼 구멍이 뻥 뚫려 있었다.

심상치 않은 술렁임이 일면서 주변 병사들이 양 갈래로 갈라졌다. 그들이 터 준 길로 제복을 입은 연맹군의 장교들이 뚜벅뚜벅 걸어오고 있었다. 맨 마지막에 나타난 금발의 남자는 등장하자마자 주위 장병들을 압도하며 입을 열었다.

"본 작전에 투입된 부대의 지휘관, 혹 지금 이 자리에 있습니까?"

그의 다급한 눈초리는 순식간에 주변을 훑더니 셰인 필란의 앞에서 멈췄다. 로스티아벤 소속 병사들의 시선이 은연중에 그에게로 쏠린 것을 읽어 낸 것이다. 셰인은 한 걸음 앞으로 나와 다소 경직된 목소리로 대답했다.

"로스티아벤 특별보안대 소속 셰인 필란 중위입니다. 연맹군 쪽에서 이곳에는 무슨 일이십니까?"

"연맹군의 전략국 작전부 소속 마이클 밀러 중령입니다. 낙원 내 2차 테러가 발생했다는 소식을 듣고 세르게이 총사령관과 함께 이쪽으로 출동했습니다만."

밀러는 우리야의 시신을 보더니 말끝을 흐렸다. 얼핏 봐도 델타의 공격에 의한 죽음은 아니었다.

누군가 소란을 틈타 우리야 세르게이 총사령관을 살해했다. 그리고 이건 연맹군 입장에서도 매우 불편한 사건이었다. 하필 자신들이 낙원에 들어와 로스티아벤과 공동 작전을 펼친 시점에 이러한 사태가 벌어졌으니, 자칫 성급하게 움직였다가는 괜한 의심을 받을 수 있는 상황이었다. 그렇다고 무작정 발을 빼면 책임 회피를 하는 걸로 보일 수 있다. 밀러로서는 상당히 곤란한 처지에 놓여 있는 셈이었다.

"중령님, 제이콥스 대위님으로부터 온 통신입니다."

부관의 말에 밀러는 스마트 워치의 통신 버튼을 눌렀다. 헤벨의 제갈량, 요한 제이콥스 대위였다. 그는 밀러가 가장 신임하는 충복으로서 함장인 밀러가 부재할 시에는 요한이 실질적인 헤벨의 1인자나 다름없었다.

"무슨 일이지?"

– 상황에 대해 간략히 보고받았습니다. 일단 귀환하십시오. 현재 장교들과 함께 대책을 논하는 중입니다. 이 사건은 연맹군과 낙원 사이의 관계 악화를 노린 누군가가 놓은 덫일 수도 있습니다. 신중하게 대처해야 합니다.

"그래, 알았다."

– 조심히 귀환하십시오.

통신을 종료한 밀러는 복잡한 표정을 지었다. 그는 셰인을 향해 돌아서서 안타깝다는 표정으로 말문을 열었다.

"일단 저희는 함정으로 귀환하도록 하겠습니다. 평의회는 아직 사태에 대해 듣지 못했을 테니 필란 중위도 귀환해서 보고부터 올리는 게 우선일 듯싶습니다. 이 사건은 전적으로 로스티아벤 내부의 일입니다. 따라서 저희 연맹군은 개입하지 않는 편이 좋겠습니다."

"그렇지 않습니다. 밀러 중령님과 중령님의 부대 또한 현장에 있었으니 사건과 무관하다고는 할 수 없습니다. 일단은 말씀하신대로 함정에 귀환하도록 하십시오. 저희 쪽에서 연락을 드리도록 하겠습니다. 그리고 이 일에 대해서는 언론에 새어 나가지 않도록 연맹군 측에도 각별한 주의를 부탁드립니다."

"그 점은 염려하지 않으셔도 됩니다."

자리를 정리하고 돌아서려는 순간, 밀러의 눈동자가 옅게 흔들리며 커졌다. 돌아서는 셰인의 어깨 너머로 보인 인영이 그의 시선을 사로잡았다. 얼굴에 얼룩덜룩 재가 묻은 유림이 건너편에서 그를 빤히 응시하고 있었다.

가슴이 터질 듯 뛰더니 뜨거운 숨이 목구멍까지 '훅' 달아올랐다. 밀러는 반사적으로 손을 들었다가 간신히 멈춘 채 제복을 움켜쥐었다. 턱 밑까지 올라온 목소리가 하마터면 새어 나올 뻔했다.

'유림…….'

유림의 한쪽 눈에 붙은 안대를 본 그의 눈빛이 걱정으로 물들었다. 그의 표정을 읽었는지 유림은 짐짓 밝게 웃었다. 염려하지 말라는 듯 입 모양으로 '밀러!' 하고 비밀스럽게 그의 이름을 부르면서.

몰래 눈빛을 주고받는 두 사람을 눈치챈 케이는 눈초리에 불쾌한 기색을 그렸다. 짠할 정도로 애틋한 시선을 교환하는 두 사람의 모습에 그의 입가에는 살벌한 미소가 번졌다.

'이것 봐라?'

역시 자신의 예상이 맞았다. 세상 어느 오빠가 여동생을 저런 눈빛으로 바라보겠는가? 저건 누가 봐도 좋아 죽는 여자를 다시 만나 감격에 겨워하는 표정이다.

유림을 향해 행복한 미소를 전하던 밀러는 아까부터 느껴지는 따끔따끔한 시선에 주위를 훑었다. 멀리 볼 것도 없었다. 살촉 같은 눈초리의 주인공은 유림의 바로 옆에 서 있었다.

남자는 아까부터 그를 뚫어져라 응시하고 있었다. 햇살이 스민 듯한 옅은 머리칼에 오묘한 빛의 눈동자. 조각상처럼 또렷하고 반듯한 이목구비는 군인이라고 하기에는 왠지 모를 기품과 신비로움이 느껴졌다. 섬세한 외모지만 눈빛에서 느껴지는 서늘함이랄까, 혹은 너른 어깨선과 뼈대에서 느껴지는 선 때문인지 약해 보이기는커녕 섬뜩한 위화감을 주는 인상이었다.

파스텔 톤의 하늘과 불덩어리 같은 노을, 혹은 심해의 바다를 동시에 품고 있는 남자.

그는 밀러와 눈이 마주치자 보란 듯이 입가에 곡선을 머금었다. 건방지고 오만방자한 눈빛으로 웃은 케이는 팔을 뻗더니 유림의 허리를 천천히, 그리고 깊게 감싸 안았다.

그 모습을 본 밀러의 입매가 경직되었다. 지중해 바다색처럼 선하던 눈동자가 움찔하더니 싸늘하게 얼어붙었다. 밀러는 어둡게 가라앉은 눈동자에 치솟는 분노를 애써 억누르며 간신히 평정심을 되찾았다. 그는 물끄러미 케이를 쳐다보았다. 못 본 사이, 나의 고양이에게 점수를 따 놓은 녀석이 생겼을 줄이야.

"중령님?"

뭔가 이상한 분위기를 감지한 셰인이 말을 건넸다. 번뜩 이성을 되찾은 밀러가 돌아서며 옅게 웃었다. 그는 안타깝다는 듯 우리야의 시신을 쳐다보았다. 셰인은 착잡한 눈빛을 지었다. 밀러는 예를 차리기 위해 잠시 묵념하며 곁눈질로 케이를 다시 노려보았다. 정확히 말하면 약 올리듯 생글거리며 유림을 끌어안는 그의 손을 말이었다.

"아주 불쾌한 선전포고를 했군요."

"예?"

셰인이 의아하게 묻자 밀러는 케이의 손을 죽일 듯 노려보며 말했다.

"세르게이 총사령관을 살해한 범인 말입니다."

다들 안타까움에 젖은 채 수군거리느라 정신이 없었다. 그들 중 어느 누구도 두 남자 사이에 오가는 살벌한 눈빛과 분위기를 눈치채지 못했다.

아쉬운 발걸음을 애써 돌린 밀러는 유림과 케이를 향해 마지막으로 시선을 던졌다. 케이는 어느새 무표정한 얼굴을 하고 있었다. 그는 우리야의 시신을 비스듬한 눈길로 내려다보며 감흥 없는 눈빛에 잠겨 있었다.

한편 유림은 밀러를 향해 환하게 웃고 있었다. 그저 반갑고 좋은 기색으로 가득 찬 채 두더지처럼 요리조리 고개를 내밀며 미소를 보이기 바빴다. 그런 유림을 보자 금세 마음이 풀어진 밀러는 눈웃음으로 화답했다.

그새 둘이 또 눈빛을 교환하는 걸 눈치챈 케이가 유림의 머리칼을 만지작대며 불렀다.

"유림."

"왜?"

"그만 웃어요."

"뭐?"

다음 대사가 선뜻 떠오르지 않았다. 평소라면 아무렇지 않게 툭툭 내뱉었을 말인데, 정작 질투심에 눈이 돌아갈 것 같은 상황이 되니 분노로 머리가 하얘진다.

"예뻐서 참기가 힘들어요."

"그럼 참지……."

농담으로 받아치던 유림은 케이가 순식간에 고개를 숙이고 입술을 가져오자, 놀라서 후다닥 몸을 뒤로 젖혔다. 가라앉은 그의 목소리가 입을 맞출 듯 다가오더니 나직이 속삭였다.

"미쳐 있다고 말했잖아요. 미친놈에게는 농담하는 거 아니에요."

그는 피식 웃더니 몸을 일으켰다. 유림은 황당한 얼굴로 그를 쳐다보았다. 심장이 내려앉는 줄만 알았다. 요즘 들어 케이의 말 한마디에 왜 이렇게 가슴이 떨리는 건지.

'저런 미친놈을 좋아하는 나는 뭐지?'

그사이 아크레인을 향해 걷기 시작한 밀러의 표정이 서늘했다. 늘 온화한 얼굴의 함장이 드물게 언짢아 보이는 기색이자, 장병들은 긴장한 태도로 몸을 더욱 꼿꼿이 펴고 다리를 붙였다. 아크레인에 올라탄 밀러는 밖에 정렬한 장병들을 향해 외쳤다.

"전원, 헤벨로 귀환한다!"

"Yes, sir!"

Chapter 3

특별 형무소는 사실상 완전히 괴멸되었다. 또한 쌍둥이 건물로 붙어 있던 델타 수용소의 피해도 막심했다. 탈출한 델타는 총 서른 일곱 마리. 그중에서 절반 이상의 행보가 오리무중인 상태다.

왓슨의 눈에 따르면 그들은 아직 모래의 도시 내부에 있는 것으로 추정되었다. 상층부까지는 올라오지 못하고 하층부나 미들 타운 내에 숨어 있는 것으로 사료되는 실정이다. 그럼에도 심각한 상황임에는 틀림없었다.

엘 카인은 결국 낙원에 비상사태를 선포했다. 주민과 언론에는 델타에 관한 사항을 철저히 함구한 채 연쇄 테러로 인한 조치임을 강조했다.

에덴 타워는 불안에 휩싸여 있었다. 보안 등급이 최고 레벨로 올라가자 S관은 완벽 봉쇄되었다. 조금만 늦었어도 태양의 도시로 복귀하는 건 불가능했을 확률이 컸다. 간발의 차로 돌아온 메리는 천만다행이라며 가슴을 쓸어내렸다.

엘 카인은 예상보다 그녀를 일찍 소환했다.

"어서 와요, 메리."

낙원에 이런 소동이 벌어졌음에도 그는 태평하기 그지없었다. 자주색 소파에 앉아 있던 엘 카인은 메리에게 맞은편에 앉으라며 손짓했다.

"메리에게는 여동생이 하나 있더군요. 낙원 내에서는 유명 인사던데 사람들은 그녀를 뭐라더라…… 브루클린의 성녀라고 부른다죠?"

메리는 애써 표정 관리를 하며 미소를 머금었다.

"이번 제인의 생일 파티 때 대역을 자청해 그녀를 구해 준 것도 그분이라고 들었습니다. 아주 용맹한 사람이더군요, 메리의 여동생은."

"고맙습니다."

"그런데 그녀가 이번 테러 사건의 유력 용의자 중 하나였다는 걸 알고 있었습니까?"

메리의 눈이 커졌다. 엘 카인은 걱정하지 말라는 듯 빙그레 웃었다.

"진범은 좀 전에 체포되었다고 하니까 걱정 말아요. 오베론의 기사단 수장이 현장에서 검거되었다는군요. 호크 대령과 메리의 여동생이 있는 부대에 잠입해 있었다고 합니다."

역시 아까의 폭발음은 유림의 일행과 관련이 있었던 걸까? 메리는 초조한 듯 깍지 낀 손마디가 하얗게 드러나도록 옷자락을 움켜쥐었다. 그렇다면 드레이크 앤더슨과 나츠 시게노 중 하나가 오베론의 첩자였단 말인가? 유림은 괜찮은 걸까?

엘 카인은 자리에서 일어났다. 커피 잔을 든 그는 천천히 걸어

명화들이 걸린 벽으로 다가갔다.

“메리는 혹시 시체의 기억도 볼 수가 있나요?”

“아니요, 그건 불가능합니다.”

“그래요? 아쉽네요.”

테이블 아래쪽을 응시하던 메리는 의아한 눈빛으로 고개를 들었다.

“그런데 시체는 갑자기 왜…….”

“누가 내게 선물을 보냈거든요.”

그가 손가락을 튕기자 왓슨이 초록빛 홀로그램으로 허공에 나타났다. 왓슨의 가상실체화 모습은 의외였다. 아직 성년에는 미치지 못한 듯, 그러나 아이라고 보기에는 성숙한 소녀의 모습. 메리는 소녀 왓슨을 보며 왠지 낯설지 않다는 느낌을 받았다. 왓슨은 메리를 빤히 쳐다보더니 엘 카인의 지시에 고개를 끄덕였다.

“메리에게 보여 줘.”

– 알겠습니다.

왓슨이 띄운 홀로그램을 본 메리의 눈이 흠칫 커졌다. 그것은 누군가의 뇌였다. 뇌 주인의 이름을 확인한 메리는 또 한 번 놀랐다.

우리야 세르게이.

‘설마 그럼 시체의 주인이…….’

함께 뜬 기다란 막대기에는 업로드 현황이 표시되고 있었다. 업로드 완료까지 앞으로 21퍼센트.

“이 수사 기법의 경우, 피살된 의원들 사건에는 쓸 수 없던 방식이었습니다. 왜냐하면 암살범은 반드시 피해자의 머리에 총탄을 박아 뇌를 손상시켜 놨거든요. 하지만 이상하게도 이번에는 그러지 않았더군요. 의도적이라는 생각이 들었어요. 마치 보란 듯이 내게 메시지를 남긴 것 같단 말이죠."

죽은 시신의 뇌 기억을 컴퓨터로 복사하는 것은 뇌 프린팅 방식의 일환으로 인명 사고가 났을 때 쓰는 수사 기법 중 하나다. 뇌에 별다른 손상이나 질병이 없다면 최근 기억의 90퍼센트 이상까지 복구가 가능하다.

이러한 수사 기법에는 현재 사생활 침해 논란이 거세게 일고 있지만, 살인 사건의 경우에는 예외 없이 적용할 수 있도록 세계 각국 정부가 수사기관에게 '뇌 정보의 분석 및 열람'을 승인하고 있다. 낙원도 예외는 아니었다.

"인류가 쌓아 올린 '과학'이란 건 정말 놀랍습니다. 죽은 자의 기억을 엿본다니……. 그건 메리도 불가능한 일이라고 했으니 어찌 보면 인류는 이미 우리를 뛰어넘은 걸지도 모른다는 생각이 듭니다. 그들은 나약한 육체의 한계를 과학 기술로 극복하고 있죠. 고작 백 년이 한계였던 수명도 앞으로 얼마나 늘어날 수 있을지 기대되는 바입니다."

메리의 눈이 움찔 굳었다.

'우리.'

방금 엘 카인은 그녀와 그를 '우리'라고 칭했다. 메리의 표정을 본 그가 웃었다.

"메리는 더 이상 그들의 일원이 아닌 게 당연해요. 당신은 우리의 권속 중 하나잖아요. 아닌가요? 그래서 메리를 이 자리에 부른 거예요. 나는 우리들 방식을 더 신뢰하거든요. 무엇보다도 난 저들이 숭배하는 '과학'과 '기술'이란 게 싫습니다. 그런 것들을 이용해서 주제넘게 진화란 걸 꿈꾸는 모습이 짜증나 미치겠어요. 짓밟아

버리고 싶을 만큼 혐오스럽죠."

엘 카인은 입가에 살기 어린 미소를 머금었다. 잔학해 보이는 눈빛은 아름답게 웃고 있지만 소름 돋을 만큼 섬뜩했다. 메리는 확신했다. 그는 지금 머릿속으로 아주 잔인한 상상을 하고 있는 중이다. 어쩌면 인류 전부를 학살하는 장면을 떠올리고 있을지도 몰랐다.

"메리는 내가 무섭지 않나요?"

"제가요?"

혹시 생각을 읽혔나 싶어 가슴이 덜컥 내려앉았다. 엘 카인은 그런 그녀의 속내를 빤히 들여다보는 것처럼 웃었다.

"메리는 모든 걸 봤다고 고백했잖아요. 그런 걸 목격해 놓고 나를 평범하게 대하는 건 이상할 듯싶은데."

카인은 웃음기 밴 입술 새로 읊조리듯 속삭였다.

"내 과거, 내 비밀, 내가 저지른 죄까지 다 봐 버렸잖아요."

엘 카인이 저지른 죄, 그것은 피를 나눈 존재를 꺾는 참혹한 살인. 하지만 비단 그가 그런 짓을 저질렀기 때문에 두려운 것은 아니었다. 메리는 아랫입술을 이로 꾹 누르며 차분하게 입을 열었다.

"그보다 더한 것들도 봤는걸요."

여유롭게 웃고 있던 카인의 입매가 움찔 굳었다.

"저는 의도하든 의도하지 않든 간에 많은 것들을 보게 됩니다. 사람들은 카인 씨가 생각한 것보다 더 끔찍한 일들을 저질러요. 제가 주로 목격하는 것들은 아름다운 것보다 무참한 것들이 대부분이죠. 인간 이하의 행실들이요. 저는 타인의 치부를 봐요. 그들의 비밀을 보고 그들의 두려움을 들어요. 그들의 가장 나약한 면을, 그리고 가장 추악한 면모를 봐요. 외롭고 두려운 사람일수록 더 깊은 과거를 보여 줍니다. 왜냐하면 그들은 매일 어둠 속에서 과거를 곱씹고 되새기거든요. 본인들이 저지른 짓과 스스로의 죄를 떠올리며 밤마다 잠을 이루지 못해요. 때로는 스스로 기억을 더 과장시키기까지 하죠. 그러면서 그들의 영혼은 공포와 두려움 속에 갇혀 더 깊은 구렁 속으로 빠지게 돼요. 구덩이가 깊은 자들의 기억은 저도 보기가 두려워요. 그들이 마음속 깊이 간직한 수렁 속으로 함께 빨려 들어갈 것 같은 기분이 드니까요. 반면 올곧고 강한 사람들의 기억은 별로 볼 게 없어요. 어쩌다 엿보게 되면 보이는 것들이라고는 방금 전 먹은 점심 메뉴라든지, 오늘 아침 오다가 본 창밖의 풍경 같은 소소한 것들뿐이죠."

메리는 굳은 얼굴로 서 있는 엘을 향해 미소 지으며 물었다.

"카인 씨가 제게 그런 질문을 던진다는 건 본인 스스로가 과거에 저지른 일에 대해 그렇게 느끼고 계시기 때문은 아닐까요? 무서우신가요? 과거에 자신이 저지른 짓에 대해 언젠가 치러야 할 대가가 두려우세요? 죄책감을 갖는 건 이상한 게 아니에요. 누구나 과거에 저지른 과오를 되짚으며 후회하니까요. 카인 씨 역시 그날 죽지 않고 살아 있을지도 모를 동족들의 질타를, 혹은 태어나자마자 죽어야 했던 아이들의 울음소리를 매일 악몽처럼 떠올리며 스스로를 탓하고 계신다면 그건 지극히 자연스러운 감정의 일환이랍니다."

부우욱.

메리는 흠칫 말을 멈췄다. 찢어진 명화 위로 그의 살기 어린 표정이 보였다. 흉기처럼 손톱을 세운 그의 손에 갈기갈기 찢긴 그림 조각들이 쥐어져 있었다.

메리는 침을 꿀꺽 삼키며 주춤 몸을 일으켰다. 너무 자극한 것일까? 그의 눈빛이 좀 전과 달리 섬뜩했다.

"후회? 스스로를 탓한다고?"

엘 카인이 조소를 터뜨렸다.

"메리는 기억만 훔쳐보는 게 아니라 아예 상대방의 머릿속을 들여다보고 싶은 건가요?"

감히 주제넘게 말이지.

그의 성난 눈초리가 그렇게 속삭이는 듯했다.

"죄, 죄송해요. 기분을 상하게 만들 생각은……."

어느새 코앞으로 다가온 그가 그녀의 턱을 그러쥐었다. 잿빛에 가까운 애쉬드 블론드 헤어. 가까이서 보니 그는 더더욱 마이클을 닮았다. 차갑고 냉소적인 면모의 마이클이 존재한다면 이런 모습일까?

"나는 후회나 죄책감이란 감정이 뭔지 배운 적이 없어요. 어떻게 하면 그런 것들을 느끼게 되는지 알지도 못합니다. 그런 걸 왜 느끼게 되는 건지 이해할 수도 없고, 이해할 생각조차 없어요. 그저 그것들은 가장 불필요하고 퇴화되어야 할 감정이라고 여길 뿐이죠."

역시 닮은 건 외모뿐, 다른 영혼의 소유자가 분명하다. 마이클이라면 절대 할 수 없는 이야기들을 스스럼없이 꺼내는 걸 보니.

"메리? 무슨 생각해요?"

"네?"

"아까부터 날 보면서 다른 사람 생각을 하고 있잖아요. 누구를 그렇게 떠올리고 있는 거죠?"

그가 웃었다. 눈가를 찌푸리는 듯싶더니 금세 화사한 눈웃음을 머금는다. 도무지 감정을 종잡을 수가 없는 사람이었다. 방금 전까지만 해도 폭발할 것처럼 분노를 비추더니 어느새 태연한 표정으로 돌아와 기분 좋은 듯 싱긋거렸다.

그런 모습이 소름끼쳤다. 감정이란 그렇게 가면을 쓰듯 순식간에 대체할 수 있는 게 아닌데, 이 남자는 삽시간에 얼굴을 바꾼다. 조각처럼 완벽한 얼굴에 새겨지는 인위적인 표정들.

불현듯 스치는 깨달음에 메리는 혹시나 하는 눈빛으로 그에게 물었다.

"카인 씨는 혹시 한 번도 제대로 된 감정을 느껴 본 적이 없나요?"

"그게 무슨 소리죠?"

"그래서 자꾸 이렇게 어색한 표정들을 지으시는 건가 싶어서요. 미소란 그렇게 짓는 게 아닌데……."

카인은 말문이 막힌 듯 굳은 눈으로 서 있었다. 메리는 안타깝다는 눈빛으로 그를 쳐다보았다. 처음 봤을 땐 우아하고 아름답다고 생각했던 미소였는데, 지금은 더없이 처절하고 안쓰러워 보였다. 감정이란 억지로 흉내를 낸다고 훔칠 수 있는 게 아닌데, 그녀의 눈에는 그가 필사적으로 감정을 모방하려는 것처럼 보였다.

"하…… 하하!"

공허한 웃음소리가 울려 퍼졌다. 그는 기가 막힌다는 눈초리로 그녀를 내려다보았다. 잔뜩 겁에 질린 채 아까부터 눈치를 살피고 있는 이 여자가 지금 뭐라고 하는 건지, 황당해서 말이 안 나올 지경이었다.

'미카엘은 아주 재미있는 권속을 두었구나.'

조금 탐이 나기 시작할 정도였다.

"메리의 구렁은 얼마나 깊은가요?"

"네?"

"아니면 구렁이 아직 없으려나? 그럼 내가 하나 만들어 줘도 될까요?"

무슨 소리냐는 눈빛을 짓는 그녀에게 엘 카인은 허리를 숙이며 다가왔다. 그는 즐겁다는 듯 웃으며 흥분에 젖은 목소리로 속삭였다.

"누구보다도 깊고 아득해서, 절대로 구원받을 수 없는 그런 구렁, 내가 줄게요."

"그, 그게 무슨……."

그는 대답 대신 돌연 그녀의 입술을 덮쳤다. 메리는 확장된 동공으로 멍하니 앞을 쳐다보았다. 눈앞에는 긴 속눈썹을 드리운 채 눈을 감고 입을 맞추는 그의 모습이 보였다.

눈물이 왈칵 쏟아지는 걸 막듯 그의 손이 그녀의 목을 조르며 움켜잡았다. 숨이 컥컥 막혀 왔다. 입가에 축축한 것이 닿아 입술을 할짝였다. 등허리의 모골 하나하나가 곤두서며 바들바들 떨기 시작했다.

"또 그 남자 생각해요?"

턱 주변에서 서늘한 숨결이 맴돌았다. 그가 관찰하듯 빗뜬 눈으로 그녀를 내려다보고 있었다. 매서운 눈초리였다. 메리는 저도 모르게 고개를 절레절레 저었다. 본능적으로 부인해야 한다고 느꼈다. 그렇지 않으면 목을 조르고 있는 이 손이 목구멍에 손톱을 쑤셔 박을 것만 같았다.

엘 카인은 의심스러운 눈초리를 거두고선 목 조른 손을 풀었다. 그러고는 그녀의 드레스 뒤쪽 단추를 투두둑 떼어 냈다. 찢어진 드레스가 바닥에 툭 떨어지자 메리는 순식간에 알몸이 되었다. 그는 감상하듯 시선을 아래위로 훑으며 그녀의 젖가슴을 기타 줄처럼 튕기듯 건드렸다. 출렁이며 움직인 가슴이 꽤 마음에 든 눈치였다.

그는 다소 상냥한 목소리로 말했다.

"겁먹지 말아요. 이번에는 메리가 떠올렸던 그 남자처럼 아주 다정하게 해 줄 테니까."

그는 눈초리를 얇게 늘어뜨리며 즐겁다는 기색으로 웃었다. 온기 없는 눈동자에는 지독한 심술이 어려 있었다. 메리는 그가 여전히 목을 조르는 것처럼 숨이 막혀 왔다. 카인이 눈짓을 하자 침실 문이 활짝 열렸다. 그는 그녀의 맨 허리에 팔을 둘렀다. 딱딱하게 얼어 있는 메리의 몸이 마음에 들지 않는지 엉덩이를 어루만지다 꽉 움켜쥐었다.

"공주님처럼 안아서 데려가 줄까요?"

그가 다소 서늘한 눈초리로 물었다. 머뭇거리던 메리의 눈이 커졌다. 그걸 원하냐는 듯 쳐다보는 카인은 벌써 흥이 식어 가는지 눈길에 그늘이 어리고 있었다.

"아, 아닙니다."

메리는 고개를 젓더니 자진해서 걸음을 옮겼다. 공기는 서늘한데 온몸에선 진땀이 흘렀다. 눈앞에 보이는 적보라색 침대 시트가 핏빛 웅덩이처럼 끔찍한 느낌을 선사했다.

"어때요? 내 구렁 속에 온 느낌이?"

메리는 창백한 안색으로 주춤 양팔을 들어 가슴 둔덕을 가렸다. 그러자 엘 카인은 그녀의 알몸을 뒤에서 끌어안더니 만족스러운 얼굴로 속삭였다.

"이제부터 메리의 구렁 속에 진입해 볼 생각인데…… 부디 잘 품어 줘요. 예전에 그 남자에게 해 줬던 것처럼."

기록일자: 미상 | 분류: 기밀문서

2073년 러시아 시베리아 연구소에서 열린 학회에 정식 발표된 솔로몬 프로젝트는 성공적이었다. 뇌 프린팅 기술에서 일보 나아간 뇌 이식술은 인류 역사에 새로운 지평을 열었다고 해도 과언이 아니었다. 본래 솔로몬 프로젝트를 후원한 그룹 스타시티에서는 은밀하게 클론 사업을 벌이고 있었다. 그러나 클론은 결론적으로 부작용이 많아 상품화시키기에는 무리가 뒤따랐고, 아브라함 회장은 사업에서 손을 떼는 듯해 보였다. 이후 솔로몬 프로젝트가 성공함에 따라 컴퓨터에 뇌 정보를 옮기는 것이 가능해졌다. 바야흐로 천 년 수명 시대의 장이 열린 것이다. 아브라함 회장은 대중에게는 비밀로 붙인 채 클론과 뇌 이식술을 바탕으로 본격적인 수명 연장 사업을 벌이게 된다. 그것이 바로 뉴 라이프 프로젝트였다.

유림과 케이는 일단 본부로 복귀했다. 세르게이 총사령관의 시신과 전투 중 사망한 장병들의 시신은 모두 거두어져 무사히 본부로 귀환 조치되었다. 나츠 시게노는 현장에서 체포되었다. 그는 아무런 저항 없이 순순히 검거에 응했다고 한다. 탈옥한 호크 대령의 행방은 여전히 오리무중이었다. 이미 낙원을 뜬 게 아니냐는 추측도 불거지기 시작했다. 그의 행방을 쫓을 유일한 단서는 현재 나츠 시게노뿐이었다. 그러나 붙잡힌 나츠는 본 테러 사건과 호크 대령은 무관하다고 주장했다. 이에 평의회 측에서는 만일 호크 대령이 죄가 없다면 그가 왜 탈주를 했겠냐고 반박하며 되묻는 상황이었다.

유림 역시 그 점이 의문이었다. 억울함에 그런 것일까? 아니면 밝혀지지 않은 다른 연유가 있는 것일까? 노아 호크, 그 양반은 아무 생각 없이 그런 행동을 할 사람이 아니었다.

어쨌든 수면 밑의 진실이 드러난 이상 평의회는 골머리를 꽤 썩고 있을 것이다. 오베론에게 전투 병기를 공급하고 테러를 부추긴 게 안드로이드 회사 위즈덤이라니, 잠겨 있던 빙산의 뿌리가 거대해도 너무 거대했다.

– 어서 오십시오, 정유림 소위님. 검진을 위해 의류 및 액세서리 보호구 등을 모두 탈의하신 다음 준비된 소독복으로 환복해 주십시오.

속옷만 입은 채 맨발로 선 유림은 고민하듯 거울을 바라보았다. 그녀는 천천히 오른쪽 눈에 붙인 거즈를 떼어 냈다. 숨겨져 있던 붉은 동공이 긴장한 듯 일렁이고 있었다.

– 검사를 시작하겠습니다. 검사대 위에 누워 녹색 점을 바라봐 주십시오.

하얀 검사대 위에 올라간 유림은 등을 대고 누웠다. 천장에 비친 녹색 점을 응시하자 허공에 하얀색 글자가 입체 영상으로 떠올랐다.

– 검진 중입니다. 13퍼센트 진행 중. 움직이지 마십시오.

델타와 전투를 한 병사들은 복귀 후 반드시 검사를 받아야 한다. 혹시 모를 감염에 의한 2차 피해를 예방하고 대응하기 위함이었다.

검사 결과: 정유림 소위

혈압: 정상

심박 수: 정상

혈당치 : 정상

……

……

감염 여부: 음성

변이 여부: 음성

종합 소견: 입실론 후보자로 분류. 추가적인 항체 보유 여부 검사를 요함.

유림은 도둑고양이처럼 살금살금 걸었다. 대체 개인 소지품을 왜 샤워실로 옮겨 놨다는 거야? 거기까지 가려면 한참인데.

"유림."

등 뒤에서 들린 목소리에 화들짝 놀란 유림은 어깨를 움찔했다. 슬그머니 곁눈질로 보자, 하얀 소독복을 입은 채 서 있는 케이의 실루엣이 보였다.

"검진은 잘 마쳤어요?"

"아, 응."

잠시 어색한 침묵이 흘렀다.

"저기, 나는 화장실이 급해서 이만 먼저 실례……."

"화장실은 이쪽이에요."

케이는 출구를 향해 걸어가는 그녀에게 친절한 설명을 덧붙였다. 유림은 그 자리에서 얼어붙었다. 그런 그녀의 뒷모습을 물끄러미 바라보던 케이는 천천히 다가와 그녀의 어깨를 잡았다.

"괜찮아요?"

"괜찮아."

"지금 이곳에는 우리 둘밖에 없어요. 왓슨의 눈도 차단하고 왔으니까."

유림은 한쪽 손으로 오른눈을 가린 채 침묵했다. 케이는 등을 돌리고 서 있는 유림을 보며 어두운 표정을 지었다.

"검사 결과 때문에 그래요?"

"……."

"나 좀 봐요. 이제 눈도 안 마주칠 생각이에요?"

"그런 거 아니야."

"나는 유림이 설령 델타로 변한다 해도 곁에 있을 거예요. 그러니 내게 무언가를 보이는 걸 두려워하지 마요."

다정한 목소리가 심장을 어루만지듯 말했다. 유림의 눈동자가 일렁였다. 이 남자는 어떻게 저런 말을 아무렇지도 않게 하는지.

"델타로 변할 일은 없어. 감염조차 되지 않았다고 하니까."

"다행이네요. 정말 델타로 변하면 앞으로 어떻게 키스하나 싶었는데."

유림은 새쭉한 눈초리를 짓더니 피식거리며 물었다.

"키스만 문제겠어?"

"차라리 섹스는 쉽지 않을까요?"

진짜로 자세와 방법을 고민하듯 생각에 잠기는 케이를 보며 유림의 눈이 휘둥그레 커졌다.

"대체 무슨 상상을 하는 거야?"

유림이 소리치며 그의 팔을 찰싹 때렸다. 케이는 그런 그녀에게 순순히 맞으며 웃음을 터뜨렸다. 그녀는 불그레한 뺨으로 소리쳤다.

"상상하지 마. 그런 거 상상하지 말라고!"

그는 순식간에 한 손으로 그녀의 양 손목을 포박했다. 그러고는 나머지 한 손으로 그녀의 허리를 잡아 품에 끌어당겼다. 돌연 정색하듯 웃음기 지운 눈빛이 나른하게 속삭였다.

"상상하는 게 어때서요? 유림이니까 하는 건데."

그를 두 눈으로 똑바로 쳐다보고 있다는 걸 깨달은 유림이 아차 싶어 황급히 팔을 들었다. 그러자 케이가 양 손목을 잡은 손에 힘을 꽉 주며 움직일 수 없도록 그녀의 팔을 눌렀다.

먼 곳의 행성처럼 오묘하게 빛나는 그의 눈동자가 그녀를 물끄러미 내려다보았다. 결국 유림은 포기한 채 붉은 눈을 치켜떠 그를 응시했다.

사막의 밤처럼 새까만 눈동자와 설원에 뿌려진 선혈처럼 붉은 눈동자.

케이는 할 말을 잃은 듯 넋을 놓았다. 그는 호흡하는 것도 잊은 채 얼어붙은 눈길로 아득한 기억 속을 헤매었다.

— 이름을 불러 줘야 아기가 눈을 뜬단다.

— 안녕, 아담 오빠. 나는 이브예요.

"케이?"

그의 몸이 가느다랗게 떨고 있었다. 허리를 꽉 잡은 그의 손이 그녀의 몸을 바짝 끌어당겼다. 안고 또 꽉 안는 그의 손짓에서 간절함이 느껴졌다.

"왜 그래? 괜찮아?"

무겁게 일렁이던 눈동자가 비스듬히 고개를 숙였다. 그는 유림의 눈두덩에 쪽 입을 맞췄다. 여신의 조각상에 숭배하듯 조심스럽다 못해 경건하기까지 한 입맞춤이었다. 유림은 의아한 눈초리로 그를 쳐다보았다. 방금 뺨에서 느껴진 물기는 설마 눈물인가?

"예전에 종종 스스로에게 화가 나고는 했어요."

그의 목소리가 깊게 잠겨 있었다.

"뭐 때문에?"

"높은 곳에서 뛰어내리는 유림을 제대로 받아 줄 수가 없어서, 약한 내가 한심해서요."

유림은 그의 말을 곱씹더니 이해할 수 없다는 표정으로 갸웃거렸다.

"하지만 이젠 유림이 에덴 타워 꼭대기에서 뛰어내린다 해도 받아 줄 자신 있으니 걱정할 것 없어요."

"난 내가 알아서 낙하 장비 잘 착용하고 뛸 테니, 케이야말로 쓸데없는 걱정하지 마."

언제부터 제가 나를 받아 줬다고 이런 소리를 하는지. 날이 갈수록 실력이 아닌 허세만 늘어가는 게 걱정이라면 걱정이었다.

케이는 충혈된 눈으로 유림을 보며 피식 웃었다. 그의 눈에는 지금 그녀가 무슨 생각을 하고 있는지 훤히 보였다. 아마 자신의 말이 허무맹랑하게 들리겠지. 그런들 어떠랴, 그는 마냥 좋다는 눈빛이었다. 지금 이 자리에서 그녀에게 심장이 찔려도 여한이 없었다. 그 죽음마저 행복할 테니.

"왜 그렇게 봐?"

"어떻게 봤는데요?"

"좋아 죽겠다는 눈빛이잖아. 설마 이런 눈동자가 취향이었어?"

"말했잖아요, 나는 유림이 델타여도 변함없이 예뻐할 거라고."

그는 깊게 감명받은 눈동자로 그녀를 빤히 응시하고 있었다. 눈가에 밴 다정한 웃음 속에는 한없이 깊은 마음뿐이었다. 생긋거리며 능글맞은 고백을 할 때와는 눈길의 무게부터 달리 느껴졌다.

유림은 이상하다는 표정을 지었다.

케이는 그저 아무것도 묻지 않은 채 모든 걸 포용했다. 붉은 눈도, 델타의 감염도 아무 문제가 되지 않는다는 식이었다. 만일 그가 말한 '받아 주겠다'가 이런 의미의 것이라면, 그녀는 그를 향해 맨몸으로라도 뛰어내릴 수 있을 것 같다는 생각이 들었다.

괜히 가슴이 묵직해진 유림은 케이의 시선을 회피했다. 그러나 생글생글 웃고 있는 그의 시선은 그녀의 얼굴에서 떨어질 줄을 몰랐다.

"소위님?"

드레이크의 목소리였다.

케이는 움찔 놀라는 유림을 품에 감추듯 끌어안았다. 두 사람을 향해 걸어온 드레이크는 케이의 가슴팍에 파묻히듯 안긴 유림을 빤히 쳐다보았다.

"어라…… 소위님? 괜찮으신 겁니까?"

"아주 괜찮지. 그냥 너무 좋아서 이러고 계신 것뿐이니 신경 쓸 것 없어."

천연덕스럽게 대답한 케이는 생긋 웃었다. 드레이크는 어처구니없는 대답에 황당한 표정을 지었다. 제일 기가 막힌 건 유림이었다. 그녀는 케이의 '너무 좋아서'란 대목에서 소리 없이 주먹을 부르르 쥐었다.

드레이크는 미심쩍은 눈길로 요리조리 시선을 던졌다. 아무리 봐도 코 박고 안겨 있는 유림의 모습이 수상했다. 그러자 케이의 표정에 차츰 짜증이 섞였다.

"언제까지 그렇게 쳐다볼 거지? 혹시 우리 소위님께 관심 있나?"

드레이크는 흠칫 놀라서 손사래를 치며 부인했다.

“아, 아닙니다. 그냥 어디가 좀 안 좋으신 건 아닌가 해서 말입니다.”

“난 괜찮으니까 그만 가 봐, 드레이크.”

유림은 케이의 품에 얼굴을 묻은 채 말했다. 버둥거리는 그녀의 팔을 꽉 잡은 케이는 피식 웃었다. 그런 두 사람을 멍하니 보던 드레이크는 떨떠름한 표정으로 대답했다.

“예, 그럼 저는 먼저 복귀하겠습니다.”

평소 두 사람의 모습과는 정반대의 조합이었다. 원래는 소위님 손에 중사님이 꼼짝도 못하는 느낌이었는데. 그것보다 애덤슨 중사님은 저렇게 소위님을 한 손으로 제압할 능력이 되면서 왜 여태까지 매번 맞고 질질 끌려다닌 거지?

드레이크는 묘한 표정으로 머리를 긁적였다. 마지막에 ‘소위님께 관심 있느냐’고 묻던 케이의 목소리에는 묘한 살기가 묻어 있었다. 가끔 느끼지만 애덤슨 중사는 좀 섬뜩한 면이 있었다. 잘 생각해 보니 그가 달콤하게 웃으며 녹아들 듯한 목소리를 내는 건 오직 유림 앞뿐이었다.

그럼 저 온기 없고 싸늘한 눈빛이 애덤슨 중사의 본모습인가? 소위님께는 의도적으로 그런 일면을 감추는 것일 테고. 드레이크의 눈가에 흥미가 어렸다.

“드레이크 앤더슨.”

갑자기 뭔가가 생각난 듯 케이가 그를 불러 세웠다. 서늘한 표정으로 걸어가던 드레이크는 삽시간에 표정을 밝게 바꾸며 돌아섰다.

“예, 중사님.”

“그때 도대체 어디에 있었던 거지? 연맹군이 귀환한 후에도 보이지 않던데.”

“아…… 격벽 잔재들 사이에 갇혀서 못 나오고 있었습니다. 꼼짝없이 매몰될 뻔했거든요.”

케이는 말없이 그를 쳐다보았다.

“더 하실 말씀이라도 있으십니까?”

멀뚱히 선 드레이크가 묻자, 묘한 눈초리를 하던 케이는 알았다며 가 보라는 시늉을 했다.

“그럼 좋은 시간 보내십시오, 정 소위님, 애덤슨 중사님.”

장난스러운 어조로 인사하고 가는 드레이크를 보며, 케이는 조용히 왓슨을 불렀다.

“저 녀석 좀 잘 지켜봐. 24시간 내내 어디서 뭘 하는지 하나도 빠짐없이 체크하도록.”

– 예, 알겠습니다.

“왜 그래, 케이?”

케이의 품에 안겨 대화를 듣고 있던 유림이 고개를 들며 물었다.

“별건 아니에요. 그냥 타이밍이 좀 묘해서요. 우리도 이만 집에 갈까요?”

케이는 그녀를 공주님처럼 번쩍 품에 안으며 물었다. 화들짝 놀란 유림은 주위를 살피더니 홍당무처럼 벌게진 얼굴로 버둥거렸다.

“누가 보면 어쩌려고 그래! 빨리 내려놓지 못해?”

“싫어요.”

생긋 웃은 케이는 그녀를 안은 채 걷기 시작했다. 유림은 당장 내려놓지 않으면 총으로 쏴 버리겠다며 온갖 육두문자를 터뜨렸다. 그러나 훈련병 시절부터 그녀의 걸쭉한 입담과 매타작에 강한 면역성을 갖춘 그가 그리 쉽게 굴할 리 없었다. 바닥에 얼굴을 갈아 버리겠다느니, 귓구멍에 수류탄을 처박아 버리겠다느니, 무시무시한 발언들이 쏟아져 내렸지만 케이는 피식 웃어넘겼다.

"사랑해, 라고 한 마디만 하면 내려줄게요."

오늘 이 자식이 진짜 약을 잘못 먹었나? 유림은 이마에 힘줄을 세우고 분노 어린 표정을 지었다. 그녀의 인내심에 금이 가는 소리가 경종처럼 울려 퍼졌다. 하지만 케이는 훈련병 때의 고충을 벌써 까마득하게 잊었는지 분위기 파악을 못한 채 여전히 그녀를 안고 해사하게 웃었다.

"케이, 어금니 꽉 물어."

유림의 살기 어린 목소리에 케이는 멈칫 그녀를 내려다보았다. 그 순간 쇠파이프보다도 묵직한 주먹이 그의 명치를 강타했다. "으윽." 하며 무릎을 꺾은 그는 팔을 풀었다. 손을 털며 일어선 유림은 '흥' 하고 콧방귀를 뀌며 돌아섰다.

잠시 후, 유림이 성큼성큼 앞서가는 걸 본 케이는 고개를 들며 픽 웃었다. 명치를 어루만져 본 그는 전보다 더 강해진 듯한 그녀의 주먹에 기특하다는 눈빛을 지었다.

'하여간…… 지는 건 죽기보다 싫어한다니까.'

• • •

"유림, 멀었어요?"

"벌써 다 됐어?"

욕실에서 후다닥 나온 유림은 타월로 몸을 가린 채 식탁을 향해 뛰었다. 미끄러질 듯 말 듯 슬라이딩을 하며 달려온 그녀는 1.5초 만에 식탁 앞에 당도했다.

"냄새 좋다."

유림은 코를 킁킁대며 눈을 감았다. 그러고는 기분 좋은 표정으로 웃었다. 앞치마를 하고 국자를 든 채 서 있던 케이의 눈이 동그랗게 커졌다. 옆에서 시중을 들던 리사도 눈치 빠르게 입을 다물었다.

"유림, 옷은요?"

"타월로 가렸잖아."

식탁 앞에 앉은 유림은 남의 속도 모른 채 생긋거렸다. 훤히 보이는 복숭앗빛 가슴골 사이에는 물방울이 송글송글 맺혀 있었다. 그 모습을 빤히 보던 케이는 탁해진 눈빛으로 천천히 숨을 내뱉었다. 손등으로 올라왔던 힘줄이 옅어질 무렵, 그는 이마에 참을 인을 새긴 채 평정심을 유지했다.

"케이는 안 먹어?"

"전 됐어요."

"왜?"

"지금 먹고 싶은 건 카레가 아니라서요."

과할 정도로 해맑게 웃는 케이에게서 말을 비꼬는 게 느껴졌다. 그의 눈웃음 속에 담긴 불만을 감지한 유림은 눈썹을 치켜세웠다.

"뭔데? 왜 그러는데?"

본인은 다른 메뉴를 원했는데 억지로 카레를 했다고 항변하는 건가? 유림은 짜증 난 고양이처럼 눈초리를 세웠다. 배고파 죽겠는데 냄새로 고문하는 것도 아니고, 이왕 음식을 했으면 그냥 좀 기분 좋게 먹지?

방귀 뀐 놈이 성낸다고 되레 눈을 부라리는 유림을 보며, 케이는 이마를 짚고 한숨을 토했다.

"계속 그렇게 노팬티로 있을 거예요?"

"뭐?"

흠칫한 유림이 그걸 어떻게 알았냐는 표정으로 그를 쳐다보았다. 앉아 있던 유림은 눈치를 보더니 슬그머니 일어섰다. 엉덩이를 뒤로 빼는 그녀를 보며 케이는 눈빛을 서늘하게 일렁였다.

"알았어, 입고 오면 되잖아."

뒤에서 피식 웃는 소리가 들렸다. 귀까지 빨개진 유림은 홱 돌아서서 가슴께를 움켜잡았다. 예전에는 케이 앞에서 훌렁 벗고 다녀도 아무렇지 않았는데, 지금은 그의 지적 한 번에 왜 이렇게 민망한 기분이 드는지 알 수 없었다.

억울한 얼굴로 걷던 유림은 놀라서 걸음을 멈췄다. 그가 어느새 그녀의 앞을 가로막고 있었다. 뜬금없는 생각인데, 이 남자는 앞치마도 근사하게 소화한다.

"입고 온다니까."

유림은 툴툴거리며 그의 어깨를 지나쳐 걸었다. 그러자 케이가 유림의 팔을 잡아 세우며 달콤하게 웃었다. 너무 예쁘게 웃는다. 하지만 케이가 저렇게 심장 떨릴 만한 미소를 지을 때면 대개 속에 음흉한 생각을 품고 있을 확률이 높았다. 유림은 경계심 어린 눈초리로 그를 빤히 쳐다보았다.

"생각해 보니 이대로 보내기는 아쉽네요. 유림이 스스로 속옷까지 벗는 건 좀처럼 마주할 수 없는 기회인데."

유림은 허벅지에서 느껴지는 손길에 고개를 숙였다. 예상대로 그의 기다란 손가락이 그녀의 허벅지 안쪽을 부드럽게 어루만지고 있었다.

해맑게 웃는 케이를 보며 유림은 식은땀을 주르륵 흘렸다. 그의 해사한 미소가 이성을 잃은 미친놈처럼 보였다. 기분 좋아서 웃는 게 아니라 절제하다가 나사가 빠진 거다.

"너무 배고파서 그랬다니까."

유림은 헤실헤실 웃으며 살그머니 뒷걸음질을 쳤다. 그러자 케이가 그녀의 허리를 잡더니 단번에 품으로 끌어당겼다.

"나도 너무 배가 고파요. 참을 수 없을 정도로."

무지막지하게 힘만 센 놈 같으니. 한 팔로 허리를 감싸 안았을 뿐인데 그의 품에서 꼼짝도 할 수가 없었다. 저항하려고 입을 벌렸던 유림은 입술을 덮쳐 온 키스에 '읍' 하고 소리 없는 반항을 남겼다. 하지만 간질이듯 움직이는 그의 혀에 금세 아찔하니 몽롱한 감각이 전신을 덮치기 시작했다.

"이건 물기예요? 아니면 유림이 흘린 건가?"

미끄덩한 다리 안쪽을 쓸던 검지가 다리 사이 접점을 향해 쿡 찌르고 들어왔다. 덥석 케이의 팔을 잡은 유림은 입술을 깨물며 당혹스러운 눈으로 그를 올려다보았다. 그는 심술 맞은 눈빛으로 얄미운 미소를 머금고 있었다.

"물기야."

"아닌 것 같은데?"

유림은 발그레 젖은 채 딱히 말을 잇지 못했다. 부끄러움과 당혹이 뒤섞인 눈동자가 알 수 없는 기대감에 일렁였다. 말간 뺨에 점점 번져 가는 홍조는 그녀의 분홍빛 입술까지 바르르 흔들고 있었다. 목구멍으로 꿀꺽 넘어가는 침이 가쁜 호흡으로 이어졌다.

손가락이 조금 더 깊숙이 여문 속살을 헤집고 들어오자, 참았던 신음이 망울 터지듯 새어 나왔다. 끊어질 듯 '케, 케이…….' 하고 그의 이름을 속삭이는 목소리에 그의 눈이 허공에서 멈칫 멈췄다.

그녀는 가까스로 지면에 두 발을 붙이고 서 있었다. 잘 보니 뒤꿈치를 세우고 엉덩이를 들었다. 매달리듯 그의 팔을 움켜쥔 자세가, 마치 기분 좋은 고양이가 꼬리를 세운 것처럼 귀엽고 사랑스러웠다.

"하……."

웃음이 흘러나온 케이는 못 참겠다는 듯 고개를 숙였다.

"케이?"

그가 쇄골 사이에 뺨을 대고 실성한 놈처럼 낮게 웃고 있었다. 가슴을 움켜잡은 손에 꽉 힘을 준 케이는 탁해진 눈에 즐거움을 담았다. 겨우 이 정도에 흥분해서 절제력을 잃을 뻔한 게 본인 스스로도 황당한 모양이었다. 잠시 하반신의 열기를 식힌 그는 그녀의 몸을 가리고 있던 타월을 벗겨 내렸다. 그리고 잘 여문 복숭아처럼 탐스러운 가슴을 쥐어짜듯 거세게 주무르며 입술을 가져다 댔다.

"소리 참지 마요, 유림."

그는 거칠어진 목소리로 속삭이며 분홍빛으로 부푼 정점을 미친 듯이 물어뜯었다. 붉게 부풀어 오르는 그녀의 살점을 잇새로 물고 빨던 그는 뜨거운 숨을 내쉬더니 혀로 탐스러운 돌기를 건드리며 핥기 시작했다. 동시에 꽉 오므린 그녀의 속살 사이에 집어넣었던 손가락을 빠르게 위아래로 움직였다.

깊은 고살이 화끈거리며 뜨겁게 달아올랐다. 차오른 물기에 금세 찰팍거리는 소리가 울려 퍼지더니 들뜬 신음이 섞여 나왔다. 케이는 살결을 긁어내듯 휘젓던 손가락에 힘을 가했다. 그는 마지막으로 움직인 손가락 마디를 구부리더니 달라붙는 유액 사이로 거칠게 뽑아내었다.

"하읏!"

유림은 저도 모르게 날카로운 숨소리를 뱉었다. 찌르며 파고들던 손가락이 물린 살을 뚫고 나가는 순간, 간신히 버티던 다리의 힘도 쭉 빠져 버렸다. 숨이 차오르자 흐느끼는 것처럼 신음이 흘러나왔다. 막고 싶어도 터져 나오는 숨소리를 어찌할 도리가 없었다. 호흡이 빨라질수록 그의 손가락도 빠르게 들락날락거렸다. 목덜미를 깨물며 빨아들이는 잇새로 그의 뜨거워진 숨결이 느껴졌다.

그의 가슴에 온몸을 기댄 그녀는 축 늘어진 채 안겼다. 케이는 고개를 들어 촉촉하게 젖은 손끝을 바라보았다. 진득하게 엉킨 꿀이 손가락 사이에 달라붙어 입맛을 자아내고 있었다. 방금 전까지 귓가에 교성을 흘리던 유림의 목소리가 떠오르자 다시금 시야가 혼탁해졌다. 그는 느른한 눈빛으로 손가락을 바라보며 끈적하게 엉킨 손가락 끝을 천천히 입술로 가져갔다.

그 순간, 눈을 번쩍 뜬 유림이 그의 손을 낚아채어 잡더니 꽉 쥔 주먹 안에 넣고 닦아 내듯 비볐다.

"먹지 마."

케이는 멍하니 손을 내려다보았다. 그러더니 아쉬움 가득한 눈으로 말했다.

"말했잖아요, 배고프다고."

"배고프면 밥을 먹어야지, 왜 그걸……."

"창피해요?"

유림은 말문이 막힌 표정을 지었다. 쿡 웃던 케이는 그녀를 품에 꽉 끌어안았다. 으스러질 듯 껴안던 그는 아쉬운 대로 그녀의 입술을 혀끝으로 핥았다.

"어차피 곧 머리부터 발끝까지 다 맛볼 텐데."

"곧 맛본다고?"

"너무 맛있는 게 눈앞에 있으면요, 먹기조차 아까워서 입맛만 다시게 돼요. 한 입 맛보는 것만으로도 현기증을 안겨 주거든요. 유림이 그래요. 진짜 요즘에는 쳐다보는 것만으로도 미쳐 버릴 것 같은데……."

케이는 한숨으로 말끝을 흐렸다.

"아무래도 난 이 허기짐을 오래 참을 수 있을 것 같지 않아요."

"누구 마음대로 못 참아?"

서늘하게 되받아치는 유림의 목소리에 케이의 얼굴이 굳었다.

"언제는 지켜 주겠다느니 헛소리를 하면서 제 입으로 거절해 놓고, 이제 와서 조만간 맛볼 거라고? 내가 네 냉장고 속에 넣어 둔 아이스크림이라도 되는 줄 알아? 네 마음대로 먹었다 뱉었다, 다시 넣어 두었다가 빼서 맛보고 그래도 되는 줄 아냐고? 꿈도 크네, 떡 줄 사람은 생각도 없는데 말이지."

"그때는 내가 잘못했어요."

유림을 끌어안은 케이가 애원하듯 속삭였다.

"너무 소중해서 그랬어요. 유림을 잃고 싶지 않아서."

날카롭게 눈초리를 세우던 그녀의 표정도 덩달아 흔들렸다. 이럴 때는 사정없이 쏘아붙이며 걷어 내야 하는데, 심장이 쿵쾅거려 목소리조차 나오지 않았다.

'이런 포옹은 반칙이야.'

케이에게서는 늘 좋은 냄새가 났다. 딱히 향수를 쓰는 것도 아닌데 가슴을 설레게 하는 은은한 향기가 체향처럼 늘 배어 있다. 그의 체취가 좋았다. 입 맞출 때 낮게 울리는 웃음소리가 좋다. 남들 앞에서는 조각 같이 완벽하게 웃으며 뒤에서는 천연덕스럽게 밀어를 속삭이는 뻔뻔함이 좋다. 늘 태평한데 가끔 참을 수 없다는 듯 신음을 흘릴 때의 눈빛이 좋다.

"나는 유림이 너무 좋아요. 유림하고 떨어져선 아마 하루도 못 살걸요?"

"나도 케이가 좋아."

유림은 황급히 입술을 포개어 벙어리처럼 안쪽으로 말아서 오므렸다. 실수로 그만 소리 내어 말하고 말았다. 이 상황에선 냉정하게 받아쳤어야 했는데, 저도 모르게 솔직한 마음이 튀어나와 버렸다.

케이의 입가에 곡선이 맺히는 게 느껴졌다. 보지 않아도 그의 입가가 춤추고 있을 게 빤히 보였다.

"그래요?"

이것 봐, 목소리 톤부터 바뀌었다. 다 죽어 가던 목소리가 벌써 달콤한 생기로 젖었다.

"나는 좋다는 말로도 부족해요. 내가 유림에게 느끼는 건…… 좋다, 원한다, 그 이상의 감정이니까."

그녀 역시 말로는 표현할 수 없을 만큼 그가 좋았다. 그 마음만큼은 가리거나 거짓으로 꾸밀 수 없을 정도로.

방금 전까지 솟구쳤던 분노는 어디로 사라지고, 절박하게 안고 있는 그의 몸짓이 되레 사랑스럽게 느껴졌다. 매달리듯 안긴 채 두려움에 휩싸여 애원하는 그의 모습이 오히려 그녀로 하여금 죄책감마저 일게 만들었다.

언짢음이 좀 풀리자 유림은 한층 누그러진 눈초리로 그를 쳐다보았다.

"키스해 줘."

새침하게 고개를 외면한 채 기다리는 그녀를 보며 케이는 입가에 예쁜 호선을 그렸다. 기다렸다는 듯 턱을 잡고 긴 입맞춤이 이어졌다. 어느새 서로의 목을 휘감은 두 사람은 깊게 입술을 겹치며 뜨거운 숨결을 삼켰다.

"그래도 역시 키스만큼은 케이를 따라올 사람이 없단 말이야. 여태까지 해 왔던 다른 어떤 녀석들보다 케이가 최고야."

유림의 아랫입술을 빨며 잘근잘근 깨물던 그가 멈칫 그녀를 쳐다보았다. 쾌락에 젖어 있던 그의 눈동자가 찬물을 뒤집어쓴 것처럼 얼어붙었다.

"다른 어떤 녀석들…… 보다요?"

"응, 케이가 제일 잘해."

유림은 살그머니 눈웃음을 쳤다. 그는 떨떠름한 표정이었다. 칭찬인 건 확실한데 기분이 썩 좋지 않다.

"다른 녀석들 누구요?"

"말하면 케이가 알아?"

"알아보면 되니까 아는 것과 마찬가지예요."

케이는 억지웃음을 그리며 말했다. 이미 질투로 비딱해진 그의 눈초리를 눈치챈 유림은 약 올리듯 생긋 웃었다.

"내가 언제 케이의 과거 여자들에 대해 물은 적 있나? 난 과거사는 따지지 말자는 주의야."

"나는 전생, 현생, 내생 통틀어 유림밖에 없어요."

"또 허풍 친다."

"정말 없어요."

유림은 진실인지 아닌지 뜯어보듯 케이를 유심히 쳐다보았다. 그녀의 표정이 이내 질색하듯 변했다. 떫은 감이라도 주워 먹은 것처럼 어두워진 그녀의 안색에 케이는 불길한 조짐을 느꼈다. 그는 긴장한 눈빛으로 물었다.

"왜 그래요?"

"난 숫총각은 질색이라서."

그녀는 그의 어깨를 확 밀치고선 품에서 빠져나갔다. 실망스럽다는 듯 눈을 흘기던 그녀의 표정에 케이는 뺨 맞은 것처럼 충격받은 채 멍하니 굳어 있었다.

"숫…… 총각?"

– 숫총각이란 여성과의 성 경험이 한 번도 없었던 남자를 일컫는 말로, 버진과 동일한 의미입니다. 남성들은 여전히 버진인 여성을 선호하는 반면, 여성들은 버진인 남자를 꺼리는 경향이 있는데, 이는 잠자리를 할 시 여성을 능숙하고 노련하게 만족시키지 못할 것이란 우려에서 발생…….

"입 다물어, 리사."

– 예, 중사님.

케이는 물끄러미 유림의 뒷모습을 보더니 복잡한 표정을 지었다.

– 그런데 중사님, 정말로 숫…….

"다물라고."

– 네, 죄송합니다.

침실로 온 유림은 곁눈질로 케이 쪽을 보더니 혀를 쏙 내밀었다. 배시시 웃는 그녀의 입가에는 심술이 잔뜩 어려 있었다. 그러나 사실은 좋아서 날아갈 것만 같았다.

— 나는 전생, 현생, 내생 통틀어 유림밖에 없어요.

알몸으로 침대에 누운 그녀는 입을 막고 웃었다. 혼자 뒹굴고 있는데도 케이가 안아 주는 것처럼 온몸이 간질간질한 느낌이었다. 침대 위에서 좌우로 데굴데굴 구르던 유림은 베개에 코를 박은 채 터져 나오는 웃음을 막았다. '큼큼' 표정 관리가 되지 않았다. 이런 얼굴, 케이에게 들키면 곤란한데.

한편 방문이 닫힌 침실 쪽을 보던 케이는 앞치마를 벗어 던졌다. 그러고 보니 줄곧 앞치마를 두른 것도 잊고 있었다. 하여간 유림하고만 있으면 미쳐 가지고, 눈에 보이는 게 없다.

그동안 그는 누구에게도 권속을 허락하지 않았다. 하지만 원칙상으로는 권속을 통하지 않고선 엘 카인을 없앨 수 없다.[6] 그리하여 노아가 그에게 첫 권속으로 추천한 사람이 바로 유림이었다.

케이는 이마를 매만지며 한숨을 내쉬었다. 여성을 능숙하고 노련하게 만족시키지 못할 것에서 빚어진 우려와 실망스러움이라니. 기가 막혀서 헛웃음이 흘러나올 정도였다.

---

6 동족 살해는 금지다. 하지만 케이는 이마저도 노아가 의도적으로 만들어 낸 법칙이 아닌가 하는 의심을 하고 있다.

본래 그와 엘 카인을 비롯한 일족 전체가 대체적으로 아름다운 이유는 미혹의 힘으로 이성을 사로잡아 권속 관계를 맺기 때문이었다. 그런 그에게 감히 성애와 정사情思를 논하다니, 이보다 더한 굴욕은 없었다.

– 기억의 도시에 가셔서 딱지를 떼고 오시는 건 어떨까요?

"마지막 경고다. 한 번만 더 입 열면 폐기시켜 버릴 줄 알아."

– 죄송합니다. 아, 이건 입을 연 게 아닙니다.

리사는 중얼거리며 슬그머니 '핏' 하고 사라졌다.

문틈 사이로 빼꼼 고개를 내민 유림은 벽에 기댄 채 서 있는 케이를 훔쳐보고 있었다. 무표정한 얼굴을 보니 심기가 언짢은 게 분명했다. 유림은 키득거리며 웃었다. 눈치 하나는 귀신같이 빠른 케이가 그녀의 시선을 알아채지 못할 리가 없었다. 곁눈질로 그녀를 발견한 그가 먼저 손짓했다.

"옷 다 입었으면 나와요."

"왜?"

"카레 안 먹어요?"

뭐 다른 걸 기대했냐는 눈빛으로 묻는 그를 보며 유림은 말문이 막힌 표정을 지었다. 저렇게 순식간에 태연해지다니, 방금 전까지 자신뿐이라고 애원하던 남자가 맞나 싶었다.

유림은 눈을 흘기며 케이를 슥 지나쳐 걸었다. 그녀의 뒷모습을 바라보던 케이의 눈이 일순 파문을 그리듯 일렁였다. 겉으로는 태연함을 가장했지만 그녀를 보자마자 또다시 열기가 치솟는 걸 느꼈다. 이제는 아주 자동적이었다. 발정 난 짐승도 아니고 그녀와 한 공간에 있는 것만으로도 이성의 끈이 팽팽해진다.

타이트한 운동복 바지에 브라만 입은 차림. 뭘 좀 걸치고 나오라고 했더니 저런 걸 입고 나왔다. 사과처럼 볼록한 엉덩이 사이로 갈라지는 골과 탄탄한 허벅지 근육의 움직임이 오히려 더 두드러지는 재질의 옷이었다. 속옷만 입은 가슴 쪽은 가린 건지 덧댄 건지 알 수도 없을 정도였으니, 흥분이 가시기도 전에 다시 불이 붙은 그는 잇새로 심호흡만 내뱉었다.

케이는 호흡을 정리하며 걸음을 옮겼다. 그냥 빨리 가서 국자 들고 카레나 퍼야지, 생각하며 애끓는 속에 스스로 얼음물을 끼얹었다.

“그런데 경험도 없다면서 키스나 애무는 왜 그렇게 잘하는 거야?”

“타고 났어요.”

생긋 웃는 케이를 보며 유림은 미심쩍다는 표정을 지었다. 단정한 눈빛의 케이는 어느덧 평소와 다름없이 차분해 보였다. 그는 카레를 뜬 그릇을 유림의 앞에 놓은 뒤 그녀의 맞은편에 앉았다. 식탁에 앉아 냄새를 맡은 유림은 그가 애무해 줬을 때처럼 달뜬 표정을 짓고 있었다. 그 모습을 본 케이는 허무해서 웃음이 나왔다. 저렇게 열락에 취한 눈빛을 짓게 만들기 위해 얼마나 공을 들여 그녀의 몸을 애무했던가? 고작 카레 하나로 이리 쉽게 되는 것이었다니.

그는 웃어야 할지, 울어야 할지 알 수 없는 표정을 짓다가 바람 빠지듯 웃고 말았다. 그래도 여전히 저렇게 카레 하나에 눈을 빛내는 유림의 모습이 그의 가슴을 간질이며 행복하게 만들었다. 한편으로는 정말이지 승부욕을 자극하는 여자였다. 아무리 그래도 연인의 애무가 먹을 것보다는 우위에 있어야 하는 것 아닌가?

케이는 잘라 놓은 토마토부터 아삭아삭 먹는 유림을 물끄러미 지켜보며 말을 건넸다.

"일단 해 보고 판단하는 게 어때요?"

"뭐를?"

"정말 별로일지, 아니면 황홀함에 흐느끼게 될지는 경험해 보면 알게 될 텐데."

카레를 한 숟가락 뜬 유림은 고양이처럼 도도한 눈초리를 치켜세우며 그를 쳐다보았다. 케이의 조각 같은 얼굴에 실린 건 여유로운 눈빛이었다.

'자신 있다, 이거네.'

붉은 입술에 미소를 띤 유림은 약 올리듯 대꾸했다.

"싫어."

그리고 더 이상 방해하지 말라는 눈빛을 쏘더니 먹는 데 집중하기 시작했다. 그런 유림을 보며 물 잔을 슥 밀어 준 케이의 입가에 맥 빠지는 미소가 어렸다.

'미치겠네, 진짜.'

그는 웃음기 어린 턱을 괴었다.

이러나저러나 정말 쉽지 않은 여자였다, 나의 이브는.

Breaking News: 속보입니다. 어제 특별 형무소 폭발 현장에서 체포된 테러 용의자는 불법 조직인 오베론 소속인 것으로 밝혀졌습니다. 오베론은 왓슨의 눈이 닿지 않는 모래의 도시 미들 타운을 본거지로 두고 있으며 많은 불법 체류자들의 지지를 받고 있는 불량 집단입니다. 놀랍게도 용의자는 아직 열일곱 살에 불과한 소년으로 밝혀졌는데요. 그는 로스티아벤 내부에 병사로 잠입해 그간 이중생활을 해 오고 있었다고 합니다. 한편 평의회는 전담 수사기관인 특별보안대의 지휘관인 셰인 필란 중위에게 잔당과 배후 세력을 잡는 데 주력을 다하라고 전한 것으로 알

려졌습니다. 이어서 현장 리포터 소식입니다. 이틀간 연쇄 테러가 발생한 데 불안 감을 느낀 일부 관광객들과 주민들이 게이트 앞에 모여 밤샘 시위를 벌이고 있습니다. 출입국 관리부의 키퍼 장관이 게이트를 봉쇄한 채 출국 허가를 내주지 않고 있는 상황에 대한 항의가 빗발치고 있다고 합니다. 현장에 나가 있는 리포터가 더 자세한 소식 전해 드리겠습니다…….

형무소에서의 2차 테러 발생 이튿날, 낙원의 출입국 관리부가 있는 게이트는 혼란의 도가니 속에 빠져 있었다.

"당장 여객기를 띄우란 말이야!"

"게이트를 열어!"

게이트 앞에 모인 군중들은 성난 목소리로 외쳐 댔다. 출입국 관리부는 아예 게이트의 출입구를 굳게 걸어 잠근 채 사람들을 광장에 세워 둔 상태였다. 흥분한 이들 중 몇몇은 게이트 입구를 지키는 헌병 안드로이드의 멱살을 잡기도 했다.

– 지금은 보안상의 문제로 게이트가 봉쇄된 상태입니다. 사건이 일단락될 때까지는 누구도 낙원을 떠나실 수 없습니다. 부디 진정하시고 일단은 자택으로 귀가해 주시기 바랍니다.

"귀가? 미친 거 아니야? 가만히 앉아서 개죽음이라도 당하라고?"

"책임자 나와! 키퍼 장관은 어디 있어!"

"돈은 얼마든지 낸다고 하잖아!"

"너희들만 꽁무니 빼려는 걸 우리가 모를 줄 알아?"

게이트 내에서 상황을 지켜보던 키퍼 장관은 안절부절못하며 초조함에 발을 굴렀다.

"장관님, 평의회에 가실 시간입니다."

보좌관의 말에 그는 창밖을 다시 한 번 내다보았다. 아치형 게이트 꼭대기에 위치한 키퍼 장관의 집무실에서는 낙원의 상징인 아름드리나무와 게이트 사이에 위치한 녹색 광장이 한눈에 내다보였다.

"아니, 저렇게들 모여 있으면 어쩌자는 거야? 다 본인들의 안전을 위해서 그러는 것도 모르고, 에잇! 여기에 폭탄을 터뜨려 주십사 절하는 게 아니라면 빨리들 해산하라고 해! 끝까지 말을 안 들으면 헌병들을 동원해서라도 귀가 조치시키고!"

"공권력을 투입했다가는 폭동이 일어날 수도 있습니다. 다들 극도로 불안하고 예민한 상태입니다. 낙원 내 어디도 안전하지 못하다는 생각이 팽배해 있기 때문에 설득하기가 쉽지 않습니다. 게다가 세르게이 총사령관님의 죽음에 대한 소문마저 조금씩 퍼져 나가고 있는 듯합니다."

"뭐? 그게 어떻게 새어 나간 거야?"

"연맹군 쪽에서도 총사령관님의 죽음을 목격했고, 또 우리 사병들도 시신을 보았으니 완벽하게 입단속을 시키는 건 어렵습니다. 고스트들도 봤을 수 있고요. 호크 대령님마저 낙원을 버리고 떠났다는 이야기가 돌고 있어, 여론이 상당히 동요하고 있다고 합니다."

노아 호크의 일이 치명적이었다. 그를 체포한 것이 평의회의 오단이었다는 게 밝혀지면서 주민들의 불신이 무섭게 치솟아 오르고 있었다.

"확실히 노아 호크는 낙원의 영웅이었어. 이럴 때 그가 있었다면 여론을 진정시키는 데 큰 도움이 되었을 텐데……."

"맞습니다. 하다못해 브루클린의 성녀라도 내보내는 게 어떨까요? 그녀도 호크 대령님 못지않게 주민들 사이에서 인기가 높습니다."

와장창!

"이게 뭔 소리야?"

시위하던 군중이 드디어 난동을 부리기 시작한 모양이었다. 그들은 헌병들을 상대로 폭력을 휘두르며 억지로 게이트 문을 열기 위해 건물을 훼손하기 시작했다.

그 광경을 지켜보던 키퍼 장관은 파리한 입술을 깨물었다. 역시 병력을 투입해야 하는 건가? 일반인들에게 무력행사라니, 어쩌다가 낙원이 이 지경까지 되었는가?

"장관님! 저기 좀 보십시오."

보좌관이 당황한 얼굴로 상공을 가리켰다. 창문에 다가선 키퍼 장관의 눈이 커졌다.

은색 비행정 하나가 쏜살같이 날아오고 있었다. 일반 에어쉽과는 비교 불가 수준의 속도였다. 그럼에도 불구하고 소음 없이 고요한 접근을 유지하는 걸 보니, 스텔스 모드가 기본으로 장착된 정찰용 비행정이 틀림없었다. 우아한 깃털처럼 회전하여 지상에 착륙한 비행정 꼬리에는 푸른 삼각형 안에 날개 달린 황금 돛 마크가 붙어 있었다.

"헤벨의 아크레인이군."

키퍼 장관의 표정이 무거워졌다.

연맹군 전략국의 비장의 무기, 함정 헤벨.

헤벨에 관한 소문은 군부 소속이 아닌 그조차도 익히 들어 알고 있을 정도로 유명했다. 연맹군의 온갖 신식 무기와 기체는 헤벨이 늘 우선적으로 시범 사용을 하며, 함정 관리자 시스템은 낙원의 왓슨 3세와 맞먹을 수준으로 뛰어나다고. 일설에 의하면 낙원의 설계자라고 불리는 익명의 과학자가 헤벨을 제조하는 데도 일조했다고 한다.

흡사 어뢰처럼 생긴 비행정의 문이 열리자, 제복을 입은 남자가 지팡이를 짚으며 지면에 내렸다. 군중은 돌연 나타난 그를 해괴한 눈으로 쳐다보았다. 연맹군의 갈색 제복을 입은 남자는 검은 지팡이를 짚고 선 손에 힘을 준 채 허리를 세웠다. 갈색 제모를 쓴 머리 아래 또렷한 눈동자가 고개를 들었다. 절뚝거리는 걸음걸이였지만 당당한 자태였다. 군중 사이를 걸어온 그는 주위를 슥 훑더니 입을 열었다.

"여기서 다들 이러셔 봤자 소용없습니다. 테러범이 잡히기 전까진 누구도 출국 승인을 받을 수 없으실 겁니다. 그러니 다들 진정하고 물러서시죠."

뜬금없이 나타나서 교통정리를 하는 장교에게 사람들은 우악스러운 표정으로 거친 반응을 내보였다.

"시끄러워! 지금 진정하게 생겼어?"

"그렇습니까? 좋습니다. 그럼 막말로 출입국에서 여객기를 띄워줬다고 칩시다. 테러범이 여러분들과 함께 기내에 탑승하지 않을 거란 보장이 있습니까? 알고 계신지 모르겠지만 상공에서는 도망칠 구멍도 없습니다. 꼼짝없이 죽는 거죠."

순식간에 군중이 고요해졌다. 누군가 불쑥 외쳤다.

"그런데 당신은 누구요?"

"저는 연맹군 내 전략국 작전부 소속 참모인 요한 제이콥스 대위라고 합니다."

연맹군이라는 말에 술렁임이 일었다.

"연맹군에서는 이번에 일어난 낙원의 비극적인 사태에 관해 진심으로 유감을 표하는 바입니다. 저희는 이번 테러로 인해 큰 피해를 입은 분들의 대다수가 낙원의 주민이 아닌 외부인이라는 점을 주시하고 있습니다. 낙원에서는 외부인이지만, 우리 연맹군에게 있어서는 보호해야 할 대상인 자국민라는 사실을 말입니다."

"그럼 연맹군이 우리를 여기서 데리고 나가 주겠다는 의미입니까?"

요한은 남자의 질문에 침묵했다. 말을 아끼는 참모 대위의 행동에 다시 묘한 긴장감이 돌았다.

"평의회의 승인 없이 저희 멋대로 낙원의 게이트를 열고 닫을 수는 없습니다. 하지만 저희가 이곳에 온 것은 분명 여러분 모두의 안위를 위해서입니다. 지금 제가 이 자리에 서 있는 이유 또한 여러분들을 돕기 위함이지요."

"결국 연맹군도 우리 보고 여기 남으라는 소리 같은데, 돕긴 뭘 어떻게 돕겠다는 거요?"

"말씀드렸다시피 저희가 멋대로 로스트 헤븐의 법과 질서를 깨뜨릴 수는 없습니다. 저희에겐 그럴 권한이 없으니까요. 그러니 여러분들께서 저희에게 그런 권한을 주시면 됩니다."

요한의 시선이 앞에 나와 있는 남자들에게로 향했다. 값비싼 슈트와 구두를 신고 있는 이들은 아까부터 제일 큰 목소리로 불만을 토로하고 있었다. 그도 그럴 것이 이 남자들은 기억의 도시에서 카지노와 도박 업소들을 운영하는 사업주들이다.

"권한을 주다니?"

의아한 표정으로 묻는 사업주들에게 요한은 계산적인 미소를 보였다. 그는 지팡이를 잡지 않은 다른 한 손을 펼치며 외쳤다.

"지금까지 평의회와 로스티아벤이 여러분께 보인 대처 능력을 판단해 보십시오. 얼마나 한심합니까? 감히 스스로를 '지상 유일무이한 낙원'이라 칭하며 모두의 안전을 장담하더니 이런 참혹한 결과를 불러 일으켰습니다. 그리고 이제는 여러분들께서 주신 신뢰마저 저버리려 하고 있죠. 더 이상 그들에게 우리의 소중한 목숨을 맡겨서는 안 됩니다."

그의 말에 다들 고개를 끄덕이며 분노에 찬 눈빛을 지었다. 주먹을 꽉 쥔 채 "맞는 말이야!"라며 소리치는 이들도 있었다.

"그러기 위해서는 외부 수사기관을 조직해야 합니다. 낙원 내 수사기관과 동등한 권한을 가지고 이번 테러 사건을 조사할 수 있게 하는 거죠. 평의회로 하여금 여러분들이 지정한 수사기관이 낙원 내에 관여할 수 있도록 압력을 가하십시오."

사업주들의 눈이 커졌다. 그들은 비로소 참모 대위가 말하는 이야기의 핵심을 이해했다.

"새로운 외부 수사기관이라면 설마……."

요한은 당연하지 않겠냐는 눈빛으로 웃었다.

"저희가 여러분들의 등을 떠밀어 놓고 뒷짐 진 채 보고만 있겠습니까? 연맹군 최고의 전력과 기술력을 갖춘 헤벨이 기억의 도시분들의 안위와 이익을 대표하여 본 사건을 조사할 것입니다."

사업주들의 얼굴색이 돌변했다. 시세에 밝은 그들이 연맹군의 헤벨을 모를 리 없었다. 그렇지만 쉽지 않은 문제였다. 그들은 잠시 고민하더니 조심스럽게 문제점을 제시했다.

"하지만 평의회가 이 제안을 받아들일 리가 없습니다. 낙원은 굉장히 폐쇄적인 곳입니다. 외부 수사기관의 개입은 아마 절대로 불가능할 겁니다."

"그러니 제가 방금 말씀드리지 않았습니까? 여러분들께서 압력을 가하셔야 한다고 말입니다. 이번 테러 사태로 가장 극심한 피해를 본 게 누굽니까? 바람의 도시에 살고 있는 낙원의 주민들? 아닙니다. 바로 여러분들이죠. 기억의 도시는 현재 심각한 물리적, 인명적 피해를 입어 가동이 불가능한 수준입니다. 그런데도 평의회는 아직까지도 기억의 도시 상권이 입은 피해 보상 대책에 대해 가타부타 언급조차 없습니다. 게다가 여러분들의 손발마저 이곳에 묶어 놓고 사건 조사도, 대책 마련도 지지부진한 상태죠."

요한은 딱히 긍정도, 부정도 하지 않고 있는 사업주들에게 느긋한 어조로 제안을 던졌다.

"만약 평의회가 끝끝내 타 수사기관을 승인하지 않겠다고 버틴다면, 당장 낙원 내 모든 사업들을 철수하겠다고 하십시오. 자본 유입은 동결하고 뉴 에너지 공급 거래도 끊으시는 걸 추천합니다."

사업주들의 눈이 휘둥그레 커졌다. 그들은 당황스럽다는 표정이었다.

"아무리 화가 난다 해도 그렇게 극단적으로까지는……."

"그렇게 하는 시늉이라도 해 두라는 겁니다. 압력이란 원래 극단적으로 넣는 겁니다. 상대가 동요하지 않는다면 실패니까요. 여러분들은 낙원의 돈줄입니다. 이 정도의 떼쓰기는 괜찮을 거라 봅니다."

사업주들은 여전히 망설이는 눈치였다. 그들은 서로 눈치를 살피며 말을 아꼈다.

철컥.

요한의 뒤에 있던 아크레인 안쪽에서 인기척이 들려왔다. 줄곧 비행정 안에서 대화를 엿듣던 이가 모습을 드러낸 것이다. 햇살에 비친 남자의 금발이 화사하게 반짝였다.

남자가 걸어 나오자 요한이 정중히 목례를 하며 옆으로 물러났다. 아크레인의 주인은 요한 제이콥스 대위가 아닌 가슴에 별을 단 이 남자였다. 그는 군인 특유의 자세로 서더니 정중한 어조로 입을 열었다.

"여러분께서 걱정하고 계신 게 뭔지 잘 압니다. 하지만 염려 마십시오. 제가 여러분들의 요청을 정당하고 합당한 것으로 만들어 드리겠습니다."

헤벨의 함장, 마이클 밀러 중령.

그의 믿음직스러운 눈빛과 부드러운 미소에 다들 표정이 한층 누그러졌다. 그래, 이 남자라면 어느 정도 명분을 세울 수 있다. 마이클 밀러 중령은 연맹군 안팎에서 인정받으며 출세 가도를 달리고 있는 인물이었다. 사교계에서도 유명한 그는 차기 연맹군 총사령관의 자리에 오를 인재 중 하나로 평가받고 있으며, 벌써부터 굵직한 인맥들이 줄을 대기 위해 주변으로 모여든다는 소문이었다. 그만큼 낙원에서도 무시할 수 없는 사람이었다.

그럼에도 사업주들은 여전히 고민하며 저울질하는 기색이 역력했다.

"우리도 그러고 싶지만 평의회는 호락호락한 상대가 아닙니다. 아무리 우리가 낙원의 경제 시스템을 마비시킨다 해도 쉽게 굽혀 주지 않을 겁니다. 솔직히 낙원을 통해 이익을 창출하는 건 왓슨 그룹이지 평의원들이 아니니까요. 평의회를 한 방에 움직일 수 있는 건 관리자인 아담밖에 없습니다. 그러나 그를 만난다는 건 하늘의 별따기죠."

“낙원은 왓슨 그룹의 소유라……. 그럼 선택지는 하나군요.”

요한이 지팡이를 어루만지며 중얼거렸다. 눈초리를 좁힌 사업주들의 시선이 그에게로 쏠렸다.

“모두 알고 있지만 늘 배제하는 인물이 있죠. 그룹의 경영과 낙원의 정치에는 관심 없다며 틀어박히신 분 말입니다. 사실상 진정한 낙원의 소유주는 그분이라고 볼 수 있는데, 왓슨가의 유일무이한 상속녀라면 어떻습니까?”

제인 왓슨인가? 사업주들은 미처 생각하지 못했다는 듯 턱을 쓸며 고개를 끄덕였다. 그들은 조용히 대화를 나누기 시작했다. 이를 보며 밀러와 요한은 옅은 미소를 주고받았다. 요한이 전략적으로 몰아붙이면 밀러가 실행에 옮긴다. 협상에 있어서 늘 9할 이상 성공하는 조합이었다.

그때 밀러의 눈초리가 군중 속 한 남자에게로 향했다. 사제 복장을 한 남자는 그와 눈이 마주치자마자 빙긋 웃으며 돌아섰다. 후드를 뒤집어쓴 모습이 묘하게 눈길을 끌었다. 아크레인을 향해 걸어가던 밀러는 멈칫 서서 다시 사제의 뒷모습을 쳐다보았다.

“기억의 도시의 안드로이드일 겁니다. 사창가인 소돔에서 일하는 안드로이드들은 저렇게 고대 성직자 차림을 하죠.”

요한이 밀러의 시선을 눈치채고 설명했다. 밀러는 의심스러운 눈초리로 요한을 흘겨보며 말했다.

“그걸 어떻게 아는 거야? 설마 가 봤나?”

“예? 그럴 리가요. 낙원에 관해서 꼼꼼하게 알아봤을 뿐입니다.”

당황한 요한은 진땀을 빼며 손사래를 쳤다. 밀러는 웃음을 터뜨리더니 못 믿겠다는 눈빛으로 몰아붙였다.

"안드로이드와 잠자리라니, 취향이 대단한데? 건장한 남자라면 충분히 호기심을 가질 수도 있지 뭘 그래?"

"아니라니까요. 누가 듣겠습니다, 중령님!"

요한은 결국 발끈하면서 얼굴을 붉혔다. 밀러는 개구쟁이처럼 웃음을 터뜨렸다. 하여간 옛날부터 주변 시선 하나는 엄청 의식하는 녀석이었다. 야망도 크고 그걸 현실화할 능력도 있는 반면 담력은 약하다. 요한은 천성적으로 눈치가 빨랐다. 평생 남의 눈치만 살피며 살아온 녀석처럼 말이었다. 그래서 그런지 체면 차림도 심하고 무엇보다도 본인의 평판이 떨어지는 걸 매우 두려워했다.

"그래, 알았어. 네가 자꾸 이러니까 우리 둘을 놓고 이상한 소문이 도는 거야."

"예에?"

멍하니 넋을 놓던 요한은 얼굴색이 하얗게 질렸다. 설마, 중령님과 자신을 두고 그런 류의 소문이 돌고 있단 말인가?

밀러는 입술을 검지로 쓸더니 갸웃거리며 말했다.

"조금 의외인 건 네가 공이고 내가 수라나? 남들 눈에는 그렇게 보이나 보지?"

요한은 아예 돌처럼 굳었다. 지팡이를 짚은 그의 손등에서 미세한 경련이 이는 걸 보니, 적지 않게 충격을 받은 모양이었다. 밀러는 배꼽을 잡고 웃음을 터뜨렸다.

"중령님, 이게 지금 웃으실 상황이십니까?"

"우리끼리만 아니면 됐지, 뭘 그렇게 신경 써?"

밀러는 괘념치 말라는 듯 요한의 등을 툭툭 치더니 먼저 돌아섰다. 그러나 요한의 표정은 탐탁지 못했다. 그는 지팡이에 몸을 의지한 채 한숨을 내쉬었다.

밀러는 예나 지금이나 그를 놀려먹는 걸 좋아했다. 남들 앞에서는 완벽해 보이는 헤벨의 함장이었지만, 그와 둘만 있을 때는 종종 아크레인을 몰래 타고 나가던 악동 시절의 마이클로 돌아오고는 했다. 아마 유림도, 메리도 없는 헤벨에서 그가 유일하게 위안을 삼는 존재가 자신이기 때문에 그럴 것이다. 헤벨을 이끈다는 막중한 위압감에서 그가 가끔이나마 저렇게 숨을 돌릴 수만 있다면, 요한은 얼마든지 그의 놀잇감이 되어 줄 용의가 있었다.

'그렇다고 해서 이런 황당한 소문까지 눈감아 줄 생각은 없지만.'

헤벨의 2인자, 요한 제이콥스.

실질적으로는 밀러보다도 헤벨에 더 큰 영향력을 행사한다 해도 과언이 아니었다. 종종 자리를 비우는 밀러 대신, 그는 1년 365일, 헤벨의 살림살이 하나하나를 책임지고 살폈다. 따라서 헤벨 내에서 그의 심기를 거스르는 건 아주 대담한 짓이었다. 소문의 근원지가 누군지 잡히기만 해 봐라. 이를 갈며 허공을 노려보던 요한의 눈초리가 멈칫 멈췄다.

"중령님? 거기서 뭘 하고 계신……."

아크레인에 탑승했을 거라 생각했던 밀러가 낙원의 성목 아래 서 있었다. 그는 붉은 과실이 주렁주렁 맺힌 커다란 아름드리나무 밑에서 누군가와 대화를 나누는 중이었다. 상대는 조금 전에 보았던 사제복의 남자였다.

밀러는 호기심 어린 표정으로 넌지시 물었다.

"소돔의 안드로이드가 이곳까지 나와서 돌아다니다니, 프로그램 오류인가?"

"오해를 하신 듯합니다. 저는 안드로이드가 아닙니다."

밀러는 지혜로운 눈빛의 사제를 바라보더니 당혹스러운 표정으로 사과를 건넸다.

"이런, 제가 결례를 범했습니다."

"괜찮습니다."

로스트 헤븐에 종교인이라니 더 큰 호기심이 일었다. 이곳은 인류 과학 기술의 궁극적 집결지라고 할 수 있는 곳이 아닌가? 신의 가호보다 이브의 가호를 믿는 곳이다. 이브는 곧 낙원의 상징이며 마지막 남은 인류의 저력을 뜻했다.

"사제님께서 낙원까지 무슨 일로 오신 겁니까?"

"저는 이 노목을 돌보고 있습니다."

금발의 사제는 터슬터슬한 나무 기둥 껍질을 어루만지며 대답했다. 그의 눈빛은 노모를 돌보듯 애틋하기 그지없었다.

어느 종교 단체가 기부했다는 천년 묵은 성목.

그는 그쪽에서 파견된 모양이었다. 혹은 이런 선물을 빌미로 누군가 낙원에 스파이를 심어 놓은 것일지도.

밀러를 응시하던 사제는 머리까지 뒤집어쓴 외투를 내려 얼굴을 드러냈다. 금발의 푸른 눈을 가진 청년은 밝고 단정한 인상이었다.

"하나 드셔 보시겠습니까? 좀 전에 딴 겁니다."

젊은 사제는 소매에서 반질반질 윤기가 흐르는 붉은 열매 하나를 꺼내 건넸다.

"오래전 신들이 먹던 음식입니다. 인간들에게는 철저히 금지된 과실이었다고 하지요."

"신들의 음식?"

밀러는 헛웃음을 지었다. 어디선가 불어온 바람에 가지가 흔들렸다. '쏴아아' 바람을 타고 멀어지는 갈잎들 사이로 휘파람 소리가 들려왔다. 잎사귀를 올려다보던 밀러는 거대한 우산처럼 드리운 성목에서 문득 성스러운 기운을 느꼈다.

'내가 귀신에 홀린 건가?'

혼란스러운 표정을 짓는 그에게 젊은 사제는 빙그레 웃더니 말을 덧붙였다.

"먼 옛날, 고대의 신들은 우리와 아주 가까이 지냈다고 합니다. 그들은 계율을 내려 인간을 엄히 가르치고 인도하고자 했습니다. 그러나 인간은 기본적으로 호기심이 많은 존재였습니다. 결국 몇몇 이들은 간사한 뱀의 꾐에 넘어가 경거망동하고 말았죠. 뱀이 이들에게 '이 과실을 먹으면 너희도 불로불사의 몸이 될 수 있다, 신들의 지혜를 획득할 수 있노라.'며 속닥였습니다. 너무나 유혹적인 그 간사한 속삭임에 결국 인간은 계율을 어긴 채 금단의 열매를 삼키고 만 것입니다."

"선악과 이야기입니까? 결국 신이 진노하여 인간을 낙원에서 쫓아냈다는 결말이었던가요?"

"아니요. 신들은 그러지 않았습니다."

밀러의 눈빛이 의아하게 변했다.

"오히려 그 반대였습니다. 이곳을 떠난 건 신들이었으니까요."

"제가 아는 이야기와는 좀 다르군요."

"그럴지도요."

사제는 애매모호한 미소를 보였다. 그는 탄식이 섞인 어조로 한숨을 내쉬며 말했다.

“결국 낙원을 차지한 건 인간이었답니다. 인류는 정녕 신들의 터전을 빼앗은 것일까요? 아니면 신들로부터 버림받은 것일까요? 그들은 우리보다 압도적인 능력을 가진 존재였고, 우리는 그들의 지배를 받을 만큼 나약했는데 말입니다.”

밀러는 가벼운 웃음을 머금었다. 정확히 어떤 종교 단체인지는 모르겠으나 정통 교리를 따르는 것 같지는 않다. 이단이지만 꽤 재밌는 여담이었다. 깊은 대화를 나누기엔 꺼림칙스러웠지만.

“어쨌거나 이런 무서운 것을 내게 건네는 이유가 뭡니까? 먹어서는 안 될 것을 권하다니, 사제님께서 설마 그 유혹의 뱀인 겁니까?”

밀러는 묘한 미소를 머금고 장난스럽게 물었다. 그러자 사제는 너털웃음으로 답했다.

“신화 속 이야기일 뿐입니다.”

“하하, 누가 들으면 사제님께서 신을 부정하신다 여기겠습니다.”

“그분들의 존재 자체는 부정하지 않습니다. 오히려 간절하게 기다리고 있지요. 하지만 ‘신’이란 무엇인지에 관해서는 의문을 가질 필요가 있다고 생각합니다. 신이란 창조주이고 조물주입니다. 그렇다면 정녕 신께서 우리를 만드신 걸까요?”

“신화 속 이야기에 따르면 그렇다고 알고 있습니다만.”

벽안의 사제는 빙그레 웃었다.

“만일 신들이 이 시대에 나타난다면 22세기의 인류는 과연 어떤 반응을 보일까요? 과거 선조들처럼 그들을 ‘신’이라 칭하며 숭배할까요? 아니면 미지에서 인류를 위협하기 위해 온 ‘적’이라 간주하며 맞서 싸우게 될까요?”

“군인인 저는 맞서 싸울 거라고 답해야겠군요.”

사제는 손안의 붉은 과실을 물끄러미 내려다보며 나직한 목소리로 말을 이었다.

"아주 오랫동안 이어진 물음이었습니다. 과연 인간은 신이 빚어낸 존재인가? 아니면 반대로 인간이 신을 지어냈는가? 우리는 혹 스스로 꾸며 낸 신화에 속고 있는 것은 아닐까? 요즘 돌아가는 세상을 보면 그런 생각도 들더군요. 먼 미래에는 소돔의 안드로이드들 역시 이와 같은 의문을 품게 되는 날이 오는 건 아닐까, 하고요."

유림이 그랬나? 철학과 사상을 논하는 녀석들 대부분이 하릴없이 시간을 세는 놈들이라고. 그런 녀석들의 궤변을 막고 싶으면 하루만 전쟁터에 던져 주라 했다. 몸에서 피똥이 질질 흐르는 걸 봐야 정신을 차린다면서. 목숨의 위협이라곤 받아 본 적 없는 태평한 녀석들이 대개 제 머릿속에 쑤셔 넣은 뫼비우스의 띠를 쳇바퀴처럼 돌면서 대우주의 이념을 논하는 법이라는 게 그녀의 지론이었다.

"글쎄요. 그들이 인간을 창조주로 여긴다면 그럴지도 모르죠."

밀러는 얼떨결에 과일을 건네받으며 중얼거렸다. 유림이라면 지금 이 사제에게 무슨 말을 했을까? 할 일 없는 놈이라 비웃으며 콧방귀부터 뀔 게 뻔했다.

손안에서 달큼하고 맛있는 향이 났다. 그는 별일 있겠나 싶은 표정으로 열매를 입에 가져갔다. '와삭' 하고 한 입 베어 물자 향긋한 과즙이 입안에서 풍겼다.

그 순간, 사제의 목소리가 미풍처럼 그의 귓가를 스쳤다.

"곧 이 모든 답을 알 수 있을 거란 생각이 듭니다. 머지않은 시간 내에 말이죠. 그때 중령님께서는 누구와 싸우고 계실지 궁금해집니다."

• • •

제2차 긴급 총회가 열렸다. 일곱 명의 평의원들이 접속했다. 말발굽 모양 테이블의 상석은 빈 채로 대회의실에는 싸늘한 정적만이 감돌았다. 홀로그램 형상의 평의원들 표정에도 무거운 긴장감이 흐르고 있었다.

안드로이드 집무관이 중앙으로 나와 의원들의 출석을 확인했다.

– 공석 하나, 우리야 세르게이 총사령관님. 공석 하나, 노아 호크 대령님. 공석 하나, 익명. 공석 하나, 케빈 키퍼 출입국 장관님, 공석 하나…….

그때 테이블 오른쪽에 접속해 있던 클라크 홍보부 장관이 손을 들더니 언짢은 얼굴로 말했다.

– 대체 저 익명의 의원은 왜 매번 공석인 겁니까?

그녀의 질문에 몇몇 의원이 헛기침을 하더니 불편한 기색을 드러냈다. 클라크 홍보장관은 평의원이 된 지 얼마 되지 않은 신참이었다. 그녀는 몇 달 전 에덴 타워 내에서 살해당한 의원의 빈자리를 채우기 위해 발탁되었다. 클라크 의원은 홍보장관에 임명되자마자 대담한 추진력과 공격적인 마케팅 전략으로 전례에 없던 관광 매출을 올리는 데 성공했다. 이로 인해 그녀는 '붉은 암사자'란 별명을 지니게 되었다. 터프한 별명에 걸맞게 꽤 직설적이고 대담한 성격의 리더라는 평론이었다.

– 그렇게들 눈치 주지 않으셔도 저도 압니다. 낙원의 설계자이자 천재적인 프로그래머라는 익명의 과학자 'K' 아닙니까?

– 클라크 장관, 그분은 그렇게 막 함부로 거론해도 되는 분이…….

– 이런 상황일수록 그분께서 나서야 하는 것 아닙니까? 낙원의 설계자라면 모래의 도시 미들 타운과 미궁에 대해 잘 알고 계실 텐데요? 그쪽의 건설 사업을 중단한 것도 관리자 엘 카인과 익명의 과학자 아닙니까?

이제는 관리자의 이름까지 입에 마구 올리고 있었다. 다들 심기가 불편한 눈빛으로 곁눈질을 해 댔다.

「누가 저 붉은 암퇘지 입 좀 막아 보세요!」

의원들 중 누군가가 띄운 익명의 메시지가 클라크 장관을 제외한 모든 의원들 창에 떠올랐다. 하지만 다들 쉽사리 반론을 제시하지 못한 채 못마땅한 표정만 짓고 있었다. 그러는 사이 붉은 암사자는 계속해서 비판을 이어 갔다.

– 지금 사태가 얼마나 심각한지 다들 감이 안 오시나 봅니다. 올해 예약되었던 투어의 89퍼센트가 취소된 상태입니다. 평의회 예산의 절반 이상이 관광 수입으로 채워진다는 건 알고 계시죠? 기억의 도시에 머물고 있던 관광객들의 약 90퍼센트가 지금 낙원을 떠나겠다며 게이트 앞에 모여 있습니다. 실질적으로 손님을 다 잃은 셈이나 마찬가지입니다. 황금의 바벨탑에는 지금 개미 한 마리도 지나다니지 않고 있는 상황인데 시급히 대책을 마련해야 하지 않겠습니까?

숨도 쉬지 않고 쏘아붙이던 클라크 의원은 심호흡을 하며 붉은색 재킷의 깃을 바로잡아 세웠다. 그러자 오른쪽 가슴에 달고 있는 평의회 배지가 깃 아래 모습을 드러냈다. 주인의 대쪽 같은 성품처럼 티끌 하나 없는 배지는 반짝거리며 윤을 뽐냈다.

– 클라크 장관께서 의석에 앉은 지 얼마 되지 않아 아직 내부 사정을 잘 모르시는 모양입니다. 이 늙은 노인네가 한 마디만 보태자면, 평의원이라고

해서 다 같은 평의원이 아니랍니다.

머리가 희끗희끗한 노인이 웃음 속에 회초리를 들었다. 졸지에 손녀딸 취급을 당한 클라크 장관의 미간에는 주름이 잡혔다. 재정부 장관인 아이작 라이트, 올해로 여든여덟. 평의회 의원들 중 최고령이다. 인자한 얼굴 뒤로 온갖 부정부패는 다 저지르는 독사 같은 늙은이. 클라크 장관은 경멸 어린 눈빛을 감추며 침묵했다.

– 낙원의 설계자께서는 실질적으로 평의회에 참석하신 적이 한 번도 없지만, 그럼에도 우리가 늘 그 자리를 비워 두는 건 최소한의 예의를 지키는 겁니다. 명예의원처럼 명패를 남겨 두는 것이지요. 고故 세르게이 총사령관도 저 자리만큼은 항상 비워 두었습니다. 감히 언급조차 하지 않았지요. 로스티아벤의 총사령관으로서 관리자 아담의 오른팔이라 불렸던 사내입니다. 그자의 위치가 일개 장관과 같겠습니까? 그 세르게이 의원이 유일하게 존중했던 의석이란 말씀입니다. 클라크 장관, 패기가 넘치시는 건 좋지만 의원석에 앉은 이상 재채기 한 번을 할 때도 때와 장소를 가려야 합니다. 올라올 때는 치열해도 내려갈 땐 미끄럼틀을 타듯 순식간인 것이 바로 정치판이지요. 클라크 장관뿐만 아니라 평의회 모두가 반성을 해야 하는 때입니다. 다들 호크 대령을 보고 깨달은 바가 있기를 바라며, 늘 겸손하고 언행에 주의하여 미끄러지는 일이 없도록 합시다.

– 아이작 라이트 장관님, 길게 말씀하실 것 없습니다. 장관님의 삶을 살펴보면 굳이 말씀을 듣지 않아도 깨닫는 바가 많으니 말입니다.

시큰둥하게 대답한 클라크 장관은 언짢은 얼굴로 화면을 꺼 버렸다. 접속까지 끊은 것은 아니고 영상만 단절한 상태였다. 명백하게 얼굴을 마주하고 상대하기 싫다는 의미였다. 다른 의원들은 그녀의 무례한 태도를 보며 경악을 금치 못했다. 괜찮다며 허허 웃던 늙은 아이작의 눈초리엔 남들 모르게 서늘한 기운이 감돌았다.

그때 다시 집무관이 화제를 전환시키며 나섰다.

"그럼, 오늘 긴급 총회에 소환된 분들부터 모시겠습니다. 먼저 본 테러 사건의 수사를 맡은 특별보안대 소속 셰인 필란 중위입니다. 그 외에 사건 현장에 함께 있었던 특별수사대 소속 정유림 소위와 케이 애덤슨 중사가 대기하고 있습니다."

테이블 앞에 세 사람의 프로필과 사진이 떠올랐다.

– 들어오라고 하게.

몇 마디 했다고 목소리가 쉰 모양이었다. 아이작은 물을 한 모금 마시며 명했다. 다른 의원들이 고개를 끄덕이며 동의하자 집무관은 지체 없이 회의실 문을 열기 위해 걸음을 옮겼다. 그때 그의 보고서로 뭔가 '핏' 하고 들어왔다.

"아."

집무관은 빠른 몸짓으로 돌아서더니 잠시 휴회하기 위해 접속을 끊던 의원들을 멈춰 세웠다.

"죄송합니다. 급히 한 분 더 추가합니다."

그의 보고에 다들 의아한 눈초리를 지었다.

알림

셰인 필란 중위, 정유림 소위, 케이 애덤슨 중사.

평의회 전용 대회의실로 곧 입장하십시오.

유림은 하품을 하며 멍하니 허공을 쳐다보았다. 렌즈를 낀 오른쪽 눈이 따끔따끔한 게 불편했다.

"피곤해요?"

"누구 때문인데?"

케이는 그런 그녀를 보며 슬쩍 웃었다. 모처럼 유림이 머리를 올리고 군모를 썼다. 하얗고 긴 목선이 돋보이자 눈을 뗄 수가 없었다. 그는 연신 만족스럽다는 눈웃음을 지었다.

"유림이 먼저 하자고 하지 않았어요?"

"보고 싶었단 말이야. 케이가 앞치마 한 모습."

케이는 할 말을 잃은 표정을 지었다. 아직도 아쉬워하는 그녀의 눈초리를 보아하니, 아무래도 쉽게 포기하지 않을 듯했다.

"남자한테 알몸에 앞치마 한 걸 보여 달라는 여자는 유림뿐일 거예요."

"결국 안 보여 줬잖아."

유림은 불만족스럽다는 듯 뺨을 풍선처럼 부풀렸다. 찌르면 터질 듯한 복어가 된 얼굴을 보며 그는 웃음을 참지 못했다. 저렇게 정복을 딱 갖춰 입은 모습으로 애교를 부리는 유림이라니 귀여워 미칠 것 같았다.

"케이? 뭐하는 거야?"

"그런 얼굴 하니까 못 참겠잖아요."

장소 구분 없이 애정 표현을 하는 건 유림도 마찬가지지만 여기는 평의회 회의실 앞이었다. 지나다니는 집무관들만 몇인데. 유림이 끔찍하게 여기는 것 중 하나가 평의회 노인네들의 잔소리였다.

"누가 보면 어쩌려고…… 떨어져!"

"싫은데."

유림을 뒤에서 와락 끌어안은 케이는 그녀의 뺨에 쪽 입을 맞췄다. 그것만으로 모자라서 허리를 숙여 목덜미에 잔키스를 남겨 갔다.

"한 번만 더 해 봐요, 방금 전 볼 부풀리기."

"무슨 헛소리야, 떨어지라니까!"

유림이 버둥대며 난리치자, 케이는 느른한 미소로 더 힘껏 안았다. 얼굴이 시뻘게질 때까지 주먹 쥐고 힘을 주던 유림은 부르르 떨며 손을 풀었다.

"힘장사 다 됐다? 언제부터 완력이 이렇게 세진 거야?"

"원래 셌어요."

그는 생긋 웃으며 천연덕스럽게 대답했다. 유림은 의심스러운 눈초리로 케이를 쳐다보았다. 요즘 들어 그의 말에 고개를 갸우뚱거리는 순간이 늘어 가고 있었다.

케이가 원래 힘은 셌던가? 맷집만 센 게 아니었나? 멍한데 반응은 빨랐던 것도 같고, 몸치였던 것 같은데 요즘 보면 그것도 아닌 것 같고. 최근에는 단순히 공격을 피하는 것뿐만 아니라 역공도 가끔 날리던데…….

"그래서 좀 세졌다고 이제 기어오르는 거야?"

여전히 케이의 팔 안에 갇혀 있는 유림이 살기등등한 눈으로 협박했다. 온갖 기술을 다 써 봐도 꼼짝할 수가 없었다. 속절없이 당하는 느낌에 자존심마저 짓밟히는 느낌이었다.

"아까도 말했지만 그렇게 협박해도 소용없어요."

그가 입술에 얄궂은 곡선을 띄우더니 귓가에 속삭였다.

"8분 31초 동안 이러고 있어 볼까요?"

유림의 입가에 살기가 피어오르기 시작했다. 무시무시한 표정으로 "이거 안 놔?" 하고 협박하는 그녀는 잔뜩 약이 오른 기색이었다. 팔만 풀면 가만두지 않겠다고 쏘아붙이는 유림에게 케이는 다정하게 입을 맞췄다.

사르르 녹아들 듯한 입맞춤에 잔뜩 인상을 쓰고 있던 유림의 미간이 서서히 풀어졌다. 옆으로 고개를 비스듬히 숙여 키스를 한 케이는 혀끝으로 그녀의 아랫입술을 건드리며 윗입술을 깨물었다. 살짝 벌린 입술 사이로 치열을 훑던 그는 사탕 빨 듯 그녀의 혀를 입안에서 굴리며 머금다가 놓아주었다.

"왜 이러는 건데?"

그녀가 사랑스레 혈색이 도는 뺨으로 물었다. 잠시 생각하던 케이는 단조롭게 대답했다.

"어제 일에 대한 심술."

"왜 케이가 심술을 부려? 부리려면 내가 부려야지."

"유림이 왜요?"

유림은 정말 모르냐는 표정으로 그를 쳐다보았다. 그녀는 미간을 구긴 채 자존심 상한 눈빛을 지었다. 케이는 안았던 팔을 풀며 물었다.

"뭔데요? 말해 봐요."

그녀는 팔짱을 끼더니 심보 사나운 고양이처럼 눈을 치켜세웠다.

"아무리 내기라지만, 내가 그렇게 만지고 애무하는데 어쩜 그렇게 태연할 수가 있어?"

그는 말문이 막힌 표정으로 유림을 쳐다보았다.

"태연?"

죽을힘을 다해 버틴 자신에게 표창이라도 내리고 싶은 심정인데 태연했다고? 이를 악물고 참느라 손바닥으로 짚고 있던 소파의 가죽까지 다 뜯고 말았는데? 그것만으로도 모자라서 그녀의 속옷까지 갈기갈기 찢어 버렸는데, 그걸 태연한 반응이라 보는 건가?

"솔직히 말해 봐. 경험 없다는 거 다 거짓말이지? 그렇지 않고서야 매번 그렇게 느긋한 얼굴일 수가 없어. 제발 해 달라고 애원을 해도 모자랄 판에……."

순간 케이의 눈이 슬쩍 커졌다. 그의 입술 새로 감미로운 목소리가 흘러나왔다.

"애원하면 허락해 줄 거예요?"

"아니."

칼같이 대답한 유림은 꿈도 꾸지 말라는 듯 눈을 흘겼다. 그러고는 혈색 오른 뺨으로 애써 입을 꾹 다물었다.

또 저렇게 느른하게 내려다본다. 그는 반쯤 감긴 눈으로 비스듬히 고개를 숙인 채 입 맞출 것처럼 다가왔다.

"그럼 유림이 애원하게 만들어야겠네요."

속삭임을 남긴 체취가 향긋하게 코끝을 맴돌았다. 유림은 멍한 표정을 지었다. 또 무슨 말장난을 치는 건지, 분위기에 넘어가면 안 되는데 페로몬처럼 홀리는 그의 향기에 달큼한 감흥이 올라왔다. 이 남자를 장악하고 싶다. 한 번만이라도 꼼짝 못하게 굴복시키고 싶다. 저 얄미운 표정을 물 흐리듯 흐려 놓고 싶다.

"내가 정말 매번 태연해 보여요?"

"응."

"아닐 텐데?"

"그렇다니까."

"잘 생각해 봐요. 내가 어제 정말…… 태연했어요?"

두 사람의 시선이 치열하게 얽혔다. 서로 맞물린 눈빛은 어제의 열기를 떠올리며 다시 불붙은 불씨처럼 타오르고 있었다.

사건의 발단은 어제 저녁, 두 사람이 먹은 카레 향이 미처 다 사라지기도 전에 발생했다.

시작은 언제나 그렇듯 유림의 호기심이었다. 케이가 던져 놓은 앞치마를 들고 이리저리 돌려보던 그녀는 소파에 앉아 있는 그를 흘끗 보더니 대뜸 무릎 위에 올라탔다. 웬일로 몸을 부비며 애교를 부리는 유림의 모습에 케이도 기분이 좋아서 입매가 사르르 녹았다.

"키스해 줘요?"

"응."

유림은 엉덩이를 들썩이며 쾌감 어린 신음을 흘렸다. 그것도 모자라 목에 칭칭 감은 팔을 비비며 더 해 달라고 졸랐다. 그는 아예 유림을 소파에 눕혔다. 혀를 넣던 케이는 쿡쿡 웃으며 옴짝거리는 그녀의 골반을 눌렀다.

"알았으니까 그만 졸라요. 원할 때까지 해 줄 테니까."

"그게 아니고."

유림이 해맑게 웃더니 등에 깔고 누웠던 앞치마를 불쑥 내밀었다. 케이가 갸웃거리며 물었다.

"이건 왜요?"

"옷 벗어, 케이."

그 순간 그의 낯빛이 사색으로 물들었다. 창백한 얼굴로 멍하니 앞치마를 내려다보던 케이는 유림이 뭘 하려는지 단숨에 파악했다. 죽으라면 죽는시늉도 할 수 있는 케이였지만—실제로 그는 죽는 게 쉽지만은 않다— 지금은 그녀에게 잘 보여도 모자랄 판에 앞치마라니…….

"이걸 왜 보고 싶어요?"

"케이가 당황해하는 걸 보고 싶어서?"

그는 황당한 표정으로 헛웃음을 흘렸다. 가끔 엉뚱한 심술보를 터뜨리는 여자란 건 알고 있지만, 그리고 그마저도 사랑스럽지만 그래도 이건 피하고 싶었다.

앞치마를 받은 케이는 재빠르게 머리를 굴렸다. 유림의 관심사를 돌려야 했다. 그는 내기를 제시했다. 평소 그를 괴롭히기 좋아하는 유림이 혹할 조건의 게임이었다.

"신음 소리를 내면 지는 거지?"

"맞아요."

"시간은 8분 31초?"

"유림이 좋을 대로 해요."

그들의 벌칙 시간은 언제부터인가 늘 8분 31초였다. 합의한 두 사람은 서로를 보며 각자 음흉한 생각을 품고 웃었다.

유림은 입고 있던 옷을 훌렁 벗고 속옷 차림으로 섰다. 브라와 팬티만 입고 당당하게 선 그녀는 늘씬한 몸매를 과시하며 그의 상반신에 올라탔다. 엉덩이를 세우고 허리를 낮춘 유림의 모습은 한 마리의 흑표범처럼 우아하고 매혹적이었다. 소파에 누운 케이는 상체를 비스듬히 일으키고 그녀를 내려다보았다.

그의 차분한 눈빛 속에 열은 갈망이 일렁였다. 입꼬리를 말아 올린 유림은 즐겁다는 듯 눈웃음을 머금었다. 목울대에 반사적으로 힘이 들어갔다. 그녀는 장난치듯 그의 가슴을 할짝 핥으며 웃음소리를 흘렸다. 좀 전까지는 그렇게 사랑스레 뺨을 붉히던 여자가 순식간에 요부가 됐다.

“자꾸 내 몸에 손대면 반칙이야. 만지지 마.”

“내가 만졌어요?”

“지금도 만지고 있잖아.”

“아, 정말이네요.”

돌아 버릴 것 같다는 게 이런 느낌인가. 머릿속을 서늘하게 비워도 목구멍 깊은 곳에서 으르렁거리는 숨소리가 올라왔다. 케이는 주먹 쥔 손으로 소파 가죽을 움켜쥐었다. 필사적으로 짜릿한 쾌감에 뒷목이 꺾이는 걸 견뎌 내면서.

유림은 고개를 들어 그의 모습을 확인하더니 슬금슬금 밑으로 몸을 빼기 시작했다. 탄탄한 복부를 어루만지던 그녀의 손이 배꼽 아래 허벅지를 만지고 더 깊은 곳으로 향했다. 케이는 무념무상인 듯 멍한 눈으로 천장을 바라보고 있었다. 열반에 오르기라도 한 듯, 그는 초점 없이 흐리흐리한 눈동자를 깜빡였다.

그 순간 반쯤 감겨 있던 그의 눈이 번쩍 뜨이더니 이를 악물며 황급히 하반신 쪽을 내려다보았다. 흘끗 눈을 치켜뜬 유림과 마주친 케이는 흠칫 떨더니 얼어붙었다. 그녀가 요염한 눈초리로 붉은 입술을 할짝거리며 다시 머리를 숙이고 있었다.

맙소사, 유림!

— 8분 31초 종료.

리사의 목소리와 함께 유림은 믿을 수 없다는 표정을 지었다. 케이는 하얗게 질린 얼굴로 간신히 숨을 토했다. 그의 잇새엔 죽다 살아난 미소가 어렸다. 등에서 진땀이 흘러내리고 있었다. 살면서 쾌락에 식은땀을 흘려 보는 건 처음이었다. 몸에 아직도 남은 잔경련이 흥분의 정도를 일러 주고 있었다. 낮게 터져 나오려던 신음을 참느라 목에 힘줄이 시뻘겋게 올라온 상태였다.

걸레 조각이 된 소파 가죽을 내려다보던 케이는 멍한 동공에 초점이 돌아오자, "하……." 하고 기가 막히다는 듯 헛웃음을 뱉었다. 좌절감에 머리를 숙이던 그는 곁눈질로 흘끗 유림을 쳐다보았다. 그녀가 슬그머니 꽁무니를 빼려 하고 있었다. 눈초리를 접은 케이는 유림의 팔을 덥석 낚아챘다. 사람 피를 쫙 말려 놓고 깜찍한 고양이께서는 어딜 도망가시나?

"내 차례네요?"

유림은 케이와 눈이 마주치자 흠칫 몸을 떨었다. 영혼 없이 생긋 웃는 그의 미소가 오싹하리만큼 낯설었다. 해사한 웃음 속에서 느껴진 살기가 정신 나간 놈처럼 살벌했다. 유림은 마른침을 꿀꺽 삼켰다.

"누워요, 당장."

평소 온유하던 그의 눈빛이 어그러진 채 휘몰아치고 있었다. 저런 광폭한 눈초리는 델타에게 물린 놈들 빼곤 처음 보는데.

유림은 방어하듯 소파 위에 납작 엎드렸다. 그녀의 등 위로 올라탄 케이는 속옷부터 툭 벗겼다. 평소라면 괴롭히듯 야금야금 벗겼을 텐데, 일단 벗기고 보더니 그녀의 맨 등에 '쪽' 하고 입술부터 맞췄다. 유림은 자존심이 무너진 얼굴로 인상을 팍 구겼다. 등에 닿는 키스 때문이 아니라, 가슴을 쥐어뜯을 듯 잡은 손 때문이었다. 엎드린 채 눌린 가슴을 저렇게 거세게 주무르는데, 어째서 고통이 아닌 쾌감이 느껴지는 거지? 벌써부터 신음이 흘러나오려고 했다.

애무하는 입술은 또 왜 이렇게 녹아들 듯 달콤할까. 화가 난 게 아니었나? 그의 혀끝이 두근거리는 맥을 따라 그녀의 목덜미를 핥아 내렸다. 팔딱거리는 맥박이 느껴지는 곳을 머금고 물어뜯듯 빨아들였다. 거친 숨결이 닿는 곳마다 성감대였다. 피부를 쪽 빨아들이는 잇새에 씹힐 때마다 쾌감이 찌릿찌릿 느껴졌다. 자극이 전류처럼 온몸을 관통하며 엉덩이를 짜릿하게 긁는다.

케이는 몸을 일으켜 유림의 어깨와 골반을 잡더니 손쉽게 홱 뒤집었다. 그리고 반동으로 튕긴 그녀의 허리를 잡고 활시위처럼 올라온 가슴 둔덕을 주물렀다. 유림은 허리가 휜 채 허공에 들린 자신의 몸을 올려다보며 입술을 사리물었다. 그가 솜사탕을 머금듯 살캉거리며 그녀의 젖가슴을 입안에 물고 있었다.

"거기는 그만……."

"여기가 좋아요?"

그는 봉오리처럼 오므린 정점을 달콤하게 핥으며 웃었다. 유림이 발가락 끝을 힘껏 접자, 그는 즐거운 듯 예쁜 눈웃음을 맺었다. 유림은 원래 가슴이 민감하다. 특히 이렇게 빳빳하게 선 순간에 혀로 건드리면 앙칼진 교성을 꾹 참으며 몸을 비트는데, 그게 미치도록 자극적이어서…….

"계속 괴롭히고 싶잖아."

그는 그녀의 귓속에 더운 숨을 훅 불어넣었다. 꽉 깨문 입술 새로 신음을 힘껏 바스러뜨린 유림이 움찔거리며 어깨를 움츠렸다. 케이의 눈초리가 재밌다는 듯 휘었다.

그는 이번에 그녀의 허벅지를 잡고 들었다. 그리고 그 사이로 입술을 가져다 댔다.

"어디까지 가려고……."

그는 대답 대신 근사하게 웃었다. 두 다리를 잡은 손이 골반까지 다다르고 있었다. 오른쪽 허벅지 깊숙한 곳에 붉은 열흔을 새기던 입술이 잠깐 고개를 들었다. 유림은 일부러 시선을 돌렸다. 혼탁함에 흐트러진 그의 눈과 마주치면 온몸의 혈류가 거꾸로 치솟을 것을 알고 있기에, 그럼 더 이상 참기가 힘들어질 테니까.

그때, 케이가 몸을 일으켜 그녀의 가슴을 어루만지며 열락에 물든 목소리로 말했다.

"만일 유림이 끝까지 참는다면 8분 31초, 한 번 더 할까요? 수성전과 공성전을 하듯이…… 그리고 유림이 밤새 참아 낸다면, 그때는 유림이 원하는 대로 앞치마든 뭐든 하루 종일 입는 걸로. 어때요?"

"하루 종일?"

"하루 종일."

그는 기대에 찬 눈빛을 한 그녀를 보며 사랑스럽다는 듯 '쪽' 입을 맞췄다.

다시 생각해 보니 악마의 농간에 놀아난 것과 다름없었다. 그딴 내기, 하는 게 아니었는데.

어제의 기억을 되돌려보던 유림은 팔짱을 낀 채 케이를 노려보았다. 케이는 얄궂게 웃더니 달래듯 말했다.

"그럼 반대의 제안을 하지 그랬어요."

"그 순간에는 좋았단 말이야."

유림은 입술을 깨물며 눈을 흘겼다.

"케이도 그걸 노리고 그런 거잖아."

그가 더 해 줬으면 했던 건 사실이었다. 솔직하게 털어놓는 유림을 보며 케이는 기분 좋은 표정으로 입매를 느슨하게 풀었다. 곁눈질로 노려보던 유림이 불쑥 재도전장을 던졌다.

"오늘 밤에는 반대로 해."

그의 입가에 걸려 있던 미소가 뚝 굳었다.

"만약 케이도 밤새 참으면 나도 케이가 해 달라는 거 다 해 줄게."

이번에는 그녀가 악마같이 붉게 웃었다. 오기가 담긴 눈초리였다.

"나는 태연하고 느긋했던 케이밖에 기억이 안 나거든. 그러니까 이번에는 케이가 누워."

케이는 유림을 빤히 쳐다보더니 잠시 허공을 응시했다.

"못 참으면요?"

"앞치마 입는 거지."

왜 다시 원점으로 돌아온 거지? 그는 혼란스러운 표정으로 유림을 쳐다보았다. 그녀는 생긋 웃더니 그를 끌어안았다.

"할 거지?"

"유림, 잠깐만……."

"한다고 약속해."

"밤새워 한다고요? 어제 했던 그걸?"

"당연하지. 왜 그렇게 낯빛이 사색이 됐어?"

어제 내기는 결국 새벽녘에야 종결되었다. 유림은 땀에 젖은 몸으로 끊어질 듯한 교성을 흘리더니 그의 품에 안겨서 울기 시작했다. 분해서 우는 건지, 쾌감에 흐느끼는 것인지 알 수 없을 정도로 몸을 떨었기에 그는 그냥 말없이 그녀를 안아 주었다.

"침대에서 남자한테 안긴 채 운 건 처음이란 말이야."

지금 표정을 보니 분해서 운 것도 있는 것 같군. 그래도 처음이라며 굴욕적인 눈빛을 짓는 그녀의 모습이 흡족했다. 유림은 그의 허리를 안은 채 짜증 섞인 어조지만 귀여운 투정을 부리기 시작했다.

"이번에는 내가 할 거라니까! 공평하게 돌아가면서 해야지. 항거 불능일 때 계약한 건 무효야. 어제 나는 항거 불능이었어."

"항거 불능?"

"아주 교활한 방식이었다는 의미야. 그러니까 오늘 다시 해."

쿡쿡 웃던 케이가 크게 웃음을 터뜨렸다. 요즘 들어 그가 자주 이렇게 웃는다. 낮은 울림소리가 청량할 정도로 듣기 좋았다. 게다가 아름다운 얼굴에 번지는 커다란 미소가 두 눈을 뗄 수 없게 만들었다.

"그러다가 내가 진짜 못 참으면 어쩌려고 그래요?"

"못 참으면 앞치마 입는 거라니까."

"앞치마 말고 다른 거로……."

"둘이 뭐하냐?"

불쑥 끼어든 목소리의 주인은 셰인 필란이었다. 그는 코너에 기대서 한참 동안 지켜보고 있었던 듯 한심하다는 표정이었다. 케이는 안도의 숨을 내쉬었다. 살다 살다 셰인 필란이 도움되는 순간도 있다니, 세상사 모를 일이었다.

"둘 다 아주 태평하네. 같은 부대 소속인 나츠 시게노가 테러범으로 검거되어 조사받는 마당에 웃음꽃이 잘도 피는구나."

유림의 표정이 싸하게 굳었다.

"정 소위 너도 여전히 의심받는 상태야. 들어가서 해명 잘해야 할걸? 그렇지 않으면 나츠 시게노랑 손잡고 나란히 구금되게 될 테니까."

"아, 예. 제가 구금될까 봐 염려를 다 해 주시고 영광입니다. 서른 마리 남짓의 델타들은 어디 숨어 있는지도 모른다는데 중위님 속은 좀 괜찮으십니까? 언제 저 녀석들이 나타나 출동하게 될지 모를 상황이라죠? 웬만한 STF 대원들도 똥줄이 바짝 타는 중일 텐데 우리 중위님은 실전에 잔뼈가 굵은 분이니 델타들이야 뭐 나타나기만 하면 파리 목숨 아닙니까? 어제 중위님께서 '차랏! 찻차랍찹!' 발차기를 델타의 등에 내리꽂는데, 발차기로 그 두꺼운 철갑을 뚫어 보겠다는 발상을 다 하시다니. 저는 생각도 해 본 적이 없는 전략이라서 감탄했습니다."

유림이 원숭이처럼 허공에 헛발질을 하며 셰인 흉내를 내자, 케이는 피식 새어 나오는 웃음을 참으며 허공을 쳐다보았다.

"그러니 어제처럼 제가 우연히, 아주 우연히, 정말 우연히 지나다가 중위님을 발견해 도움을 드린다거나 목숨을 구해 드린다거나 하는 일은 없으리라 믿습니다. 아, 상부에는 중위님께서 이미 보고를 다 하셨다고 들었습니다. 저는 상황이 거의 다 종결되었을 때 등장했다고요? 뭔가 앞뒤가 안 맞는 보고인 것 같기는 한데, 저도 그냥 그렇게 맞춰 드리겠습니다."

"그건 정 소위, 네가!"

발끈하여 외친 셰인은 유림과 눈이 마주치자 얼굴을 홱 붉히며 말을 이었다.

"일찍부터 와서 있었다는 것도 웃기잖아. 그럼 나츠 시게노가 개입하는 걸 보고만 있었다는 건데."

유림의 눈이 살짝 굳은 채 커졌다.

"넌 몰랐잖아, 나츠 시게노가 오베론 소속이었다는 것."

"그건……."

"난 자세히 알고 싶지도 않고, 네 말대로 네가 날 구해 줬다니 그런 말도 안 되는 소문나는 것도 쪽팔리니까 그냥 이렇게 한 거야. 그러니 어디 가서 좆도 안 먹히는 영웅담 늘어놓지 말고 안에서 해명이나 잘해라. 괜히 나까지 엮이게 하지 말고."

해명이라, 유림의 눈이 일렁였다.

회의실 문이 열리고 안드로이드 집무관이 등장했다.

"세 분, 입장하십시오."

세 사람은 집무관을 따라 한 줄로 입장했다. 정면에 높게 솟아 있는 말발굽형 테이블 앞에 일자형 테이블이 따로 낮게 마련되어 있었다. 판사처럼 높은 곳에서 내려다보는 의원들의 눈초리는 죄인을 심문하듯 고압적인 분위기였다.

착석하기 무섭게 집무관은 다음 참석자를 안내했다. 시간에 쫓기듯 숨 가쁜 진행이었다.

"마지막으로 참석하실 분은 연맹군 측의 마이클 밀러 중령님이십니다. 연맹군의 함정 헤벨은 본 테러 사태의 외부 수사기관으로 발탁되기 위해 평의회에 승인을 요청한 상태입니다. 아직 승인이 나기 전이지만, 밀러 중령님께서도 사건 현장에 계셨기에 이번 회의에 참석 요청을 드렸습니다."

회의실에 입장한 밀러는 뚜벅뚜벅 걸어 중앙으로 나왔다. 집무관 옆에 선 그는 거수경례를 하더니 테이블에 접속한 평의원들의 모습을 쭉 훑어보았다. 의원들의 표정에 다소 불편한 심기가 어려 있었다.

"일전에는 시커먼 화면으로 대신하더니 오늘은 이렇게 얼굴들도 보여 주시고, 영광입니다."

밀러가 정중한 미소를 내보이며 말했다.

– 밀러 중령, 이게 무슨 짓입니까? 중령은 우리 평의회를 무시하시는 겁니까?

"무시라니요?"

– 낙원 내에서 일어난 사건은 평의회 관할 수사기관이 조사하도록 되어 있습니다. 그게 로스트 헤븐의 법이고 규율입니다. 그걸 연맹군 측에서 무시하고 자체 수사팀을 낙원에 쑤셔 넣으려 하다니, 지금 외압을 넣으려는 겁니까? 어차피 이건 승인되지 않을 사항입니다. 그리 아십시오.

"승인될 겁니다."

의원들은 기가 막힌다는 표정으로 그를 노려보았다.

"사실 평의회의 승인 따위는 필요치 않습니다. 절차상 올려놓은 것뿐이죠."

– 밀러 중령, 지금 우리와 말장난이나 하자고 이곳까지 와서 시간을 축내고 계신 겁니까? 우리가 그리 한가해 보여요? 아무리 헤벨이라 해도 평의회의 정식 승인 없이는 낙원에 발도 붙일 수 없으니 억지는 그만 부립시다.

빈센트 의원은 골머리가 아프다는 표정으로 인상을 찌푸렸다. 그는 잠자코 앉아 있는 아이작의 눈치를 살폈다. 의원석 정중앙에 앉은 아이작은 침묵한 채 상황을 지켜보고만 있었다. 그는 검버섯이 핀 뺨을 손으로 긁더니 가늘어진 눈초리로 물었다.

– 헤벨의 함장이자 전략국 작전부장인 분께서 우리를 앉혀 놓고 허세나 부리려 행차하신 건 아닐 테고…….

밀러는 부드러운 미소로 대응했다. 그를 빤히 보던 아이작은 족제비를 닮은 눈으로 지그시 캐물었다.

– 중령의 호언장담 뒤에는 혹, 관리자께서 계신가?

옆에서 아니꼬운 표정을 짓고 있던 빈센트가 흠칫 놀라 아이작을 쳐다보았다. 다른 의원들도 다소 긴장한 얼굴이었다. 듣고 보니 일리가 있는 추론이었다. 관리자 권한이라면 평의회의 승인이 없어도 외부 수사기관을 들일 수 있다.

"아담이 아니고 내가 해 줬죠."

당당한 목소리가 아이보리색 실크 드레스와 함께 등장했다. 홀로그램 형상의 평의원들은 놀라 회의실 입구 쪽을 쳐다보았다. 집무관이 허둥지둥 들어와 의원들에게 꾸벅거리더니 난데없이 등장한 제인 왓슨의 옆으로 달려갔다.

"낙원의 공식 모델, 이브 님께서 오셨습니다."

제인은 여신처럼 화사한 옷차림이었다. 그녀는 유림 일행이 앉아 있는 일자형 테이블 앞에 서더니 팔짱을 끼고 의원들을 노려보았다.

"당신들 하는 짓이 하도 답답해서 내가 승인했어요."

의원들은 당황한 기색이 역력한 낯빛이었다. 제인의 뒤통수를 보고 있는 유림과 셰인도 놀란 듯 눈을 휘둥그레 떴다.

– 관리자께서는 이브 님이 이곳에 있는 걸 알고 계시는지…….

"내가 어디 가는 것까지 일일이 그에게 허락을 받아야 해요? 그 사람은 지금 침실에서 웬 계집애와 희희낙락 중일 테니 내가 뭘 하든 상관할 바가 아니죠."

그녀는 버럭 승질을 내더니 밀러를 쳐다보았다.

"밀러 중령은 공정한 수사를 할 겁니다. 그러니 그에게 특보대와 동등한 수사 권한을 부여하세요. 평의회도 내 의견을 존중해 주시리라 믿어요."

– 이브 님, 이 일은 이렇게 논할 사항이 아닙니다. 낙원에 외부 수사기관이라니, 이건 유례에 없던 일일뿐더러…….

"유례에 없던 일이 일어났으니 하는 말이죠. 이브의 생일 파티에서 테러가 일어났습니다. 게다가 2차 테러 현장에서는 로스티아벤 총사령관인 우리야 세르게이 장군이 살해당했다면서요? 지금 우리가 자존심 세우면서 알아서 코 닦겠다고 할 상황이에요? 연맹군에서 도와주겠다고 손 내밀 때 받아서 하루라도 빨리 사태 수습할 생각을 해야지, 콧대만 세우고 있을 일이냔 말이에요!"

유림은 의외라는 눈빛을 지었다. 낙원의 공주가 웬일이래, 저런 대사를 치고? 누가 써 준 대본을 읊는 느낌이었지만 놀랄 노 자인 건 확실했다. 저 오만한 공주님을 움직일 만한 수완가라면…… 헤벨의 참모 요한인가?

제인이 저렇게 펄펄 뛰는 걸 보니 엘 카인에게 제대로 무시를 당한 모양이었다. 다른 여자와 있는 그에게 잔뜩 화가 난 듯한데, 그의 관심을 끌기 위해 정치판에 뛰어든 거라면 나쁘지 않은 작전이다. 엘 카인에게 있어 본인의 가치는 왓슨 그룹의 상속녀, 그 타이틀뿐이라는 걸 드디어 자각한 건가?

유림은 어두워진 눈빛으로 턱을 괴었다.

'그나저나 엘 카인과 함께 있는 여자라니……. 설마 메리는 아니겠지?'

의원들은 난색을 보이며 서로 눈짓을 주고받았다. 결국 그들의 시선이 몰린 곳은 아이작 라이트 장관이었다. 우리야가 없는 지금은 아이작이 이들을 이끄는 축과 다름없었다.

– 알겠습니다. 이브 님 뜻대로 승인하도록 하지요.

제인의 입가에 미소가 번졌다. 그녀는 자신만만한 눈빛으로 밀러를 쳐다보았다. 역시 제 뜻대로 되지 않았느냐는 무언의 의기양양함이었다. 밀러는 예의 바르게 웃어 보였다.

– 단, 만일 밀러 중령과 헤벨이 문제를 일으킬 시에는 그 모든 책임을 이브께서 지셔야 합니다.

“내가?”

– 저희가 이브 님의 뜻을 존중해 승인은 해 드리겠지만, 이게 평의회의 뜻은 아니니까요.

“그러니 책임까지 떠맡진 않겠다? 하여간 늙은이들……. 마음대로 하시죠.”

제인은 불쾌한 눈초리를 구기며 돌아섰다. 빈센트는 이마까지 핏줄이 올라 빨개진 채 부들부들 떨었다. 조카뻘 나이인 제인이 비아냥대는 모습에 혈압이 올라 금방이라도 쓰러질 기세였다. 반면 아이작은 너털웃음을 지으며 물을 마셨다. 그 옛날, 램지 왓슨 회장의 손을 잡고 아장아장 걸어 다니던 시절부터 오만방자했던 아이였다. 그 말본새가 어디 가겠는가?

발걸음을 옮기는 제인의 시선이 길쭉한 테이블로 향했다. 유림이 턱을 괸 채 하품을 하며 앉아 있었다. 제인의 눈초리를 느낀 그녀는 눈을 치켜세웠다.

“오늘 평의회에서 뭐 재밌는 게 있나 보네요? 손님들이 많은 걸 보니.”

제인의 말에 유림은 고개를 절레절레 저으며 또 하품을 했다. 제인은 대뜸 세인의 옆자리를 꿰차고 앉았다.

"나도 참관하겠어요."

– 참관이요? 하, 하지만…….

빈센트가 당황해 만류하자, 제인은 신경질적인 눈초리를 던졌다.

"왜요? 내가 들으면 안 될 이야기라도 있나 보죠?"

– 그럴 리가요. 어차피 낙원의 모든 곳에는 왓슨의 눈이 닿아 있는데 저희가 무얼 숨기겠습니까?

빈센트는 땀을 흘리며 변명했다. 그럼에도 제인의 표정은 여전히 좋지 않았다. 아이작이 중재에 나섰다.

– 허허, 우리 이브 님께서 이제야 낙원의 정치에 관심을 가지시는 것 같군요. 만약 회장님께서 이 자리에 계셨다면 아주 흡족해하셨을 겁니다. 평의회는 본래 왓슨 본사의 이사회가 그 시발점이었답니다. 그러니 이곳 의원석이야말로 이브께서 앉아 계셔야 할 자리임이 마땅합니다.

아이작의 말에 다른 의원들은 입을 다문 채 묘한 표정을 지었다. 제인 역시 떨떠름한 얼굴이었다. 오늘 한 번만 재미 삼아 참관하겠다는 거지, 매일 이곳에 출근해서 저 늙은이들과 입씨름을 하겠다는 의미는 아니었다.

집무관은 유림 일행이 앉은 긴 테이블 좌측에 붉은 벨벳으로 세공된 의자를 하나 더 놓았다. 이어서 간단한 음료 정도만 놓을 수 있는 테이블도 가져왔다. 헤벨의 밀러 중령이 앉을 좌석이었다.

우여곡절의 긴 서론을 마치고 비로소 본회의가 시작되었다.

– 그럼 안건을 진행하겠습니다. 지금 보여 드리는 자료는 우리야 세르게이 총사령관이 살해당할 당시의 기억 복구 영상입니다.

영상을 본 평의원들은 술렁였다. 죽은 우리야의 고통이 느껴지듯 화면에는 격한 진동이 일고 있었다. 좁아지는 시야에 휘청거리는 움직임이 출렁이며 나타났다. 그러나 그것도 잠시였다. 맥없이 털썩 쓰러진 우리야의 감기는 눈동자 뒤로 범인의 모습은 연기처럼 사라지고 말았다.

집무관은 영상을 다시 앞으로 돌린 뒤 화면을 확대시켰다. 빈센트 장관이 입을 열었다.

– 저건 오베론의 회색 기사가 아닙니까?

위즈덤이 만든 병기형 안드로이드. 목 잘린 사회자가 회색 기사단을 소집했고, 그중 하나가 로스티아벤의 총사령관을 살해했다. 그럼 위즈덤이 우리야의 죽음에 일조를 했단 말인가?

– 집무관, 위즈덤의 안드로이드가 맞나?

"범인의 영상을 분석한 결과 신체의 탄력성, 공격 속도와 골격근의 강도가 인체의 한계를 웃도는 수준으로 판단됩니다. 확률적으로 따진다면 세르게이 총사령관님을 살해한 범인은 인간일 확률보다 안드로이드일 확률이—합리적 추론에 의해— 더 높습니다.

– 정확한 사인은?

"심장 파열로 인한 즉사입니다. 살해 방식은 단순하지만 아주 잔인합니다. 맨손으로 흉부를 꿰뚫고 산 채로 심장을 꺼냈습니다."

– 맨손으로? 그게 가능한가?

"그러니 안드로이드일 확률이 높다는 겁니다."

이쯤 되니 의원들 얼굴에 난색이 번졌다. 이런 증거가 나왔으니 빼도 박도 못하게 된 상황이었다. 서로서로 눈짓을 교환한 그들은 한숨을 내쉬었다. 분위기를 보아하니 솔로몬으로부터 은밀한 연락을 받은 건, 다행히도 저 자신만은 아닌 모양이었다. 사실 말이 연락이지 협박과 다름없었다.

–거 참…….

배가 불룩한 의원 하나가 답답한 듯 혀를 차며 양손에 얼굴을 묻었다. 자책 어린 한숨이었다. 옆의 누군가 이어받듯 신음을 뱉으며 눈을 질끈 감았다. 앞날이 아찔했다. 어느 쪽에 발을 담가도 마음이 편치 않은 상황이다.

한편 영상을 본 셰인은 테이블 위에 주먹을 내리꽂았다.

'저 녀석!'

과학적으로 설명하기 힘든 비상한 몸놀림에 유령처럼 사라지는 속도, 게다가 비무장 상태로 총기를 지닌 상대를 제압하는 실력까지!

세르게이 총사령관은 로스티아벤 내 최고의 실력자 중 한 사람이었다. 특히 총기의 귀재라 불리던 그의 사격 실력은 안드로이드마저 능가한다고 했다.

녀석의 모습을 보는 게 이번으로 세 번째였다. 처음은 의원 연쇄 살인범을 쫓아갔던 기억의 도시에서, 두 번째는 테러가 난 공중 정원 상공의 에어쉽에서, 그리고 세 번째는 세르게이 총사령관의 살해범으로.

틀림없었다. 그 녀석이다. 몇 번이나 눈앞에서 놓쳤던 붉은 눈의 남자.

셰인의 입가에는 두려움에 젖은 미소가 맺혔다. 역시 녀석은 괴물이었다. 하지만 회색 기사단의 옷이라니, 대체 저런 걸 왜 입고 있던 거지? 정말 병기형 안드로이드였단 말인가?

순간 그의 머릿속에는 회색 기사단 옷을 입고 있던 케이의 모습이 스치듯 떠올랐다. 불에 타고 있던 에어쉽 잔재에 구겨서 버리던 단복. 거기에는 분명 누군가의 피가 묻어 있었다.

굳은 채 생각에 잠긴 그는 곧 헛웃음을 흘리며 고개를 내저었다.

'설마…….'

정 소위라면 몰라도 특수대 최고 약골인 애덤슨 중사라니, 너무 현실성이 떨어진다. 그는 광대뼈를 실룩거리며 개운치 못한 표정을 지었다.

"위즈덤을 조사해야겠군요."

침묵 끝에 밀러가 결론을 내렸다. 그러자 빈센트는 의자에 몸을 기우뚱 기대며 말했다.

– 위즈덤의 대표인 솔로몬은 평의원 후보자로서 곧 인사청문회가 열릴 예정입니다. 따라서 그에 대한 조사는 평의회에서 직접 진행토록 하겠습니다.

"그러시죠. 그럼 저희는 저희 쪽 나름대로 위즈덤에 대한 조사를 진행하도록 하겠습니다."

– 미안하지만 그건 승인을 못해 드리겠습니다, 밀러 중령.

"평의회 승인이 필요하지 않으니 알아서 조사하겠다는 겁니다. 좀 전에 헤벨은 독립적인 수사 권한을 받지 않았습니까?"

밀러의 시선이 흘끗 제인에게로 향했다. 제인은 어깨를 으쓱하더니 말했다.

"물론이죠."

– 헤벨이 아무리 수사 권한을 손에 쥐었다 한들, 평의회 동의 없이 낙원 내 조직 및 단체를 멋대로 조사할 수는 없습니다.

"위즈덤이 낙원 소속이었습니까? 위즈덤의 모회사는 왓슨 그룹이 아닌 스타시티로 알고 있습니다만."

밀러의 말에 빈센트는 말문이 막힌 표정을 지었다. 군인 주제에 정치인 못지않은 말솜씨였다. 이래저래 얄미운 녀석이다.

"엄밀히 말하면 위즈덤은 저희 연맹군 수사 관할입니다. 다만 그 본사가 로스트 헤븐에 있으니 예의상 협조를 구하자는 건데, 왜 그렇게 예민하게들 구시는지 모르겠군요. 이들은 병기를 생산하고 있습니다. 연맹군 입장에선 쉬이 눈감아줄 수 없는 사항이라는 말입니다."

밀러가 날카로운 눈초리로 말을 마쳤다. 의원들은 움찔거리며 목을 움츠렸다. 그 와중에 침착함을 유지하는 건 아이작 라이트 장관과 멜리사 클라크 의원 정도였다.

"다시 말씀드리지만 이들은 전투 병기를 생산하고 있습니다. URN은 이유를 불문하고 어느 단체나 조직도 멋대로 무기 제조 및 군대를 양성하도록 허락하지 않습니다. 그리고 그게 세계 최초로 제작된 병기형 안드로이드 군사라면 더더욱 좌시할 수 없는 일입니다. 만약 평의회가 계속 수사 협조를 거절한다면, 연맹군 측에서는 낙원이 위즈덤을 보호한다고 해석해도 되겠습니까?"

밀러의 질문에 의원들은 꿀 먹은 벙어리처럼 답을 하지 못했다. 생각보다 만만치 않은 상대였다. 연맹군 내에서 남태평양전대의 사령 본부를 지휘하고 헤벨을 이끄는 남자. 늙은 너구리들을 상대하는 데는 저쪽도 이골이 났을 것이다.

줄곧 침묵하던 아이작이 손을 들었다. 아무래도 긴 회의가 될 분위기였다. 체력이 떨어진다며 껄껄 웃은 그의 제안으로 결국 두 시간의 휴회가 이루어졌다.

연신 지루한 표정으로 앉아 있던 제인은 더 이상 못 참겠다며 퇴장했다. 밀러도 집무관과 함께 나가고 하품하던 유림도 일행과 자리를 비웠다. 남은 의원들은 무거운 표정으로 의견을 나눴다.

— 솔로몬을 버려야 할 수도 있겠소. 그자는 위험한 인물이요.

아이작이 한숨을 내쉬며 말했다. 그는 얼마 전 심은 머리가 어깨 위로 듬성듬성 빠지는 걸 보며 인상을 찌푸렸다. 태연한 척했지만 오늘 회의가 과중한 스트레스를 주고 있다는 증거였다. 멜리사 클라크도 심각한 얼굴로 고개를 끄덕였다. 이번만큼은 그녀도 저 늙은 오소리의 의견에 동의하는 바였다.

— 밀러 중령의 말은 일리가 있어요. 병기형 안드로이드라니, 저런 걸 낙원 내에서 생산하게 둘 수는 없죠. 어찌 보면 위즈덤은 로스트 헤븐의 보안 시스템을 악용해 온 거잖습니까? 소돔을 만든 것도 고객의 사생활을 보호한다는 명목으로 '왓슨의 눈'을 해제시키기 위함이 아니었을까 싶어요. 그 뒤로 몰래 병기형 안드로이드를 생산하기 위해서 말이죠.

그녀의 정확한 지적에 나머지 의원들은 복잡한 표정을 지었다.

— 관리자에게 보고를 드리는 게 좋을 것 같습니다. 위즈덤을 낙원에서 내보내야 한다면 결국 그의 승인이 필요한 문제입니다.

아까는 금방이라도 치고받을 것처럼 싸우던 아이작과 멜리사가 죽이 척척 맞아 가는 걸 보면서 빈센트는 못마땅한 눈빛을 그렸다.

'아이작 라이트 장관은 솔로몬의 메일을 받지 못한 건가? 멜리사 클라크야 저 깔끔병 떠는 성격으로 소돔과 얽혀 있을 리는 없고.'

다른 의원들의 얼굴에도 초조함이 어려 있었다. 다들 비슷한 심정으로 바늘방석에 앉은 양 초조하게 손톱만 물어뜯고 있는 상황이었다. 곁눈질로 서로를 살피던 의원들의 시선이 한데 모였다. 누군가 손가락으로 소돔의 상징인 'V' 자를 만들었다. 그러자 다들 약속이라도 한 것처럼 깊은 한숨을 내쉬었다.

알림

미확인 수신 메일(1)

확인하시겠습니까?

VVIP 회원님께,

안녕하세요? 소돔의 총지배인 솔로몬입니다. 저희 소돔을 애용해 주시는 회원님께 감사의 말씀을 전합니다.

아시겠지만 저희 소돔은 언제나 회원님의 즐거움뿐만 아니라 낙원 내 모든 가정의 행복과 안녕을 위한다는 마음으로 늘 최상의 서비스와 철저한 보안을 유지하고 있습니다. 여러분의 비밀은 절대 엄수하고 있으니 염려하지 않으셔도 됩니다.

함께 첨부한 영상은 지난 몇 년간 회원님께서 소돔의 사제들과 보낸 기쁨의 시간들을 기록한 것입니다. 특별히 VVIP 회원님들께만 드리는 제 선물이니 흡족한 마음으로 받아 주십시오. 앞으로도 저희 소돔은 회원님의 은밀한 행복을 위해 한층 더 진일보한 봉사를 이어 가도록 하겠습니다. 부디 많은 이용 바랍니다.

감사합니다!

추신: 소돔과 낙원 사이에 맺은 제휴 협정에 의해 본 메일은 왓슨의 눈에 수집되지 않습니다.

빛나는 우정을 위해,

솔로몬 드림.

좌르르르.

황금색 특별수사대 배지가 테이블 위에서 팽이처럼 회전하다가 멈췄다. 유림의 검지가 배지의 정중앙인 황금 날개 부분을 꾹 누르고 있었다.

"대체 나는 왜 오라고 한 거야? 두 시간 동안 멀뚱멀뚱 앉아만 있게 할 거면서."

"아마 휴회 이후부터 유림의 차례일 거예요."

제2휴식실 내에는 유림과 케이뿐이었다. 셰인은 두 사람을 보자마자 인상을 찌푸리며 나가 버렸고, 밀러는 말 붙일 틈도 없이 집무관과 함께 사라졌다.

"뭐라고 해명할 생각이에요?"

"사실대로 말해야지."

유림과 나란히 소파에 앉아 있던 케이는 잠시 생각하더니 입을 열었다.

"화이트 채플에서 병기형 안드로이드와 델타의 도박 경기를 봤고, 그것을 단서로 위즈덤을 조사하기 위해 소돔에 잠입했다. 이런 식으로요?"

"그렇지."

"그럼 살해된 의원은?"

"내가 죽인 게 아니라고 하지, 뭐."

"솔로몬 측에서 증거 영상을 넘겼을 텐데요."

케이의 말에 유림이 가슴에 배지를 달며 그를 쳐다보았다.

"우리야 세르게이에게 유림이 데드캣이란 사실을 알린 건 솔로몬일 거예요. 그걸 빌미로 세르게이 총사령관은 호크 대령을 잡아들였을 테고, 유림을 죽이기 위해 델타 부대를 풀었겠죠."

"사실 나도 증거 영상이 있으면 어쩌나 고민했는데, 고맙게도 행운의 여신은 아직 우리 편인 것 같아. 지금 솔로몬은 모든 혐의의 주역이잖아. 이런 상황에서 그 녀석이 넘겼다는 증거가 과연 신빙성이 있을까? 정유림 소위는 위즈덤이 몰래 제조해 오던 전투 병기의 단서를 잡았고, 그 사안을 조사하기 위해 소돔에 잠입했다. 그걸 눈치챈 솔로몬이 그녀를 제거하기 위해 상황과 증거를 조작했다. 죽은 우리야 세르게이는 솔로몬과 한패였거나 그에게 이용당하다가 살해됐다. 이런 시나리오로 덧칠하면 충분할 것 같은데?"

유림이 피식 웃자, 가만히 듣던 케이는 눈가에 미소를 머금었다.

"방심하진 마요. 어차피 의원들도 솔로몬과 한통속일 테니까."

"죄다 썩었지. 여긴 에덴 타워의 꼭대기 층부터 지하 미궁까지 구린내로 가득 찼어. 뭐 그 와중에 괜찮아 보이는 녀석도 있지만."

유림은 붉은 재킷을 입고 앉아 있던 멜리사 클라크 장관을 떠올리며 중얼거렸다.

"아무튼 이따가 회의실에서 봐."

"어디 가요?"

"잠깐 메리 좀 보고 오려고."

아무래도 아까 제인이 한 말이 계속 신경 쓰여서 견딜 수가 없었다.

"가는 길에 밀러도 살짝 만나고 올까?"

유림의 입에서 밀러의 이름이 나오자 케이의 눈초리가 돌변했다. 그는 고민하는 표정으로 걸어 나가는 유림의 뒤를 쫓아 일어서더니 그녀의 어깨를 잡아 세웠다.

"왜 그래?"

"밀러 중령도 보려고요?"

"좀 위험하려나? 그래도 보고 싶은데……."

유림이 망설이는 기색으로 중얼거리자 케이의 안색이 서늘하게 굳었다. 유림의 뺨이 복숭앗빛으로 젖어 있었다. 그는 모르는 둘만의 추억이 담긴 눈빛과 입가에 우물우물 번지려는 기대 어린 미소.

심히 거슬렸다. 케이는 유림의 몸을 돌려 턱을 잡았다. 그의 갑작스러운 행동에 유림은 눈을 크게 떴다.

"케이?"

"입술 열어요."

허리를 숙인 그가 서분서분한 숨결로 간질이며 속삭였다. 유림은 코앞에 다가온 그를 의아한 얼굴로 쳐다보았다. 케이의 입가에 심술로 비뚤어진 미소가 맺혀 있었다.

"지금 뭐하는……."

유림이 놀라서 뭐라 말하려 입술을 툭 벌리자, 그의 혀가 기다렸다는 듯이 치열 사이를 훑으며 진입했다.

"으읍!"

천장을 간질이던 혀가 그녀의 혀를 삼키듯 흡입했다. 빨려 들어가듯 호흡을 넘긴 유림은 비틀거리며 그의 목에 팔을 감았다. 급히 숨을 들이켜는 소리가 촉촉하게 젖은 채 잇새로 흘러나왔다. 그것마저 집어삼키며 부딪치는 숨결은 뜨겁고 거칠었다.

달뜬 두 눈이 반쯤 감겨 쾌감에 흐려졌다. 다리에 힘이 풀린 유림은 흐느적거리며 주저앉았다. 그러자 케이의 손이 덥석 그녀의 엉덩이를 잡고 그의 하반신에 바짝 밀착시켰다. 타액에 젖은 두 입술이 촉 소리와 함께 떨어질 때마다 그의 호흡에도 억누른 신음 소리가 새어 나왔다.

평소와 달리 그에게서 조바심이 느껴졌다. 숨을 쉬려고 입술을 열면, 아랫입술을 잘근잘근 먹던 그의 입술이 기다렸다는 듯 덮쳐왔다.

숨이 막혔다.

그게 숨 막히게 좋았다.

유림의 허리가 아름다운 곡선을 그리며 휘었다. 그녀의 몽롱한 시선과 붉게 벌어진 입술이 그를 향하자 케이는 홀린 듯이 그 모습을 내려다보았다.

하아.

잠시 입술을 뗀 두 사람의 숨소리가 하얀 입김처럼 터져 나왔다. 케이는 고개를 숙인 채 숨을 골랐다. 목울대를 울컥이며 자제하는 그에게서 격한 열기가 느껴지고 있었다. 비스듬히 감은 속눈썹 아래 그의 예쁜 눈동자가 고요히 일렁였다. 차분하고 무심한 표정에서 비치는 흐릿흐릿한 욕망.

아이러니하게도 유림은 케이의 그런 이중성이 좋았다. 생긋 웃으며 태연히 스스로를 미친놈이라며 칭하는 뻔뻔함. 조각처럼 반듯한 얼굴 뒤로 숨겨 둔 느른한 눈웃음이라든지. 그런 양면성이 그녀에게는 두근거림으로 다가왔다.

멍한 표정을 짓던 유림은 애가 탄 듯 그를 끌어안았다. 잠깐 열기를 식히던 케이는 곁눈질로 그녀를 흘긋 내려다보았다. 유림이 잘록한 허리를 세우며 앙탈부리듯 그의 몸에 그녀의 가슴을 문지르고 있었다.

케이의 동공이 붉게 일렁였다.

예쁜 고양이가 아직 만족하지 못한 모양이었다. 그건 그도 마찬가지였다. 그래도 그렇지, 숨 고르며 자제하는 남자한테 그렇게 작정하고 유혹하면 어쩌자는 건지.

"이런 건 대체 어디서 배웠어요?"

가만히 웃는 그에게서 살벌한 질투심이 묻어났다. 전부터 궁금하긴 했었다. 유림이 남자를 쥐락펴락하며 자극하는 기술은 타의 추종을 불허할 정도였으니.

"타고난 거야."

그녀의 말에 케이는 눈을 살짝 치켜뜨더니 피식 웃고 말았다. 귀엽게 금세 인용하기는. 과거 운운하는 남자는 질색이라 했으니 넘어가긴 하겠지만, 계속 이렇게 웃어넘길 거라고 확신할 순 없었다. 자신 말고 다른 남자도 이렇게 그녀를 탐하며 미쳐 있었을 거란 생각을 하니, 머릿속에는 온통 그놈을 시체로 떠서 몸을 조각조각 낼 생각뿐이었다. 사실 속으로는 이미 '유림만 모르게 하면 되지 않을까'라는 간사한 생각을 품은 지 오래였다.

섬뜩한 계획을 세우던 그의 눈길이 멈칫 그녀의 어깨 너머로 향했다. 휴게실 출입구를 향해 꺾이는 모퉁이 뒤에 인기척 하나가 머무르고 있었다. 멈춰 선 그림자의 불규칙한 호흡이 느껴졌다. 불청객의 상기된 맥박이 여기까지 들릴 정도로 거세게 뛰고 있었다. 분노로 높아진 체온, 미세한 손발의 경련. 상대의 격한 감정을 느낀 케이는 '흐음' 눈초리를 좁혔다. 그는 짐작이 간다는 표정으로 입가에 곡선을 머금었다.

그는 유림의 옷깃을 쥐더니 양옆으로 쫙 벗겼다. 그러고는 고개를 비스듬히 기울여 그녀의 목덜미와 봉긋한 가슴 사이를 천천히 핥아 내리기 시작했다.

"케이? 뭐하는…… 아……."

그녀의 가슴 정점에 다다르자 그는 탁해진 눈을 흘겨 떴다. 석류처럼 톡 터질 것 같은 연분홍빛 돌기가 탱글한 젖가슴 끝에서 달콤한 향내를 풍기고 있었다. 그는 동그랗게 솟은 알갱이를 입안에 머금고 할짝였다.

유림은 숨을 헉 들이켜며 허리를 튕겼다. 목구멍에 가시처럼 걸린 신음이 흐느끼듯 흘러나왔다. 애써 참는 그녀의 반응에 케이는 흐무러지게 부푼 돌기를 혀끝으로 건드렸다. 그러자 유림이 손등에 하얀 마디가 드러나도록 힘을 준 채 파르르 떨었다. 생긋 눈웃음을 머금던 그는 혀끝에 닿던 둥근 낟알에 콱 이를 박아 넣었다.

"아악! 흐읏……."

마침내 그녀의 입술에서 가느다랗게 끊기는 듯한 교성이 터져 나왔다. 도도록하게 솟은 젖가슴은 그의 입술에 희롱당하는 와중에도 예쁘게 출렁였다.

"일부러 그렇게 소리 내는 거예요? 나 흥분하라고?"

케이가 느른하게 웃으며 놀리듯 속삭였다. 유림은 분한지 불그스름한 뺨에 눈초리를 세웠다.

"너……."

유림이 쏘아붙일 듯 입을 열자 그는 왼손으로 그녀의 가슴을 한 뭉텅 움켜쥐었다. 그는 손아귀에 가득 찬 말랑말랑한 살덩이를 쥐어짜듯 주무르다가 잡아당기길 반복했다. 특히 정점 부분을 끊어질 듯 잡아당기며 손톱으로 살살 긁자, 그녀는 울 것 같은 표정으로 척추를 휘며 어쩔 줄 몰라 했다.

쿡쿡 웃던 케이는 조각처럼 다문 입술 사이로 이를 세우고 고개를 숙였다. 그러고는 가슴 가운데를 한 입 베어 물더니 앵두 꼭지를 따먹듯 아삭 물어뜯었다. 유림은 간드러지는 신음 소리를 내질렀다. 흐느끼듯 새어 나오는 교성은 쾌감에 젖어 있었다.

케이는 그런 유림이 사랑스럽다는 듯 눈초리를 연하게 휘며 웃었다. 짓궂은 괴롭힘이라는 걸 알지만 그녀의 솔직하고 민감한 반응이 예뻐서 그만둘 수가 없었다.

유림은 멍하니 눈에 초점을 모았다. 어느새 그녀는 그의 무릎 위에 누워 있었다. 어깨를 살짝 일으키자 벽 거울에 비친 두 사람의 모습이 보였다. 그는 느긋하게 몸을 숙인 채 그녀를 애무하고 있었다. 나른하게 감긴 속눈썹, 수려한 콧날, 비스듬히 숙인 턱 선과 희열에 찬 입술. 지극히 욕망에 충실한 그의 옆모습은 아름다운 짐승처럼 보였다.

쭉쭉 물고 빠는 소리가 민망할 정도로 울려 퍼지는 가운데, 케이는 시종일관 태연한 기색이었다. 중간중간 거울 너머로 그녀와 시선이 마주칠 때면 그는 천연덕스러운 눈초리에 예쁜 눈웃음을 지었다.

"하흣……."

유림은 허리를 비틀며 탈진한 듯 팔다리를 툭 떨어뜨렸다. 이제는 정말 힘이 빠져서 기진맥진했다.

케이는 손등으로 입가를 슥 닦으며 몸을 일으켰다. 흘끗 출입구 쪽 모퉁이를 본 그의 입매가 느슨하게 풀렸다. 솔직히 중간부터는 유림의 몸에 완전 취해서 엿보던 그림자 따위는 신경 쓸 겨를도 없었다. 아마 꽤 충격을 받고 돌아갔을 것이다. 실제로 눈앞에서 본 광경은 머릿속에서 상상만 하던 것보다 훨씬 자극적이었을 테니까.

그는 잠든 듯 축 늘어진 유림을 소파에 눕히고 일어섰다. 그녀의 목과 뺨에는 땀과 타액으로 머리카락과 옷이 착 달라붙어 있었다. 그는 비치된 위생용 수건으로 그녀의 몸을 닦아 주었다. 입술과 가슴 정중앙의 여린 살은 부풀대로 부풀어서 아직도 탱글탱글하게 윤기가 돌았다.

그는 아쉬움을 담은 채 웃었다. 그녀의 벗은 가슴을 보니 그의 투명한 눈동자 속에는 다시 열기가 엇비쳤다. 그는 아직도 촉촉한 그녀의 가슴 끝 부분을 손가락으로 어루만지며 쓸었다. 손끝에 닿는 보들보들한 감촉에 금세 신경이 쏠리며 하반신에 열기가 응축되기 시작했다.

지친 듯 눈을 감고 있던 유림이 눈꺼풀을 들었다. 황갈색 눈동자가 물끄러미 그녀를 내려다보고 있었다.

유림은 손을 뻗어 케이의 어깨와 쇄골을 어루만졌다. 섬세한 얼굴선과 달리 그의 몸은 군더더기 없는 근육과 힘줄로 빚어진 조각처럼 단단했다. 그녀는 헝클어진 머리 사이로 아쉬움이 가득한 눈빛을 지었다.

"왜 멈췄어?"

담담하던 그의 눈동자가 농밀하게 흐려졌다.

"못 참을 것 같아서요."

천천히 그녀를 떼어 내는 그의 손길이 꽤 매정했다. 다정하게 웃지만 아슬아슬하게 버티는 걸 증명하듯 탁하게 잠긴 목소리였다. 유림은 손가락으로 장난치며 그의 목선을 어루만졌다.

"그럼 더 해 줘."

"더요?"

시계를 본 케이는 당황스러운지 눈을 깜빡였다. 그사이 그녀는 그의 어깨를 잡아끌더니 입술 가까이로 데려왔다.

"응, 더."

빰을 발그레 적신 유림은 입꼬리를 올려 웃었다. 도도한 눈초리가 유혹하듯 올라가자 케이의 눈동자에 잔물결이 일었다.

"케이?"

그가 반응 없이 침묵하자 유림은 입가에 미소를 지웠다. 비로소 그의 분위기가 심상치 않다는 걸 깨달은 그녀는 몸을 일으켜 그의 무릎 위에 앉았다.

"왜 이렇게 조용해? 화났어?"

"일부러 이러는 거예요? 재미 삼아서?"

케이가 어둡게 물든 눈으로 물었다. 그의 싸늘한 태도에 유림의 눈이 멈칫 커졌다. 그녀는 그의 목을 끌어안던 손을 내려놓았다. 그러고는 조금 억울한지 미간을 힘껏 찡그리더니 아랫입술을 지그시 깨물었다.

"재미 삼아…… 그런 것도 있지만."

입술을 옴짝거리던 유림은 새카만 눈동자로 그를 물끄러미 쳐다보았다.

"그냥 좋아서 해 달라는 건데, 그게 이상해?"

케이는 황량한 눈빛으로 천천히 바닥을 응시했다. 다시 눈을 마주친 그는 어느새 평소의 온유한 얼굴이었다. 그는 다정한 미소를 지으며 고개를 살짝 저었다.

"아니에요, 내가 잠시 이기적인 생각을 했어요."

스스로를 책망하는 눈빛이었다. 케이는 아무 일 없었다는 얼굴로 그녀를 향해 고개를 숙였다. '키스해 줄게요' 속삭이며 다가오는 그의 모습에 유림은 내키지 않는다는 표정을 짓더니 그의 어깨를 밀어냈다.

"케이가 오해를 하는 것 같은데."

얌전히 기다리는 그의 눈동자를 보며 유림은 콧잔등을 매만졌다. 잠시 이마를 짚고 망설이던 그녀는 어렵사리 입을 열었다.

"난 단순히 애무가 좋은 게 아니고, 케이가 좋은 거야."

고요하던 그의 눈이 점차 커졌다. 유림은 커다란 눈망울을 잠시 굴리더니, 번뜩 떠오른 생각에 인상을 쓰며 물었다.

"내가 자꾸 해 달라는 게 귀찮아? 싫어서 그래?"

"아니…… 아니에요, 전혀."

케이는 당황한 나머지 말까지 더듬으며 부인했다. 그의 대답에 안심한 유림은 멋쩍은 얼굴로 시선을 회피했다. 그러다가 슬쩍 다시 눈을 마주치며 배시시 웃었다. 유림이 저렇게 수줍어하는 건 좀처럼 보기 힘든 광경인데. 케이는 불시에 공격을 당한 것처럼 넋이 나간 채 그녀를 쳐다보았다.

"케이가 날 만지는 게 좋아. 케이가 해 주는 키스가 좋고, 케이와 이렇게 있는 게 좋아. 다 좋아. 이렇게까지 누가 좋은 건 아마 처음인 것 같아."

속삭이듯 고백한 유림은 말간 눈동자로 그를 쳐다보았다. 호기심과 흥미로 가득 찬 그녀의 눈망울은 항상 솔직했다. 자유분방하지만 바이칼 호의 수면처럼 순수함의 결정체인 여자. 그 아름다운 영혼만은 변함없는 그대로였다.

— 케이와 이렇게 있는 게 좋아.

그 한마디에 온몸이 사르르 녹는 기분이었다. 이 순간 벅차오르는 마음을 어떻게 표현해야 할까? 감격에 겨워 자신도 모르게 불쑥 말을 쏟아 낼 뻔했지만 가까스로 진정했다.

케이는 붉어진 눈시울을 흐리며 미소를 머금었다.

"이리 와요."

그가 팔을 벌리자 유림은 의심 어린 눈초리를 지었다. 팔짱을 낀 그녀는 슬쩍 협상부터 제시했다.

"키스 열 번 해 주면."

"열 시간도 해 줄 테니까 이리 와요."

심술보를 잔뜩 달고선 저렇게 귀엽게 굴면 어쩌자는 건지. 그는 낮은 웃음소리를 터트렸다. 부드럽고도 근사한 소리였다. 약속받은 유림은 그제야 순순히 그의 품에 안겼다. 그는 사랑스러운 그녀의 두 뺨을 쥐고 입술에 쪽 입을 맞췄다. 그러자 그녀도 그의 입술에 짧게 쪽 입을 맞췄다. 서로 연달아 주고받는 자잘한 입맞춤에 그의 눈초리가 기분 좋게 휘었다. 유림은 이런 뽀뽀 열 번을 원한 게 아니었다며 불평을 해 댔다.

"이보다 더한 걸로 열 시간은 녹여 줄 테니, 나 버리지 마요."

"내가 케이를 왜 버려?"

"내가 유림한테 잘못한 게 많아서요. 나 버리고 밀러 중령한테 갈까 봐 무서워요."

케이가 옅은 웃음을 머금고 말했다. 무섭다면서 웃는 그의 표정이 왠지 모르게 쓸쓸했다.

"잘못했으면 벌을 받아야지. 그리고 밀러 얘기가 여기서 왜 나와?"

케이는 잠시 말없이 그녀를 응시했다. 그만큼 그 남자는 견제 대상이었다. 그녀에게 있어 예전 자신의 위치를 차지하고 있는 인물이니까.

"나도 내가 이렇게까지 유치해질 수 있는지 몰랐어요."

단순한 질투심 때문에 그녀의 몸을 물어뜯고, 여기저기에 진한 영역 표시를 남기고. 어린애처럼 유치한 짓거리였다. 그럼에도 그녀의 가슴과 목에 남긴 자신의 마크가 꽤 마음에 들었다. 스스로 잘했다고 여기고 있다는 게 우스웠지만, 누구에게도 뺏길 수 없는 존재이기에 당연한 조치였다.

"몰랐어? 케이랑 리사 싸울 때 보면 진짜 유치한데. 케이는 말문 막히면 리셋해 버린다는 레퍼토리밖에 없잖아. 잘 보면 리사가 한 수 위 같아."

"아무래도 에러가 난 것 같아요. 조만간 진짜 리셋하든지 해야겠어요. 인공지능 주제에 유머 욕심만 많아 가지고."

"케이가 그렇게 만든 거 아니었어? 왓슨 3세는 성격이 좋은가 보지?"

"같이 만들었어요. 나는 그런 인간적인 것들에 서툴러서요."

순간 '누구와 같이 만들었는데?'라는 질문이 튀어나올 뻔했지만 유림은 꾹 참고 입을 다물었다. 케이는 그녀를 안은 채 반쯤 감은 눈으로 허공을 응시하더니 자문하듯 물었다.

"감정이란 선천적으로 지닌 본능일까요? 아니면 후천적으로 익힌 학습일까요?"

중얼거리는 그의 목소리에 혼란이 담겨 있었다. 유림은 혀를 '끗' 차며 위로했다.

"리사와 비교당한 게 그렇게 충격이었어? 리사가 케이보다 말싸움도 잘하고 가끔은 더 웃기기도 하지만, 그렇다고 걔가 케이보다 인간적인 건 아니니까 신경 쓰지 마."

그가 황당한 표정으로 쳐다보자 유림은 웃음을 터뜨렸다. 진짜 신경을 썼던 눈치였다. 케이가 이런 것에 콤플렉스가 있는 줄은 몰랐다. 인간적인 매력을 갖고 싶은 걸까? 하긴, 가끔 보면 안드로이드 수준으로 무신경한 면을 보이는 남자니까.

장난은 이쯤 하고 사뭇 진지하게 생각하던 유림은 시원시원한 목소리로 말했다.

"결국 리사는 수치로 이루어진 프로그램일 뿐이야. 정보를 수집하면서 제 나름대로 감정의 공식을 익히긴 하지만 거울처럼 우리를 따라 하는 것에 불과해. 어떻게 보면 욕망이란 인간을 가장 잘 표현하는 말일지도 몰라. 안드로이드는 욕망이 없잖아. 감정이야 흉내라도 내 본다지만, 욕망은 거울에 비쳐지는 게 아니니까 말이야."

"짐승도 욕구는 있어요."

"맞아. 하지만 지성이 없지. 안드로이드는 똑똑하지만 욕망이 없고. 감정은 욕망에서 오는 거야. 갖고 싶다는 건 생존 본능에 의해서도 느낄 수 있어. 하지만 누군가를 행복하게 만들어 주고 싶다는 건 단순한 욕망이 아니라 마음에서 오는 거잖아. 짐승은 행복이 아닌 오로지 생존만을 추구하니까……. 그래서 흔히들 감정이나 마음이 없는 인간은 금수만도 못한 놈이라고 부르는 게 아닐까?"

유림의 눈동자가 잠시 깊게 일렁였다.

"군인은 특히나 이 마음이란 걸 잃기가 쉽거든. 사람을 죽이다 보면 내가 짐승인지 인간인지 혼란스러울 때가 생기고는 해. 난 이대로 흉기를 든 괴물이 되는 게 아닐까 하고 두려워질 때도 있지. 가끔 이런 고민 때문에 괴로워하는 병사들에게 꼭 해주는 말이 있어. 그럴 땐 네 옆자리 전우의 손을 꼭 잡아 보라고. 네 손에 담긴 그들의 온기가 너희들은 아직 괴물이 아닌 증거일 테니. 물론 무슨 말이지 이해 못하는 녀석들이 태반이지만…….”

“난 알 것 같아요.”

뭔가를 떠올린 그의 입가엔 슬픈 미소가 어렸다.

“누군가의 온기가 나는 괴물이 아니라는 증거…….”

케이를 보던 유림은 잠시 눈을 깜빡였다. 그녀는 자신의 허리를 안고 있는 그의 손을 응시했다. 왠지 외로워 보이는 그의 손을 데려와 가만히 맞잡았다. 문득 그의 손이 그녀의 것보다 조금 차갑다는 걸 깨달았다. 하지만 이렇게 잡고 있으니 두 손이 같은 온도로 물들어 간다. 애당초 한 몸이었던 것처럼.

“감정은 결국 대상이 없으면 배우기 힘든 거야. 사랑도 받아 본 사람만이 표현할 수 있다고 하잖아. 인간으로 태어났어도 세상에 혼자라면 결국 짐승처럼 살게 되지 않겠어? 마음이란 태어날 때부터 누군가 주는 온기로 차곡차곡 빚어진…… 그런 따뜻한 것이라고 생각해.”

유림을 바라보던 케이는 그녀의 입술에 가볍게 입을 맞췄다. 미소가 어린 그의 갈색 눈동자에 편안한 온기가 어렸다.

“꼭 사라 같네요, 유림…….”

“사라?”

“있어요, 나한테도 온기를 주고 간 사람이.”

유림은 호기심 어린 눈으로 케이를 쳐다보았다. 그는 그녀의 어깨와 목에 얼굴을 묻은 채 허리를 꽉 끌어안았다.

"그녀가 아니었다면 나는 괴물이 되었을 거예요."

그녀의 배 속에서 들었던 그 작은 심장 고동 소리가 아니었다면 분명 그는 생존만 추구하는 짐승이 되었을 것이다. 하지만 온기를 나눠 준 그녀는 그 대가로 목숨을 잃고 말았다.

어린아이처럼 안긴 그가 애처로워서 유림은 케이의 머리를 부드럽게 쓰다듬었다. 그녀는 화제를 돌리고자 농담조로 웃으며 말을 건넸다.

"그런데 평의회가 정말 날 구금하면 어떡할 거야?"

"그럼 거기도 부숴 버리죠 뭐. 한 번 했는데 두 번이라고 못할까."

"미쳤네."

"욕망밖에 없던 짐승이 감정을 배우면 이렇게 되는 거예요."

"케이가 욕망 하나는 확실하지."

"그리고 유림 주변에 그런 짐승은 나 하나로 충분해요."

슬쩍 고개를 든 그는 암갈색 눈동자로 유하게 웃었다.

"……유림의 온기는 모두 내 것이니까."

• • •

휴게실을 나와 화장실 입구로 온 밀러는 휘청거리며 벽을 짚었다. 창백한 안색으로 선 그는 식은땀을 흘리며 허공을 응시했다. 애덤슨 중사에게 가르랑거리듯 안겨서 매달리던 유림의 모습이 아직도 눈앞에 떠다니는 것 같았다.

"우욱……."

구토가 일었다. 바닥에 빈속을 하얗게 게워 낸 밀러는 구역질을 하며 허리를 굽혔다.

"중령님, 괜찮으십니까?"

눈앞이 어지러웠다. 그 정도로 충격이었던 건가? 확실히 헤벨에서는 한 번도 볼 수 없던 광경이긴 했다. 다른 남자에게 그렇게 매달리며 안기는 유림의 모습은 난생처음이었으니까.

"중령님."

"제 말 들리십니까?"

"밀러 중령님!"

집무관의 목소리가 귓가에 먹먹하게 흩어졌다.

— 반드시 돌아올게. 헤벨로, 우리들의 집으로.

너무 소중해서 감히 건드릴 수 없는 꽃이었다. 그녀의 가시 하나하나조차도 그에게 있어서는 솜털처럼 보드랍고 애가 탔다. 이럴 줄 알았다면 절대 곁에서 떠나보내지 않았을 것이다. 차라리 그의 손으로 꺾어 버렸을지언정 다른 놈의 손에 안겨 주지 않았을 텐데.

'케이 애덤슨 중사였던가.'

처음 본 순간부터 유림의 옆을 지키고 있던 남자였다. 비틀거리며 벽에 기대앉은 밀러는 가쁜 숨을 내쉬었다. 심장이 터질 듯 뛰었다. 달려가 그놈의 목을 조르고 싶었다. 그녀를 탐하고 희롱하던 녀석의 입술과 손을 잘라 내고, 그녀를 담은 두 눈알에는 총구를 박아 넣고 싶었다. 죽여 버릴 것이다. 죽여서 그 시체의 피를 뽑아 말린 뒤 바닷속에 처박아야 이 분노와 질투가 그나마 무마될 것 같았다.

정신이 멍했다. 손등을 내려다보니 혈관이 팽창한 채 피부 위로 퍼렇게 비치고 있었다. 화장실 유리문에 비친 얼굴을 보니 도드라진 핏줄이 그물처럼 갈래갈래 떠 있었다. 누가 보면 독극물이라도 먹었다 여길 법한 모습이었다.

“평의회 소속 집무관ESS14. 응급 환자 발생. 본 집무관 위치로 의료용 들것을 요청합니다.”

캄캄해지는 시야 속에서 그의 뇌리를 지배하는 건 오직 하나뿐이었다. 밀러는 그를 내려다보는 여성 집무관을 향해 가물가물한 눈을 빗뜨며 말을 뱉었다.

“헤벨로…… 연락을…….”

“중령님! 중령님, 정신 차리십시오!”

집무관은 일단 그를 바닥에 똑바로 눕혔다. 그녀는 바로 응급처치에 돌입하며 상부에 보고했다.

“집무관ESS14. 응급 환자, 마이클 밀러 중령님입니다. 현재 의식이 없는 상태입니다. 헤벨 측에 빠른 전달 바랍니다.”

밖이 어수선하자 옆 휴게실에 있던 유림과 케이도 밖으로 나왔다. 화장실 쪽에서 집무관이 소란스럽게 떠들며 고함을 외치고 있었다.

“무슨 일이지?”

그녀의 앞으로 집무관이 호출한 응급용 들것이 날아왔다. 부유 들것을 본 집무관은 밀러의 맥박과 호흡을 체크한 뒤 들것 위에 그를 올렸다. 유림이 사색이 된 얼굴로 다가왔다.

"어, 어떻게 된 거야? 중령님이 왜……."

부유 들것은 밀러를 실은 채 비상 엘리베이터로 향했다.

"갑자기 정신을 잃고 쓰러지셨습니다. 정확한 상태나 원인은 아직 불명입니다. 먼저 실례하겠습니다."

집무관은 유림에게 간략하게 대꾸를 한 뒤 급히 발걸음을 옮겼다.

멍하니 서 있던 유림은 황급히 집무관의 뒤를 쫓았다.

케이는 방금 전 스치듯 지나가던 밀러의 얼굴과 손등을 떠올렸다. 퍼렇게 팽창한 혈관들이 특히 그의 눈 주위에 거미줄처럼 퍼져 있었다.

'헤벨의 함장이 쓰러졌으니 회의는 연기되겠군.'

지금 확실하게 예측할 수 있는 건 그것뿐이었다. 그는 고즈넉이 생각에 잠긴 채 천천히 복도를 따라 걸었다.

Chapter 4

— 절대로 구원받을 수 없는 그런 구렁, 내가 줄게요…….

타락은 일순간이지만 남는 후회는 영원하다. 하룻밤 그와 살을 섞고 나서야 그녀는 깨달았다. 그는 모순의 집합체라는 걸.

남자의 생은 끝없이 깊었다. 그가 말했던 구렁은 바로 자기 자신을 의미했다. 관계를 하는 내내 그녀는 아득히 추락하는 기분을 느꼈다. 질척질척한 어둠이 몸을 늪처럼 빨아들이는 느낌이었다.

남자는 욕정과 애욕을 알았다. 그는 인간이 지닌 가장 날것의 본성, 그런 것들을 꿰뚫어 보는 힘이 있었다. 그는 순식간에 그녀의 열망을 파악했다. 어디를 후비고 벌려서 넣어야 할지, 또 어디를 까뒤집어 들여다봐야 할지, 그저 훑는 시선만으로도 눈치챈 듯 잘게 웃었다.

온몸이 흐느적거리며 녹았다. 남녀 간의 교접이란 육체가 부서지고 상대에게 흡수된 뒤 의식이 증발하는 것이다. 숨을 옥죄고 사지가 저릿해지는 쾌감. 그녀는 번개 맞은 듯한 충격을 받았다.

남자는 피를 좋아했다. 아마도 그건 그의 본성인 듯했다. 붉은색은 그를 흥분시키고, 어둠은 그를 진정시킨다. '피와 어둠을 섞으면 무엇이 되는 줄 알아요?' 첫 관계 후 그가 물었다. 그녀는 대답하지 못했다. 이내 그는 말없이 허공을 응시하더니 미약 에센시스[7]를 물었다. 허공에 피어오르는 연기에 가물가물한 눈빛이 어렸다.

그에게 여자는 휴식과 놀이터였다. 곡선이 주는 풍만함과 촉촉하게 조여 오는 온기. 부드러운 풍미와 가녀린 혈관들. 간혹 그와 몸뿐만 아니라 지성의 쾌락도 나누는 이들이 있었다. 메리 역시 그중에 하나였다. 그들의 대화는 종종 시큼한 향기 사이사이를 오갔다.

마지막 관계를 가진 후 그녀는 지쳐 잠에 들었다. 눈을 뜨자 남자가 그녀의 붉은 머리칼을 쥔 채 사색에 잠겨 있었다.

"왜 안 자고 깨 있어요?"

"나는 원래 잠을 안 자요."

"불면증? 아니면 생물적으로 아예 수면을 안 한다는 건가요?"

"가끔은 잠 비슷한 걸 청해 보지만 정확히 수면 중인 상태는 아니죠. 예전에 어떤 여자가 그러더군요. 옆에 누웠으면 잠자는 시늉이라도 해 보라고. 그때 이후로 가끔 흉내는 내 봅니다. 꽤 고집 센 여자였죠, 내 최초의 권속은."

7 에센시스Essencis: 마약의 일종으로 성적 쾌감을 증진시키고 남성의 경우에는 이성에 대한 즉각적인 육체적 반응을 일으킨다. 다량을 투여하면 불안 증세와 경련을 일으키고 중추가 마비된 뒤 호흡 장애로 사망에 이른다는 발표가 있다. 2090년대 상류 사교 모임을 중심으로 은밀하게 퍼져 나갔으나 약물 투여자들 중 몇 명이 사망하는 사건이 발생하면서 자취를 감췄다. 아직까지도 최초 제조자와 출처가 불분명하며 정확한 성분도 공개되지 않고 있다. 당시 에센시스를 투여하던 여자들 중 상당수가 실종되었는데, 그들 중 몇 명이 로스트 헤븐 내 태양의 도시에서 지낸다는 소문도 있다고 한다.

"최초의 입실론이라면……."

말끝을 흐리던 그녀는 금세 기억해 냈다. 티끌 하나 없던 피부와 어둠을 삼킨 눈동자, 밤하늘에 휩싸이는 듯한 머리칼. 어쩌면 그는 원래부터 흑발을 선호했는지도 모른다. 일본계의 아담한 여자는 유순하기보단 앙칼진 눈초리가 인상적이었다. 생각해 보니 그녀는 유림과 닮은 면이 있는 것 같기도 했다.

"많이 좋아하셨나요, 그분?"

메리의 질문에 엘 카인은 쿡 웃었다. 그녀가 본 그의 기억 속 많은 곳에는 그 여자가 있었다. 그는 수많은 여성들과 잤지만 대부분이 단발성에 그쳤다. 제인 왓슨을 예외로 친다면 그가 장기간 연인으로 곁에 두었던 사람은 그 일본 여성이 유일했다.

온기가 남은 침대 위에 두 사람은 알몸으로 누웠다. 그는 그녀를 향해 옆으로 돌아누웠다. 손으로 머리를 받친 카인이 물끄러미 쳐다보자 메리는 살그머니 가슴을 덮은 이불을 움켜쥐었다.

빛을 차단한 자주색 커튼과 크림슨 톤의 침대는 주인의 강박적인 취향을 보여 주었다. 검은 대리석 바닥 위에는 남자가 쏟은 와인과 크리스털 장식들이 붉은 성운처럼 번져 있었다.

이곳은 제단이었다.

낙원의 가장 높은 곳에 위치한 가장 가파른 낭떠러지. 그리고 가장 깊은 절망이 기다리는 곳.

"인간은 마음에 드는 상대와 잠자리를 하죠. 우리도 비슷한 방법으로 구애를 합니다. 결국 호감이란 건 종족 번식을 위한 본능일 뿐이거든요."

메리는 알 수 없다는 표정을 지었다. 그는 지금 과거의 잠자리에 대해 말하는 것일까? 아니면 현재 이 상황을 일컫는 것일까?

"카인 씨는 늘 애매하게 말을 하시네요."

"어차피 메리는 모든 걸 볼 수 있지 않습니까?"

"머릿속을 들여다보지 말라고 한 건 카인 씨였는데요?"

그가 웃음을 터뜨렸다. 메리의 눈이 살짝 커졌다. 메마른 채 건조한 웃음소리. 한쪽 눈을 살짝 찌푸리며 조롱하듯 웃는 곡선. 아마 저게 그의 진짜 미소인 모양이다. 그녀는 운 좋게 보물을 발견한 기분이 들었다.

"그건 메리에게 주는 일종의 경고였어요. 메리의 그 특별한 능력은 타고난 호기심 덕인 것 같지만…… 대개 호기심이란 인간을 타락으로 이끄는 촉매제의 역할을 하거든요."

그는 웃음기 남은 얼굴로 말했다. 말하면서 문득 뭔가를 깨달았는지 묘한 눈빛을 지었다.

"어쨌거나 누군가 나를 들여다본다는 게 생각보다 불쾌하진 않았어요. 이건 예상치 못한 전개예요. 메리와 이렇게 닿아 있는 것은 의외로 아주 편안하고 중독적이기까지 해요."

수차례 관계를 맺은 밤이었다. 그는 많은 이야기를 하지 않았다. 그럼에도 그녀는 눈을 감은 채 별처럼 수많은 것들을 들었다. 그것은 그녀만이 할 수 있는 고요한 대화였다.

"어쩌면, 내가 메리의 구렁에 갇혀 버린 걸지도 모르겠어요."

그는 그녀의 몸을 덮고 있던 이불을 걷어 냈다. 그리고 하얗게 드러난 그녀의 젖가슴을 어루만졌다. 메리 역시 아주 의외의 감정을 느끼고 있었다. 가슴을 애무하는 그의 손길이 편안했다. 모든 것은 단 하룻밤 만에 일어난 일들이었다.

“카인 씨는 왜 그렇게 많은 분들을 권속으로 만든 거죠?”

후회할 줄 모른다던 그는 본인의 구렁 속에 많은 이들을 끌어들였다. 거침없이 드러내는 욕망과 달리 그의 속마음은 늘 켜켜이 가려져 있는 느낌이었다. 그는 그녀를 들어앉힌 그 구멍 속에 무엇을 채우고 싶었던 것일까?

가슴 꼭지에 입술을 대던 카인이 고개를 들었다. 그는 그녀의 눈빛을 읽듯 바라보며 입을 열었다.

“메리는 궁금한 게 너무 많은 사람이군요. 내 기억 속을 들여다본 것만으로는 부족했나요?”

“보면 볼수록 알고 싶고, 알면 알수록 궁금해지는 게 사람의 마음이더라고요. 카인 씨는 절 권속으로 삼고 싶으신 건가요? 후손을 갖기 위해서요?”

“아쉽게도 메리는 내 권속이 될 수 없어요. 권속을 뺏어 오는 건 불가능하거든요. 메리와 내가 아이를 갖는 건 이론적으로 가능해요. 하지만 걱정 말아요, 내가 메리를 임신시키거나 할 일은 절대 없을 터이니.”

“이브…… 때문인가요?”

그는 서늘한 눈으로 메리를 쳐다보았다. 순식간에 주변 공기가 서리 내린 듯 싸해지는 느낌이었다. 불편한 침묵 사이에 그가 긴 호흡을 내뱉었다.

“거기까지 들여다본 겁니까?”

“미안해요, 깊게 캐물을 생각은 아니었어요.”

사과를 하면서 메리는 직감적으로 깨달았다. 그녀가 그의 구렁 가장 깊은 곳을 건드렸다는 사실을. 아마 그 심연에는 그가 모른다고 부정했던 감정들이 묻혀 있는 느낌이 들었다. 그리고 그곳이 그가 말한 타락의 밑바닥일지도 모른다는 생각이 불현듯 스쳤다.

갑자기 방 안에 왓슨의 보고가 떠올랐다.

– 실례합니다, 아담.

"무슨 일이지?"

– 헤벨의 함장이 조금 전에 의식을 잃고 쓰러졌다고 합니다. 그 일로 평의회는 오후에 이어 갈 예정이던 회의를 급작스레 연기했습니다. 오늘 회의에는 제인 왓슨 양께서도 예고 없이 참관을 하셨는데, 왓슨 양께서 의원님들에게 헤벨을 낙원의 독립 수사기관으로 승인하라고 강요하셨습니다.

그의 사적인 시간을 방해했기 때문인지, 왓슨은 영상과 사진을 빠르게 넘기며 간략하게 정리했다.

"잠깐, 방금 전 영상 다시 띄워 봐."

카인은 침대에 걸터앉아 손을 들었다. 그가 멈춘 곳은 밀러가 들것에 실려 나가는 장면이었다. 그의 얼굴을 빤히 보던 카인의 표정이 점차 굳었다.

"내가 알던 헤벨의 함장이 아닌데."

– 전 함장인 아서 밀러는 은퇴했고 그의 아들인 마이클 밀러 중령이 작년에 함장직을 이어받았습니다. 밀러 중령은 남태평양전대의 총사령관직도 겸하고 있습니다.

"아서 밀러의 아들?"

엘 카인의 입매가 미세한 경련을 일으켰다. 그는 충혈된 눈으로 천천히 어깨 너머를 돌아보았다. 메리가 알몸으로 앉아 멍한 눈으로 화면을 바라보고 있었다.

– 친자식은 아닙니다. 입양한 아들이라고 합니다.

그녀는 기도하듯 양손을 모으고 있었다. 마이클에게 무슨 일이 생긴 것일까? 저렇게 창백한 얼굴로 쓰러지다니, 이십 년 넘게 그를 봐 온 그녀로서도 처음 보는 광경이었다. 건강에 큰 이상이라도 생긴 걸까? 혹 낙원의 누군가가 그를 해하려 든 것일까? 그녀는 문득 든 생각에 엘 카인을 쳐다보았다.

'혹시 그가 마이클을?'

카인과 눈이 마주치자 메리는 흠칫하며 황급히 표정을 감췄다. 그는 화를 억누르듯 잔근육으로 꿈틀대는 뺨에 못마땅한 눈초리를 보이고 있었다.

"왓슨, 헤벨의 함장에게 혹 연인은 없었나?"

– 그런 가십 기사가 나온 적은 없습니다. 그간 사교계 여러 모임에서 그에게 러브콜을 보냈지만 본인이 모두 정중하게 거절했다고 합니다. 오히려 최근에는 동성애자라는 소문이 돌고 있는 모양입니다.

왓슨의 말에 그는 골난 어린애처럼 굴던 눈초리를 지웠다. 그러나 그의 얼굴에는 여전히 불쾌한 기색이 만연했다.

왓슨은 밀러의 사진과 프로필 정보를 펼쳤다. 그것을 꼼꼼하게 읽어 내려가던 그의 입술 사이로 헛웃음이 흘러나왔다.

"마이클 밀러 중령이라. 설마 연맹군의 사령관이 되어 있을 줄은 상상도 못했는데."

메리는 긴장한 채 침대 시트를 움켜쥐었다. 두 사람을 이렇게 나란히 놓고 보니 정말 많이 닮았다. 피부색과 머리색, 눈매와 이목구비, 가만히 있을 때 풍겨지는 분위기라든지. 입을 연 순간부터는 딴사람처럼 돌변하지만.

그녀는 곁눈질로 침대 옆 협탁을 쳐다보았다. 연꽃 모양의 대리석 꽃병 아래, 미리 벗어 둔 흰 레이스 장갑 한 켤레가 보였다. 장갑 안에는 사샤가 준 금색 칩이 들어 있었다. 메리의 눈동자가 갈등하듯 일렁였다.

몇 분간 침묵하던 엘 카인이 그녀의 옆에 털썩 앉았다. 날렵한 콧날 위로 그가 양손을 모으며 얼굴을 쓸어내리는 게 보였다. 복잡해 보이는 눈빛이었다.

"그러니까 메리는…… 연맹군 쪽 사람이로군요?"

양 가슴을 가리듯 팔을 모은 채 앉아 있던 메리는 굳은 표정으로 그를 쳐다보았다. 카리브 해처럼 푸른 그의 눈동자 속에 우울한 안개가 껴 있었다.

"내가 메리를 이용하려 했던 게 아니라, 메리가 나를 이용하려 했던 거였어요. 그렇죠?"

"무슨 말씀을 하시는 건지……."

메리는 당황스러운 표정으로 미소 지었다.

"밀러 중령 말입니다. 그가 메리를 이곳에 보낸 거죠?"

"오해를 하신 듯해요. 저는 모르는 분인걸요."

그녀는 담담하게 대답했다. 턱 끝이 떨렸지만 애써 힘을 주었다. 그런 그녀를 물끄러미 바라보던 그의 눈빛이 공허하게 물들었다. 왜 그렇게 실망한 표정을 하는지 그녀는 이해할 수가 없었다. 엘 카인은 검은 대리석 바닥 위 붉은 성운을 잠시 내려다보았다. 그러고는 허탈한 목소리로 중얼거렸다.

"메리가 나의 구렁이 되어 줄 거라 생각했는데……."

말끝을 흐리던 그의 눈동자가 점차 어둡게 가라앉았다. 그는 쓴웃음을 머금고 그녀를 쳐다보았다.

"구렁이 아닌 무덤을 파고 있었네요."

돌연 메리의 어깨를 잡은 그는 그녀를 침대 위로 거칠게 밀어뜨렸다. 등을 대고 털썩 쓰러진 메리의 눈이 커졌다. 그의 눈초리에 스산한 바람이 스치고 있었다. 메마른 감정에 젖은 얼굴이 버석거리며 웃었다.

"메리는 이런 걸 좋아하죠? 매춘부처럼 학대하듯 다뤄 주는 것 말이에요."

"카, 카인 씨!"

"아니라고요? 이런 곳을 물어뜯거나 때리면서 박아 주면 엄청 흥분해서 교성을 부리잖아요. 더 해 달라고 흐느끼며 애원한 적도 있으면서……."

그는 그녀의 가슴에 남은 보랏빛 멍을 어루만지며 말했다. 메리의 양 허벅지 안쪽에는 그가 벌릴 때 움켜쥔 손자국이 남아 있었다. 엉덩이는 빨갛게 부어오른 채 생채기 사이사이로 핏방울이 맺혔고, 어깨와 목에는 거칠게 물어뜯긴 잇자국이 남았다.

"아마 그 녀석은 모를걸요? 메리가 이런 취향이란 걸."

그의 서늘한 입김이 귓불을 스쳤다. 엘 카인은 헐벗은 가슴을 움켜쥐던 손으로 그녀의 턱을 잡아 돌렸다.

"나를 봐요, 메리."

시선을 회피했던 그녀의 앞에 그가 입술을 가져왔다. 메리는 혼미한 눈으로 그를 바라보았다. 그는 그녀와 입을 맞추더니 거칠게 아랫입술을 물어뜯었다. 메말라서 까끌까끌한 입술에 피가 맺혔다.

마치 의식처럼 관계를 맺기 전에 반복적으로 하는 것. 별다른 전희는 필요치 않다. 붉은 피는 그를 순식간에 흥분시키는 각성제였다. 회색빛 섞인 연한 금발 사이로 천사가 희열 어린 미소를 지었다. 엘 카인은 천천히 몸을 겹치며 그녀의 뺨을 쓸어내렸다.

"미카엘은 알고 있을까요? 메리가 이렇게 다리를 찢어 벌린 채 제 형과 맨살을 맞대고 있다는 걸."

"……형?"

메리의 목소리가 얼어붙었다. 봉긋 솟은 맨가슴은 놀란 나머지 숨 쉬는 것조차 잊고 부푼 채 멈춰 있었다.

"몰랐어요? 그와 난 쌍둥이예요."

그녀는 벌린 다리를 맥없이 떨어뜨렸다. 충격으로 커진 두 눈은 믿을 수 없다는 듯 바르르 흔들렸다.

"딱 봐도 많이 닮지 않았나요? 메리도 날 보면서 계속 미카엘을 떠올렸잖아요. 물론 나도 그가 밀러 중령이란 사실을 몰랐지만."

말도 안 돼. 마이클은 고아였다. 아서 밀러 함장은 그가 부모형제뿐만 아니라 고향도 없는 혈혈단신의 몸으로 헤벨에 왔다고 했다.

"생사도 모르던 동생을 메리 덕분에 찾았네요?"

그녀의 얼굴이 괴로움에 일그러졌다. 창백하게 질린 낯빛은 말도 잇지 못한 채 가쁜 숨만 내쉬고 있었다.

"그, 그럴 리가……."

쌍둥이라니, 그럼 지금 다리 사이에 들어와 있는 게 마이클의 친형 것이라고?

구역질이 쏟아져 나왔다. 미칠 것만 같았다. 허리에 딱 붙어 있는 그의 하반신을 밀어내려 해도 한 몸처럼 얽힌 채 꼼짝도 하지 않았다. 오히려 그녀의 허리를 더 꽉 잡으며 깊게 파고들고 있었다.

"뭘 그렇게 놀라고 그래요? 메리는 밀러 중령을 모른다고 했잖아요. 알지도 못하는 사람 때문에 그렇게 충격받을 필요는 없어요. 그러지 말고 밤새 내게 안겨 황홀해하던 표정을 보여 줘요. 죄지은 얼굴보단 그 모습이 훨씬 예쁘니까. 게다가 난 이제 메리가 미카엘의 권속이건 말건 상관없어요. 왜냐하면…….”

귓가에서 악랄한 속삭임이 조롱하듯 웃었다.

“메리는 이미 날 좋아하고 있잖아요.”

마지막 말 한마디가 심장에 못 박히듯 정곡을 찔렀다. 머릿속이 얼어붙는 것처럼 사고 회로가 멈춘 느낌이었다. 피맺힌 아랫입술 사이로 그의 혀가 드나드는 게 느껴졌다. 그녀는 넋이 나간 것처럼 아무런 반응도 하지 못했다.

맨살에 닿는 체온은 항상 정직했다. 다정함을 가장한 교활한 남자에게 그녀는 바보처럼 설레고 있었다. 서로 깊은 교류를 하고 있다고 느꼈다. 육체적 교접보다 진한 유대감이 형성되고 있다고 착각했다. 심지어 여태까지 엘 카인이란 남자를 오해하고 있었던 게 아닐까, 하는 어리석은 의문마저 품었다.

메리는 손으로 더듬더듬 가랑이 사이를 가렸다. 걷잡을 수 없는 수치심에 입술이 덜덜 떨렸다. 당당하게 부정하지 못한 스스로에게 모멸감이 치밀어 올랐다.

그가 격렬하게 허리를 움직이자 몸을 들썩인 메리는 안간힘을 쓰며 이를 사리물었다. 고통인지 쾌감인지 알 수 없는 신음 소리가 눈물로 터져 나왔다. 카인은 경직된 그녀의 골반을 잡았다. 그리고 무표정한 눈으로 질질 잡아당겨 하반신을 밀어붙였다. 살끼리 부딪치는 소리가 점차 우악스럽게 울려 퍼졌다. 마지막 박차를 가하는 그의 움직임에 따라 그녀의 엉덩이도 마구 흔들렸다.

"아악!"

날카로운 비명을 내지른 메리는 전신을 부르르 떨었다. 목을 살짝 젖힌 엘 카인의 눈이 잿빛으로 흐려졌다. 아무런 여운도, 카타르시스도 없는 짧은 감흥이었다. 그는 즉시 몸을 빼더니 침대에서 내려갔다. 메리는 풀린 조리개처럼 벌어진 눈동자로 멍하니 허공을 응시했다. 빠져나간 온기만큼 허전함이 밀려왔다. 공허한 허공 위로 마이클의 얼굴이 보였다. 그는 환멸 어린 눈빛으로 그녀를 차갑게 내려다보고 있었다.

뒤에서 가운을 입던 엘 카인은 말없이 그녀의 마른 등을 바라보았다. 여자는 애벌레처럼 몸을 동그랗게 말고 있었다. 굽은 등뼈와 얇은 어깨가 바스스 떨면서 흐느끼기 시작했다. 그 모습을 지켜보던 그의 눈 속엔 흐릿흐릿한 감정이 어리며 일렁였다.

"왜 울어요?"

그녀는 아무 대답도 없었다.

"거짓말한 게 들통나서요?"

침묵 속에 숨죽여 우는 소리만이 흘렀다. 그는 메리의 앞으로 천천히 다가왔다. 양손에 얼굴을 묻은 채 울고 있는 그녀의 머리칼을 부드럽게 쓰다듬었다. 붉은 머리칼. 그가 그녀의 몸뚱이에서 가장 마음에 들어 하는 것이다.

"그에게 미안해서 그런가요? 아니면 버티지 못한 스스로에게 실망해서 그래요?"

그는 정말 모르겠다는 표정이었다. 연이어 질문을 던지던 그는 지루한 눈빛을 짓더니 결론을 통보했다.

"내 권속이 되도록 해요."

그 말에 그녀의 울음이 뚝 그쳤다.

"화가 많이 나긴 했지만 그럼에도 난 여전히 메리가 탐나요. 그만큼 메리가 나에게 특별하다는 거겠죠. 아까 말했다시피 메리는 이미 미카엘의 권속이니 내 것으로 만들 순 없어요. 그러니 메리가 자율적인 의지로 내게 와 줬으면 좋겠어요. 그런 의미의 권속이 되어 줘요."

말없이 고개를 묻고 있던 메리가 조용히 입을 열었다.

"한 가지만 물어봐도 될까요?"

자포자기한 듯한 어조의 목소리였다. 카인은 승낙을 예감한 듯 자신만만한 미소로 농담을 던졌다.

"언제는 내 허락을 구했던 것처럼 묻네요?"

"솔직하게 대답해 주세요."

그녀가 서서히 고개를 들며 말했다. 그는 충혈된 그녀의 눈을 바라보더니 짐짓 진지한 표정으로 끄덕였다.

"그러도록 하죠."

"카인 씨와 최초로 권속을 맺었던 분이요. 시베리아 연구소 출신의 일본인 여성분. 카인 씨는 아니라 하셨지만 그분이 특별했었다는 거 알아요. 카인 씨는 정말 그분에게 아무런 느낌도 감정도 없었나요?"

"있었어요, 느낌."

메리의 눈이 멈칫 커졌다. 그녀는 일말의 기대감이 담긴 표정으로 그를 응시했다.

"지겨운 느낌."

짧게 일축한 그는 빙긋 웃으며 일어섰다. 더 이상의 부연 설명은 없었다. 미련이나 죄책감은커녕 오히려 속이 시원하다는 눈빛만이 보였을 뿐. 그가 침대 뒤에 위치한 높고 널찍한 와인 랙 쪽으로 사라지자, 그녀의 눈은 불 꺼진 듯 절망으로 어둡게 일렁였다.

"그럼 이브는요?"

"이브는."

그는 잔 두 개를 나란히 놓고 와인을 따르다가 잠시 생각에 잠겼다. 말을 아끼는 걸 보니 쉽게 정의내릴 수 없는 감정과 기억이 뒤엉킨 듯했다.

"이브는 글쎄요. 반드시 가져야겠다는 본능이랄까……."

그는 새삼스레 처음으로 그녀에 관한 마음을 정리해 보는 것처럼 말끝을 흐렸다. 모호해진 눈빛은 잠시 의식을 더듬는 중이었다.

"그녀를 차지하지 못한다면 나는 파멸이다, 라는 경각심이 머릿속에서 울리는데 희열과 공포가 뒤섞인 광기에 가까웠죠. 가질 수 없다면 차라리 부숴 버리는 게 낫다고 생각했을 정도로. 다시 말하지만 이건 감정이나 느낌 따위가 아니에요. 생존 본능에 가까운 겁니다."

붉은 와인이 크리스털 잔 안에서 찰랑찰랑 흔들렸다. 다시 침대 쪽으로 걸어오던 그는 침대에 앉아 빤히 쳐다보는 메리에게 잔 하나를 건넸다.

"받아요."

그의 재촉에도 그녀는 말없이 잔만 쳐다보았다. 침대를 짚고 앉은 그녀의 알몸을 내려다보던 카인의 눈초리가 점차 가늘게 좁아졌다.

"메리?"

그 순간이었다.

퍽!

'쨍그랑!' 하고 병 깨지는 소리와 함께 붉은 술이 왈칵 쏟아져 내렸다. 멍하니 눈을 깜빡인 카인은 이마 위에서 뚝뚝 떨어지는 포도주 방울을 보며 아리송한 표정을 지었다. 뭐지? 뒷골이 싸하게 울리고 있었다.

퍼억!

다시 한 번 뒤통수에 둔탁한 충격이 느껴졌다. 밝은 금발이 검붉은 와인에 흠뻑 젖은 채 얼굴에 달라붙었다. 붉은 술이 끈적하게 뺨을 타고 흘러내렸다. 포도주가 아니었다. 이건 피다. 잔을 떨어뜨린 그는 휘청거리며 침대를 짚고 털퍼덕 쓰러졌다.

뒤로 다가온 그림자는 양손에 쥔 와인 병을 높이 들더니 엎드린 그의 뒤통수를 향해 사정없이 내리치기 시작했다.

쨍그랑!

퍽!

쨍그랑!

몸이 몇 차례 들썩인 그의 양옆으로 깨진 병 조각들이 산개했다. 와인 병을 들고 있던 그녀의 손에는 어느새 대리석 꽃병이 들려 있었다. 돌보다 묵직한 화병이 그의 머리통을 향해 절구를 찧듯 '쿵!' 하고 떨어졌다.

퍽!

훨씬 둔탁한 타격음이 울려 퍼졌다. 꽃병 바닥에 젖은 머리칼이 엉켜 붙었다. 짓눌린 살점 사이로 피가 튀어 오르자 그녀는 얼굴을 닦아 내며 굽혔던 허리를 들었다. 헉헉 숨을 몰아쉬는 눈동자가 어지럽게 흔들렸다.

무방비 상태에서 무참한 공격을 당한 그는 시트에 코를 박고 쓰러진 채 멍하니 눈꺼풀만 움직이고 있었다. 술잔이 닿을 듯한 그의 손가락 끝에는 여전히 알몸인 메리가 보였다. 그녀는 측은한 표정으로 그를 내려다보고 있었다.

그의 뺨 옆으로 금색 칩 하나가 툭 떨어졌다. 동시에 알몸으로 앉아 있던 메리가 아른거리며 형체를 잃더니 연기처럼 모습을 감췄다.

'허상?'

혼란스러운 눈빛을 하던 카인은 곤죽이 된 머리를 천천히 움직였다. 시루떡처럼 눌린 뒤통수는 형체도 알아보기 힘들었다. 가자미처럼 눈을 찢어 곁눈질을 하니 등 뒤를 밟고 선 인물의 얼굴이 보였다. 그의 눈과 입매가 굳은 채 옴짝거렸다.

"메…… 리……."

그녀는 깨진 와인 병의 뾰족한 부분을 흉기처럼 쥔 채 서 있었다. 독하게 입술을 앙다문 눈초리가 살기등등하게 빛났다. 그녀는 손에 쥔 병 조각을 그의 목에 '푹' 찔러 넣었다. 하얀 피부 위로 금세 피가 울컥울컥 새어 나오기 시작했다.

그는 비명조차 없었다. 오히려 덤덤한 눈빛으로 그녀를 흘겨보더니 피범벅이 된 얼굴로 이를 드러내며 웃었다.

"이게…… 메리의 답이군요?"

입술을 사리문 채 참던 눈가에 눈물이 가득 차올랐다. 메리는 흐느낌을 억누르며 꽃병을 든 팔을 부들부들 떨었다.

자신이 어리석었다. 이 남자는 감정이란 걸 모른다. 야생의 짐승은 길들일 수 있는 게 아니었다. 감히 교요해 보겠다고 손을 내밀다 그에게 잡아먹힌 이들이 몇이나 될까? 짐승의 아름다운 용모에 홀린 채, 남자의 아가리 속에서 씹어 먹히는 줄도 모르고 다들 넋을 잃었으리라. 좀 전까지 모든 걸 까마득히 잊었던 그녀처럼.

눈물을 뚝뚝 흘리는 메리를 보며 카인은 정말 안타깝다는 듯 중얼거렸다.

"그것 봐요, 내가 뭐랬어요? 결국 감정은 본능을 이길 수 없다니까……."

뭐가 웃긴지 킥킥거리는 그의 얼굴을 향해 그녀는 높게 든 대리석 꽃병을 '쿵' 하고 떨어뜨렸다. 비명도, 미동 하나도 없었다. 붉게 칠한 침대 위에서 그는 그렇게 참혹한 결말을 맞이했다.

메리는 침대 밑으로 내려가 몸을 웅크리고 앉았다. 입을 틀어막은 손이 온통 시뻘겋게 젖어 있었다. '하아, 하아' 몰아쉬는 숨 사이로 고인 눈물이 주르륵 턱에 맺혔다. 대리석 바닥에는 유리 조각들과 와인이 한데 모여 또 하나의 붉은 성운을 이루고 있었다.

— 피와 어둠을 섞으면 뭐가 되는지 알아요?

문득 그가 물었던 질문이 뇌리를 스쳤다. 어째서 지금 그 질문이 떠오른 것일까? 그녀는 비로소 그 답을 깨달았다.

그것은 죽음이다.

바로 지금 눈앞에 펼쳐진 이 광경처럼.

참혹한 얼굴을 숙이던 그녀는 뭔가 이상한 느낌에 다시 고개를 들었다.

갑자기 등골에 소름이 돋았다. 뒤에서 왠지 모를 인기척이 느껴지고 있었다. 설마 착각이겠지? 머리 위에서 누가 내려다보고 있는 것처럼 오싹한 시선이 느껴진다.

'설마…… 그럴 리가…….'

메리는 더듬더듬 바닥의 유리 조각을 쥐었다. 숨을 꾹 참았다. 누군가 거칠게 호흡하는 숨소리가 정수리 위에서 들려왔다. 그녀는 긴장한 눈으로 천천히 어깨 너머를 돌아보았다. 더운 입김이 느껴진다. 돌아볼수록 그녀의 하얗게 질린 얼굴을 뒤덮는 그림자가 보였다.

"마, 말도 안 돼……."

엘 카인이 몸을 일으키고 선 채 갸웃거리며 그녀를 빤히 내려다보고 있었다. 머리부터 목까지 새빨간 핏물을 뒤집어쓴 그의 얼굴은 눈자위만 쭉 찢어 놓은 구멍처럼 하얗게 끔뻑였다. 그는 목을 관통한 병 조각을 손으로 움켜쥐었다. 그리고 아무렇지 않은 표정으로 팍 뽑아내며 중얼거렸다.

"우린 이런 걸로 안 죽어요. 미카엘이 날 죽이는 방법은 가르쳐주지 않은 모양이죠?"

그가 그녀를 향해 팔을 뻗었다. "아아악!" 가늘고 짤막한 비명 소리가 울려 퍼졌다. 허공을 날아간 메리의 몸이 침대 뒤에 벽처럼 위치한 와인 랙에 꽂히듯 걸렸다. 배를 움켜쥔 메리는 풀린 동공으로 멍하니 아래를 내려다보았다. 장식용 갈고리가 그녀의 몸뚱이 한가운데를 부욱 뚫고 튀어나와 있었다.

옷걸이처럼 벽에 걸린 그녀의 모습이 마음에 드는지, 그는 입꼬리를 찢으며 해사하게 웃었다. 별로 세게 던진 것 같지도 않은데 어쩜 저리 기가 막히게 딱 꽂혔는지 감탄이 나올 지경이었다. 갈고리에서 뚝뚝 떨어지는 피가 향긋하게 말초신경을 자극했다. 희열에 찬 그의 눈이 흥분한 듯 검붉게 물들기 시작했다.

"메리의 몸은 우리와 달라서 죽기가 아주 쉬워요. 때문에 그만큼 공을 들여야 하죠. 안 그러면 정말 허무하게 끝나거든요. 지금 그 갈고리로 메리의 배 속을 벅벅 긁으면 온몸의 내장과 장기가 찢어진 복부 사이로 와르르 쏟아질 거예요. 통증이 심해서 쇼크사할 수도 있지만, 마지막까지 버틴다면 매우 아름다울 겁니다. 아니면 메리가 내게 했던 것처럼 꽃병으로 두개골을 찧는 건 어때요? 예쁜 뇌가 두부처럼 으깨지는 게 좀 아깝긴 하지만⋯⋯ 음, 메리의 뇌는 희소가치가 있으니까요. 개인적으로 나는 퍼포먼스를 좋아하는 편이라 화려한 장면을 연출하고 싶은데 말이죠. 메리? 내 말 듣고 있어요? 아 이런, 벌써 정신을 잃었나⋯⋯."

천진난만하게 묻던 그는 아쉽다는 눈빛으로 중얼거렸다.

• • •

광장 앞 승강장에 도착한 유림은 에어쉽에서 내리자마자 주춤거렸다. 멀리 게이트 쪽에 몰려 있는 인파가 보였다. 시위는 한결 수그러든 듯했지만 여전히 많은 사람들이 출국 허가를 기다리고 있는 분위기였다.

유림은 고민하는 눈빛으로 서성이며 광장 내로 들어섰다. 그녀는 광장 중심에 심어진 아름드리나무 뒤에 몸을 숨겼다. 거대 석조물인 게이트는 온종일 군중과 소음에 시달리며 고생 중이었다. 브루클린의 성녀가 나타났다고 하면 또 한 번 소란이 일 것이다. 어떻게든 헤벨에 연락을 취할 방법이 없나? 케이에게 부탁할걸 그랬다. 그러고 보니 S관에서 나온 이후로 그의 모습이 보이지 않았다.

"케이, 어디야?"

유림은 목소리를 낮추고 스마트 워치에 속삭였다.

– 빵집이요.

"거긴 왜 가 있어?"

– 유림이 좋아하는 케이크를 미리 좀 사 놓을까 해서요. 슬슬 단 게 당길 때가 됐잖아요.

유림은 잠시 할 말을 잃었다. 제가 뭔데 남의 생리 주기까지 다 꿰고 있는 거지? 기분이 나쁜 것 같으면서 좋기도 하고, 괜히 뺨이 화끈거렸다.

– 유림은 어디예요?

"지금 성목의 광장인데 도저히 게이트 앞까지 갈 수가 없어. 사람들이 너무 많아. 혹시 헤벨에 연락을 좀 취해 줄 수 있어? 아무도 모르게 은밀히 했으면 좋겠는데."

– 헤벨은 왜요? 밀러 중령 때문에요?

"응, 밀러가 저렇게 아픈 건 처음 봐."

쓰러지기는커녕 감기 한 번 걸린 적이 없던 사람이었다. 그런 사람일수록 한 번 아프면 큰 병이라던데.

– 아파서 저러는 거 아니니까 염려 마요.

"그게 무슨 소리야? 시체처럼 얼굴색이 막……."

– 그냥 감기에 걸렸다고 생각해요. 저런다고 안 죽어요.

"왓슨이 진맥이라도 한 거야? 듣기로는 헤벨에서 치료를 일절 거절한 채 이송해 갔다고 하던데."

– 진맥은 내가 눈대중으로 했어요. 이러다 시체는 내 쪽에서 나올 것 같은데, 그 남자 걱정은 이제 그만하면 안 될까요?

부드럽지만 질투 어린 목소리였다. 열 받았을 때 나오는 케이의 생긋거리는 미소가 떠올랐다. 지금 딱 그런 얼굴을 하고 있겠군.

"알았어, 이만 끊어."

– 벌써요? 잠깐만, 유림…….

"바쁘니까 이만 끊으라고. 이따가 얘기해."

– 그게 아니고 지금 아크레인이…….

마지막에 급히 덧붙이던 케이의 목소리가 뚝 끊겼다. 유림은 못 들었는지 답답한 얼굴로 머리를 수그린 채 앉아 있었다.

'눈대중 진맥 같은 소리 하네. 그게 감기 걸린 사람의 얼굴이야? 감기 두 번 걸렸다간 골로 가겠다.'

복잡한 표정을 하던 그녀의 시선이 땅에 떨어진 열매로 향했다. 누군가 먹다 남긴 잇자국이 움푹 남아 있었다. 관광객인가? 아스포델로스의 열매는 함부로 따먹으면 안 된다는 걸 숙지하지 못한 모양이었다. 에덴동산의 선악과를 상징하듯 광장 노목의 붉은 과실은 독과로 유명했다. 공식적으로 먹고 죽은 인간은 없지만, 낙원의 주민들이라면 독버섯처럼 멀리하는 게 바로 이 붉은 열매였다.

– 소위님, 들리십니까?

스마트 워치에 붉은빛이 깜빡이며 통신이 들어왔다. 아군의 통신이라면 녹색 빛이어야 하는데 누가 보낸 거지? 벌떡 일어난 유림의 눈이 허공을 훑었다.

– 좌표 보내 드리겠습니다. 사람들 눈에 띄지 않게 조심히 와 주십시오.

수신된 좌표는 게이트와는 반대 방향에 위치한 광장 출구 쪽이었다. 해변가로 이어지는 길인데 인적이 드문 길이라 현재는 임시 봉쇄를 해 논 상태였다.

양옆으로 심어진 벚꽃나무를 따라 걷던 유림은 심호흡을 하더니 멈춰 섰다. 숨 한 번 쉬지 않고 뛰어온 터라 이마에는 땀이 송글송글 맺혀 있었다.

“똥개 훈련 끝났으면 그만 나오시지?”

유림은 팔짱을 낀 채 정면을 쳐다보았다. 상대는 그녀의 급한 성질머리를 잘 아는 듯 곧바로 모습을 드러냈다.

불가시 모드 상태로 대기 중이던 은색 비행정은 물에 비친 수조처럼 아른거리며 나타났다. 백조의 우아한 목처럼 매끈한 기체. 유림의 눈이 살짝 커졌다.

‘아크레인?’

도어가 개폐되자 요한이 모자를 벗으며 밖을 살짝 내다보았다. 유림은 반가운 얼굴로 옅은 미소를 머금었다.

아크레인에 올라탄 그녀는 걱정스러운 표정으로 물었다.

“게이트 안에 멋대로 들어와도 되는 거야?”

“헤벨의 아크레인은 수사 목적으로 낙원 내 자유 출입을 허가받았습니다. 아크레인의 통신 채널은 슈퍼컴퓨터 왓슨이 수집하지 않을 거라는 약조도 받았고요.”

“평의회가?”

“저도 믿진 않습니다만 본인들이 그렇게 약조한 이상 뭔가를 알게 되더라도 공식적으로는 모른 척을 해야 할 테니 큰 문제는 없을 겁니다."

요한은 예의 바른 어조로 비웃었다. 그는 여전했다. 직급도 더 높은 주제에 그녀에게 꼬박꼬박 존댓말을 쓰는 것도 변함없었다. 유림뿐만 아니라 메리에게도 깍듯한 그의 태도를 아니꼬워하는 이들은 그를 '밀러가의 집사, 밀러의 개'라고 부르며 비하하기도 했지만 본인은 전혀 상관하지 않았다.

그건 요한을 몰라서 하는 말들이었다. 돌다리도 두들겨 보고 건넌다는 게 그의 신조였지만 건넌 돌다리는 반드시 폭파하여 다음 사람을 엿 먹이는 게 요한이다. 치밀하고 이성적이지만 마음 한구석에 비뚤어진 못이 박혀 있는 인간. 나사못 치고는 배배 꼬여서 어디 한 군데 오래도록 반듯하게 박혀 있을 사람이 아니었다. 비록 밀러는 그를 신뢰할지언정 유림은 늘 그와 적당한 거리를 두었다.

"여기까진 어쩐 일이야? 중령님은 좀 어떠시고?"

"함장님의 상태는 유림이 직접 눈으로 확인하는 게 좋을 것 같습니다. 제가 여기까지 굳이 마중 나온 이유도 그 때문이니까요."

"직접 보라고? 헤벨에서?"

"네."

아크레인은 이미 이륙하고 있었다. 다시 불가시 모드로 모습을 감춘 비행정은 소리 없이 날아올랐다. 유림은 밖을 쳐다보더니 당황한 듯 말했다.

"내가 낙원 밖에 나갔다 온 걸 알면 나중에 평의회 녀석들이 건수 생겼다고 난리칠 텐데."

"나중은 없습니다."

"그게 무슨 말이야?"

"오늘부로 데드캣은 로스트 헤븐 내 잠입 임무를 종료하고 헤벨로 복귀하라는 함장님의 명령입니다."

그녀는 멍한 눈으로 요한을 쳐다보았다. 원래부터 농담을 즐기는 인물은 아니었다. 장난이나 치자고 아크레인까지 끌고 와서 그녀를 태우고 갈 정도로 두 사람 사이가 두터운 것도 아니었고.

"중령님께선 지금 의식이 없으신 것 아니었어? 그런데 함장명이라니?"

요한은 잠시 말을 아끼더니 입을 열었다.

"근시일 내로 함장님께서 데드캣과 블러디 마리아를 불러 드릴 계획이셨다는 건 사실입니다. 정식으로 지시가 떨어진 건 아니지만, 상황이 워낙 긴박한지라 제 독단으로 일을 진행했습니다. 후에 그 어떤 징계가 내려진다 해도 유감없이 받아들일 생각입니다."

갑작스러운 조치에 놀란 듯 가만있던 유림은 말없이 턱을 괴고 밖을 쳐다보았다. 요한은 안도의 미소를 지으며 아크레인에 말했다.

"데드캣이 동의했다. 헤벨에 귀함 요청을 보내도록."

왓슨의 기밀 파일 No. P27

이름: 유림 J 밀러

※ 소속1: 의회 직속 특별수사대 육전지휘관

계급: 소위

콜사인: 세인트1

별칭: 브루클린의 성녀

특이 사항: 단일 델타 포획 수 최고 기록 보유 중, 훈련병 구타와 과한 체벌로 유명

※ 소속2: 연맹군 전략국 산하 작전부 남태평양전대 지휘직속 헤벨 기동수색대

계급: 상사

연맹군 코드네임: 데드캣

지령 코드: 붉은 장미

특기: 근접 전투

특이 사항: 신종 바이러스 항체 보유자

범죄 기록: 없음

헤벨은 게이트 밖 해변에 정박 중이었다. 하얀 모래사장 위로 올라온 먹색의 잠수함은 거대한 고래처럼 보였다. 오랜만에 헤벨을 본 유림의 눈에 동요가 일었다. 침착해 보였지만 창 너머를 바라보는 그녀의 가슴은 북 치듯 뛰고 있었다. 아크레인이 근접하자 헤벨의 꼬리 쪽에 위치한 게이트가 시계 방향으로 회전하며 열렸다.

– 어서 오십시오, 요한 제이콥스 대위님.

아벨의 환영 인사가 울려 퍼지고 제3플랫폼이 등장했다. 두 사람이 내리자 빈 아크레인은 어두운 터널을 타고 격납고로 이동했다.

“아벨, 나한테는 인사도 없는 거야?”

유림이 플랫폼을 나서며 투덜거렸다. 불청객 대우를 받는 느낌이었다. 아벨이 그녀를 달래듯 바로 허공에 메시지를 띄웠다.

– 어서 오십시오, 데드캣.

“아벨은 아직 상사를 잠입 수사 업무 중으로 인식하고 있을 겁니다.”

요한의 설명에 유림은 시큰둥한 표정을 지었다. 하여간 리사보다도 눈치 없는 녀석 같으니라고.

거대 잠항 헤벨의 꼬리 쪽에는 식당과 휴게실, 목욕실 등 부대시

설이 몰려 있었다. 식당가를 지나는 유림의 모습을 본 장병들은 유령이라도 목격한 듯 눈이 휘둥그레 커졌다.

"설마 유림?"

"헤벨의 고양이?"

"유림 맞아?"

"유림이 왔다고?"

삽시간에 모여든 남자들 사이에서 유림은 멋쩍은 듯 머리를 긁적였다. 그녀는 긴 머리칼을 만지작거리며 어색한 미소를 지었다.

"다들 오랜만."

제일 마지막으로 야단법석을 떨며 달려온 건 삼 년 전, 그녀가 속해 있던 팀의 팀원들이었다. 사령부 직속 기동수색대, 임무 수행 능력치가 가장 좋은 병사들로 꾸려진 특수부대이자 헤벨의 전투 선발대였다.

덩치 큰 녀석들이 좁은 복도에 껴서 허둥대며 굴러 왔다. 반가운 기색이 완연한 그들을 보며 유림은 크게 웃음을 터뜨렸다. 그중에 가장 키가 큰 사내가 다른 장병들을 젖히고 나오더니 거들먹거리며 큰소리를 치기 시작했다.

"이게 누구야! 일 년 안에 임무 마치고 돌아올 거라며 큰 소리 치더니 왜 이리 늦었어? 가서 뒈지기라도 한 줄 알았잖아."

"어이, 커크! 뒈진다가 뭐냐? 성녀님께 교양 없게."

"내가 얘 때문에 알몸으로 식당에 묶여 있던 거 생각하면 아직도 치가 떨리는데, 무슨 얼어 죽을 성녀야. 너 설마 거기 가서도 그런 짓 하고 다닌 건 아니지?"

"사내새끼들은 어딜 가나 똑같더라고. 그러니 똑같이 대접해 줬지."

유림이 붉은 입꼬리를 말아 올리며 말하자, 근육질에 호남형인 백인 남자가 창백한 얼굴로 질색이라는 듯 미간을 구겼다.

"너 무슨 남성혐오증 있냐? 아니면 사디스트인가 그거 아니야?"

"사디스트가 좋다고 따라다닌 게 누군데?"

유림이 쿡쿡 웃으며 말하자 커크는 당황한 듯 말을 버벅거렸다.

"내, 내가 언제 좋다고……."

"듣자 하니 예전에 내 이름 부르면서 몽정도 했다며? 흐음, 그렇게 내가 좋아?"

"누가 그래! 어떤 미친놈이!"

"아, 헛소문이었어?"

유림은 상체를 굽히며 그의 턱 밑에 얼굴을 가져다 댔다. 코앞에 다가온 향기에 커크는 얼어붙었다.

"커크는 예나 지금이나 참 귀엽다니까."

놀리듯 속삭인 그녀는 깔깔 웃으며 돌아섰다. 멍하니 서 있던 커크는 완벽하게 전의를 상실한 표정으로 울먹이며 고개를 풀썩 숙였다.

"잰 도대체 왜 저렇게 성격이 나쁜 거야? 함장님과 가면 갈수록 딴판이잖아."

팔짱을 끼고 구경하던 장병들은 박장대소를 터뜨렸다. 커크의 얼굴이 홍당무처럼 시뻘게진 채 코피까지 쏟을 기세였다. 그는 삼 년 전보다 더 육감적인 분위기를 풍기는 유림에게 다시 반한 듯 벌렁거리는 심장을 부여잡고 울분을 터뜨렸다.

"어우, 저 못된 계집애! 심술 맞은 계집애! 얄미운 계집애!"

"커크, 너는 백날 덤벼도 유림이 못 이겨."

"저 녀석은 마조히스트인가 봐. 유림에게 맨날 당하면서도 좋다는 거 보면."

말은 그래도 다들 헤벨의 고양이를 사랑했다. 연기 반, 진심 반으로 눈물을 짜내며 욕하던 커크도 마찬가지였다. 그는 유림의 뒷모습을 보며 피식 웃었다. 비로소 헤벨이 꽉 찬 느낌이었다. 저렇게 여기저기 할퀴고 다니는 고양이가 없어서 다들 그동안 얼마나 심심했는지 모른다.

한편 다른 팀원들은 그제야 유림의 복장이 눈에 들어온 듯 신기한 표정을 지었다.

"오, 그게 낙원의 군복이야? 하여간 간덩이도 크네. 감히 헤벨에 로스티아벤 마크 따위를 붙이고 오다니."

유림은 왼쪽 팔의 마크를 보더니 피식 웃었다. 로스티아벤의 문장은 기본적으로 방패 형태였다. 방패 중심에는 아름드리나무 형태를 한 여신이 눈을 감고 서 있는데, 그녀는 곧 이브를 상징했다. 아름드리나무 앞에는 수많은 검들이 울타리처럼 쭉 세워진 채 낙원 그 자체인 이브를 지킨다. 방패와 검은 모두 용병대 로스티아벤을 뜻했다. 즉, 그들이 검과 방패가 되어 낙원을 수호한다는 의미였다.

"이건 에덴 타워에 출입할 때만 입는 정복이야. 거기 갔다가 제이콥스 대위님한테 바로 잡혀 와서 그래."

"헤벨의 고양이가 왓슨의 용병이 다 됐군 그려."

"소문으로는 유림이 뉴욕의 성녀라던데?"

"브루클린의 성녀겠지, 멍청아."

정말이지 다들 여전했다. 티격태격 목에 핏대를 세우고, 홧김에 몸싸움을 하다가 맥주를 마시며 화해하고, 다 같이 격납고에 숨어 들어서 낮잠을 자고. 이런 광경이 그리웠다. 집에서만 볼 수 있는 따뜻한 정경들.

그런 감동도 잠시였다. 평균 나이 서른다섯인 남정네들이 어찌나 유치하게 노는지 유림은 질렸다는 표정으로 고개를 절레절레 내저었다.

"환영회는 나중에 할게. 어째 못 본 사이에 다들 아저씨가 되었어."

"그래, 그 옷부터 좀 갈아입고 와라. 눈꼴시어 죽겠다. 백의의 천사도 아니고 그게 뭐냐?"

"유림팅게일인가 보지. 낙원에서 데드캣이 엔젤캣이 되었나 봐."

"데드캣이었나? 데빌캣 아니고? 아 헷갈린다."

"잰 진짜 악마고 저승사자야. 대체 누가 잴 성녀라고 부르기 시작했을까? 얼굴부터가 사악하기 그지없잖아, 안 그래?"

콧수염 대장인 랜스가 낄낄대며 웃자 나머지 장병들도 배꼽을 잡고 웃었다.

'아, 짜증 나.'

인상을 구긴 유림은 돌아서다가 못 참겠는지 다시 홱 돌아서서 뚜벅뚜벅 걸어왔다. 눈물을 뽑으며 웃던 랜스의 눈이 서서히 커졌다. 그녀의 손이 그의 커다란 얼굴을 향해 불쑥 다가오고 있었다.

"왜, 왜 그래? 아아악! 아악! 내 수염! 아아악!"

유림은 덥수룩하게 나온 그의 배를 한 발로 밟더니 콧수염을 양 갈래로 잡고 사정없이 쥐어뜯기 시작했다. 그녀가 발로 누르는 배 때문에 팔만 버둥거리는 랜스의 모습은 가련할 정도였다. 다들 침을 꿀꺽 삼키더니 고개를 외면하며 물러섰다. 몇몇은 제 얼굴에 난

수염을 더듬으며 슬그머니 꽁무니를 뺐다.

잠시 후 허공에는 갈색 콧수염이 나풀나풀 휘날렸다. 유림은 불결하다는 얼굴로 손을 털며 눈초리를 치켜 올렸다.

"성녀는 털을 싫어하거든. 성녀는 거시기도 싫어해. 그러니 다음번에 또 성녀 어쩌고 지랄하면 가랑이 사이 걸 뽑아 버릴 줄 알아."

렌스는 무릎을 살포시 모으고 주저앉아 훌쩍였다. 다들 그를 위로하며 안쓰러운 눈초리를 지었다. 안 그래도 대머리여서 수염 기르는 것으로 심리적 위안을 얻는 랜스인데, 유림이 좀 잔인했다면서.

"말이 더 험해졌어."

"힘도 더 세졌어. 완전 괴물이야."

그때 몇 발짝 물러나 뒷짐 진 채 지켜보던 요한이 그녀를 불렀다.

"유림! 인사 다 했으면 이만 가죠, 이쪽입니다."

"아, 예."

둘만 있을 때를 제외하고 유림은 대위인 그에게 꼬박꼬박 경어를 사용했다. 그녀는 묘한 분위기의 장병들을 흘끔거렸다. 요한은 아직 공식적으로 밀러의 상태를 밝히지 않은 듯했다. 개중 몇몇은 팔짱을 낀 채 곁눈질로 두 사람 쪽을 쳐다보았다. 방금 전까지 찔끔찔끔 울던 랜스를 비롯해 소대장급 장교들도 어느새 무거운 눈빛을 짓고 있었다. 눈치를 보니 핵심 간부들은 대충 헤벨의 분위기를 눈치챈 모양이었다.

함장실 앞에 도착한 유림은 의아한 표정을 지었다.

"의무실은 보는 눈이 너무 많아서 말입니다."

짤막하게 대답한 요한은 절뚝거리며 먼저 안쪽으로 들어섰다. 뒤따른 유림의 표정이 어두워졌다. 낯익은 풍경임에도 낯선 공기가 느껴졌다. 어스름한 나이트 스탠드 하나만이 침실을 밝히고 있었다.

"들어가 보시죠. 전 밖에서 기다리겠습니다."

요한의 말에 그녀는 고개를 끄덕였다. 침대 앞으로 다가온 유림은 잠든 듯 누워 있는 밀러를 내려다보며 경례를 올렸다.

"귀함 보고합니다. 유림 J 밀러, 코드네임 데드캣. 로스트 헤븐 내 잠입 및 공작 임무를 일시 중지, 지금 막 본함으로 복귀를 완료했습니다."

보고를 마친 그녀의 목소리 끝이 떨렸다. 고요한 침묵 속에 유림은 다시 한 번 입술을 열었다.

"헤벨의 고양이가…… 중령님 곁으로 돌아왔습니다."

그녀는 붉어진 눈시울로 말을 마쳤다. 손을 내려 그의 뺨을 천천히 어루만졌다. 손끝에 닿는 밀러의 몸이 불덩이처럼 뜨거웠다.

— 어서 와, 나의 고양이.

다정하게 웃으며 팔 벌려 안아 줄 그의 모습을 기대했었다. 메리와 셋이 식당에 모여 앉아 밤새도록 맥주를 마시며 수다 꽃을 피울 거라 예상했다.

밀러의 얼굴 위로 도드라진 실핏줄들을 살피던 유림은 인상을 썼다. 눈 주위에 몰린 혈관들이 심하게 부풀어서 팽창한 상태였다. 치료도 하지 않고 그냥 이렇게 두는 까닭이 무엇일까? 납득이 가질 않았다.

"아벨, 중령님 몸 상태가 어떤지 보고부터 올려 봐."

"곧 좋아질걸세."

아벨 대신 누군가 굵은 목소리로 답했다. 미처 감지하지 못했던 인기척에 그녀의 표정이 굳었다. 유림은 재빠르게 돌아서서 등 뒤 남자의 안면을 향해 주먹을 날렸다. 남자는 예상했다는 눈빛으로 허공에서 가볍게 그녀의 주먹을 막았다.

"며칠 새 직속상관의 목소리도 잊은 건가, 소위?"

그녀의 주먹을 따뜻하게 감싸 쥔 남자는 웃음기 밴 어조로 물었다.

구릿빛 피부에 검은 머리칼, 뺨에 커다랗게 새겨진 십자 흉터, 거칠거칠하게 성대를 긁는 웃음소리.

유림은 놀란 얼굴로 들었던 팔을 스르르 내렸다.

"호크…… 대령님?"

그는 말없이 빙그레 웃었다.

"여기서 대체 뭘 하고 계신 겁니까?"

"그러는 소위는 뭘 하고 있나?"

그가 되묻자 유림은 말문이 막힌 표정을 지었다. 그녀는 흘끗 밀러를 쳐다보았다. 뭐라고 설명해야 할지 선뜻 답이 떠오르지 않았다.

"설마 나처럼 도망쳐 온 건 아니겠지? 그래도 자네는 끈질기게 남아 있을 줄 알았는데."

군복을 벗은 호크 대령의 모습은 아주 오랜만이었다. 헐렁한 반팔에 슬리퍼를 신고 선 대령님이라니. 헤벨의 다른 장병들과 별로 다를 게 없는 모습이지 않은가? 이곳에 있는 게 아주 당연한 듯 그는 자연스럽게 서 있었다.

유림은 주춤 한 걸음 물러섰다. 경계하는 눈빛의 그녀를 보며 그는 흥미롭다는 미소를 머금었다.

"왜 그러지, 소위?"

"제이콥스 대위입니까?"

"뭐가 말인가?"

노아 호크는 로스티아벤에서 가장 유능한 지휘관 중 하나일 뿐만 아니라 주민들로부터 높은 지지를 받고 있는 현직 의원이다. 그런 그가 헤벨의 함장실에 떡 하니 들어와 있다니, 누군가 들여보내 준 게 아니라면 불가능한 일이다.

"대령님을 탈출시키고 헤벨로 들인 사람 말입니다. 제이콥스 대위님의 계획인 거냐고요."

"계획? 그건 왓슨 3세와 로스티아벤을 너무 우습게 보는 발언처럼 들리네만. 아무리 헤벨이라도 낙원의 보안을 그리 쉽게 뚫을 수 없다는 건 자네가 제일 잘 알고 있지 않나? 아벨보다 왓슨이 한 수 위니까 말이야."

– 길고 짧은 건 대봐야 아는 겁니다, 대령님.

아벨이 불쑥 끼어들어 말했다. 나름 연맹군 내에서는 최고의 AI라는 평을 받고 있는 모델인데 자존심이 퍽 상한 모양이었다. 인공지능 주제에 긍지와 신념을 가지고 있다는 게 웃겼지만 유머 지수도 설정하는 판에 뭘 못하겠는가?

"그럼 도대체 헤벨에는 어떻게……."

– 호크 대령님께선 이곳에 직접 오셨습니다. 형무소에서도 자력으로 탈출하셨을 거라 예상합니다.

"그건 불가능해."

유림은 단호하게 부인했다. 특별 형무소와 델타 수용소는 절대 혼자서 빠져나올 수 없다. 자살을 각오하고 아예 건물을 무너뜨릴 생각으로 포탄을 쏘지 않는 이상은 말이다.

"뭐든지 단언하는 건 좋지 않은 버릇이야, 소위."

호크가 웃음 띤 얼굴로 말했다.

"이번 일만 해도 그렇지. 내가 탈출한 직후 누군가가 형무소를 바로 박살 냈다고 들었는데?"

"그건……."

유림은 곤혹스러운 표정으로 그를 쳐다보았다. 또 저런 얼굴이다. 마치 다 알고 있다는 눈빛으로 사람 약 올리듯 바라보며 웃음 짓는 것. 낙원에서 흔히들 오싹하다고 말하는 호크의 검은 미소였다. 뺨에 팬 흉터 때문인지, 아니면 구릿빛 피부와 어울리지 않는 곱상한 외모 때문인지 대부분의 장병들은 블랙 호크의 미소마저도 섬뜩해하며 무서워했다.

"건물 자체가 아예 소멸된 수준이라지? 소위의 논리에 따르면 그건 미사일이라도 쏜 게 되는 건가?"

유림은 미간을 찌푸렸다. 저 영감탱이가 또 놀려먹기를 시작한다. 그녀는 한숨을 내쉬더니 짜증 섞인 목소리로 대꾸했다.

"둘 중 하나겠죠. 왓슨 3세가 협조를 했든가, 아니면."

"아니면?"

"뭐…… 인간이 아니라든가."

능글맞게 웃고 있던 호크의 눈에서 웃음기가 사라졌다. 그는 그녀를 말없이 바라보더니 중얼거리듯 되물었다.

"인간이 아니다?"

"그러니까 제 말은 죽지 않는 몸이라거나."

"안드로이드처럼?"

"안드로이드를 말하는 게 아니고요, 입실론들처럼 초자연적인 능력이 있다든지…….”

유림은 복잡한 눈빛을 지었다. 스스로도 지금 무슨 말을 지껄이는지 모르겠는데, 호크가 이해할 수 있을 리가 만무했다. 하지만 세상에는 설명할 수 없는 현상이 종종 나타나기 마련이다. 불과 며칠 전에 경험하지 않았던가? 유림은 아직도 물린 감각이 생생하게 남아 있는 목덜미를 만지작거리며 입술을 깨물었다.

— 나는 불사신이거든요.

불현듯 케이의 목소리가 뇌리를 스쳤다. 이유는 알 수 없지만 순간적으로 그와 호크의 이미지가 겹쳐 보였다. 둘 다 얄미울 정도로 오만하고 여유로운 면이 있다는 점에서 닮았다. 하여간 남자들이란 죽을 때까지 그놈의 허세를 못 버린다.

“죽지 않는 몸이라.”

호크는 한쪽 입매를 끌어올린 채 묘한 표정을 짓고 있었다. 비실비실 새어 나오는 웃음을 꾹 참으며 말이었다.

“아니 뭐, 그런 소리를 지껄이고 다니는 녀석이 주위에 있다고요……. 농담입니다, 농담.”

유림은 민망한지 붉어진 얼굴로 신경 쓰지 말라며 손사래를 쳤다. 호크는 이미 벽을 짚고 큭큭대며 웃는 중이었다. 한참을 웃던 그는 고개를 들더니 풀어진 눈초리로 물었다.

“주변에 있는 녀석이라면 혹 애덤슨 중사 말인가?”

“아, 예…… 뭐…….”

유림이 떨떠름하게 대답하자 호크 대령은 다시 꾹 참았던 웃음을 폭 터뜨렸다. 그녀는 멍한 얼굴로 그를 쳐다보았다. 호크가 저렇게까지 폭소를 터뜨리는 모습은 처음이었다. 그의 웃음소리에 얼어 있던 분위기가 한층 녹았다.

"그렇게 웃으시니 대령님께서도 딱 평범한 동네 아저씨처럼 보이십니다."

"아저씨 맞는데?"

"그렇긴 하죠. 종종 그 사실을 깜빡해서 문제지만."

"젊고 잘생긴 아저씨라 그런가?"

"아, 또 징그러운 발언. 스스로 젊어 보인다고 하지 좀 마시라니까요."

그녀가 질색이라는 얼굴로 고개를 절레절레 내젓자 호크는 장난스럽게 웃었다. 역시 옷차림 때문일까? 그가 정말 평범한 남자처럼 보였다. 지금 이 상황 때문인지 대화 주제 때문인지는 모르겠지만, 그의 주변에 아주 낯설고 부드러운 공기가 형성되어 있는 건 확실했다.

"애덤슨 중사가 정확히 뭐라 했는지 궁금하군."

"불사신이랍니다, 자기가."

"불사신?"

눈이 동그래진 그는 다시 한 번 시원하게 웃음을 터뜨렸다. 유림은 팔짱을 낀 채 못마땅한 얼굴로 눈살을 찌푸렸다. 그래도 팔은 안으로 굽는다고, 케이를 저렇게 비웃는 게 아무리 호크라도 불쾌했다.

"뭐가 그렇게 웃기십니까?"

"중사가 얼마나 한이 맺혔으면 그런 소리를 다 하겠나 싶어서 그만……."

그는 헛기침을 하며 입가에 남은 웃음기를 정리했다.

"내가 아는 중사는 그다지 말수가 없는 남자다. 허황된 말로 허세를 부리는 것보다 실체를 보여서 공포를 각인시키는 쪽을 선호하는 편이지. 그런 남자가 소위에게만큼은 도무지 조바심을 감추지 못하는 게 보이는데, 내 입장에선 그게 참 기쁜 일이거든. 자네의 애정을 갈구하는 중사의 모습이 더없이 인간적이라서 말이야."

잔잔하지만 따뜻한 음성이었다. 유림은 내심 놀란 눈으로 호크를 쳐다보았다. 케이를 그만큼 꿰뚫어 본 것도 놀랍지만 왠지 모를 애정이 느껴지는 그의 어조가 더 의외였다. 그가 저렇게도 케이를 아끼고 있었던가? 정작 애덤슨 중사는 그와 마주치기만 하면 까칠한 태도로 냉랭하게 굴던데.

갸웃거리던 그녀는 복잡한 생각은 일단 지우고 화제를 전환했다.

"그래서 대령님께서 여기 계신 진짜 이유는요? 괜히 탈옥하셔서 혐의만 짙어졌다는 거 아십니까? 공중 정원의 테러범은 나츠 시게노로 밝혀졌습니다. 그 녀석이 자수했어요. 상관으로서 면목 없습니다."

유림의 눈빛에 속상한 기색이 어렸다.

"좀 복잡한 사정이 있는 것 같은데 나쁜 녀석은 아닙니다. 제가 조금만 빨리 눈치챘더라면 충분히 막을 수 있는 사고였어요. 나츠도 그렇게 되지 않았을 거고요. 모든 게 미숙한 제 불찰입니다."

"시게노가 자네를 많이 따랐던 모양이군. 자수를 했다는 건 그만큼 소위를 존경했기 때문이겠지. 지휘관과 팀원들에게 피해를 주고 싶지 않았던 까닭도 있을 테고. 본인 스스로도 내적 갈등이 심했을 텐데 어린 녀석이 보기보다 강단이 있는데? 스파이로서 그런 마음가짐을 갖는다는 게 쉽지 않다는 건 자네가 누구보다도 잘 알지 않는가? 어쨌든 고생이 많았다. 나 없이도 잘 해결해 줘서 고맙군."

호크는 피식 웃으며 그녀의 머리를 쓰다듬었다. 묵직한 온기에 유림의 눈이 동요로 일렁였다.

늘 뒤에서 얼굴을 붉히며 따라오던 나츠의 모습이 떠올랐다. 동경과 두근거림으로 가득했던 소년의 눈동자. 그 순간 그 아이의 마음가짐은 분명 그녀와 함께하고 있었다.

호크의 말대로 그녀는 누구보다 나츠를 이해하고 있었다. 그와 그녀 사이를 묶고 있는 이 전우애처럼, 나츠도 특별수사대 안에서 점차 유대감을 느껴 왔을 것이다.

유림의 눈이 의문을 품고 호크에게로 향했다.

헤벨과 낙원 사이의 물살을 조정해 왔던 그의 마음은 과연 어느 쪽 파도를 타고 있을지 궁금했다.

– 노아 호크 대령님은 아서 밀러 함장님 시절부터 저희 헤벨과 로스트 헤븐 사이의 가교 역할을 해 오시던 분입니다. 쉽게 말해서 동맹군입니다.

전 함장인 아서 시절부터라면 꽤 오랜 시간이었다.

"그걸 왜 나는 모르고 있었지?"

– 검은 함장의 존재는 기밀 사항으로 함장과 최측근 참모장교만 알게 되어 있습니다. 따라서 블러디 마리아도 모르고 있는 일입니다.

"그럼 제이콥스 대위님도 진작 알고 계셨다는 거네?"

– 그렇습니다.

"흐음…… 그런데 나한테 이렇게 술술 불어도 되는 거야?"

– 대위님께서 승인하신 일입니다.

함장에게 갑작스러운 변고가 생긴 경우, 지휘권을 비롯한 전권은 부함장에게 이임된다. 현재 헤벨의 부함장은 요한 제이콥스 대위였다. 그녀는 흘끗 문 쪽을 쳐다보았다. 함정 내 다른 장병들은 아직 호크 대령의 존재를 알지 못하는 눈치였다. 요한이 그녀를 함장실로 데려온 건 밀러의 상태를 확인하라는 게 아니라 호크와 만나게 해 주기 위해서였다. 데드캣의 임무는 완벽하게 종료하고 그녀를 귀함 조치시키겠다는 의미로 해석된다.

“그럼 대령님께서는 처음부터 제 정체를 알고 계셨다는 겁니까?”

호크가 대답 대신 어깨를 으쓱하자 유림은 헛웃음을 흘렸다. 바보가 된 기분이었다. 지난 몇 년간 그는 그녀 앞에서 얼마나 많은 웃음을 참아 왔을까? 유림은 불만스러운 눈빛으로 ‘쳇쳇’거리며 말했다.

“그래서 애덤슨 중사를 보내신 거군요. 어쩐지 이상하다고 생각했습니다. 입대 테스트에 여섯 번이나 떨어진 녀석을 굳이 제게 붙이시다니……. 저 같은 일류 교관에게 말이죠.”

“일류? 훈련병들이 평가한 자네 점수표를 한 번도 보지 못한 건가, 소위?”

“그딴 걸 뭐하러 봅니까? 합격률만 보면 되는 거지. 제 훈련병들은 낙방이 없기로 유명하거든요.”

“듣자 하니 다들 탈락할 시엔 브루클린의 성녀로부터 당할 후사가 두려워서 죽을 각오로 테스트에 임한다더군.”

“바람직하네요.”

유림은 콧노래를 흥얼거리며 뿌듯하다는 표정을 지었다.

“역시 난 교관이 천직인데 다들 왜 그렇게 날 최전선에 못 보내서 안달인지 모르겠어.”

호크는 할 말을 잃은 듯 웃고 말았다. 이러나저러나 어쨌든 건방진 그녀가 귀여운 모양이었다.

"전장의 성녀가 전장에 있는 건 너무나도 당연한 이치 아닌가?"

"브루클린의 성녀라면 그렇죠. 그녀는 낙원을 위해 검을 들고 주민들을 위해 기꺼이 피를 흘릴 용병이니까요. 하지만 아시잖습니까? 데드캣에게 그런 의리는 없다는 걸. 헤벨의 고양이는 첨탑의 쥐새끼들만 사냥하면 그만이거든요. 그녀의 최종 임무는 다른 무엇도 아닌 '낙원을 살해'하는 것. 낙원은 제 전장입니다. 첨탑 주인의 목이 게이트 위에 걸릴 때까지 말이죠."

호크는 모호한 미소를 머금었다. 핏빛 눈동자를 가진 이들은 모두 잔학한 본성을 가지고 있다. 그건 그녀도 예외일 수 없었다. 그녀의 놀라운 전투력은 결국 스스로의 본능을 따른 결과적 능력치에 불과하다는 걸 곧 깨닫게 될 것이다.

"아, 그런데 다른 사람들은 언제 데려오는 겁니까?"

유림은 스마트 워치를 내려다보며 물었다. 호크의 눈빛이 굳었다.

"다른 사람들?"

"저만 혼자 쏙 빠져나온 게 걸려서요. 지금 낙원은 굉장히 불안정한 상태라 좀 걱정되는데……. 아벨, 대위님께 보고 드렸어? 배달원보다는 메리가 걱정이야. 아무래도 첨탑 꼭대기에 불려 간 것 같아."

– 배달원은 사망했습니다. 이후 새로운 배달원을 파견한 적은 없으니, 불러들일 요원은 블러디 마리아뿐입니다. 마리아는 중령님께서 깨어나시는 대로 구조 작전을 세울 예정입니다.

"그게 무슨 소리야? 배달원이 죽었다니?"

아벨은 허공에 사진을 띄웠다. 일전에 배달원으로서 위장 잠입했던 우딘의 프로필 사진이었다.

– 우딘 헤르만, 본명은 알리 무하마드. 로스트 헤븐에 잠입해 임무를 수행하던 중 사고로 사망했습니다.

"아, 저 녀석 입대 테스트 때……."

– 맞습니다. 델타 난입 사건 때의 피해자입니다.

유림은 기억난다는 표정을 지었다. 입대 테스트 때 케이와 같은 팀에 있던 녀석이었다. 시뮬레이션 훈련장에 난입한 델타에게 당해 꽤 처참한 몰골로 죽었지. 그의 시신을 떠올리던 유림은 얼굴을 찌푸리며 물었다.

"저 녀석이 배달원이었다고?"

– 네, 이후 데드캣은 장미를 받았다는 암호를 헤벨에 수신합니다. 하지만 배달원이 사망했음에도 답신이 온 것을 수상히 여긴 중령님은 데드캣이 위험에 처했다고 판단했습니다. 그래서 헤벨이 데드캣과 블러디 마리아를 회수하기 위해 로스트 헤븐에 올 빌미를 모색하던 차에, 마침 공중 정원 테러 사건이 발생한 겁니다.

"무슨 소리야. 그럼 케이가 온 건……."

"기억나는군, 입대 테스트 때 그런 사고가 났었지. 소위가 문을 폭파하고 개입하지 않았나? 훈련병들 사이에선 아직도 그 영상이 도는 것 같던데."

유림은 미간을 구긴 채 호크를 쳐다보았다. 갑자기 그가 중간에서 말을 끊고 끼어든 기분이었다. 마치 의도적으로 입을 틀어막으려는 것처럼. 허공에서 그와 눈이 마주치자 그녀는 멈칫 굳었다. 몇 년간 상관으로 모셨던 남자였다. 그가 저런 눈빛을 할 때면 무엇을 뜻하는지 잘 알고 있었다.

경계 및 대기.

그녀는 차분히 서서 곁눈질로 주변을 확인했다. 지구본처럼 동그란 구체 형태의 아벨이 빙글빙글 돌며 그들의 대화를 모두 수집하고 있었다. 지금 함장실에서 나누는 대화는 숨소리 하나까지도 모두 아벨에 의해 기록되는 중이었다.

유림은 입술을 다물었다. 잘은 모르겠지만 말을 아끼고 신중해야 할 상황이었다. 호크가 그녀의 말을 중간에서 가로막은 건 그런 의미다.

"배달원의 죽음은 유감이네, 아벨. 그건 내가 어찌해 볼 틈도 없었어."

– 아닙니다, 대령님. 다행히 평의회 측은 눈치채지 못한 듯하니 크게 문제될 것은 없습니다.

"아벨, 혹시 정보국에서 내게 따로 요원을 붙인 적은 없었어? 그리고 혹시 '낙원의 설계자'가 정보국 출신이라는 설에 대해 아는 건 없고?"

호크의 시선이 느껴졌지만 유림은 차분한 표정을 유지했다. 케이에 관한 것이라고 밝히지는 않았으니, 아벨도 그녀가 한 질문의 진짜 의도는 알아차리지 못할 것이다. 적어도 확인은 해야 했다. 그냥 이렇게 넘기기에는 미심쩍은 부분이 많았다.

– 정보국에서 최근 일 년 사이 로스트 헤븐으로 요원을 보냈다는 이야기는 없습니다. 물론 그들이 저희 쪽에 비밀로 한 채 독단적으로 사람을 심었을 가능성도 있습니다만, 그럴 경우에는 전략국과 공식적으로 협의된 상황이 아니기 때문에 우리 쪽 대원에게 접근을 할 권한이 없습니다. 애당초 데드캣이나 마리아의 존재 자체도 모를 테지만요. 그리고 낙원의 설계자가 정보국 출신이

라는 건 허위 정보입니다. 낙원의 설계자는 익명의 과학자 K라고 불리는 인물일 가능성이 높은데, 익명의 과학자 K는 정보국 쪽에서도 오랫동안 추적 중인 사람이기 때문입니다.

유림이 멍한 눈빛을 지었다.

"그럼……."

그녀의 시선이 호크에게로 향했다. 느른한 자세로 팔짱을 낀 채 벽에 기대 있던 그는 확신 어린 눈빛으로 그녀를 응시하고 있었다. 그 순간 머릿속에 떠오르던 수많은 질문들이 거품처럼 녹아내렸다.

처음부터 그녀에게 장미꽃이 전달된 적은 없었다.

'케이가 배달원이 아니라고?'

유림은 혼란스러운 눈으로 허공을 응시했다.

'왜?'

가슴이 묵직하게 내려앉았다.

'도대체 왜?'

그럴 이유가 없다. 케이가 거짓말을 할 이유가 없었다. 만약 자신을 죽이고자 했다면 그에게는 수없이 많은 기회가 있었다. 스파이인 그녀의 정체를 고발하고자 했다면 소돔에서 그런 위험을 무릅쓸 필요가 없었다. 델타에게 물린 그녀에게 목숨을 걸고 달려들 이유도 없었다.

— 나 버리지 마요.

— 내가 케이를 왜 버려?

— 내가 유림한테 잘못한 게 많아서요.

수만 가지의 감정들이 얽힌 채 우르르 밀려와 눈앞을 캄캄하게 가로막았다.

'그때 한 말이 이런 의미였어?'

허탈한 감정에 억지웃음이 흘러나왔다. 눈시울이 뜨겁게 욱신거렸다. 얼른 손등으로 훔친 유림은 흘끗 침대를 쳐다보았다. 밀러는 여전히 눈을 감은 채 누워 있었다.

'어쩌면 밀러가 몰래 보낸 요원일지도 몰라. 아벨도 모르게 극비로 말이야. 그 유명한 익명의 과학자 K잖아. 낙원의 설계자인지 창조자이기까지 하다며? 상부에서 아군까지 속여 가며 위장시켜 보낸 게 아닐까?'

일말의 가능성이라도 붙잡고 혼잣말을 하던 유림은 두 손으로 얼굴을 가리며 주저앉았다. 쪼그리고 앉은 그녀의 얼굴이 처참하게 일그러졌다.

한심하다, 정유림.

현실을 부정하는 건 나약해 빠진 놈들이나 하는 짓이다. 흔들리지 마라, 무너지지 마라, 외면하지 마라, 이성을 잃지 마라, 감정적으로 판단하지 마라, 군인은 어떤 순간에도 냉정해야 한다. 훈련병들에게 수없이 가르쳤던 말들이었다.

그제야 그동안 훈련병들에게 얼마나 교과서적인 내용을 가르쳐 왔는지 깨달았다. 사람인데 흔들리지 않을 수가 없다. 가슴에 구멍이 나지 않을 수가 없다. 아프지 않을 수 없다. 아픈데 감정적이지 않을 수가 없다. 어느 때라도 냉정을 잃지 않는 건 피 대신 수액이 흐르는 안드로이드나 가능한 일이다. 인간이니까 그런 게 가능할 리가 없다. 우린 인간이니까 화를 내고 슬픔에 무너지기도 한다.

“그러고 보니 애덤슨 중사에게 숙제를 하나 내준 적이 있었지.”

그녀를 조용히 지켜보던 호크가 말했다.

“브루클린의 성녀는 결코 시시한 상대가 아니다. 하지만 그녀의 마음을 얻는다면 중사는 원하는 바의 절반 이상을 이룬 것과 다름없다고.”

케이가 원하는 것? 고개를 숙이고 있던 유림의 눈초리가 날카롭게 올라섰다. 얇아진 호크의 눈초리에 의미심장한 미소가 어려 있었다.

“그랬더니 그 녀석이 무슨 바보 같은 짓을 한 건지 소위에게 잔뜩 혼만 나고 쫓겨나지 뭔가?”

“아, 그때 일은.”

반사적으로 대답하던 유림의 입술이 머뭇거리며 다시 닫혔다.

‘그래서 그런 거였구나. 내 마음을 얻겠다고…….’

헛웃음이 흘러나왔다. 하여간 의외로 여자에 서툰 녀석이었다.

“애덤슨 중사가 잘못한 게 아닙니다. 제가 사적인 일로 흥분해서 조금 과한 체벌을 내렸습니다.”

“그 체벌 너무 오래 주지는 말게. 녀석은 이미 십오 년 넘게 벌을 받아 왔거든.”

오늘 호크 대령은 정말 이상했다. 평소에도 자신만의 철학이 있는 사람이기는 했지만 오늘따라 유난히 그의 속내를 읽기가 힘들었다.

“더 할 말 있으면 나중에 의무실로 오도록. 난 좀 쉬어야겠군.”

그는 피곤하다는 듯 목 뒤를 주무르더니 통로로 향하는 문을 열었다. 함장실 밖으로 나서던 그는 뭔가 잊었는지 ‘아!’ 하고 돌아보았다.

“참고로 애덤슨 중사는 그 뭐라고 하더라? 시스터 콤플렉스? 그게 좀 심한 편이라서 말이야.”

그는 우려가 담긴 눈빛으로 밀러를 지그시 바라보았다. 곧 그에게 닥쳐올 재앙을 예견이라도 하듯이 혀를 끌끌 차면서.

“듣자 하니 밀러 중령도 비슷한 증세가 있는 것 같던데 가급적이면 애덤슨 중사 앞에서 중령에게 너무 잘해 주지 말게.”

“시스터 뭐요?”

“시스터 콤플렉스.”

“그 녀석 시스터 병을 왜 저와 중령님께서 조심해야 합니까?”

“내가 명령하니까.”

호크가 생긋 웃으며 말했다. 유림은 기가 막히다는 표정을 지었다. 거만한 상관 같으니. 그녀는 불만 가득한 눈초리로 “예.” 하고 구시렁거리며 대답했다.

유림은 타당한 근거 없이 행위를 제한당하는 것에 굉장한 반발심을 갖는 여자였다. 그걸 잘 아는 호크는 장난스럽게 윙크를 던진 뒤 재빠르게 문을 닫고 사라졌다. 반박할 시간을 주지 않기 위한 게 분명했다.

“저 아저씨가 또 징그러운 짓을 하고 가네.”

유림은 토할 것 같다는 얼굴로 웩웩거리며 고개를 내저었다. 그러다가 뒤늦게 뭔가를 깨닫고선 이마를 찌푸렸다.

“명령 좋아하시네. 제복 벗었으면 그냥 아저씨지. 우리 둘 다 이제는 탈낙원 분자고만.”

좀 전까지만 해도 하늘이 무너지는 기분이었는데, 지금은 왠지 모든 게 대수롭지 않게 느껴졌다. 호크의 꼴 보기 싫은 재롱 때문인지 진지하고 애절했던 기분이 모두 날아가 버린 채였다.

게다가 가만히 들어 보니 이 두 남자, 전부터 알고 지내던 사이인 게 분명하다. 그간 모르는 척 서로에게 이죽거리더니 그게 다 보기 좋은 쇼였다.

유림은 다시 슬퍼지려는 눈초리를 손가락으로 잡아서 밀어 올렸다. 케이에 대한 일은 나중에 생각하자. 그러고 싶었다. 떠올려 봤자 화가 나기도 전에 보고 싶다는 생각부터 들고 마니까.

유림은 문을 벌컥 열고 나섰다. 통로에 몸을 기댄 채 서 있는 요한이 보였다. 그의 발 옆에는 그가 늘 수족처럼 짚고 다니는 지팡이가 있었다. 십 년 전 뇌 수술 이후 생긴 후유증으로 그는 왼쪽 다리를 자유롭게 쓰지 못했다.

"배고프다! 오랜만에 식당 밥을 먹고 싶은데."

"가죠. 제가 사겠습니다."

그가 절뚝거리며 다가오자 유림은 그가 지팡이 짚기 편하도록 한 발 늦추어 걷기 시작했다.

"가다가 커크 녀석 보이면 잡아서 끌고 가자. 그런데 걔는 여전히 캡틴 Z 팬티만 입어?"

"커크 상사가 그런 팬티를 입습니까?"

요한은 전혀 몰랐다는 표정으로 되물었다.

"메리가 알려 줬어. 어쩌다 손이 닿았었나 봐. 질색을 하더라고."

유림은 긴 머리칼을 높게 포니테일로 묶으며 웃음을 터뜨렸다. 쾌활하게 웃던 그녀의 웃음소리가 점차 잦아들었다.

"마리아 구출 작전은? 내가 사라진 걸 알면 메리가 제일 먼저 의심받게 될 거야."

"저도 같은 생각입니다. 내일 움직이도록 하죠. 도시가 잠든 후에 실행하는 걸로. 작전은 식사 후에 설명하도록 하겠습니다."

"내일이라……. 그때까지 별일 없겠지?"

요한은 아무런 대답도 하지 않았다. 유림은 쓴 입술을 깨물며 걸었다. 불안하게 뛰는 가슴이 턱밑에서 숨을 잡아당겼다.

• • •

황금의 바벨탑 어딘가에 있는 거울이벽의 신전. 삼각 타일로 이루어진 거울의 방은 보고 있으면 정신이 사나워질 정도로 어지러웠다. 이곳에 한 번 초대받은 적 있던 유메는 거울이벽의 신전을 나오자마자 헛구역질을 하며 욕설을 지껄였었다.

— 역시 저놈은 미치광이가 틀림없어. 수천수만 개의 거울 속에서 가면을 쓰고 무슨 변태 놀이를 즐기는 거야? 여기서 로봇들하고 섹스 파티라도 벌이는 건가? 안에 잠깐 있었는데도 어지럼증에 토할 것 같아. 나츠가 아닌 내가 오길 잘했어. 나츠였다면 제대로 말도 못했을 게 분명해. 그 녀석 비위도 약한 데다가 쉽게 패닉에 빠지곤 하니까…….

거울이벽의 출입구는 수많은 거울들로 이루어져 있어서 문이 열려 있어도 분간하기가 쉽지 않다. 또 얇은 거울이벽 사이사이에는 섬뜩한 칼날이 꽂혀 있다는 이야기도 있었다.

"자, 이제 하나씩 설명을 해 봐. 차근차근 하나도 빠짐없이."

천장에 매달린 샹들리에의 조명이 켜졌다. 격자무늬 의자에 앉아 있는 솔로몬이 황금 가면을 쓴 채 모습을 나타냈다. 그의 목소리에는 아무런 감정도 실려 있지 않았다.

의자 앞에 서 있던 남자는 바닥에 뭔가를 털썩 내려놓았다. 목 잘린 안드로이드의 몸체 부분이었다. 찢어진 양복, 손과 발에 남아 있는 총상. 흔히 '사회자'로 알려져 있는 위즈덤의 엔터테인먼트용 안드로이드였다.

솔로몬은 고개를 까닥거리더니 팔걸이에 기대 턱을 괴었다.

"목은?"

"회수하지 못했습니다."

"그럼 코어도 잃었다는 소리네?"

그는 신경질적으로 되물었다. 남자는 우물거리며 고개를 숙였다.

"거기에 얼마나 많은 것들이 담겨 있는 줄 알아? 그 녀석은 내 반쪽 뇌나 다름없다고!"

"죄송합니다."

버럭 소리치던 그는 두통을 느끼기라도 하는 듯 한숨을 내쉬었다. 솔로몬은 정보나 기술력의 손실을 두려워했다. 단순히 기업가적 마인드에서 나오는 경쟁심이나 위기의식이 아니었다. 그는 그것들을 수집하고 싶어 했다. 개개인의 정보와 은밀한 비밀들, 더 나아가 기억 속에 저장된 모든 역사를, 그리고 이 모든 걸 가능하게끔 해 주는 과학기술까지.

이제 거의 다 왔다. 조금만 더 손을 뻗으면, 한 걸음만 더 나아가면 그가 꿈꿔 왔던 현실이 눈앞에 펼쳐지려던 참이었다. 단 하나의 보물만 손에 넣게 된다면.

왓슨 3세와 스마트 더스트.

그가 낙원에 온 목적도 바로 이들을 훔치기 위해서였다. 그런데 몇 년을 숨죽인 채 지켜봤지만 도무지 원천기술을 알아낼 수가 없었다. 스마트 더스트의 경우 백 년을 앞서 갔다는 평을 받았던 작품이었다. 시대를 앞서간 천재적인 발상도 놀랍지만 그걸 구현해 낸 엔지니어의 실력에 전 세계 과학계는 할 말을 잃었다.

결국 그는 왓슨 3세를 차지하기 위해선 '관리자 권한'을 손에 넣는 수밖에 없다고 결론을 내렸다. 아니면 최소 '낙원의 관리자'를 그의 사람으로 만들어야 했다. 어떤 길을 택하든 낙원을 장악해야 하는 것만은 변함없었다. 핵심은 정체를 들키지 않고 첨탑의 꼭대기에 이르는 것이었다.

낙원은 지리적으로나 사회적으로나 아주 폐쇄적인 공간이었다. 이곳의 권력층—평의회와 로스티아벤의 지도층—은 왓슨 그룹 본사의 핵심 인사들과 그와 관련된 인물들로 형성된 상태였고 이방인은 철저하게 배제하는 분위기였다.

솔로몬은 당황하지 않았다. 초조해하지도 않았다. 사실 이건 그의 전문 분야였다. 다들 그가 건설업으로 성공한 줄 알지만, 그의 진짜 특기는 사회의 지하 깊은 곳에 이어져 있는 수맥을 찾아내는 것이다. 다시 말하자면 표면에 보이는 세계가 아닌 그 이면의 연결고리를 장악하는 능력이랄까?

상류층이든 하류층이든, 천국이든 지옥이든, 의회든 카지노든, 귀족이든 노동자든 상관없었다. 세계는 철저하게 계층화되어 보이지 않는 장벽으로 신분과 사회를 구별하지만 이 모든 세계를 하나로 연결하는 통로가 존재했다.

바로 섹스다. 시대를 불문하고 포주와 매춘부가 존재하지 않았던 적은 없었다. 권력자의 뒷문을 두들길 시엔 반드시 아름다운 창녀를 준비하라. 로비스트라면 자나 깨나 기억하고 있어야 할 법칙이었다.

낙원은 좀 특이한 케이스긴 했다. 입실론들이 성녀처럼 숭배받는 이곳에서 여성이 몸을 파는 게 허용될 리 없었다. 모래의 도시 하층부에는 매춘부들이 존재했지만, 높은 곳의 양반들이 그런 범법 지대에 행차하는 걸 좋아할 리가 없었다. 그렇다고 해서 그녀들을 모래의 도시 밖으로 불러내면 왓슨의 눈이 불법체류자를 알리는 사이렌을 울렸다.

낙원 전체에 퍼져 있는 결벽증이 주민들의 숨을 점점 옥죄어 가고 있었다. 그들의 검은 욕망이 고일 웅덩이가 필요했다. 왜냐면 그 썩은 웅덩이가 반대로 그에게는 달콤한 오아시스가 되어 줄 테니까.

— 그렇다면 안드로이드 매춘부는 어떠십니까?

솔로몬이 낙원의 평의원들과 처음 화상 대화를 나눴을 때 건넨 말이었다. 그는 기억의 도시에 새로이 적용될 기술이라는 '드리밍 플라워'를 보자마자 아주 멋진 계획이 떠올랐다고 덧붙였다. 고대 로마의 도시 폼페이를 모델로 한 성매매 거리 소돔의 건설안이었다. 그게 바로 낙원에 세울 검은 오아시스의 정체였다.

"저, 사장님…… 혹시 이 녀석 몸에 자동자폭 시스템은 탑재하지 않으신 겁니까?"

사회자의 몸뚱이를 가져온 남자가 머리를 긁적이며 물었다. 솔로몬은 그의 질문에 침묵했다. 그러게 말이다. 내가 왜 진작 자폭을 명하지 않았을까? 사회자는 그가 특별히 아끼는 모델이었다. 'W-Judge' 모델 중에서도 프로토타입에 가까운 오리지널 형이라 더 애착이 갔다. 첫 아이 같은 느낌이랄까?

"폐쇄 도시에 들어갈 때까지만 해도 녀석과 연결이 되어 있었어. 이후 총격전이 벌어지더니 연결이 뚝 끊겼다. 거긴 미궁도 아닌데 왜 갑자기 연결이 끊겼을까?"

솔로몬은 눈치를 살피고 있던 남자에게 그만 나가 보라는 손짓을 했다. 남자가 머뭇거리자 그는 손바닥 반만 한 검은 봉투를 바닥에 툭 던졌다. 코카인이 들어 있는 봉투를 확인한 남자의 입가가 금세 좋아서 찢어졌다.

"유령의 군주가 어디 숨어 있는지 소재 파악부터 해 봐. 팔다리 없는 여자애가 혼자 지내고 있을 리 없어. 누군가 보살펴 주고 있는 게 분명하다."

"알겠습니다."

상황이 자꾸만 꼬여 가고 있었다.

처음 계획은 완벽했다. 테러 사건의 배후자인 블랙 호크가 제거당하고, 브루클린의 성녀는 연쇄 살인범이란 낙인이 찍힌 채 미궁에서 델타와 교전하다가 사망한다. 피해자들 구조 작업에 앞장선 위즈덤의 대표 솔로몬은 호크를 대신해 평의원 자리에 오르고, 그가 만든 병기형 안드로이드는 로스티아벤에 납품되어 대대적인 안드로이드 군단을 이룬다.

'어디서부터 잘못된 것일까?'

우리아는 그의 뜻대로 움직였다. 비싸게 넘긴 정보에 따라 평소 눈엣가시로 여기던 호크를 형무소에 가두고, 브루클린의 성녀를 잡기 위해 미궁에 델타를 풀었다. 그 결과 브루클린의 성녀는 델타에게 치명상을 입었다. 과다 출혈로 죽든지, 살아남는다 해도 델타가 될 운명이었다.

그런데 그녀가 멀쩡한 모습으로 돌아왔다. 감염은커녕 얼마나 쌩쌩한지 펄펄 날아다니면서 오베론의 기사들만큼이나 델타를 처리했다고 한다.

잘못 본 건가? 아니, 그럴 리가 없었다. 델타가 그녀의 목을 물어뜯고 피가 튀기는 것까지 확인하지 않았는가? 손발을 물리는 경우에는 감염 부위를 절단하고 살아남는 일도 있다지만 목덜미나 복부 같은 부위는 감염에서 벗어날 방법이 없다.

폐쇄 도시에서 대체 무슨 일이 있었던 걸까? 거기서 벌어진 일들과 대화를 알 수만 있다면 모든 실마리가 풀릴 텐데. 웬일인지 거기서부터 사회자와 연결이 끊기고 말았다. 당연히 명령 전달도 할 수 없었고, 사회자의 눈을 통해 상황을 엿보는 것도 불가능했다.

'연결이 끊긴 걸로 모자라 형무소 앞에서는 명하지 않은 짓거리도 벌였지.'

그는 허공에 뜬 영상을 감상하기 시작했다. 형무소 앞에서 벌어진 전투 장면이었다. 목 잘린 사회자가 더듬거리며 오베론의 기사들에게 공격 명령을 내리고 있었다.

낙원에서 안드로이드에게 명령을 내릴 수 있는 인공지능은 크게 둘로 나뉜다. 낙원의 슈퍼컴퓨터 왓슨 3세와 안드로이드 제조사인 위즈덤. 상위 인공지능이라면 누구나 하위 인공지능 안드로이드에 명령을 내릴 수 있다.

쉽게 말하면, 리사가 왓슨의 명령을 따르는 것과 같은 이치였다. 회사로 비유하면 왓슨은 사장이고 리사는 수행 비서인 셈이다. 즉, 리사의 코어[8]를 위즈덤에서 제조한 제품으로 바꾸면, 리사는 왓슨이 아닌 위즈덤이 내리는 명령을 따르게 될 수도 있다는 얘기였다.

설명으로는 간단한 논리처럼 보이지만 실제로 코어를 바꾼다는 게 쉬운 일은 아니다. 그런데 그걸 누군가가 해냈다. 사회자의 코어를 손보고 명령 체계를 감쪽같이 바꿔 놓은 것이다.

반나절 만에 위즈덤 최고의 두뇌를 가진 안드로이드를 수술시켰다. 그것도 다른 정보는 거의 손상시키지 않은 채로. 낙원에 이 정도 실력을 가진 의사가 있는 줄은 미처 몰랐는데. 인공지능에 대한 지식과 기술 그리고 순발력, 이 삼 요소가 천재적인 수준으로 갖춰지지 않고서는 절대적으로 불가능한 일이었다.

'잠깐…… 그런 게 가능한 사람이 있지 않나?'

천재 공학자이자 프로그래머인 엔지니어. 가상세계와 AI[9]에 대한 이해도는 타의 추종을 불허하며 사고의 전환과 발상은 기발함을 넘어서 신을 우롱하는 수준이라고 했다. 그의 작품은 현재 단순한 과학이 아닌 예술이라 불리고 있다.

솔로몬은 가면 속에서 침묵한 채 수천 개의 거울이벽을 응시했다.

'낙원의 설계자.'

왓슨 3세와 스마트 더스트를 만들었다고 알려진 익명의 과학자 K.

---

8 코어Core: 다시 짧게 설명하자면 현대 컴퓨터의 CPU와 같다고 보면 된다.

9 A.I. Artificial Intelligence: 인공지능

'설마 그가?'

솔로몬은 희열에 차오른 눈동자로 웃음을 터뜨렸다. 그자가 자신의 작품을 보고 만졌다고 생각하니 온몸에 전율이 일었다.

이제 수면 속의 시간은 막을 내릴 타이밍이 왔다.

소환장

수신인: 알렉스 아브라함

발신인: 특별보안대 소속 셰인 필란 중위

최근 발생한 연쇄 테러 사건과 우리야 세르게이의 살인 사건에 위즈덤이 연루되어 있다는 정황과 증거가 제시되었습니다. 이에 관해 조사하고자 귀하께 출석 요구서를 발송하오니, 2100년 3월 11일 15:00시까지 로스티아벤 특별보안대로 출석해 주시기 바랍니다. 정당한 이유 없이 출석에 응하지 아니하면 규정에 따라 체포될 수 있습니다. 출석 일시는 소환장 수령 후 12시간 내 요청할 시 1회 조정 가능합니다. 또한 수사에 지장이 가지 않는 범위 내에서 법률적 자문을 제공받으실 수 있습니다. 본 수사는 낙원의 외부 수사기관인 헤벨과 공동으로 진행합니다.

소환장을 읽은 그는 가벼운 조소를 흘렸다.

좀 전까지만 해도 이 순간을 위기로 여겼지만 이제는 아니었다. 이건 계기다. 지면을 찢고 나올 기회. 낙원 내에 익명의 과학자가 머물고 있다. 그것만으로 동기는 충분했다. 자신의 짐작이 틀렸다 해도 상관없었다. 어차피 조만간 물밑에서 헤엄치는 건 그만두려고 했으니까. 바야흐로 오랜 잠수를 마칠 시간이 온 것이다.

“결국 의원님들께서 절 버리시기로 한 겁니까?”

– 나는 반대했소. 결코 내 뜻이 아닙니다, 솔로몬.

빈센트가 영상 통화 화면에서 진땀을 흘리며 변명했다. 지중해 출신의 배불뚝이 대머리 의원은 손까지 저으며 난색을 표했다. 그럴 테지, 의원들 중에서도 당신은 특히나 소동을 많이 찾던 사람이었으니까. 솔로몬은 팔걸이를 손가락으로 톡톡 두들기며 생각에 잠긴 시늉을 했다.

“알겠습니다. 의원님의 마음 씀씀이는 제가 기억해 두도록 하지요. 어쨌든 제 입장에서는 이게 낙원의 관리자의 뜻이라는 게 중요한 거니까요.”

– 그렇소. 아이작 라이트 의원 혼자서 밀어붙인다고 될 일은 아니었으니까……. 아무튼 클라크 의원! 그 여편네가 제일 큰 문제요. 아이작 의원은 그 여자 혓바닥에 놀아난 것뿐이지. 관리자께선 이 일에 별 관심이 없으신 눈치였어. 오히려 제인 왓슨이 더 적극성을 보이는 듯했으니 말이야.

“왓슨 양께서 말입니까? 그나저나 관리자께서는 요즘 낙원의 정치사에 소홀하신 듯한데 무슨 사정이라도 있으신지요?”

– 그게 말이야. 며칠째 개인 집무실에만 틀어박히신 채 평의회의 보고도 받지 않으신다 하네. 자세한 사정은 나도 모르겠소. 그러고 보니 제인 왓슨이 이상한 말을 하긴 했었지. 관리자께서 무슨 계집애 하나와 시시덕거리는 중이라며 잔뜩 샘을 부렸다니까?

“여자와 있다?”

가면 속 얼굴에 미소가 어렸다. 왓슨가의 공주님은 여전히 엘 카인을 열렬히 사모하고 있었다. 그녀의 열정과 집착은 놀라울 따름이었다. 제인 왓슨은 본래 패악스럽기 그지없는 성격으로 유명했다. 그런 그녀가 젊은 사업가를 짝사랑한다는 소문은 순식간에 사교계를 점령했다. 솔직히 대부분의 사람들은 그녀가 금방 그에게 질리거나 자존심을 짓밟혔다며 열렬한 복수를 할 거라 예상했다.

하지만 모두의 예상을 깨뜨리고 그녀는 기어코 그와 약혼까지 했다. 이후 제인 왓슨은 이십 년 넘게 한결같이 엘 카인만 바라보는 중이었다. 그게 아직도 사랑인 건지, 아니면 생에 있어 유일하게 마음대로 되지 않는 존재에 대한 집착인 건지는 좀 더 두고 볼 일이었다.

"입실론입니까?"

– 그런 것 같더군.

엘 카인이 관심을 갖는 대상이라니 누굴까? 솔로몬의 입가에 잠시 호기심이 피어올랐다.

"그러니까 조사위원회에서는 우리야 세르게이 총사령관을 암살한 범인이 위즈덤에서 만든 안드로이드라고 여기고 있다는 거군요. 그것도 단순한 안드로이드가 아닌, 회색 기사단 중 하나였다……. 게다가 그 회색 기사단을 사들인 오베론은 이번 테러 사건의 주동 세력이었고, 따라서 위즈덤은 그 배후 세력으로 의심받고 있다. 대충 이런 시나리오인 게 맞습니까?"

– 의심이라기보다는 좀 물어볼 게 있다는 거지. 일단 출석에는 응하시게. 그다음에 아이작 라이트와 협상을 보는 게 좋겠소. 다 죽어 가는 노인네, 이젠 서지도 않으니까 소돔은 못 가지만 뒷구멍으로 받아먹는 건 우리 중에 제

일이요. 황금의 바벨탑 사업주들은 죄다 한 번씩 아이작에게 사적으로 악수를 건넸지. 이번 사건으로 피해를 본 사업주들이 아이작에게 따로 압력을 가해서 밀러 중령을 조사위원회에 합류하게 만들었소. 물론 제인 왓슨도 힘을 보탰지만, 어쨌든 그들의 입김이 컸소.

"일단 그들은 자세한 내막을 모릅니다. 지상에서 제일 안전하다고 믿어 왔던 낙원이 불바다가 되는 걸 눈앞에서 지켜봤으니, 사업이고 뭐고 지금 당장은 이곳을 탈출하는 것밖에 눈에 보이지 않을 겁니다. 사실 이 모든 사태의 원흉은 첨탑의 관리자입니다. 이런 비상시국에 여자와 침실에 틀어박혀 있다니 그는 낙원을 통치할 자격이 없습니다. 아니, 왓슨 3세의 주인이 될 그릇조차 못 되는 사람이죠."

경멸 어린 어조로 중얼거린 솔로몬은 의자에서 일어났다.

"출석에는 응하겠습니다. 그러니 의원님께서도 걱정 말고 기다리고 계십시오."

– 솔로몬, 나는 당신이 세르게이를 죽인 게 아니라고 믿고 있소.

"물론이죠. 제가 제 고객을 뭣 하러 죽이겠습니까?"

– 고객? 세르게이 총사령관도 소돔에 출입했었단 말인가?

빈센트가 황당하다는 어조로 묻자 솔로몬은 가면 쓴 얼굴로 고개를 가로저었다.

"아니죠, 그쪽 고객이 아닙니다."

– 그쪽 고객이 아니라니?

솔로몬은 잠시 생각에 잠겼다. 그는 결심한 듯 집무관을 호출했다.

"들여보내세요."

유리거울 중 하나가 병풍처럼 접히면서 문을 열었다. 그 사이로 한 남자가 제복을 입은 채 뚜벅뚜벅 걸어 나왔다. 영상 너머로 그 광경을 보던 빈센트의 눈이 서서히 커졌다. 남자의 얼굴을 본 그의 낯빛이 경악으로 물든 채 비명을 내질렀다.

"아직 백 퍼센트 완성된 건 아니지만 상황이 이러하니 어쩔 수 없군요. 조금 이른 감이 있지만 일단은 살인 누명부터 벗고 봐야겠습니다."

빈센트 의원은 큰 충격을 받은 얼굴이었다. 그는 의자 팔걸이를 꽉 움켜쥔 채 간신히 몸을 가누었다.

– 이게 어, 어떻게 된 일이오? 세르게이 총사령관은 죽었어. 죽었다고! 분명 내가 시체까지 확인했는데!

"아이고 우리 의원님, 촌스럽게 왜 그러십니까? 목숨이 하나뿐인 시대는 지났습니다. 우리야 세르게이는 항상 본인에게 닥칠 '죽음'에 대비해 왔죠. 아마 주변에 적이 많았던 모양입니다. 어쨌든 그를 죽인 암살범은 꿈에도 몰랐을 겁니다. 그가 또 하나의 목숨을 미리 준비해 놨다는 사실을 말입니다."

솔로몬은 너털웃음을 터뜨리더니 쓰고 있는 가면을 손가락으로 톡톡 두들겼다. 결정을 앞두고 생각에 잠길 때 나오는 버릇이었다.

"사실 이러면 안 되는 거지만 의원님께서는 저희 VVIP 회원 중에서도 특별한 분이니까요. 정말 예외적으로 드리는 기회입니다만, 어떠십니까? 지금이라도 저희 '뉴 라이프 프로젝트'에 참여하지 않으시겠습니까?"

– 뉴 라이프 프로젝트에?

"강요하는 건 아닙니다. 솔직히 의원님이 아니시더라도 대기 중인 분들이 너무 많거든요. 하지만 의원님께서는 저와 워낙 각별하시고, 또 위즈덤을 끔찍하게 생각해 주시는 분 아닙니까? 원하신다면 제가 일 순위에 넣어 드리겠습니다. 다시 말씀드리지만 이건 아주 예외적인 경우입니다. 어디 가서 말씀하시면 안 됩니다."

솔로몬과 대화할 때마다 느끼지만 그의 말에는 힘이 있다. 신뢰를 주는 목소리라고 해야 하나? 사람의 마음을 꿰뚫어 보는 것만 같았다.

저 남자는 악마였다. 그건 모두가 인정했다. 다들 그걸 알면서도 그가 건네는 제안에 매번 굴복했다. 누가 거절할 수 있겠는가? 죽어도 다시 살아날 수 있다는데. 백날 신께 기도해 봤자 영혼 아닌 육신은 구원받을 수 없다. 영혼? 그런 눈에 안 보이는 것 따위 알게 뭔가?

어쩌면 신이 최초의 인류에게 선악과를 금한 건, 바로 이러한 결과를 미연에 방지하기 위함이 아니었을까? 지식을 깨우친 인류는 이토록 끔찍한 존재가 될 수 있다는 걸 앞서 내다본 게 틀림없었다. 더불어 신의 권위가 추락하게 되리란 것도.

솔로몬은 최초로 신이 될 인간일지도 모른다.

• • •

바람의 도시는 적막에 휩싸였다. 이 시간이면 반딧불처럼 공중을 수놓으며 떠다녔을 공중 저택들이 죄다 불 꺼진 상태로 지면에 착지해 있었다. 상점가의 술집도 텅 비었다. 안드로이드들은 호객이라도 해 보고자 밖에 나왔지만 길가는 휑뎅그렁하니 오가는 주민들의 그림자조차 보이지 않았다. 하늘을 가로지르는 에어쉽의 엔진 소리도 잠잠하니 바람마저 고요했다. 다들 겁에 질린 채 집 안에만 틀어박혀 있었다. 테러에 대한 공포와 두려움이 도시의 빛과 생기를 앗아 간 듯했다.

유림의 자택 역시 어둠에 잠겨 있었다. 창가에 달린 작은 조명들만이 밤길을 달리는 열차처럼 조르르 빛을 밝혔다. 냉장 박스에 담긴 케이크는 줄곧 식탁 위에 얌전히 올려져 있었다. 케이는 유리로 이루어진 벽에 기대 밖을 내다보았다. 어두컴컴한 도시 저편으로 에덴 타워가 우뚝 서 있는 게 보였다.

– 소위님께서 헤벨로 이동하셨습니다.

“알아.”

그는 단조로운 음성으로 대답했다. 그러나 유리창에 이마를 툭 대고 있는 눈동자는 아까부터 한 방향만 뚫어져라 쳐다보고 있었다.

– 벌써 꼬박 하루가 지났습니다. 차라리 소위님께 연락을 넣어 보시는 게 어떨까요?

“그럴 필요 없어.”

그는 자신 없는 목소리로 시선을 떨어뜨렸다. 침울한 눈빛으로 바닥을 내려다보던 케이는 갈라진 음성으로 중얼거렸다.

“유림은 이제 돌아오지 않을 테니까.”

딱 잘라 말한 것과 달리 그는 여전히 미련을 버리지 못한 듯 창밖을 바라보았다. 투명한 눈동자가 유리에 비친 어둠을 응시하며 일렁였다.

오지 않는다는 걸 알면서도 기다리는 그의 모습은 낯설었다. 마스터는 불합리와 모순을 싫어하신다. 그럼에도 어제오늘 그의 말과 행동은 엇갈림의 연속이었다. 평소 감정을 측정하기 힘들 정도로 이성적이었던 남자는 어디로 간 것일까?

어제 유림이 헤벨로 간 이후부터 그의 심박동 수는 계속 160 이상을 상회하고 있다. 만일 이게 유림의 심장 박동 수였다면 리사는 당장 그녀에게 안정을 취하라 했겠지만, 빠르게 뛰는 케이의 심장 소리는 기묘하게도 조용히 숨죽인 채 지켜보게 만들었다.

– 연인에게 헤어지자는 이야기를 들었을 경우, 제일 좋은 방법은 즉시 만나러 가는 겁니다. 24시간 안에 직접 만나서 설득을 시도할 때 재결합할 확률이 가장 높다고 합니다.

케이는 불쑥 조언을 던지는 리사를 뜬금없다는 듯 쳐다보았다. 얼굴형 홀로그램으로 떠 있는 그녀의 머리 위에는 데이터를 분석할 때 발사되는 푸른빛이 반짝이고 있었다.

– 단순히 잘못했다고 용서만 구하면 실패할 가능성이 큽니다. 정확히 내가 무엇을 잘못했고 상대에게 얼마나 상처를 줬는지 확실하게 인지하고 있다는 걸 보여 주는 게 중요합니다. 대부분의 남성들이 실수하는 점이 이겁니다. 그들은 단순히 사과만 하면 되는 줄 알죠. 하지만 여성들은 말뿐인 사과를 할 바엔 차라리 아무것도 하지 말라고 말합니다. 그녀들이 중시하는 건 상대방의 공감이니까요.

그녀는 아예 제가 교수라도 된 듯 이별학 개론을 펼치고 있었다.

"알았으니까 그 입 좀 다물어."

– 평소처럼 키스부터 하고 그러시면 안 됩니다. 소위님께서도 일단 여자니…….

"뮤트."

무음 모드가 되자 종알거리던 리사는 시무룩한 표정을 지었다. 케이는 이제 좀 살겠다는 얼굴로 그녀를 노려보았다.

지금쯤 유림은 모든 사실을 알았을 것이다.

예전이라면 그녀가 얼마나 충격을 받았을지 상상도 못했겠지만 이젠 아니었다. 그녀가 받았을 배신감과 상처를 충분히 짐작할 수 있었다. 노아가 오랜 시간 거짓말을 해 왔다는 걸 알았을 때, 당연한듯 밟고 있던 발밑이 무너지는 걸 느꼈다. 믿고 있던 세상 모든 게 부식되는 기분이었다.

'그런 아픔을 그녀에게 주고 만 것일까?'

얕게 토한 한숨이 매캐한 담배 연기처럼 허공을 가르며 흩어졌다.

'직접 만나서 잘못했다고 용서를 구하면…… 유림이 받아 줄까?'

마디마디 아름다운 손가락이 유리 벽을 어루만지며 고민했다. 리사의 말이 정답이란 건 알고 있었다. 마음으로는 벌써 백만 번도 넘게 헤벨로 달려가서 그녀를 만났다. 다만 발이 떨어지지 않을 뿐이었다. 유림의 냉담한 눈초리를 떠올리면 몸이 얼어붙은 것처럼 움직여지지가 않았다.

— 아담 겁쟁이! 이런 것도 못 올라오는 거야?

높다란 절벽 위에 올라가 까르르 웃던 어린 이브의 모습이 떠오르자 힘없는 웃음이 새어 나왔다.

이십 년 전이나 지금이나 자신은 그녀에 관해선 여전히 겁쟁이였다. 자칫 그녀를 잃을까 봐 전전긍긍하며 속을 애태우는 것도 그 시절과 변함없었다. 한 번 잃어 봤기에 조금 어그러진 감정이 생긴 것도 사실이었다.

케이는 손을 활짝 펼쳐 힘을 꽉 주었다. 그러자 손가락 끝에 눌린 유리 벽 위로 쩌억쩌억 금이 가기 시작했다. 그녀를 향한 강박증에 가까운 소유욕, 초조함과 불안함, 이 모든 것들이 한데 섞인 눈동자가 소용돌이치며 일렁였다.

유림이 그의 이런 비틀린 면모까지 알 필요는 없었다. 그녀를 갖지 못해 안달 난 몸은 때로 처절하게 몸부림치며 폭력성을 발산했다. 그 모습은 광기에 가까웠다. 이걸 본 그녀가 자칫 겁을 먹거나 경멸할지도 몰랐다.

사나워진 눈빛이 평정심을 찾기 위해 고요히 눈을 감았다. 스스로를 통제할 때 떠올리는 건 알혼 섬의 기억이었다. 그럼 신기하게도 속을 까맣게 태우던 감정들이 증발해 사라져 갔다. 얼른 몸에 붙어 있는 이 어둠을 털어 버리고 그녀에게로 가 용서를 빌어야겠다.

그렇게 마음먹으니 지금 당장 유림이 너무나도 보고 싶었다. 뺨을 맞더라도 그녀와 얼굴을 마주하는 편이 훨씬 행복했다. 그녀를 품에 끌어안고 격렬하게 입을 맞추고 싶다. 몽롱한 눈빛으로 신음을 흘리는 얼굴에 자잘한 키스를 퍼붓고…….

— 평소 습관대로 키스부터 하고 그러시면 안 됩니다.

일침을 놓던 리사의 목소리가 번뜩 뇌리를 번쩍이며 스쳤다. 움찔한 케이는 긴장한 눈빛으로 목울대를 꿀꺽 삼켰다. 평소 습관대로 야한 짓부터 상상했다. 그는 반성하는 표정을 지었다.

'뭐부터 하랬지? 공감이었나?'

잘못한 게 뭔지 먼저 이실직고를 하고, 그로 인해 그녀가 얼마나 상처를 받았을지 다정하게 위로할 것. 그는 벼락치기 공부를 하는 학생처럼 중얼거리며 공식을 외웠다. 하지만 곧 갸웃거리며 께름칙한 의문을 품었다.

'유림은 그냥 평소대로 애무하면서 사랑을 표현해 주는 걸 더 좋아할 것 같은데.'

말초적인 자극에 솔직한 반응을 보이는 여자였다. 그녀는 결코 그런 화학작용을 천시하지 않았다. 오히려 감정과 결부시켜 자연스럽게 이해하는 편이었다. 단순해 보이지만 그녀 나름대로의 연애 철학이 존재했다.

의문 어린 눈초리로 고민하던 케이는 갑작스레 허공에 떠오른 알림 창을 보고선 굳은 표정을 지었다.

알림

방문자(1)가 있습니다.

확인하시겠습니까?

공중에 떠 있는 아파트 앞에 익숙한 외형의 빨간 에어쉽 한 기가 정차하고 있었다.

"사샤?"

현관이 열리자 검은색 원피스를 입은 사샤가 긴박한 걸음으로 들어왔다. 그녀의 목 뒤 단추 하나가 풀린 게 보였다. 평소 옷맵시에 예민한 그녀인지라 얼마나 서둘러 온 건지 알 수 있었다.

소파에 털썩 앉은 사샤는 가사로봇이 가져온 물부터 벌컥벌컥 마셨다. 긴장으로 인해 목이 바짝 마른 듯한 기색이었다. 케이는 다리를 꼰 채 맞은편 소파에 깊숙이 몸을 기댔다. 그의 아름다운 눈매가 흐드러지듯 냉기를 흘렸다.

"무슨 일이야?"

"큰일 났어, 아담."

사샤가 심각한 얼굴로 중얼거렸다. 그녀의 두 눈동자는 겁에 질려 있었다. 고요한 얼굴로 앉아 있던 케이의 눈빛에도 불길한 예감이 스쳤다.

"어제 제인이 첨탑 꼭대기에 두 번이나 다녀왔어. 두 번 다 씩씩거리며 돌아왔지. 엘 카인이 만나 주지 않았나 봐. 잔뜩 약이 올라가지고 보이는 물건은 다 집어던지고 난리도 아니었어. 메리 씨를 낙원에서 쫓아 버릴 거라며 고래고래 소리를 질러 댔거든. 나는 그런 제인의 곁을 밤새 지켜 주었어. 왠지 혼자 두면 안 될 것 같은 느낌이 들어서……."

그러다가 까무룩 잠이 든 게 화근이었다.

부스럭거리는 소음이 들린 건 깊은 새벽 무렵이었다. 거실에서 잠든 사샤는 몽롱한 표정으로 잠에서 깼다. 어둠 속에서 왔다 갔다 하는 그림자가 보였다. 얼핏 보인 불빛에 비친 제인의 얼굴은 뭔가 작정한 듯 무시무시한 눈초리였다.

소파 앞 테이블에는 빈 술병들이 굴러다니고 있었다. 예감이 좋지 않았다. 그녀는 벌떡 몸을 일으켰지만 이미 제인은 개인 경호원들을 이끌고 밖을 나선 후였다.

"제인은 엘 카인의 집무실로 향했어. 여전히 문은 굳게 잠겨 있었지. 제인은 술에 취해서 문을 열라고 소리쳤어. 그래도 안쪽에서는 아무런 대답이 없었대. 결국 제인은 정식으로 왓슨에게 문을 열어 달라 요청했어. 하지만 왓슨은 관리자의 권한이 필요하다면서 거절한 모양이야."

제인은 결국 이성을 잃었다. 카인의 이름을 부르짖으며 유리로 된 문을 두들기던 그녀는 비틀거리며 뒤로 물러섰다. 벌겋게 충혈된 눈에는 눈물이 차올라 있었다. 그녀는 데리고 온 경호원들에게 명령했다.

"부숴 버려."

경호원들은 즉시 소형 폭탄을 설치했다. 예전에 유림이 훈련병들 입대 테스트장에 진입하기 위해 사용한 것과 비슷한 종류의 폭탄이었다. 커다란 폭발음과 함께 연기가 피어올랐다. 복도에 비치된 화병들이 산산조각 나고 벽에 걸린 그림들이 까맣게 타서 찢어졌다.

제인은 연기 속으로 입장했다. 걸음을 옮길 때마다 그녀의 발밑에 밟힌 유리 조각들은 바삭거리는 소리를 냈다.

끝까지 막아설 줄 알았던 왓슨은 의외로 조용했다. 경호원들이 그녀를 뒤따르자 벽 쪽에서 적색 광선이 지그재그로 뿜어져 나왔다. 제인은 그들에게 물러서란 손짓을 했다. 경호원들까지 데리고 들어오는 것만큼은 용납할 수 없다는 왓슨의 경고 메시지였다.

어두침침한 집무실 안에서는 이상한 냄새가 났다. 고등어 썩는 비린내 같기도 하고 쇠 냄새 같은 게 느껴지기도 했다. 안쪽으로 갈수록 곰팡이 핀 식초 냄새가 풍겨 왔다. 역해서 숨 쉬기가 불편할 정도였다. 침실 쪽의 불이 켜져 있었다. 그녀는 그쪽을 빤히 쳐다보았다. 적막에 휩싸인 공기가 물 먹은 솜처럼 무거웠다. 턱 밑에 맺힌 땀방울이 바닥으로 똑 떨어졌다. 이상하리만큼 호흡과 맥박이 가파르게 뛰고 있었다. 심장이 '쿵쿵' 북소리를 내며 가슴 판막을 두들겼다. 코끝을 찡하게 하는 악취, 문틈으로 보이는 흥건한 바닥. 그녀의 몸은 본능적으로 도망치라 속삭였다. 오감을 찌르르 자극하는 이 불쾌한 방으로부터 당장 벗어나라고.

"카인?"

몇십 초간 머뭇거리던 발걸음은 주춤주춤 침실로 향했다. 머릿속을 뒤덮는 두려움보다 그를 향한 사랑이 더 컸던 모양이었다. 시체처럼 창백하게 젖은 안색이었지만 그녀는 용기를 내어 걸어 나갔다.

"나예요, 이브."

가녀리게 떨려 나온 목소리에는 눅눅한 숨소리가 묻어 나왔다. 누가 목을 조르는 것처럼 숨이 찼다.

철퍽거리는 대리석 바닥은 온통 흥건했다. 여기저기 보이는 깨진 술병들. 침대에 튄 붉은 자국들이 보였다. 발밑을 적시고 있는 액체는 와인이었나 보다. 그런데 이 불쾌한 냄새는 뭐지? 마치 난투라도 벌어졌던 양 여기저기 부서진 파편들이 난무했다. 그녀는 침대 뒤에 위치한 와인랙 앞으로 향했다. 희미한 조명 아래 아른거리는 인영이 보였다. 구부린 어깨, 푹 숙인 몸. 다리를 벌린 채 앉아서 뭔가를 중얼거리고 있는 남자.

"이브?"

제인의 눈가에 기쁨이 어렸다. 하얀 셔츠를 입은 그가 쓰러진 와인랙 위에 걸터앉은 채 퀭한 눈으로 그녀를 바라보고 있었다.

"카인!"

"뭐야, 이브가 아니잖아……."

그의 말투가 평소와 좀 달랐다. 술에 취했나? 제인은 이상한 기분이 들었지만 애써 부드러운 목소리로 말을 건넸다.

"몰골이 왜 그래요? 어디 다친 거예요?"

그를 향하던 그녀의 손이 굳은 채 허공에 멈췄다.

비딱한 눈초리, 차갑게 굳은 입매, 경멸이 담긴 표정. 그렇게 그가 그녀를 쳐다보고 있었다.

"왜 그래요? 화났어요?"

카인은 한숨을 내쉬며 고개를 내저었다. 아주 지긋지긋하다는 표정이었다. 그는 몸을 일으키며 제인의 손을 뿌리쳤다

"내 몸에 손대지 좀 마."

"그게 무슨…… 갑자기 왜 그러는 거예요?"

혐오스럽다는 듯 쳐다보는 그의 시선이 낯설었다. 그녀를 대하는 말투도, 표정도 전에 알던 그 사람이 아니었다. 경직되고 차가운 면이 있긴 해도 항상 반듯한 기품과 예의 바른 모습을 잃지 않던 남자였는데.

"나예요, 낙원의 모델 이브요. 당신 약혼녀요."

"이브?"

카인이 조롱하듯 쿡 웃었다. 그 모습에 억지로 웃던 그녀의 표정도 굳었다. 분노가 확 치밀었다. 숨을 가쁘게 내쉬던 제인은 턱을 부르르 떨더니 갈래갈래 찢긴 목소리로 고함을 질렀다.

"대체 왜 그러냐고요!"

악 소리를 지르던 그녀의 눈이 멈칫 얼었다. 홱 돌아서는 그의 품에서 뭔가가 데굴데굴 굴러 떨어졌다. 제인의 눈알도 함께 데룩거리며 움직였다. 그녀는 바닥을 굴러 가는 구체의 궤적을 빤히 쫓았다. 그것은 터진 축구공처럼 가운데가 북 찢어져 있었다. 동그란

형체는 진물 같은 걸 뚝뚝 흘리며 멈췄다. 곁눈질로 훔쳐보던 그녀의 동공도 얼어붙은 채 정지했다.

숨이 멎는 듯한 충격이 가슴을 뒤흔들었다.

사람의 머리였다. 칼자국을 낸 겉가죽 안쪽은 텅 비어 있었다. 누가 속을 파먹기라도 한 것처럼 내용물은 깨끗하게 제거된 채였다. 힘없이 펄럭거리는 두피엔 머리털이 없었다. 찌그러진 채 뒤집힌 머리통의 앞면엔 눈두덩이 시퍼렇게 멍든 여성의 얼굴이 보였다. 제인은 얼굴의 주인을 재깍 알아보았다.

"메, 메리?"

붉고 풍성했던 머리칼은 가위로 싹둑 잘려 있었다. 짧게 남은 털마저 전동식 이발기로 빡빡 밀어 버린 듯했다. 그리고 두피를 갈라서 두개골을 절제한 뒤 뇌를 꺼냈다. 직접 한 건지는 모르겠지만 나름 조심스럽게 다룬 흔적이었다. 그게 더 소름 끼쳤다.

"이런. 미안해요, 메리."

엘 카인은 떨어진 머리를 줍더니 왼 손바닥 위에 올려놓았다. 눈감은 메리의 얼굴은 잠든 것처럼 평화로웠다. 카인은 목 잘린 그녀를 내려다보면서 어딘가 뭉개진 듯한 얼굴로 해사하게 웃으며 말을 건넸다.

"이게 다 메리 덕분이에요."

그는 이제 뒤에 서 있는 제인 따위는 안중에도 없다는 반응이었다.

"그녀는 언제 올까요? 재회의 인사로 선물도 보냈는데 기뻐할지 모르겠어요. 기다리는 게 고통스러울 지경이에요. 직접 마중이라도 나가고 싶은데 말이죠."

제인은 경련을 일으키며 뒤로 물러섰다. 악몽이라도 꾸는 게 아닐까? 눈앞의 광경은 뼈가 시릴 만큼 끔찍한 공포였다.

이 남자는 미쳤어. 목을 자르고 뇌를 꺼낸 시체에 대화를 속삭이는 그의 모습은 광기, 그 자체였다. 그의 손바닥 위에 잠든 메리가 금방이라도 눈을 번쩍 뜨고 이쪽을 노려볼 것만 같았다.

뒷걸음치던 제인은 바닥을 내려다보았다. 식은땀이 떨어지는 바닥에 검붉은 카펫이 질척질척하게 깔려 있었다. 그녀는 의심스러운 눈초리로 바닥을 유심히 바라보다가 손가락을 푹 찔러보았다. 손가락 끝에 점액처럼 끈적끈적한 응괴가 들러붙었다. 코를 가져다 대고 킁킁 냄새를 맡아 보았다. 그러자 강한 비린내가 톡 쏘듯 코를 찔렀다.

놀란 얼굴을 한 제인은 바닥에 쿵 소리를 내며 주저앉았다. 엉덩방아를 찧은 채 멍하니 있던 그녀는 고개를 돌려 주위를 둘러보았다. 주변이 온통 어둡고 붉었다. 멍해져 가는 그녀의 눈동자가 겁에 질린 채 커져 갔다.

대량의 피가 웅덩이처럼 고이면 표면은 고체처럼 굳고 저변은 젤리처럼 덩어리가 진다. 침실 바닥을 뒤덮은 건 와인이 아니었다.

그녀가 밟고 있던 건 피로 된 웅덩이였다.

사샤의 이야기가 끝나자 잠시 침묵이 내려앉았다. 그녀는 시선을 떨어뜨리며 담배를 물었다.

“그 남자는 메리 씨의 뇌를 엿본 거야. 제인이 그랬어. 그녀의 두개골 안이 텅 비어 있었다고. 하, 아담…… 이브가 정말 살아 있는 거야? 난 믿을 수가 없어.”

케이는 대답 대신 창백한 얼굴로 몸을 일으켰다. 좀 전까지 담담했던 그의 눈동자가 금이 간 유리처럼 위태롭게 흔들리고 있었다.

"리사, 혹시 엘 카인이 왓슨에게 새로이 내린 명령 같은 건 없었나?"

– 오늘 새벽 3시 15분에 관리자에게 올라간 '왓슨 보고서'의 내용입니다. 관리자의 명으로 정유림 소위의 마지막 위치를 추적하고 이동 방향을 확인했습니다. 좌표를 송신합니다. 포인트 좌표 N.19.245.324. 성목의 광장 북쪽 출구에서 약 350미터가량 떨어진 벚꽃나무 길 지점입니다.

케이의 동공이 멍하니 풀렸다.

— 유림은 어디예요?

— 지금 성목의 광장인데…….

가슴이 서늘하게 내려앉았다. 현기증과 함께 목구멍에서 낮은 신음이 일었다.

사샤는 담배를 내려놓으며 이상하다는 눈초리로 물었다.

"엘 카인이 브루클린의 성녀는 왜 찾는 거지?"

케이는 홱 돌아서며 현관을 향해 뛰었다.

"리사, 에어쉽 준비시켜!"

– 어디로 가십니까?

"헤벨로 간다."

녀석이 유림을 찾아냈다. 그녀가 이브란 것도 알아차렸다. 다행히도 유림은 직전에 낙원을 빠져나갔다. 하지만 그걸 들키는 것도 시간문제였다. 아니, 엘 카인은 이미 알고 있을 가능성이 크다. 그렇다면 녀석의 성격상 유림을 데리러 헤벨로 직접 찾아갈 것이다.

– 게이트 밖으로 이동하는 건 출입국 관리소의 승인이 필요합니다.

"왓슨에게 승인 명령을 내리도록 해."

– 관리자는 현재 집무실에서 실시간으로 왓슨의 명령 프로세스를 지켜보고 있습니다. 마스터께서 새로운 명령을 내리신다면 엘 카인의 눈앞에 명령 창이 뜨고 말 겁니다. 본인은 내리지도 않은 명령 창이 말입니다.

멈춰 선 케이는 얇게 늘어진 눈초리로 리사를 노려보았다.

"그럼 다 때려 부수고 내 발로 게이트를 걸어 나갈까? 둘 중 뭐가 더 소란스러울 것 같아?"

– 서두르실 필요는 없습니다. 관리자는 아직 에덴 타워에 있는 걸로 나타납니다. 지금 바로 헤벨로 갈 의사는 없는 것 같습니다.

"아직 안 움직였다고?"

케이의 눈이 의아함으로 번졌다. 그녀의 위치를 아는데도 움직이지 않았다. 지금 당장이라도 이브를 데려오고 싶어서 좀이 쑤시고 있을 텐데 무슨 꿍꿍이인 거지?

리사의 얼굴이 다시 허공에 나타났다. 그녀는 적색 알람 표시를 띄우며 다급한 어조로 말하기 시작했다.

– 보고 드립니다! 낙원 내 상공에 불가시 모드인 아크레인 1기 확인.

사샤도 벌떡 일어섰다. 두 사람의 시선은 스마트 더스트가 왓슨에게 보고 중인 영상에 꽂혔다. 아마 카인도 같은 화면을 보고 있을 것이었다.

게이트 주변 하늘은 깨끗했다. 어둠 속에서 반짝이는 건 에어쉽이 아니라 위성 불빛이었다. 구름 한 점 없는 하늘은 잠잠했다. 하지만 그건 가시적인 눈속임일 뿐, 아크레인은 분명 저 안에 있었다.

– 낙원 내 출입 등록 기체 AH-12, 게이트 앞에 착륙을 시도합니다.

긴장으로 뭉친 십 초가 모두의 심장을 움켜쥔 채 지나갔다. 케이와 사샤는 동상처럼 굳어서 화면으로부터 눈을 떼지 못했다. 이윽고 불가시 모드를 해제한 은빛 비행정이 지상 위에 모습을 드러냈다. 백조의 날개처럼 우아하게 열린 문 뒤로 한 여자가 걸어 나오고 있었다. 한눈에 봐도 용맹한 자태의 걸음걸이였다. 시원시원하면서 망설임 없는 움직임은 잘록한 허리선 때문인지 관능적이기까지 했다.

헤벨에서 온 그녀는 아이러니하게도 로스티아벤의 전투복 차림이었다. 전신이 방탄 재질로 이루어진 타이트한 전투복은 그녀의 탄탄하고 육감적인 몸매를 여과 없이 드러냈다. 가슴에 새겨진 검은 매와 엇갈린 쌍검은 SITF의 상징, 손등을 감싼 보호대에 수놓인 성목의 가지와 지면에 꽂힌 검은 로스티아벤의 상징이었다.

높게 묶은 머리칼이 요염한 꼬리처럼 바람에 흩날렸다. 매섭게 올라간 눈초리도 그와 함께 치켜 올라가며 높다란 게이트를 올려다보았다.

"브루클린의 성녀……."

사샤는 비로소 모든 걸 이해했다는 얼굴로 넋 나간 듯 중얼거렸다. 메리를 아끼는 모습에 그녀가 따뜻한 사람이란 걸 알았다. 하지만 조금 건방진 것 같다고도 생각했다.

— 재회의 인사로 선물도 보냈는데 기뻐할지 모르겠어요.

얼어붙은 눈으로 멍하니 화면을 응시하던 케이는 현관 밖으로 향했다. 그는 번개 같은 속도로 사샤의 에어쉽에 올라탔다. 엘 카인은 처음부터 이럴 작정이었다. 녀석은 굳이 헤벨로 갈 필요가 없었다. 그녀를 이쪽으로 불러내면 되는 일이었으니까. 그러기 위한 선물이었다.

'제발!'

절박한 눈빛을 한 케이는 속이 타들어 가는 심정으로 외쳤다. 타이밍에 관해선 늘 운이 없는 편이었다. 숨이 차도록 달려가면 운명은 꼭 얄궂게도 한 걸음 차이로 그녀를 앗아 가 버렸다.

그는 에어쉽 문을 수동으로 벌컥 열었다. 휘몰아치는 광풍에 문짝이 덜컹거릴 정도였다. 기체 옆면에 달린 발판을 밟고 도약해 에어쉽 뚜껑 위로 올랐다. 전속력으로 질주하는 기체 앞쪽 멀리 게이트가 보이기 시작했다. 그의 눈이 날카롭게 빛났다. 길게 호흡한 그는 몸을 바짝 낮추고 뛰어내릴 준비를 했다.

• • •

가시에 찔린 마리아는 포도 덩굴에 묶였네.

게이트 앞까지 걸어온 유림은 팔짱을 낀 채 주변을 둘러보았다. 시위하던 군중은 집에 돌아간 모양이다. 출입국 관리소의 직원들은 일찌감치 퇴근을 했을 테고. 즉, 아무도 없다. 찝찝할 만큼 고요한 정적이었다.

"아, 가려워."

손등으로 오른쪽 눈을 문지르던 그녀는 홱 뒤를 돌아보았다. 오른쪽 눈의 시야가 물에 번진 것처럼 아른거렸다. 어제부터 부스럼이라도 난 것처럼 가렵더니 왜 이러지? 충혈된 눈을 깜빡이던 그녀는 이상하다는 표정으로 주위를 두리번거렸다.

제일 이상한 건 24시간 이곳을 지키는 헌병 안드로이드들의 부재였다. 그녀는 고개를 갸웃거리며 스마트 워치를 눌렀다. 낙원에 별다른 뉴스는 없다. 딱히 사건 사고가 있는 것도 아닌데 헌병들이 없다는 건 굉장히 인위적이었다.

"마리아?"

유림은 조심스럽게 소리쳤다. 어두워서 아무것도 보이지가 않았다. 그녀는 할 수 없다는 얼굴로 스마트 워치의 라이트를 켰다. 높이 97미터에 달하는 게이트 입구는 포도 덩굴로 얽힌 창살대문의 형태를 하고 있었다. 낙원 내에 포도 덩굴이라면 그녀가 기억하는 한 이곳밖에 없다.

메리는 어째서 그녀를 이곳으로 불러낸 것일까? 여긴 너무 탁 트인 공간이었다. 혹시 함정은 아니겠지? 유림은 긴장한 얼굴로 정면을 똑바로 올려다보았다.

불빛을 쏘자 어둠 속에 잠겨 있던 게이트가 모습을 드러내기 시작했다. 대리암으로 만들어진 건축물은 지중해 위로 뜬 태양에 비친 신전처럼 성스러운 느낌마저 들었다. 경건한 심정으로 기도라도 올려야 할 분위기가 형성되자 유림은 못마땅한 표정으로 미간을 찌푸렸다.

역시 뭔가 이상하다. 숱하게 사선을 넘다 보니 위험을 감지하는 촉만큼은 동물적인 수준으로 발달한 그녀였다. 인기척은 느껴지지 않지만 혼자가 아니라는 느낌이 들었다. 유림은 꼭대기가 보이지 않는 게이트 끝을 올려다보며 살그머니 총자루를 움켜쥐었다.

'저건 뭐지?'

매끄러운 게이트 표면 중간쯤에 뭔가가 툭 튀어나와 있었다. 그녀는 스마트 워치로 아크레인을 불렀다. 소리 없이 다가온 아크레인은 발판 위에 선 그녀의 발등에 안전벨트를 감았다. 유림은 문에 달린 손잡이를 잡고 비행정 측면에 매달렸다.

"올라가 봐."

생체 반응이 없는 걸 보니 사람은 아니었다. 그녀는 허벅지에 감은 총집에 총을 넣고 대신 트레이드마크와 다름없는 은색 쌍검을 꺼내 잡았다.

아크레인이 둥실 떠오르자 지면의 잔디가 바람 소리를 내며 누웠다. 유림은 서핑보드를 타듯 허리를 낮추고 중심을 잡았다. 비행정은 대형 묘비처럼 하늘을 향해 치솟은 게이트를 따라 '부웅' 날아올랐다.

미심쩍었던 물체는 멀리서 봐도 단순한 조형물이었다. 알몸의 여자를 빚어 놓은 조각상은 등 뒤로 펼친 날개와 양손을 모은 자세가 신성하고 아름다운 느낌을 주었다.

'날개라…… 천사상인가?'

낙원의 홍보부에서는 매년 3월이면 미술품들을 사들였다. 제인 왓슨의 생일을 축하하기 위한 연례행사였는데 정작 당사자인 제인은 회화나 조형물엔 별다른 관심이 없었다. 고가의 미술품들은 일정 기간 낙원의 랜드마크들에 전시되어 이브의 품격을 알리는 역할을 했다. 하지만 그건 구실에 불과했고 실질적인 이유는 미술품 매입을 통한 예산 횡령이었다.

— 그런 곳에 쓸 돈 있으면 방위비에나 투자를 할 것이지. 신병 훈련소는 지금 실탄을 아끼느라 연습탄으로 실전 교육을 한다는데.

— 왜 아니겠어요? 호화스러운 미술품이 낙원에 더 많은 관광객을 유치해 주는 것은 아니죠. 여긴 맨해튼의 소호가 아니니까요.

에덴 타워 앞에서 투덜거리던 유림에게 재치 있게 대답한 여자는 이번에 새로 부임했다는 멜리사 클라크 장관이었다. 붉은 암사자라 불리는 그녀는 제인 왓슨과 엘 카인의 눈치만 살피던 전임 장관과 달리 소신 있는 실용주의자였다. 그녀는 제인의 고집이나 떼쓰기에도 강경한 자세를 취하며 무서운 엄마 노릇을 했다. 따라서 멜리사가 제인의 슈거 대디Sugar Daddy[10] 혹은 산타클로스를 자청하는 아이작이나 빈센트와 등을 돌린 건 어찌 보면 당연한 노선이었다. 미술품 매입은 올해부터 클라크 장관이 폐지한 것으로 아는데 잘못 들었나? 유림은 고개를 갸웃거렸다.

게이트 정중앙에 조금 못 미친 43미터 지점.

아크레인은 공중에 멈춘 뒤 전조등의 밝기를 낮췄다. 어스름한 불빛 속에서 유림은 수그렸던 허리를 펴고 머리를 들었다. 눈앞에는 창백한 빛깔의 천사가 날개를 펼친 채 걸려 있었다.

알몸의 천사는 양손을 합장하듯 가슴 위에 모으고 깍지를 끼었다. 살짝 틀어진 어깨와 몸을 숙인 각도가 흡사 파티마의 성모 마리아상[11]을 떠올리게끔 하는 형태였다.

그런데 특이하게도 목이 없었다. 양손 양발 다 달려 있는데 머리만 깔끔하게 절단된 상태였다. 조각가가 처음부터 의도적으로 목 없는 모습을 기획했나? 그렇다고 보기엔 왠지 모를 부조화가 느껴졌다. 만약 얼굴이 있었다면 성모처럼 겸손하면서 자비로운 미소를 머금은 얼굴이 어울렸을 것이다.

"날개가 원래 저랬어?"

자세히 보니 날개 모양이 좀 이상했다. 나무 살처럼 직선으로 뻗은 날갯죽지는 등 뒤에서 여러 개가 솟아올라 있었다. 거기에 가죽 같은 게 덧대 있는데 멀리서 봤을 때와는 달리 박쥐 날개처럼 흉물스러웠다.

오른쪽 눈이 다시 가렵기 시작했다. 유림은 눈두덩을 비비며 흐릿한 시야를 구겼다. 렌즈가 말썽인가 보다. 눈을 가린 채 고개를 숙이던 그녀는 신음을 흘리며 명했다.

"바짝 앞으로 가 봐. 잘 안 보여."

– 그러지 않는 편이 좋겠습니다.

잠자코 있던 아벨이 웬일로 토를 달며 재고를 권했다. 눈을 거세게 문지르던 유림은 신경질적인 어조로 되물었다.

"왜?"

– 귀함하시죠. 이건 다른 대원을 시켜서 떼어 가도록 하겠습니다.

"다른 대원? 흥, 커크한테 시키면 딱 좋아하겠네. 가슴과 아랫부분이 적나라한 게 딱 그 녀석 스타일이야."

그녀는 비아냥거리며 아벨의 권고를 무시했다. 그리고 '귀함이라니 웬 쌩뚱 맞은 소리냐'는 눈초리로 매섭게 째려보았다. 아벨은 입

10 슈거 대디Sugar Daddy: 보통은 젊은 여자에게 많은 선물과 돈을 안겨 주는 중년 남자를 뜻하지만 본문에서는 제인의 말이라면 뭐든지 들어주는 호구란 의미로 쓰였다.

11 파티마의 성모 마리아상: 포르투갈의 산타렝 현 빌라노바데오렘에 있는 마을 파티마에서 세 명의 어린 목동에게 나타났다는 성모 마리아를 부르는 칭호다. 파티마의 성모는 1917년 5월 13일부터 10월 13일까지 매월 13일 여섯 번 나타났으며, 그녀가 처음 나타난 5월 13일은 파티마의 성모 발현 기념일로 제정되었다.

을 쏙 다물었다. 상사의 뜻대로 하시라는 기색이었다.

석고상처럼 하얗다고 생각한 조각상은 의외로 푸르스름한 색을 띠는 재질의 유리 조형물에 가까웠다. 드라이아이스로 냉동시킨 듯한 표면에서는 한기가 피어올랐고 매끄러운 광채가 느껴졌다. 의문의 천사상을 뚫어져라 쳐다보던 유림은 장난스럽게 웃으며 말했다.

"좀 섬뜩한데? 진짜 시체라도 얼려 놓은 거 같잖아. 모양이나 크기가 굉장히 현실적이야. 표면은 유리처럼 보이는데 속은 그렇지 않아. 잘 들여다보면 피부에 난 솜털까지 보여."

아벨은 아무런 대답도 없었다. 어색한 미소를 머금고 있던 유림의 입가도 서서히 굳어 갔다. 갑자기 목멘 것처럼 숨이 답답했다. 좁쌀 같은 소름이 등골을 살살 긁어내리며 돋았다. 유림은 잇새를 사리물며 나직한 목소리로 명했다.

"분석해 봐."

– 일단은 귀함하시는 게…….

"분석해 보라고!"

– 소위님.

"이거…… 조각상 맞아?"

그녀는 심상치 않은 표정으로 물었다. 갑자기 욕지기가 올랐다.

"우웍!"

유림은 메스꺼운 기분에 구토를 하며 고개를 숙였다. 칼바람이 휭휭 불어 대는 발밑이 보였다. 그녀의 안색이 창백하게 질었다. 50m 아래에 위치한 지면이 울렁이며 시야로 튀어 오르고 있었다.

'망할 아크로포비아[12].'

특별한 장비 없이 높은 곳에 있었다는 걸 잠시 잊고 있었다. 그만큼 좀 전까진 뭔가에 홀린 것처럼 의문의 조형물을 확인해야겠다는 생각밖에 없었다. 아크레인은 그녀의 명대로 조각상 코앞까지 바짝 이동하기 시작했다. 속을 게워 낸 유림은 불편한 눈빛을 지었다.

델타와의 전투에서나 느낄 법한 긴장이 호흡을 조였다. 괴수의 침이 목 뒤로 뚝뚝 떨어졌을 때 느꼈던 공포와 비슷하다.

토악질을 한 몸은 뭔가에 대비를 하고 있었다. 머리는 항상 몸보다 한발 늦게 깨닫는다. 본능적으로 속을 비운 위장은 이제 편안하게 닥쳐올 충격을 기다렸다. 반면 지끈거리는 측두엽은 뒤늦게 경고 알람을 삐삐 울리는 중이었다.

– 대상 분석 완료. 보고를 받으시겠습니까?

실체를 확인하기 위해 뒤를 돌아보는 건 많은 용기가 필요하다. 때로는 현실을 마주하는 게 가장 고통스러운 일이기 때문이었다.

유림은 차분히 눈을 감더니 심호흡을 하며 대답했다.

"보고해 봐."

– 분석한 대상은 조형물이 아니라 죽은 사람의 시체입니다. 액체 질소로 시신을 급속 냉각시켜서 유리결정화했습니다. 혈액은 모두 제거한 뒤 부동액을 주입했으나 미세혈관과 세포 조직의 손상이 보입니다. 아무래도 사후 처리이다 보니 사체의 보존보다는 시각적인 효과를 내는 데 주된 목적을 둔 듯합니다. 액체 질소로 냉각시킨 시신은 아주 작은 충격에도 쉽게 부서질 수 있기 때문에 조심히 다뤄야 합니다. 옮기려면 전문 장비와 인력이 필요합니다. 더

---

12 아크로포비아Acrophobia: 공포증의 한 형태로, 높은 곳에 올라가면 극도의 불안감과 공포를 느낀다. 때로는 어지러움이나 호흡 곤란 등의 증상을 보이기도 한다. 유림의 경우에는 높은 곳에 홀로 있을 때 더 극심한 공포를 느낀다.

면밀한 조사를 위해서는 샘플의 채취가 필요합니다만, 어떻게 하시겠습니까?

유림은 충격으로 굳은 눈을 깜빡이며 잠시 호흡을 골랐다. 시야를 가리던 셀로판지를 누군가 제거해 준 것처럼 비로소 대상의 실체가 똑바로 보였다.

날갯죽지라고 생각했던 것은 척추에서 잘라 낸 갈비뼈였다. 거기에 찢겨진 나비의 날개처럼 흐물흐물한 형태로 응고되어 있는 것의 정체는 더 기가 막혔다.

– 허파입니다. 정면에서는 안 보이지만 시신의 등 쪽은 가죽이 벗겨져 있습니다. 늑골은 척추에서 끊어 낸 다음 날개 형태로 벌려 놓았습니다. 갈라놓은 피부 틈으로 폐를 늘어뜨려 독수리 날개 형상을 하도록 만들었는데 아무래도 의도적으로 시신을 이렇게 꾸며 놓은 것 같습니다.

"의도적이라니?"

– 고대의 노르만 일족[13]의 처형 방식인 '피의 독수리'를 재현한 걸로 보입니다. 처형 시 갈비뼈를 잘라서 펼치고 허파를 어깨에 얹는데, 이때 죄인은 소리를 내지 못한다고 합니다. 그러면 최고신 오딘을 만날 수가 없기 때문입니다.

하아, 하아.

아벨의 말을 들을수록 숨이 가빠져 왔다. 눈을 벅벅 비비던 유림은 결국 오른쪽 눈에 낀 렌즈를 빼 버렸다. 후련한 느낌과 함께 맑아진 시야는 생각했던 것보다 끔찍했다.

이걸 어떻게 조각상이라고 여겼던 것일까? 합장한 양팔 사이로 보이는 복부에는 구멍이 뻥 뚫려 있었다. 뭔가에 관통당한 상처였다. 그 외에도 온몸에 난도질을 당한 흔적이 있었다. 아름답다고

13 고대의 노르만 일족: 유럽 북쪽에 거주하던 그들은 바이킹이라고 불리던 일족으로 오딘을 비롯한 북유럽 신들을 숭배했으며 발할라로 가기 위해 전사의 긍지를 중시 여겼다.

생각했던 조형물은 잔인하게 살해당한 주검이었다.

유림은 입술을 꽉 깨물고 턱에 힘을 주었다. 눈시울이 불에 덴 것처럼 뜨거웠다.

"목은…… 목은 왜 없어?"

— 함께 전시하지 않은 듯합니다. 아마도 머리 쪽은 냉각을 시키지 않은 것으로 추측됩니다. 목 부분의 잘린 모양새를 보니 혈관과 근육 세포가 균일하지 않게 찢긴 흔적이 남은 게 보입니다. 이는 목이 베일 당시 피해자가 살아 있었다는 걸 의미하는데…….

"그만!"

멍하니 듣고 있던 그녀의 눈시울에 뜨거운 눈물이 차올랐다.

"그만하면 됐어, 아벨."

차오른 눈물이 뺨을 타고 울먹이는 입술 위로 뚝뚝 떨어졌다. 가슴이 미칠 듯 답답했다. 참담함에 말도 제대로 나오지 않는 입가에서 울음이 새어 나왔다.

"대체 누가…… 누가 이런 짓을……."

그녀는 비통한 얼굴로 울먹였다. 하지만 대답할 입술조차 남아 있지 않는 시신은 침묵한 채 서 있을 뿐이었다.

— 가시에 찔린 마리아는 포도 덩굴에 묶였네.

유림은 차갑게 굳은 시신을 향해 팔을 뻗으며 울음을 터뜨렸다. 격한 감정으로 경련을 일으킨 그녀의 손이 천사상의 손을 잡았다. 합장한 두 손은 살갗이 에일 정도로 차가웠다.

'얼마나 추웠어? 얼마나 고통스러웠어? 이렇게 손에 닿는 냉기만

으로도 피부가 쓰라리고 아픈데. 얼마나 끔찍하고 힘들었어?'

그녀는 빨개진 눈으로 하염없이 눈물을 흘렸다. 그때 아벨이 황급히 소리쳤다.

– 상사, 조심하십시오!

흠칫 손을 뗀 유림은 고개를 홱 들었다. 머리 위에서 뭔가가 반짝이며 떨어지고 있었다. 휘둥그레 커진 동공에 작고 동그란 물체의 상이 맺혔다. '땅!' 하고 경쾌한 마찰음이 들리자 유림은 퍼뜩 시신을 쳐다보았다. 시신의 어깨 위로 떨어진 금속 물체는 바닥에 '땡그랑!' 하고 떨어진 채 팽이처럼 핑그르르 돌고 있었다.

— 액체 질소로 냉각시킨 시신은 아주 작은 충격에도 쉽게 부서질 수 있기 때문에…….

아벨의 경고가 섬뜩하게 뇌리를 스쳤다. 동시에 '파지직!' 하고 뭔가 쪼개지는 소리가 들려왔다. 슬프고 잔인한 예감이 들었다. 설마 신께서 사랑하는 이의 식어 버린 온기조차 느낄 겨를을 주시지 않는 건 아니겠지? 그런 건 아니겠지?

그녀의 간절한 소망과 달리 냉동 주검은 충격을 받은 어깨부터 쩍쩍 갈라지고 있었다. 거북이 등껍질 무늬처럼 번지던 균열은 순식간에 허벅지와 팔꿈치까지 이어지더니,

쨍그랑!

파열음을 내며 폭발하듯 '펑' 터졌다. 수백 개의 파편으로 부서진 유해는 순식간에 잿더미처럼 가루가 되어 폭삭 가라앉았다. 혈관에 주입했던 부동액 글리세롤은 잘게 조각난 결정체들과 뒤엉켜

바닥에 얕은 웅덩이를 형성했다.

유림은 발밑에 떨어진 파편들과 용액을 보며 믿을 수 없다는 표정을 지었다. 단 삼 초 만에 일어난 일이었다. 그녀의 핏기 없는 입술이 바르르 떨렸다.

얼어붙은 살점들과 녹아내린 용액 사이에서 반짝이는 뭔가가 눈길을 끌었다. 유림은 눈을 가늘게 뜨며 그 속을 헤집었다. 그러자 작은 금색 칩이 보였다. 방금 전 메리의 어깨 위로 떨어진 것의 정체였다.

— 이게 뭐야?

— 조력자가 준 부적.

검은 에어쉽, 블랙 스완을 타고 온 여자가 준 거였다. 사샤라고 했던가? 이걸 소중히 쥔 채 불안한 미소를 감추던 메리의 모습이 떠오르자 억장이 무너져 내렸다. 누가 가슴을 쥐어뜯는 것 같았다. 욱신욱신 저린 심장을 쥔 유림은 힘없이 빼끔 벌어져 있던 눈꺼풀 사이로 헛웃음을 터뜨렸다.

형체조차 남지 않은 부스러기들.

이 속에 메리의 손발이 있고 척추가 있고 심장이 있다. 점액질로 엉킨 웅덩이 속에, 누가 버린 음식물 쓰레기처럼 쌓인 이 안에 '나의 메리'가 있다.

"아아……."

빨개진 눈시울 밑으로 참았던 신음이 흘러나왔다. 등지고 있던 진실을 돌아보는 건 아주 고통스러운 일이다. 그녀는 스스로 그런 훈련을 아주 잘해 왔다고 생각했다. 그 어떤 괴로운 장면이라도 마주할 준비가 되어 있노라고. 그렇게 심신이 강한 군인이라고.

"아아아악!"

비명 섞인 울음소리가 처절하게 울려 퍼졌다. 유림은 머리를 쥐어뜯으며 바닥에 엎드렸다. 허둥지둥 용액과 섞인 잔존물을 주워 모아 봤지만 물컹한 잔해는 손가락들 사이로 주르르 빠져나가고 말았다. 황망한 눈동자가 초점 없이 흐리멍덩하게 풀어졌다.

그녀는 연신 깨진 부스러기들을 주섬주섬 모으면서 울음 섞인 목소리로 부인했다.

"아니야…… 아니야! 아니야!"

이게 메리일 리가 없어. 이런 게 메리일 리가 없어! 고작 이런 게…….

"으흐흑……."

오열이 터져 나왔다. 유림은 바닥에 쏟아져 버린 유해를 끌어안고 엉엉 울기 시작했다. 어린아이처럼 서럽게 우는 그녀를 보며 아벨은 전조등을 서서히 어둡게 가라앉혔다.

― 성질 더러운 고양이 같으니. 네가 내 여동생이라고? 마이클한테 동생은 나 하나로 충분해. 친한 척 마이클이라고 부르지도 마! 그는 장차 헤벨의 함장이 될 사람이란 말이야!

그때부터였을 것이다. 그녀가 의식적으로 마이클을 밀러라고 부르기 시작한 것이.

막상 당사자인 밀러는 서운해하는 기색이었다. 그러나 메리의 마음을 눈치챈 유림으로선 어쩔 도리가 없었다. 좁은 잠수함 내에선 도망갈 곳도 없는데 되도록 귀찮은 일은 피하고 싶었다.

당시 메리는 잔뜩 골이 나 있었다. 그도 그럴 것이 마이클의 하나뿐인 동생이자 헤벨의 막내로서 온갖 특권을 다 누려 온 그녀였다. 그게 하루아침에 낯선 꼬마의 손으로 넘어갔는데 얄밉지 않다면 거짓이었으리라.

유림은 메리의 상실감을 어느 정도 이해했다. 그렇기에 신데렐라 언니처럼 구는 그녀의 심술을 말없이 감내했다. 사실은 뭐가 되었든 관심 없었다는 게 솔직한 표현이었다.

돌이켜 생각해 보면 메리는 단지 겁이 났던 것 같다. 그녀 역시 입양아였다. 갑자기 나타난 유림이 다른 사람들의 애정과 관심을 독차지할까 봐 두려웠을 것이다. 메리는 애당초 독한 성격이 아니었다. 헤벨에서 군인들과 어울리다 보니 왈가닥처럼 행동한 것뿐이지 그녀는 본래 심성이 여리고 온화한 사람이었다.

반면 유림은 사나운 야생 고양이였다. 곁에 다가오는 사람이라면 무조건 발톱을 세우고 가르랑거렸다. 마이클의 다정함도 소용없었다. 아서 함장의 불호령도 무용지물이었다. 친절한 여성 장교 언니의 미소도, 무서운 격납고 반장님의 호랑이 눈초리도 효과 없었다. 그녀는 매번 '흥!' 하고 고개를 돌려 버렸다. 보통 고집 센 녀석이 아니었다.

그런데 그녀의 그런 완고한 면이 이상하게도 사람들의 마음을 훔쳤다. 얼굴에 카레를 잔뜩 묻히고선 고개를 처박은 채 밥을 먹다가도 언제 그랬냐는 듯 도도한 얼굴로 시치미를 떼는 유림의 모습에 모두 박장대소를 하며 웃음을 터뜨렸다. 날카롭게 치켜뜬 눈초리로 살금살금 주위를 경계할 때마다 다들 킥킥거리며 모르는 척을 해 주었다. 그녀에게는 묘하게도 눈을 뗄 수 없는 매력이 있었다.

사랑스럽다는 건 아마도 저런 걸 뜻하는 거겠지. 그 모습을 훔쳐보던 메리는 풀 죽은 표정으로 돌아섰다. 그녀가 없어도 헤벨은 봄이 온 듯 화기애애했다. 모두들 불현듯 나타난 작은 고양이와 사랑에 푹 빠진 것처럼 행복해 보였다.

메리는 돌연 얌전해졌다. 유림을 괴롭히던 것도 그만두었다. 본인이 아무리 싫어해도 다른 사람들은 예뻐하니 의미가 없다는 걸 깨달았다.

더 이상 격납고에서 메리의 모습을 볼 수 없었다. 장병들과 어울리는 대신 그녀는 교양 수업을 듣기 시작했다. 사교계 준비라도 하는 듯 외모를 가꾸고 책을 읽었다. 짧게 잘랐던 머리를 다시 길렀다. 낡은 군복 대신 여성용 제복을 입고 다녔다.

그녀는 흡사 여자 마이클 밀러처럼 행동하기 시작했다. 병사들을 대할 때에는 부드러운 미소를 지었다. 연륜이 깊은 장교들에게는 깍듯한 공손함을 보였다. 때로는 예전처럼 호방하게 굴었지만 전과 다른 기품이 그녀의 몸에 배어 있었다.

왈패 대장이 요조숙녀가 되었다며 놀려 대던 장병들도 차츰 그녀의 앞에서 머쓱하게 굴기 시작했다. 다들 어느새 그녀를 함장님의 딸, 혹은 헤벨의 아가씨라 불렀다. 앞집 동생 같던 그녀가 꽤 어려워진 분위기였다.

그런 메리를 유일하게 신경 쓰지 않았던 사람이 유림이었다. 하지만 그런 둘 사이에도 변화가 일어났다.

정확한 시점은 알 수 없지만 언제부터인가 메리는 유림에게 엄마처럼 잔소리를 하기 시작했다. 마이클의 말에 따르면 그녀는 유림을 일컬어 자신이 '책임'져야 할 헤벨의 일원이라고 했다고 한다.

듣기 싫다며 귀를 막고 도망가는 유림을 붙잡아서 공부를 시킨 것도 메리였다. 그녀는 삐죽거리는 유림을 억지로 끌어안고 같이 목욕을 했다. 같은 방에서 함께 자고 가사로봇 대신 엉킨 유림의 머리를 빗겨 주었다. 떽떽거리며 뛰어가는 유림과 팔을 걸어붙인 채 쫓아가는 메리의 모습을 보는 건 이제 헤벨의 일상과 다름없었다.

그렇게 고슴도치처럼 굴던 유림도 메리에게 서서히 마음을 열었다. 유림이 처음 월경을 시작한 날 메리는 그녀에게 새 속옷을 선물해 주었다. 작은 케이크로 축하해 주는 메리를 보면서 유림은 멍한 눈빛으로 기억에도 없는 엄마를 떠올렸다.

그 후 유림은 오리 새끼처럼 메리의 뒤꽁무니만 졸졸 쫓아다니기 시작했다. 아저씨 냄새나는 장병들에게서 언니를 보호해야 된다며 유난을 떨기도 했다. 밤마다 두 사람의 침실에선 웃음소리가 끊이지 않았다.

서로를 보면 으르렁대기 바빴던 자매는 이제 혼자가 되면 다른 한쪽을 찾기 바빴다. 그들은 서로에게 있어 세상에 둘도 없는 친구였고 기댈 수 있는 버팀목이었다. 오히려 마이클이 소외감을 느낀다며 서운해할 정도로 두 사람의 자매애는 헤벨 내 그 어떤 전우애보다 끈끈했다.

— 유림, 이번 기회를 놓치면 낙원을 빠져나가는 건 거의 불가능에 가까워. 그러니 너는 이참에 헤벨로 복귀하도록 해.

— 무슨 말도 안 되는 소리야? 올 때 함께였으니 나갈 때도 함께야.

— 유림…….

— 알겠지, 메리? 우리는 언제나 함께야.

"메리…… 흐흑……."

엎드린 채 흐느끼던 유림은 눈물범벅이 된 얼굴을 들었다. 아무것도 보이지 않았다. 아무런 생각도 들지 않았다. 아무것도 느껴지지 않았다. 머리와 눈앞이 하얘져서 뭘 어떻게 해야 할지 모르겠다. 아무것도 모르겠어, 메리.

"미안해, 메리…… 미안해, 미안해……."

그렇게 홀로 두고 오는 게 아니었는데. 혼자 임무를 하겠다고 했을 때 보내는 게 아니었는데. 아니었는데! 그러면 안 되는 거였는데! 메리는 내가 지켜 줘야 했는데!

"아아…… 아아악!"

괴성을 지르며 주먹을 움켜쥐던 유림은 자해하듯 바닥을 쾅쾅 손으로 내리쳤다.

– 상사, 그만두십시오! 상사!

"아아아! 아악! 메리! 메리를 살려 줘! 제발 살려 줘!"

눈물로 애원하며 울부짖던 고함 소리가 멈칫 수그러들었다. 고개를 처든 그녀의 동공이 어딘가를 향한 채 멈춰 있었다. 멀리서 뭔가를 포착한 홍채는 조리개처럼 서서히 수축하며 눈초리를 좁혔다.

환해진 게이트 꼭대기에 누군가 서 있었다.

그곳을 빤히 보던 그녀의 입가에 경련이 일었다. 녀석이 아래를 흘끗 보더니 만족스러운 듯 슬쩍 웃었다. 광대처럼 입꼬리를 찢어 올리며.

유림의 눈에 번뜩 살기가 어렸다. 그녀는 날렵한 표범처럼 재빠른 동작으로 아크레인에 올라탔다. 그리고 아까와 마찬가지로 문손잡이를 잡은 채 바깥에 매달리며 양손에 낀 장갑을 꽉 조였다.

유림은 눈가에 묻은 물기를 손등으로 쓱 문질러서 닦았다. 그러고는 무표정한 얼굴로 꼭대기를 올려다보며 이를 바득 갈았다.

“저 개자식, 놓치지 마.”

아크레인은 폭발하는 기류를 타고 순식간에 솟아올랐다. 몸을 낮춘 채 올라탄 그녀의 눈동자는 금방이라도 터질 듯한 분노로 이글거렸다.

‘죽여 버리겠어.’

유림은 칼집에 꽂은 은빛 검을 꺼내어 손에 꽉 쥐었다. 거센 바람이 뺨에 부딪치며 가슴을 서늘하게 할퀴고 달아났다. 이건 메리의 영혼이다. 그녀가 고통 속에 울부짖으며 남기고 간 손톱자국이다.

‘울지 마, 메리. 내가 복수해 줄게.’

게이트 꼭대기에 도달한 아크레인이 ‘위우우웅’ 소리와 함께 지면으로 착지했다. 유림은 기체가 착륙하기도 전에 바람을 휘감듯 가뿐한 몸짓으로 뛰어내렸다.

그녀는 말없이 그를 쳐다보았다.

남자는 잿빛이 섞인 옅은 금발을 갖고 있었다. 이상하게도 주위가 환했다. 그런데도 그의 얼굴은 음영진 채 잘 보이지 않았다. 쭉 찢어진 그의 입매가 더없이 기쁜 듯 웃고 있다는 것만 알 수 있었다.

맥박은 차분하게 뛰고 있었다. 혈관에 흐르는 피가 서늘하다. 잠겨 있던 의식이 깨어나듯 가슴은 붉은 것으로 출렁였다. 불길이 점차 거세게, 강렬하게 타오른다. 억누를 수 없는 무언가가 심장을 태우며 요동치고 있었다.

그녀가 검붉은 눈초리에 맞춰 칼을 들었다. 그리고 허공에 날카롭게 휘두른 순간, 남자는 흠칫 놀란 얼굴로 하늘을 쳐다보았다.

눈 깜짝할 새에 일어난 일이었다.

남자는 긴장한 채 목에 난 털들을 바짝 곤두세웠다. 싸늘한 표정의 유림이 어느새 그의 코앞에 다가와 살기 어린 눈초리로 내려다보고 있었다. 그녀는 그의 목을 한 손으로 움켜쥐더니 무표정한 눈빛으로 물었다.

"네가 엘 카인이지?"

"크윽……."

그는 신음을 흘리면서도 황홀한 듯 웃었다. 훌륭해. 정말 훌륭하다. 그녀는 그야말로 검을 든 여신이었다. 움직임을 감히 눈으로 좇을 수조차 없었다.

바로 저 눈이었다.

십오 년간 잊을 수 없던 눈초리.

그는 붉게 물든 그녀의 눈동자에서 시선을 떼지 못했다. 흐트러짐 없이 굳건한 눈빛엔 베일 듯 날카로운 살기가 아름답게 얽혀 있었다.

"내 이름을…… 기억하는 건가?"

엘 카인은 마약이라도 한 것처럼 흥분한 눈빛으로 물었다. 유림은 대답할 가치도 못 느낀다는 얼굴로 그를 혐오스럽게 쳐다보았다.

그녀는 채찍질을 하듯 허공에서 팔을 휘둘러 그의 안면에 주먹을 콱 날렸다. '퍽' 하고 살과 뼈가 부딪치는 소리와 함께 그가 휘청거리며 뒤로 물러섰다. 검을 쥔 그녀는 바닥을 짚고 물구나무서듯 몸을 뒤집어 그의 턱에 발차기를 날렸다. 그가 뒤로 붕 떠서 날아가자 유림은 도약하여 날아오르며 허공에서 그의 갈비뼈를 걷어찼다. '콰직' 뼈가 부러지는 소리가 울려 퍼졌다.

바닥에 털썩 떨어진 엘 카인은 힘없이 대大자로 누웠다. 그는 시퍼렇게 멍든 얼굴로 힘 빠진 듯 웃었다. 천천히 걸어온 유림은 경멸 어린 눈초리로 그를 내려다보았다. 그녀는 총탄도 아까운지 검을 들어 그의 얼굴을 향해 휘둘렀다. 그 순간, 무기력하게 누워 있던 그가 팔을 번쩍 들어 맨손으로 그녀의 칼날을 잡았다.

"잠깐."

유림은 냉랭한 눈초리로 그를 내려다보았다.

"서운한데? 마치 처음 본다는 표정이잖아."

"처음 보니까."

"미카엘보다 내가 널 먼저 만났는걸. 기억 안 나? 우리가 처음 만난 건 시베리아 연구소였어. 그곳에서 내가 널 직접 데리고 나왔지. 정말 다 잊어버린 거야?"

그녀는 높게 묶은 머리를 찰랑이며 그를 천천히 뜯어보았다. 고개를 갸웃거리는 그녀의 모습은 호기심 어린 고양이처럼 보였다. 유림은 코웃음을 쳤다.

"전혀 모르겠는데? 그런데 너 생긴 게 밀러를 많이 닮았네?"

엘 카인은 웃음을 터뜨렸다. 오히려 시큰둥한 태도로 노려보는 그녀의 모습에 더 가슴이 뛰었다. 사사로운 정 따위로 그녀의 마음을 흔들려고 하다니, 그건 과거 여자들이 그에게 써먹어 왔던 방식이었다. 그딴 걸 흉내 내려고 한 스스로가 수치스러웠다.

그녀의 냉혹한 면은 일족의 순수한 본성이었다. 확실히 그녀는 우리와 닮았다. 그래서 사랑스럽다. 너라면 나를 이해할 수 있겠지. 이브, 너라면.

"그와 난 형제거든. 너와 메리와 달리 진짜 형제 말이야."

유림의 눈이 놀란 듯 흠칫 커졌다. 카인은 만족스럽다는 표정으로 활짝 웃었다.

"그래, 그 표정! 메리도 처음엔 그런 얼굴을 했어. 거짓말을 하지 말라면서 안 믿으려고 하지 뭐야? 하지만 곧 내게 측은한 마음을 갖더군, 이유는 알 수 없지만. 아무튼 아주 착한 여자였어. 내 모든 어둠과 구렁을 제가 다 채우고 지워 주겠다며 발버둥을 칠 정도로……."

쿡쿡 웃는 그의 이마 위로 붉은 핏방울이 뚝뚝 떨어졌다. 칼날을 막아 쥔 그의 손에서 피가 흘러나오고 있었다. 그는 아랑곳하지 않고 잠시 우울한 표정을 지었다. 그 모습을 본 유림은 의아한 눈초리를 지었다.

'꽤 깊게 베였는데 고통을 느끼지 못하는 건가?'

그는 화가 난 아이처럼 눈썹을 잔뜩 찌푸리더니 한숨을 내쉬었다.

"도대체 왜 그랬을까? 여자들은 도무지 이해할 수가 없어. 좋다고 매달릴 땐 언제고 나중에는 꼭 원망을 품어. 메리는 그러지 않을 줄 알았는데. 정말 아쉽고 화가 날 정도야. 속상하지만 어쩔 수 없지. 참, 내 선물은 어땠어? 아주 예술적인 소멸이더군. 그녀의 품격에 어울리는 아름다운 죽음이었지."

유림은 어금니를 꽉 사리물었다.

가여운 메리, 분명 망설였을 것이다. 힘들었겠지. 밀러와 이토록 닮은 얼굴이라니……. 그녀에게 있어 너무 잔인한 임무였다. 그걸 알고도 직접 하기로 마음먹은 메리의 심정은 얼마나 처참하고 괴로웠을까? 상상하는 것만으로도 울분이 끓어올랐다.

"메리도 좋아했을까? 죽은 뇌에게 물어볼 수도 없고 참 슬프네."

"메리의 목은? 어디에 뒀어?"

"그건 내가 잘 보관하고 있으니 걱정하지 않아도 돼. 뇌를 제거한 머리만이라도 괜찮다면 가져가도 좋아."

유림의 입매가 뒤틀렸다. 미친놈, 이 새끼는 정신병자다.

"그녀의 뇌는 정말 최고였어. 미치지 않은 게 신기하더군. 다른 녀석들의 기억과 본인의 기억이 혼합된 채 엄청난 양의 정보가 뒤엉켜 있었지. 꽤 애를 먹었지만 결국 그 속에서 네 흔적을 찾아낼 수 있었어. 착한 메리는 시체가 되어서까지 날 도와주려 한 것 같아. 뭐 이제는 쓸데도 없지만."

"원래 이렇게 말이 많아?"

유림은 입이라도 맞출 것처럼 그를 향해 몸을 숙였다. 엘 카인은 홀린 듯 붉은 열매처럼 도톰한 그녀의 입술을 쳐다보았다.

"아니면 후회라도 하고 있는 건가? 주절주절 변명이 늘어지네."

키스할 듯 다가온 그녀의 숨결이 입가에 와 닿자 그는 이성이 마비된 듯한 표정을 지었다.

피식.

비웃는 웃음소리 위로 붉은 살기가 번쩍이는가 싶더니 그의 손을 썩둑 베어 냈다. 허공에 잘린 손가락들이 흩어지자 당황한 그의 동공이 잘게 흔들렸다. 그는 황급히 몸을 일으켰다. 그러나 은빛 검이 이미 코앞에 시퍼런 서슬을 휘두른 후였다.

"크헉!"

그의 눈두덩을 베어 낸 칼날에서 피가 뚝뚝 흘러 맺혔다. 엘 카인은 양 눈을 부여잡으며 고통 어린 신음을 흘렸다.

"네 품격에 어울리는 죽음은 뭔지 생각해 봤어?"

유림은 검은 사신처럼 그를 향해 걸어갔다. 그녀는 비틀거리는 그를 향해 다시 양손 검을 휘둘렀다. 눈에서 피를 흘리던 엘 카인은 본능적으로 몸을 피했지만 그녀의 칼날이 그의 목을 스치며 살갗을 베었다. 잘려 나간 성대에서 핏줄기가 분수처럼 뿜어져 나왔다.

"아니면 혹시 너도 불사신이야?"

유림은 피범벅이 된 칼을 허공에 털어 내며 물었다.

"아, 대답을 못하겠구나."

엘 카인은 바닥을 짚고 허리를 꺾은 채 경련을 일으키고 있었다. 목에서 쿨럭이며 쏟아지는 핏물 때문에 말은커녕 호흡도 제대로 할 수 없는 상태였다.

유림은 이마를 훔쳤다. 손등에 땀이 흥건히 묻어났다. 너무 흥분했나? 그녀는 칼날을 거울삼아 얼굴을 비췄다. 눈 주변에 수십 개의 실핏줄이 모인 채 터질 것처럼 도드라져 있었다.

'뭐지?'

아까부터 눈가가 뜨거웠던 건 눈물이 아니라 혈관이 부은 탓이었다. 유림은 검붉게 물든 눈 밑을 매만지며 혼란스러운 표정을 지었다.

"너무하네. 두 눈을 다 베어 버리면 널 볼 수가 없잖아."

등 뒤에서 투덜거리는 목소리가 들려왔다. 유림은 놀란 듯 고개를 돌려 엘 카인을 바라보았다.

반듯하게 일어선 그가 생긋 웃고 있었다. 그를 본 유림의 눈이 흠칫 커졌다. 그녀는 당황한 눈빛으로 한 발 물러섰다. 그는 상처 하나 없이 말끔한 모습이었다.

'말도 안 돼. 치명상만 몇 군데를 입혔는데 저렇게 빨리 회복할 리가…….'

자신도 회복이 빠른 편이긴 했지만 저 정도 출혈을 당하고 겨우 수십 초 만에 원상태로 복구하는 건 불가능했다.

“나는 전사형이 아니라 싸움을 잘 못하거든. 회복도 느리기 때문에 다치는 걸 안 좋아해. 그런 건 미카엘이 다 가져가 버렸으니까. 우리 둘이 한 몸이었다면 정말 완벽했을 텐데.”

눈을 몇 차례 깜빡이던 유림은 경직된 얼굴로 손에 쥔 은색 검을 내려다보았다. 그녀는 검으로 왼 손목을 홱 그었다.

아프다. 피가 흐른다. 꿈이나 무의식 세계가 아니다. 이 통각도 거짓일 수가 있는 건가? 눈앞이 어지러웠다. 급속도로 기운이 빠져나가는 게 느껴졌다. 뭔가 잘못되었다. 약물인가? 아니면 가스?

손으로 입을 막은 유림은 주변을 한 바퀴 훑으며 관찰했다.

“아벨.”

아크레인이 보이지 않았다. 그러고 보니 왜 이렇게 주변이 환하지? 분명 한밤중일 텐데. 휘청거린 그녀는 무릎을 꿇었다. 핑그르르 돈 머릿속이 눈꺼풀을 닫았다.

“여기서 그만큼 날뛴 것도 대단한 거야. 아주 밀도 높게 만들었거든. 행여나 이브 네가 다칠까 봐 걱정되어서 말이야.”

그는 바닥에 주저앉은 유림의 앞으로 다가오며 말했다. 그러고는 그녀의 머리를 부드럽게 어루만지며 만족감에 웃었다.

“상처내지 마. 어쨌거나 지금은 널 회복시켜 줄 생각이 없으니. 사실 처음부터 승패는 결정된 거였어. 네가 내 구렁에 들어온 순간부터…….”

‘구렁? 함정을 뜻하는 건가?’

목소리가 나오지 않았다. 산소가 부족했다. 공기가 인위적으로 어디론가 빨려 나가고 있다. 그녀는 가쁜 호흡을 느끼며 앞으로 고꾸라졌다.

"그만 돌아갈까? 더 놀고 싶다면 다음에 또 상대해 줄게."

유림은 쓰러진 채 핏발 선 눈으로 그를 노려보았다. 그 손으로 날 만지지 마. 메리를 죽인 그 손으로 날 만지지 말라고!

슈우우웅!

뒤에서 빛의 속도로 날아온 뭔가가 그녀의 앞에 서 있던 그를 '즈퍽!' 하고 들이받았다. 유림은 홱 고개를 들었다. 시뻘건 핏물이 파바박 튀었다. 엘 카인은 붕 떠올라 게이트 끝까지 날아가더니 바닥에 내리꽂히듯 추락했다. 그를 날려 버린 물체도 속도를 이기지 못한 채 함께 날아가 버렸다.

땅에 떨어진 엘 카인은 쿵 소리와 함께 다시 공중으로 튀어 올랐다. 그는 관절이 기이하게 꺾인 채 바닥에 툭 떨어지더니 데굴데굴 굴러 모서리 끝에 다다라 게이트 아래로 휙 떨어졌다.

유림은 식은땀을 흘리며 뒤를 쳐다보았다. 터널 입구처럼 동그랗게 난 구멍 사이로 누군가 유유히 걸어오고 있었다.

붉은 눈동자.

어둠 속에서 남자의 두 눈만큼은 형형히 빛났다. 암홍색으로 붉게 칠한 동공은 섬뜩한 살기를 휘감은 채 잠시 걸음을 멈췄다. 그녀는 두근거리는 표정으로 그를 쳐다보았다.

그 남자다. 화이트 채플에서 자신을 구해 줬던 사람. 한 번도 잊은 적 없었다. 그때의 저 붉은 눈을, 연기처럼 사라지던 그의 움직임을.

그는 말없이 시선을 던지더니 그녀의 어깨 너머를 응시했다. 어디를 보고 있는 거지? 유림도 고개를 돌려 반대편을 바라보았다.

게이트 너머로 떨어졌던 엘 카인이 살기등등한 모습으로 모서리 끝에 매달린 채 기어 올라오는 게 보였다. 유림은 힘 빠진 손으로 악을 쓰며 검을 쥐었다. 아직도 살아 있다니!

그는 욕설을 퍼부으며 몸을 일으키다가 놀란 듯 얼어붙었다. 두 남자는 서로를 알아본 듯 눈빛을 주고받았다. 상대적으로 여유롭게 서 있던 붉은 눈의 남자에 비해 엘 카인은 주춤거리며 당황한 기색을 감추지 못했다.

"이만 갈까요?"

등 뒤로 다가온 그가 낮고 부드러운 선율의 어조로 물었다.

'이 목소리…….'

역광으로 인해 남자의 얼굴을 볼 수가 없었다. 하지만 그의 목소리를 듣자마자 유림은 온몸의 긴장이 쭉 풀리는 걸 느꼈다.

'역시…… 그랬던 거야?'

허탈한 웃음이 새어 나왔다. 그녀는 힘없이 눈을 감으며 대답했다.

"응."

그는 유림을 번쩍 들어 안더니 천장을 향해 가볍게 도약했다. 뭔가 부욱 찢기는 소리가 들려왔다. 동굴을 빠져나온 것처럼 진짜 밤하늘이 펼쳐졌다. 두 사람을 향해 날아온 에어쉽은 공중에서 '끽' 정차하며 문을 열었다.

"멈춰! 멈추라고!"

뒤쫓아서 달려오던 카인은 하늘을 향해 악다구니를 쓰며 부르짖었다.

"멈춰! 이브! 이이이이브!"

메아리치듯 울려 퍼지는 그의 절규가 거세게 기류를 갈랐다. 유림은 진땀을 흘리며 숨을 몰아쉬었다. 흐릿한 시야에 남자의 모습이 가물가물하게 보였다. 붉은 눈 대신 다정한 암갈색 눈이 그녀를 보며 예쁘게 웃고 있었다.

"이제 괜찮아."

그가 뺨에 입을 맞추며 속삭였다.

"녀석은 더 이상 쫓아올 수 없을 거야."

그러니 안심해도 돼. 그렇게 다독인 음성이 키스를 하며 눈두덩을 어루만졌다. 천천히 눈을 감은 그녀는 깊은 우물에 빠지듯 곧 잠이 들었다. 미약하게 깨어 있는 의식 속에 투닥거리며 다투는 말소리가 흘러들어 왔다.

– 아니, 세상에…… 무슨 투포환도 아니고 아크레인을 그렇게 야구공 쥐듯 던져 버리시면 어떡합니까?

"순간 너무 화가 나서 이성을 잃었어."

케이는 생긋 웃으며 대답했다. 카인 녀석이 유림의 얼굴을 어루만지는 모습을 본 순간 눈에서 불꽃이 튀었다. 그다음은 잘 기억이 나지 않을 정도였다. 아마 아크레인이 없었다면 게이트의 대리암을 뜯어내서 던졌을지도 모른다.

하지만 언제 그랬냐는 듯 그는 기분 좋은 얼굴을 했다.

리사는 할 말을 잃은 채 폭삭 찌그러진 아크레인 기체의 영상을 수신했다. 아크레인은 게이트 옆에 추락한 채 '푸슉' 하고 연기를 뿜어내며 사망 신고를 띄우는 중이었다.

– 보이시죠? 저거 어떻게 하실 겁니까? 저렇게 박살 난 아크레인을 본 연맹군 쪽에서 대체 무슨 상상을 하겠느냔 말입니다. 저건 누가 봐도 기습을 당한 모양새라고요. 낙원 내에서 불시의 공격이라니, 이게 말이 됩니까?

그녀는 영상을 보고 반성 좀 하시라며 쫑알쫑알 잔소리를 해 댔다.

"시끄러워, 리사."

가식적인 미소로 생글거리던 케이는 짜증 섞인 눈웃음으로 그만 하라며 일축했다. 마스터께서 이렇게 성격 나쁘신 걸 소위님께서 아셔야 하는데. 리사는 그렇게 중얼거리며 못다 한 말을 구시렁구시렁 이었다.

– 일단 소위님은 헤벨로 모시겠습니다. 지금 보니 체온과 맥박 수치가 예사롭지 않습니다. 방금 전 전투에서 무리를 하신 것 같습니다. 일단 헤벨에서 진단부터 받으신 후에 행보를 결정하시죠. 저는 스마트 더스트를 벗어나면 더 이상 마스터와 통신을 할 수 없으니 데이터는 아벨 측에…….

"헤벨로는 가지 않는다."

– 예?

"지금 찍는 좌표로 이동해."

– 어, 여기는…….

좌표를 본 리사는 잠시 침묵했다.

– 알겠습니다.

기체 내 안내 메시지

목적지를 변경합니다. 예상 소요 시간은 3시간 30분 내외입니다.

본 기체는 초음속 항공 모드를 탑재하고 있습니다.

초음속 항공 모드 시에는 반드시 안전벨트를 착용해 주시기 바랍니다.

불가시 모드로 전환합니다.

에너지 소모가 크므로 절전 시스템을 가동하겠습니다.

5초 후 스마트 더스트의 감시망을 벗어납니다.

곧 본기와 낙원 사이의 접속이 끊어집니다. 카운트다운 5초, 4초, 3초…….

에어쉽 내부에 리사의 얼굴이 둥실 떠올랐다. 그녀는 케이의 앞으로 다가오더니 눈을 마주치며 물었다.

– 마스터…… 돌아오실 거죠?

턱을 괸 그는 아무런 대답도 하지 않았다. 그러자 리사는—아마 착각이었겠지만— 슬픈 눈빛으로 그와 유림을 번갈아 바라보았다. 이윽고 그녀는 평소 두 사람이 출근할 때와 다름없는 미소로 마지막 인사를 전했다.

– 조심히 다녀오십시오. 정 소위님, 애덤슨 중사님.

3초, 2초, 1초…… 피빗.

우리 기체가 로스트 헤븐을 떠납니다.

• • •

피부에 닿는 이불 느낌이 보송보송하고 기분 좋았다. 유림은 눈을 감은 채 킁킁거리다가 배시시 웃었다. 익숙한 향기가 느껴졌다. 오래된 면 냄새, 거의 사라진 세재 냄새, 이불을 넣어 두는 벽장 나무 냄새, 온실에서 키우는 화초 냄새, 그리고 이건…… 막 지은 고슬고슬한 밥 냄새.

집은 늘 부산스러웠다. 소음 대부분의 원인은 괴짜 천재라 불리던 바딤이었지만 가끔은 사라도 그 소란의 일원이었다. 그녀는 기본적으로 요리를 잘했다. 그런데 자꾸 뭔가 새로운 것을 시도하려고 해서 문제였다. 주방에서는 종종 원인을 알 수 없는 폭발이 발생했는데, 그럴 때마다 타이탄과 바딤이 한숨을 내쉬며 주방 쪽으로 향했다. 물론 이건 사라가 그 정도의 기력이 있을 때의 이야기였다.

드르륵, 드르륵.

아빠가 또 에어쉽을 분해했다가 재조립하는 모양이었다. 킥킥 웃음이 새어 나오던 입가에 꼬르륵 배꼽시계가 알람을 올려 보냈다.

으음, 그만 일어나야겠다.

오늘은 간장 맛이 나는 카레를 먹고 싶은데. 엄마한테 해 달라고 할까?

"배고파……."

군침을 다신 유림은 천천히 눈꺼풀을 들었다. 누군가 스피커를 꺼 버린 것처럼 왁자지껄하던 소음이 뚝 끊겼다.

고요하다.

차분한 아침을 맞은 기분이었다. 무거운 몸과 달리 머리는 맑고 가벼웠다. 그녀는 살짝 벌어진 눈꺼풀 사이로 몽롱한 동공을 움직였다.

제일 먼저 높다란 천장이 보였다. 따뜻한 상아색 벽지엔 연보라색 줄기와 꽃이 그려져 있었고 한쪽 구석에는 낡은 담요가 차곡차곡 쌓여 있었다.

몸을 일으키자 가벼운 현기증이 일었다. 휘청거리며 침대를 짚고 앉은 그녀는 잠이 덕지덕지 묻은 얼굴로 주위를 훑어보았다.

'내 방인가?'

처음 보는 것처럼 낯선 느낌이 들었지만 그냥 알 수 있었다. 여긴 그녀가 지냈던 공간이었다. 정사각형 모양의 방 안에는 아기 분

냄새 같은 은은한 향취가 배어 있다. 왠지 마음이 아늑해지는 걸 느꼈다. 침대에서 내려온 유림은 덮고 있던 이불을 보며 고개를 갸웃거렸다. 끝이 헤진 이불은 누군가 손수 꿰매었는지 바느질 솜씨가 삐뚤빼뚤 엉망이었다.

— 사라는 퀼팅에 소질이 없네요.

— 흥, 두고 봐. 다음번에는 찍소리 못할 작품을 보여 줄 테니까.

— 하지만 따뜻해요.

— 그래?

— 사라가 만들어 준 이불을 덮으면 저도 언젠가는 잠들 수 있을 것 같아요.

갑자기 머릿속을 스쳐 지나가는 대화에 그녀는 멍한 눈을 깜빡였다.

"아…… 왜 이러지?"

어느새 고여 있던 눈물이 후드득 손등 위로 떨어졌다. 유림은 영문도 모른 채 젖은 손등을 빤히 내려다보았다. 뭔가 아주 중요한 걸 잊고 있는 기분이었다. 가슴 한쪽이 시큰시큰하게 저려 왔다. 그런데 속이 우묵한 나무처럼 아무것도 떠오르지 않았다.

공허하다.

웅덩이에 떠다니는 부목처럼 무기력한 눈동자엔 채워진 게 없었다. 머릿속에서 웅얼거리는 잡음들은 라디오 주파수처럼 잡힐 듯 말 듯 지직거렸다.

'엄마? 아빠?'

유림은 불안감에 휩싸인 얼굴로 허둥지둥 방을 나섰다. 자동인식 센서가 부착된 미닫이문이 열리자 흠칫 놀라며 걸음을 멈췄다. 텅 빈 거실엔 가사로봇 하나가 자리를 지키고 서 있었다. 사마귀처럼 생긴 로봇은 집게 모양의 팔 하나를 움직이며 몸을 회전시켰다. 다른 한쪽 팔은 떨어져 나갔는지 보이지 않았다.

– 좋은, 아침, 입니다, 아가씨. 아침, 식사는, 카레로?

'반말하네?'

유림은 눈썹을 까딱 치켜세우며 로봇을 노려보았다. 구체 화면으로 된 그의 얼굴에는 타이탄Titan이라는 글자가 지나가고 있었다. 그녀의 얼굴 표정을 스캔한 타이탄은 감정 추론을 하더니 바퀴가 달린 발로 굴러다니며 말했다.

– 제가, 나이가, 더, 많습니다.

"닥쳐. 인공지능한테 나이가 어디 있어."

– 말버릇이, 안 좋아, 지셨군요. 예절, 수업을, 넣겠습니다.

"뭐?"

– 저희도, 나이를, 먹습니다. 인공지능에게도, 삶과, 죽음이, 있습니다.

"누가 그래?"

유림이 콧방귀를 뀌며 물었다.

– 아가씨의, 아버님이신, 페트로비치, 박사님께서, 그러셨습니다.

그녀는 말없이 타이탄을 노려보았다. 아버지 핑계를 대다니 약삭빠른 녀석. 엄청 재수 없는데 딱히 뭐라고 반론할 수가 없다. 인공지능 주제에 이렇게까지 짜증 나게 하다니, 어떻게 보면 대단한 놈이었다.

홱 돌아선 유림은 다시 한 번 타이탄을 찌릿 째려보고선 걸어갔다.

"그런데 이건 뭐야? 벽에 웬 구멍들이 이렇게 나 있어? 이런 거 없었잖아."

벽을 매만지며 자연스럽게 묻던 그녀가 멈칫 걸음을 멈췄다. 반대쪽 벽에도 있다. 바닥에도, 모서리에도, 가구에도 손가락이 쏙 들어갈 법한 구멍들이 뚫려 있었다. 그것들을 가만히 쓸어 보던 유림은 어두운 눈빛으로 중얼거렸다.

"총탄 자국……."

무슨 일이 있었나? 천장을 올려다보던 그녀의 눈이 커졌다.

2080.07.21.

그날 집 곳곳에는 구멍이 생겼다. 슬픔이 남기고 간 빈자리, 상실의 고통이 남기고 간 갈증이다.

— 마다Mada! 보고 싶어! 보고 싶어!

울컥 차오른 눈물이 턱을 타고 후드득 떨어졌다. 유림은 양 손바닥을 적신 물기를 내려다보았다. 멍한 눈동자에서 끊임없이 눈물이 흘러나왔다. 왜 이러지? 답답한 가슴을 저도 모르게 쥐어뜯고 있었다. 머릿속에서 울리는 슬픈 목소리가 자꾸만 감정을 북받치게 만들었다.

"네가 남기고 간 구멍이야."

창문이라도 열렸는지 시원한 바람결이 느껴졌다. 파도를 타듯 다가온 목소리가 등 뒤에서 안아 주며 속삭이듯 가슴을 두근거리게 했다.

"그날 이후로 쭉 내 심장에 남아 있던 구멍."

유림은 커다랗게 뜬 눈으로 천천히 돌아섰다.

벽이라고 생각했던 부분이 오페라 무대처럼 활짝 열려 있었다. 벽 전체가 커다란 아치형 창문으로 이루어진 채 달빛을 투과시키며 반짝반짝 빛났다. 얕은 창턱은 무릎에도 닿지 않는 높이였다.

그 위에 그가 걸터앉아 있었다. 눈부시게 쏟아지는 월광 아래, 옅은 머리칼이 빛을 머금은 채 은은하게 춤췄다. 달빛이 스치는 그의 눈가에 미소가 어렸다.

— 엄마, 아담의 눈동자는 토성이랑 목성을 닮았어. 왜 나랑 다른 색이야?

— 왜냐하면 오빠는 우주에서 온 왕자님이거든. 어린 왕자처럼 말이야.

온몸이 오색 빛깔의 감정으로 찬란히 채워지는 기분이었다. 조각난 기억들이 수렴하듯 마구마구 모여든다.

어린 왕자를 믿고 있던 건 사라였다. 그녀는 모자를 보아 뱀이라고 믿었고 자신이 발견한 소년을 머나먼 행성 혹은 네버랜드 같은 이상향에서 온 아이라고 생각했다.

사라가 떠나고 홀로 시간의 굴레에서 벗어난 채 살아오던 소년은 아름다운 청년이 되었지만, 그는 몸에는 아직도 요정의 가루가 남아 있던 모양이다.

그녀의 눈에 비친 그는 여전히 먼 우주 행성의 왕자님으로 보였으니까.

담갈색 눈동자가 암홍빛으로 물들었다. 그의 홍채가 붉어질 때는 그녀의 것보다 더 어둡고 깊게 덩어리지듯 가라앉는 걸 볼 수 있었다. 좀 더 잔혹하고 포악한 본성을 거침없이 드러내는 눈동자.

"잘 잤어?"

얇은 미성의 목소리는 어느덧 낮고 그윽한 음성으로 변해 있었다. 보일 듯 말 듯 웃는 그의 미소가 바람처럼 아름다웠다.

그녀의 입가에도 물그스레한 미소가 번졌다. 홍시처럼 노을 색으로 번진 눈동자에 물기가 차올랐다. 그럼에도 기쁘게 웃는 그녀는 수줍은 듯 뒷짐을 지며 작게 대답했다.

"응."

웃고 있는 그녀의 눈가에 눈물이 그렁그렁 맺혀 있었다. 유림은 배시시 웃으며 손등으로 눈가를 쓱 훔쳤다.

케이는 그런 그녀의 마음을 다 안다는 듯 눈썹달처럼 웃었다. 다정한 웃음소리가 아름다운 선율이 되어 울려 퍼졌다. 그녀의 심장 고동 소리도 그에 맞춰 쿵쿵 뛰었다. 턱을 괴고 그녀를 바라보던 그는 입술 사이로 노래하듯 말을 건넸다.

"집으로 돌아온 걸 환영해, 이브."

그리고 만감이 교차하는 눈빛으로 또박또박 그녀의 이름을 불렀다.

멈칫 웃음이 끊겼다. 그의 목소리가 잊고 있던 이름을 부른 순간, 가슴 한쪽이 와르르 무너졌다. 멍하니 서 있던 그녀의 눈에서 후드득 눈물이 떨어지기 시작했다.

어쩔 줄 몰라 하며 울먹이던 유림은 양손에 얼굴을 묻었다. 어깨를 떨며 흐느끼는 그녀의 모습이 작은 들꽃처럼 가련했다. 브루클린의 성녀답지 않게 나약하고 여린 모습. 하지만 그에게 있어선 모두 똑같은 이브일 뿐이었다. 눈물 콧물 쏙 빼며 서럽게 우는 모습이 영락없는 어린 시절의 그녀였다.

케이는 턱을 괸 자세 그대로 유림을 보며 픽 웃었다. 그는 다 울었냐는 표정으로 몸을 일으키더니 살짝 팔을 벌렸다.

"얼마나 힘이 세졌는지 한번 볼까?"

빨개진 코를 문지르던 유림은 황당하다는 표정을 지었다. 그녀는 진심이냐는 듯 눈초리를 치켜세웠다. 그러자 케이는 당연하지 않느냐는 눈빛으로 어깨를 으쓱 올렸다. 그녀는 코웃음을 치더니 입가에 미소를 그렸다.

유림이 작정한 듯 몸을 낮추자 케이의 눈이 흠칫 커졌다. 그는 불현듯 뭔가 생각난 표정으로 등 뒤를 홱 돌아보았다. 창문 하나 없이 휑하니 뚫린 아치형 벽으로 절벽에서 흘러온 바람이 매섭게 불었다. 바닥에는 어둠 속에 깔린 검은 암초들이 두 팔 벌려 환영하고 있었다. 케이는 창백한 얼굴로 황급히 말했다.

"잠깐만, 이브! 뒤에 낭떠러지가……."

돌아본 그는 말끝을 흐리며 자포자기한 눈빛을 지었다. 뒤로 한 발 물러선 유림은 이미 그의 말은 귓등으로 무시한 채 지면에서 발을 떼고 있었다. 그녀는 배시시 웃더니 캥거루처럼 그의 품을 향해 와락 뛰어내렸다. 케이는 하체에 힘을 주고 오른팔로 그녀의 몸을 받았다. 그리고 번개처럼 왼팔을 뻗었다. 휘청, 창밖으로 넘어간 두 사람은 시소처럼 기우뚱거리며 서로를 끌어안았다. 그는 180도 가까이 눕혀진 허리에 힘을 주며 왼손으로 창틀을 움켜쥐었다.

"허리 힘 좋네."

유림은 윗몸일으키기를 하듯 몸을 접는 그를 보며 감탄했다. 허공에서 그녀를 안은 채로 누운 몸을 들어 올릴 정도면 하체와 허리 근육이 얼마나 유연하고 강해야 하는 건지.

"그런데 입대 테스트 때 기록은 대체 왜 그런 거야?"

몸을 일으킨 그는 그녀를 보며 피식 웃었다. 시치미를 뚝 떼며 생긋거리는 그의 모습에 유림은 "흐음." 하고 의심스러운 표정을 지우지 못했다.

"하긴 옛날에도 운동을 못하긴 했지."

중얼거리던 그녀에게 그가 달콤한 목소리로 속삭였다.

"……보고 싶었어."

"바로 며칠 전까지 봤잖아."

괜히 장난치듯 받아쳤지만 그녀도 겸연쩍은 표정이었다. 찡하게 코끝이 울렸다.

"정말 보고 싶었어."

미소가 사라진 그의 목소리가 갈라진 채 젖었다.

"죽을 수 있다면 죽어서 만나고 싶을 정도로."

모든 걸 마치면 정말 그녀를 보러 가려고 했다. 노아에게 부탁해서 자신의 삶을 끝내고 싶었다. 이브와 사라의 곁으로 가고 싶었다.

"내 세상의 종말은 너 하나만으로도 충분했어."

케이의 나직한 목소리에 아픈 기억이 스며들었다. 두 번 다시 겪고 싶지 않은 절망. 그는 팔을 뻗어 그녀를 꽉 껴안았다. 목덜미에 닿는 그의 숨결에 울음이 섞였다.

"그런 고통은 두 번 다시 겪기 싫어."

절실한 목소리로 말하던 그는 그녀의 턱을 잡고 부딪치듯 입을 맞췄다. 폭풍처럼 몰아치는 키스였다. 거칠게 숨결을 나눈 두 사람은 흐려진 눈으로 숨을 몰아쉬었다.

"이 전쟁에서 승리하는 건 네가 될 거야."

케이의 말에 유림의 눈이 커졌다. 그게 무슨 소리냐는 듯이. 그는 평소처럼 태연하게 웃었다. 그리고 다시 몸을 비스듬히 숙여 깊게 입을 맞췄다. 그녀의 신음에 케이는 흐릿한 눈으로 입술을 비스듬히 눌렀다. 애가 타듯 조심스럽게 다루던 그의 키스가 점차 격정적으로 그녀를 몰아붙였다. 가슴골이 흔들리며 얽힌 혀 사이로 열기가 타오르자 그는 결심한 듯 단호한 눈초리로 말했다.

"나를 네 권속으로 삼아."

그 한마디가 그녀의 가슴을 서늘하게 그었다. 폐부가 뒤흔들리면서 심장이 세차게 뛰었다. 그의 말뜻을 이해하기도 전에 강렬한 두근거림이 느껴졌다.

"무슨 말인지 모르겠어."

아담의 눈동자가 붉은 은하수처럼 묽게 일렁였다. 그의 체취로 젖어 있던 그녀의 입술이 잘게 호흡했다.

"사랑해, 이브."

멍하니 굳어 있던 유림의 눈시울이 뜨겁게 젖어 들었다. 듣고 나서야 깨달았다. 계속 울컥거리던 심장이 원했던 한마디가 무엇이었는지.

"내가 널 몹시도 사랑한다는 의미야."

그가 다정한 목소리로 어루만지듯 고백했다. 세상에 더없을 아름다운 미소와 오롯한 애정이 가슴을 휘감았다. 망연히 그를 바라보던 그녀의 입가에서 서서히 흐느낌이 새어 나왔다. 그에게 폭 안긴 유림은 결국 커다랗게 울음을 터뜨리고 말았다.

외전

A Midsummer Night's Dream
(한여름 밤의 꿈)

A Midsummer Night's Dream
(한여름 밤의 꿈)

특종! 단독 보도
각종 루머가 난무했던 우리야 세르게이 총사령관의 생존 소식!
"이곳은 낙원입니다, 여러분. 하지만 낙원을 다스려 왔던 건 천사가 아닌 악마였습니다."
잠적해 있던 그가 고백한 낙원의 이면! 그 충격적인 진실을 전하다.
관리자 아담의 정체와 그가 저지른 잔인무도한 행실들, 입실론들의 실상과 허울뿐인 이브의 실체, 그리고 평의원들의 더러운 추태까지…….

「낙원 뉴스: 조셉 에반스」

기적처럼 살아 돌아온 우리야 세르게이의 뉴스는 충격 그 자체였다. 낙원 뉴스의 편집장인 조셉 에반스는 그와 단독 회견을 가졌다. 왓슨 3세는 외부 기자들이 정보를 밖으로 유출하는 걸 막기 위해 주민이 아닌 자들은 모두 게이트 내 대합실로 이동시켰다. 거센 항의가 잇따랐지만 평의회는 단호하게 못을 박았다. 낙원 내에서 연이어 테러가 발생한 마당에 더 이상의 인명 피해를 막고자 보안을 강화시키는 것은 당연지사. 단, 외부 수사기관으로 임명한 헤벨은 자유로운 출입을 허가했다.

인터뷰 장소는 기억의 도시의 상징인 황금의 바벨탑 앞이었다. 오늘따라 유난히 기울어져 보이는 바벨탑은 최근 아슬아슬한 행보를 이어 가고 있는 낙원의 운명을 조롱하듯 비스듬히 등을 숙이고 있었다.

우리야는 경호원들과 함께 나타났다. 그는 군청색의 정복 차림이었는데 왼쪽 가슴에는 총사령관 마크가 달려 있었다. 그 아래 빼곡하게 박힌 약장들은 그의 신념이었고 어깨 휘장에 새겨진 네 개의 별은 그의 자부심이었다.

준비된 단상 위에는 낙원 뉴스의 편집장인 조셉 에반스가 의자에 앉아 그를 기다리고 있었다. 마주 보고 앉은 두 사람은 원형의 크리스털 테이블을 사이에 두고 서로를 응시했다.

"그럼 지금부터 우리야 세르게이 총사령관과의 단독 회견을 시작하겠습니다."

낙원의 주민들은 대부분 집에서 심각한 표정으로 회견을 시청하고 있었다. 로스티아벤의 장병들 역시 모래의 도시 술집에 모여 말없이 인터뷰를 지켜보는 중이었다. 그들은 믿을 수 없다는 눈빛으로 총사령관의 얼굴을 쳐다보며 술렁거렸다.

"총사령관님은 전사하시지 않았나?"

"어이, 나는 내 두 눈으로 직접 봤다고. 형무소 앞에서 말이야……."

"그러게, 나도 분명 죽었다고 들었어."

에덴 타워의 대회의실도 긴급 소집등이 들어와 있었다. 회의실에 접속한 평의원들의 낯빛은 시체처럼 파리했다. 다들 충격에 빠진 모습이었다.

– 분명 우리 다 같이 우리야 세르게이의 시신을 확인하지 않았습니까?

– 뿐만 아니라 그가 살해당할 당시의 영상까지 시청했지요.

아이작은 두 손을 모아 턱을 괴고 말했다.

– 일단 지켜봅시다. 무슨 말을 하는지 듣고 나서 대응을 생각해도 늦지 않소.

다들 불편한 표정으로 입을 다물었다. 시한폭탄을 안고 있는 기분이었다. 하지만 별수 있나? 폭탄을 껴안은 자가 이쪽으로 뛰어들지 저쪽으로 달려들지 알 수 없는 판국이었다.

초점은 다시 조셉 에반스와 우리야 세르게이의 단독 회견장으로 향했다. 조셉은 능숙하게 회견을 이끌어 나갔다. 그의 얼굴은 초지일관 뻔뻔할 정도로 태연하고 차분했다.

"장군님께서 오늘 인터뷰를 통해 꼭 밝히고 싶으신 것이 있다고 들었습니다."

"예, 그렇습니다."

우리야는 반듯한 자세로 앉아 정면을 바라보았다. 모래의 도시 술집 '울부짖는 인어'에서 이를 지켜보던 장교 하나는 갸웃거리며 말했다.

"총사령관님께서 어딘지 좀 평소와 다르시지 않나?"

우리야는 평소 말할 때 특유의 묵직하고 카리스마 있는 분위기를 자아내는 편이었다. 그런데 오늘 그는 엘리트 모범생 같은 이미지였다. 단정한 어투와 꼿꼿한 자세는 꼭 신입 장교처럼 딱딱해 보였고 말할 때 간혹 보이는 미소는 정치인들의 계산된 표정처럼 부자연스러웠다.

"그러게, 꼭 살아 있는 안드로이드 같네."

"그래서 옆에 심박동 수가 표시되고 있잖아. 안드로이드는 아니야."

거짓말 반응을 보여 주기 위해 우리야의 심장 박동 수가 함께 나타나고 있었다. 이것은 또한 그가 로봇이 아닌 사람이라는 증거이기도 했다.

"저는 오랜 시간 낙원의 꼭대기에서 많은 것을 목격해 왔습니다. 권력층 내의 비리라든지, 쉬쉬하며 덮인 살인과 억울한 죽음이라든지 말입니다. 지옥의 문턱에서 가까스로 살아 돌아온 지금, 저는 이 자리에서 여러분께 참혹한 죄인을 고발하고자 합니다."

"죄인이라면 낙원의 군권을 쥐신 총사령관님께서 검거를 하면 될 일인데 굳이 이런 자리를 만들어 폭로하시는 이유가 뭡니까?"

"제가 말씀드릴 사람은 여러분 모두가 이곳에서 가장 믿고 존경해 마지않아 왔던 분이기 때문입니다. 제가 낙원에서 유일하게 털끝 하나 건드릴 수 없는 사람이지요."

"그분이 대체 누구죠?"

"그동안 그는 낙원의 관리자라는 미명하에 왓슨 3세와 스마트 더스트를 손에 거머쥐고 독재자 못지않은 권력을 남용해 왔습니다."

"관리자라면…… 설마 에덴 타워의 '아담'을 말씀하시는 겁니까?"

"그렇습니다. 저는 오늘 이 자리에서 여러분께 관리자 아담의 죄를 고발하려 합니다. 그리고 제가 지금부터 털어놓는 이야기는 모두 한 치의 거짓도 없는 진실임을 맹세합니다."

회견을 시청하는 자들 중 누구도 영상에서 눈을 떼지 못했다. 맥주를 마시며 웅성대던 군인들조차 넋이 나간 얼굴로 술잔을 툭 내려놓고 있었다.

낙원의 관리자, 아담.

어찌 보면 낙원의 교황과도 같던 자였다. 정·재계와 동떨어져 하나의 신앙으로 군림하던 남자의 이야기가 막 펼쳐지려 하고 있었다.

우리야는 잠시 호흡을 고르더니 천천히 말을 이어 나갔다.

"낙원의 관리자 본명은 엘 카인입니다. 그의 이름을 익히 들어 본 분들도 계실 겁니다. 왓슨 그룹 내에서 그는 '성공의 아이콘'과 같은 인물이니까요."

"그렇습니다. 램지 왓슨 회장이 병석에 있는 지금, 엘 카인은 실질적으로 왓슨 그룹의 수장이죠. 왓슨가의 상속녀인 제인 왓슨의 약혼자라는 타이틀도 그 점에 한몫하고 있다는 건 부정할 수 없겠군요."

회견 영상을 보던 제인은 창백한 얼굴로 입술을 깨물었다. 소파에 앉아 있던 그녀는 주먹을 쥐며 벌떡 일어났다. 옆에 나란히 앉아 있던 사샤가 그녀의 손목을 붙잡았다.

"흥분하지 마. 저자가 원하는 게 뭔지 들어 봐야지."

부들부들 떨던 제인은 마지못해 다시 앉아 찬물을 벌컥벌컥 마셨다. 우리야 세르게이, 네가 감히 우리들 등에 칼을 꽂아? 키워 준 은혜도 모르는 더러운 들개 같으니.

"슈퍼컴퓨터 왓슨 3세에 관리자로 등록된 이름은 아담인데 이걸 변경하려면 관리자 권한을 실행해야 합니다. 그런데 엘 카인은 그게 불가능합니다. 패스워드를 모르거든요. 그래서 하는 수 없이 아담이라는 이름을 이어서 써 왔던 겁니다. 다행히도 낙원의 설계자는 왓슨 3세를 처음 선보일 때 엘 카인을 공동 사용자로 등록시켜

줬습니다. 이런저런 기능을 맛봐야 왓슨 3세를 비싼 값에 사 줄 테니까요. 즉, 엘 카인은 관리자의 이름을 '사용'할 수 있는 권한만 있었던 겁니다. 진짜 관리자 권한을 실행시키려면 패스워드가 필요한데 설계자가 그것까진 알려 주지 않았던 거죠. 엘 카인은 그저 허수아비 같은 존재였던 겁니다."

조셉이 놀란 척 눈을 휘둥그레 뜨며 반문했다.

"그럼 진짜 관리자가 따로 있다는 겁니까?"

"그렇습니다. 원래 로스트 헤븐의 프로젝트 개발자는 따로 있었습니다. 그리고 이 섬의 소프트웨어를 구축한 왓슨 3세의 설계자 정체는 프로젝트의 책임자였던 리 박사만이 알고 있죠. 엘 카인은 그들에게서 낙원을 강탈한 겁니다. 그는 제 사리사욕을 채우기 위해 로스트 헤븐에 담긴 그들의 신념과 이상을 짓밟았습니다. 낙원을 도둑맞은 그들이 지금 어디서 뭘 하고 있는지는 저도 모릅니다. 살아 있는지조차 알 수 없으니까요."

우리야는 잠시 말을 멈췄다. 그는 에덴 타워가 있는 쪽을 지그시 바라보더니 손깍지를 끼고 턱을 괴었다. 그러고는 영상을 보고 있을 주민들과 눈을 맞추듯 정면을 똑바로 쳐다보았다.

"제가 이렇게 말씀드려도 쉬이 믿기진 않으시겠죠. 엘 카인이란 남자가 얼마나 비정한지를 보여 줄 반증이 있습니다. 이번에 테러 용의자로 잡힌 나츠 시게노, 그는 사실 엘 카인의 자식들 중 한 명입니다."

적막이 불던 바람의 도시 곳곳에서 웅성거림이 흘러나왔다. 양 떼처럼 상공에 떠 있는 아파트 안에서 조용히 인터뷰를 시청하던 주민들이 동요하며 자리에서 벌떡 일어났다. 그들 중 상당수는 이미 에어쉽을 타고 기억의 도시 쪽으로 향하는 중이었다. 직접 회견장으로 가서 이 사실을 두 눈으로 확인하려는 것이다. 그만큼 충격적이었다. 낙원의 권력층이 심장부에 숨기고 있던 이면의 진실이란.

"자식들이라면 나츠 시게노 외에 아이가 더 있다는 말씀이십니까?"

"십칠 년 전, 태양의 도시에 있던 입실론 하나가 쌍둥이를 낳았습니다. 알 만한 사람들은 다 알고 있는 이야기입니다. 그녀가 엘 카인의 오랜 연인이고 특별한 사람이었다는 사실을 말이죠."

기밀문서 밧세바. 비공식적인 최초의 입실론이자 엘 카인의 첫 여자. 그리고 그녀가 낳은 쌍둥이 나츠와 유메.

"그 아이들이 설마 낙원의 고스트들을 이끄는 오베론의 수뇌부가 될 줄은 누구도 예상하지 못했을 겁니다."

화면에 비친 우리야의 얼굴에 의미심장한 미소가 어렸다. 조셉과 우리야는 준비된 각본을 읽어 나가듯 시종일관 차분하고 자연스러운 분위기를 유지했다. 오히려 보는 이들이 더 손에 땀을 쥐며 긴장하고 있었다.

'무슨 속셈이지?'

허공에 뜬 부유 의자에서 '윙' 하고 엔진 소리가 났다. 유메는 뉴스 영상에 가까이 다가가며 미간을 일그러뜨렸다. 몇 번을 노려봐도 우리야의 얼굴이 확실했다. 그녀는 혼란스러운 눈동자로 중얼거렸다.

"우리야 세르게이는 죽었을 텐데……."

"맞아. 우리야는 죽었어."

유메는 뭉뚝한 몸을 재빠르게 회전시켜 문 쪽을 바라보았다. 밧세바였다. 이곳은 폐쇄 도시 내 연구소 A동의 대형 세미나실이었다. 그녀는 어두컴컴한 방 안쪽으로 절뚝거리며 들어오더니 회견 영상을 바라보았다. 뒤쪽 의자에는 욥실론들이 숨죽인 채 앉아서 인터뷰를 시청하고 있었다.

"유메, 네가 그랬지? 솔로몬은 기이한 연구들을 하고 있다고."

밧세바가 주름진 눈초리를 예리하게 늘어뜨리며 물었다. 내리깐 그녀의 시선에서 서늘한 기운이 묻어났다. 유메는 저도 모르게 고개를 끄덕였다.

"솔로몬이 준 회색 기사들은 일반 안드로이드들과 달랐어. 낙원에서 쓰는 안드로이드들은 최대한 인간을 닮도록 설계되었잖아. 그런데 위즈덤의 안드로이드는 뭐랄까, 인간의 신체 일부로 작동하기 위한 부품처럼 느껴졌어."

"인간의 신체 일부?"

유메는 한숨을 내쉬며 속사정을 털어놓기 시작했다.

"형무소 전투에서 봤겠지만 회색 기사단은 오직 나츠의 명령만 들어. 왜냐하면 그 녀석들 코어가 나츠의 뇌파를 '최우선 명령어'로 인식하거든. 위즈덤의 병기형 안드로이드들은 인간의 뇌파가 직접 코어에 접속할 수 있어. 그리고 안드로이드를 제 몸처럼 움직이거나 그 안드로이드가 보고 듣는 걸 뇌로 직접 전달받을 수 있지. 솔로몬 말에 따르면 마치 가상현실 게임에 접속한 아바타와 같은 논리랬어. 집에 앉아서 가상현실을 통해 바닷속을 체험하고 우주를 날 수 있는 것처럼, 이제 현실에서도 안드로이드를 이용해 물리적 한계를 뛰어넘을 수 있게 된 거라고."

유메는 죄책감 어린 눈빛으로 땅을 쳐다보았다. 어린이처럼 작은 참외 배꼽 아래로 다리 없는 발이 뭉뚝하게 서 있는 게 보였다. 씁쓸하게 제 몸을 바라보는 유메의 모습에 밧세바의 눈이 점차 촉촉하게 젖어 들었다.

'그 비열한 놈이 이 아이의 마음을 이용했구나.'

그녀는 주름진 손으로 유메의 머리를 쓰다듬었다. 흠칫하며 고개를 회피하던 유메가 입술을 깨문 채 밧세바를 쳐다보았다. 그녀는 후회된다는 표정으로 왈칵 치밀어 오른 눈물을 꾹 참고 있었다.

"솔직히 혹했어. 위즈덤의 안드로이드를 이용하면 이러한 몸뚱이로도 남들처럼 살아볼 수 있지 않을까라는 생각이 들었거든."

그래서 그와 계약을 했다.

빼돌린 델타에 관한 실험이나 시범 경기를 벌일 수 있게 협조할 테니 위즈덤의 신병기 안드로이드를 오베론에 제공할 것.

"솔로몬은 내가 아직 어린 데다가 남들보다 신체적으로 불안정하고 미숙하기 때문에 회색 기사단을 통솔하기엔 무리일 거라고 했어. 뇌에 크게 문제가 생길 수 있다고. 그랬더니 나츠가 그럼 자기가 하겠다면서……."

젖은 목소리로 말을 이어 가던 유메의 눈동자가 붉게 젖었다.

"나츠는 내 이기적인 바람을 위해 스스로를 희생한 거야. 우리에겐 기사단을 통솔할 카리스마 있는 지휘관이 필요했어. 그래야 고스트들이 우리를 따를 테니까. 물론 나츠는 오로지 날 위해 그런 것이겠지만……."

밧세바의 손에서 지팡이가 툭 떨어졌다. 그녀는 절뚝거리며 다가와 유메를 와락 끌어안았다. 밧세바의 가슴에 묻힌 그녀의 울음소리가 들썩거리며 울려 퍼졌다.

"미안하다. 다 내 잘못이야."

그녀의 검버섯 진 뺨에서 눈물이 주르륵 흘렀다. 어깨를 떨며 흐느끼던 유메의 입술 사이로 간절한 속삭임이 흘러나왔다.

"……제발 나츠를 구해 줘."

밧세바는 고개를 들어 화면을 노려보았다. 안드로이드 헌병들에게 끌려온 나츠가 수의를 입은 채 단상 위에 서 있는 게 보였다. 두리번거리는 그의 시선에서 커다란 동요가 느껴졌다.

등 떠밀려 주춤주춤 걸어 나온 나츠는 불안한 표정으로 좌우를 흘끗거리더니 머뭇거리며 마른 입술을 열었다. 누군가 억지로 입을 떼라고 종용하는 모양이었다. 그는 심하게 떨리는 목소리로 더듬더듬 말을 꺼냈다.

"아, 안녕하십니까? 나, 나츠…… 시게노입니다."

• • •

나츠의 유년 시절은 길고긴 터널이었다. 습기로 가득 찬 어둠 속에서 그는 늘 쌍둥이 누이의 손을 이끌어야 했다. 한 걸음, 한 걸음이 생존과 직결되는 삶. 정글 속에 버려진 작은 짐승처럼 그들의 앞길은 순탄치 않은 가시밭길의 연속이었다.

어릴 때 유메는 종종 헛것을 보곤 했다. 장애를 안고 태어난 그녀는 영양실조까지 겹쳐서 자주 몸이 아팠다. 유메가 환각을 보기 시작한 건 미노타우로스의 이야기를 들은 후부터였다.

"나츠, 저기 괴물이 있어."

“저건 그냥 그림자잖아. 여기엔 우리 둘밖에 없어. 우리 둘뿐이야, 유메.”

미궁에서 자란 쌍둥이들은 네 살이 될 때까지 세상 밖을 알지 못했다. 그들은 단 한 번도 어두컴컴한 지하 미궁 위로 나가 본 적이 없었다. 그들을 보살핀 건 일련번호가 제거된 낡은 육아용 안드로이드와 두 달에 한 번씩 박스로 배급되던 영양 캡슐뿐이었다.

캡슐과 함께 온 작고 동그란 탭을 누르면 여러 가지 재미난 것들이 나왔다. 음악과 영상들, 아름다운 풍경과 신기한 이야기들. 무엇보다도 쌍둥이들의 시선을 사로잡은 건 낙원의 홍보 영상이었다. 미모의 여성이 높다란 에덴 타워를 배경으로 지상의 천국을 소개했다. 그럴 때마다 쌍둥이들은 넋을 잃고 바라보았다.

‘아! 바깥에는 저리도 아름다운 세상이 존재하는가?’

언젠가 그들이 살아가게 될 곳이었다. 작게 웅크린 그림자들에게 있어 낙원이란 박탈감보다 미래를 약속해 주는 장소였다.

“괴물이 쫓아오면 나는 죽고 나츠만 살아남겠지.”

“그게 무슨 소리야?”

“난 도망가고 싶어도 도망칠 다리가 없는걸. 맞서 싸우고 싶어도 싸울 손이 없잖아. 결국 난 여기서 비참하게 죽고 말 거야. 나는 미궁의 미노타우로스니까.”

유메는 신경질적으로 쏘아붙이더니 울먹이며 고개를 숙였다. 나츠는 그녀의 몸을 꼭 끌어안고 고개를 내저었다.

“내가 지켜 줄게. 내가 유메를 지켜 줄 거야. 그러니 같이 에덴 타워로 가자. 아담을 만나러 가자.”

나츠는 눈물을 흘리며 다짐하듯 ‘만나러 가자’라는 말을 반복했다.

언젠가 우리를 감시하는 저 육아용 안드로이드보다 힘이 더 세지는 날이 온다면, 그때는 저것을 때려 부수고 유메와 함께 세상 밖으로 나갈 거야.

그리고 그가 그 다짐을 실행에 옮긴 건 그로부터 삼 년 뒤였다.

화이트 채플은 미들 타운의 중심지였다. 그곳은 온갖 정보가 오가는 불법 거래의 광장이었는데 고스트들은 이곳에서 도박을 즐겨했다. 이때만 해도 고스트들의 수가 지금의 절반에도 미치지 못했었다.

최초의 고스트들은 태양의 도시 입실론들의 관계자이거나 주민들의 친인척들이었다. 혹은 관광객을 빙자해 낙원에 들어온 후 불법체류를 하는 자들도 있었다. 처음에는 평의회도 이들을 소탕하려고 했다.

그들은 군인을 보내 미들 타운 구석구석을 뒤지며 대대적인 수사를 벌였다. 그 결과 대량의 마약과 탈취한 총기, 훔친 에어쉽 등이 발견되었다. 이로 인해 모래의 도시는 쥐죽은 듯 잠잠해졌지만 대신 로스티아벤과 바람의 도시 내부에서 불미스러운 사건들이 터지기 시작했다. 성매매, 마약 거래가 공공연하게 이루어졌고 모든 것은 왓슨의 눈에 의해 낱낱이 발각되었다. 윗선에서 덮으려 해도 왓슨 3세가 다 보고를 해 버리니 어찌할 수 없는 상황이었다.

결국 엘 카인은 평의회를 소집하고 비밀리에 중대 발표를 했다. 더 이상 고스트들을 사냥하지 않겠다는 것. 모래의 도시 하층부는 앞으로도 왓슨의 눈이 닿지 않도록 조치하기로 했다. 즉, 미들 타운을 낙원의 할렘가로 방치한다는 이야기였다. 주민들에게는 위험구역으로 알리고, 범법 지대라는 이미지를 조장하기로 했다.

세상에 완벽한 장소는 없다. 사람 사는 곳이라면 어디든 오물과 폐기물이 나오기 마련. 낙원도 예외는 아니었다.

공식적으로 낙원은 인종, 국가, 성별, 종교, 직업, 교육 수준 등에 의한 차별이 존재하지 않는 곳이지만 대다수의 사람들은 완전한 평등을 혐오한다. 누군가의 우위에 서고 싶어 하는 것이 인간의 본능이었다. 하여 낙원의 주민들에게 그들의 특권 의식을 실체화해 줄 존재가 필요했다.

그 답이 바로 고스트들이었다.

엘 카인의 예상은 적중했다. 주민들은 미들 타운을 두려워하면서도 그들을 소탕하지 않는 평의회를 비난하지 않았다. 저런 것들이 낙원에 기생하고 있다는 걸 도저히 믿을 수 없다며 분노할 뿐, 누구도 어찌하여 왓슨이 그들을 방조하는지에 관해서는 큰소리 내지 않았다.

미들 타운은 다섯 개의 층으로 이루어져 있었다. 맨 아래층과 맨 위층은 통과 구역으로 전기도 들어오지 않는 곳이고, 위에서 두 번째 층은 모래의 도시 상층부와 제일 가까워 여러 상점과 음식점이 즐비했다. 가운데 층은 화이트 채플과 마약상들의 본거지가 자리하는 곳이었다. 그리고 네 번째인 그 아랫층은 고스트들의 거주지가 몰려 있었다.

나츠와 유메가 미궁을 나와 마주한 세상은 여전히 빛이 존재하지 않았다. 낙원의 그늘에 가려진 미들 타운은 짙은 어둠에 휩싸인 채 절망만을 안겨 주었다.

"나츠, 여기가 에덴 타워야?"

"아니, 여기는 에덴 타워가 아니야. 우리가 있던 곳은 생각보다 깊은 구렁텅이였나 봐. 아직도 저렇게나 높이 올라가야 해."

나츠는 손가락으로 나선형 도시 중간에 뻥 뚫린 활주로 위를 가리켰다. 나츠의 품에 매달린 유메는 고개를 기린처럼 쭉 뺀 채 하늘을 올려다보았다. 세상 밖으로 올라왔지만 여전히 태양은 보이지 않았다. 바람은 멀고 구름은 아득하다. 통풍구에서 흘러나오는 뜨거운 기류만이 쌍둥이들의 뺨을 거칠게 때릴 뿐이었다. 그래도 나츠는 미소 지었다.

"가자, 유메."

"괴물은 없어?"

"그런 건 없어. 우린 이제 미궁 속에 사는 게 아니니까."

이후 두 사람은 노숙을 하며 미들 타운 거리를 전전했다. 몇 달 뒤 그들이 몸을 맡기게 된 곳은 화이트 채플 인근의 술집이었다.

주인 여자의 이름은 크리스티나였다. 그녀는 사십 대 중반의 흑인 여성으로 이백이십 파운드[14]를 넘는 몸집에 머리는 삭발을 하고 다녔다. 크리스티나는 몽둥이만 한 팔뚝에 시커먼 문신을 새겼는데 그 해괴한 문신은 고스트들의 비밀 조직을 상징한다고 했다. 마약상들을 중심으로 한 조직인 듯했고, 이들은 궁극적으로 화이트 채플의 도박장까지 관리했다.

그들의 주 고객층은 낙원의 용병들이었다. 군인들은 모래의 도시를 감찰한다는 목적으로 자주 순찰을 돌았다. 그들을 대상으로 비밀스러운 마약 거래가 시작되었다. 고스트들은 처음에 매춘으로 그들을 유혹했다. 그리고 주기적으로 매춘부를 찾게 된 군인들에게는 적절한 시기를 봐서 코카인을 팔았다.

---

14 220lb파운드=100kg킬로그램

마약을 들여오는 유통로는 주로 기억의 도시 쪽이었다. 약물은 관광객과 외부 기업들을 통해 들여온 다음 모래의 도시에서 정제한 뒤 가공해서 판매했다.

기억의 도시 내 누군가가 배후에서 마약 유통을 통제하는 듯했지만 정확히 어떤 인물인지는 아무도 알지 못했다. 수많은 마약상들의 체인 어딘가에 존재할 그 남자는 아주 영리하게 유통망을 조종했고 커다란 이득을 취해 갔다. 이쪽 업계의 순리를 빠삭하게 이해하고 있는 전문가임에는 틀림없었다.

크리스티나는 나츠에게 자잘한 심부름들을 시켰는데 주로 은밀하게 물건을 배송하거나 받아 오는 일이었다. 사실 시답지 않은 일이었고 고작 그런 걸 시키려고 쌍둥이를 돌봐주는 수고를 감수할 여자는 아니었기에 나츠는 늘 그녀의 의도가 궁금했다. 그리고 그 의문은 몇 년이 지나고서야 풀렸다.

"안녕 나츠? 키가 또 자랐구나."

남자는 늘 화려한 제복을 입고 있었다. 나츠는 정확히 그를 언제 처음으로 만나게 되었는지 기억하지 못했다. 하지만 해묵은 기억 속에는 언제나 제복을 입고 찾아오던 우드 향의 사내가 존재했다.

언젠가 크리스티나가 대마를 피우며 고백한 적이 있었다.

"너희 둘을 부탁한 건 키가 이렇게 큰 장교였어. 로스티아벤 제복을 입고 있었지. 설마 내가 자선가도 아닌데 미쳤다고 너희를 그냥 거뒀겠니?"

그녀는 복잡한 눈빛으로 쌍둥이를 쳐다보며 '어휴' 하고 한숨을 내쉬었다. 어쩌다 저런 애물단지들을 맡게 되었는지 후회 막심하다는 얼굴이었다.

지금 생각해 보면 크리스티나는 제복의 남자를 두려워했던 것 같다. 이백 파운드가 넘는 거구의 여자가 겁낼 정도의 사내라니, 남자는 군부에서 꽤 높은 위치에 있던 사람인 게 틀림없었다.

하지만 나츠가 기억하는 남자의 커다란 손은 언제나 다정했다. 유메는 그가 올 때마다 보조의자에 앉아 적당히 거리를 둔 채 낯을 가렸다. 그녀는 그에게 한 번도 호의적인 태도를 보인 적이 없었다. 그래서인지 남자는 그녀보다 나츠를 더 귀여워했다. 그가 정기적으로 방문을 할 때마다 몰래 나츠만 사격장으로 데려간 이유도 바로 그 때문이었을 것이다.

"나츠, 호흡이다. 사격은 호흡이 중요해."

"네, 아저씨!"

"모래의 도시에서 살려면 제 몸 하나는 지킬 수 있어야 해. 나츠, 너는 사격에 재능이 있어. 아마 좋은 저격수가 될 거다."

남자는 사격의 귀재였다. 총을 쥔 순간 그의 눈빛은 제복 입은 사내의 것으로 돌변했다. 날카롭고 비정했지만 나츠의 눈에 더없이 멋지고 존경스러웠다. 금빛 견장의 군복에 달린 수많은 훈장과 별. 나츠는 그게 제 것인 양 자랑스러웠다.

그러던 어느 날이었다.

여느 때처럼 남자와 함께 사격장에 간 나츠는 저도 모르게 그의 제복에 달린 견장에 손을 뻗었다. 남자는 웃으며 그를 번쩍 품에 안아 올렸다.

"제복을 입고 싶니?"

"네!"

"그럼 군인이 되어야겠구나."

나츠는 만약 아버지가 존재했다면 이런 사람이지 않을까 하고 상상했다. 나츠에게 있어 그는 든든하고 자상한 느티나무 같은 존재였다.

그가 갑자기 발길을 끊은 후에도—그래서 크리스티나가 유메를 구타하고 두 사람을 내쫓은 후에도— 나츠는 그를 원망하지 않았다. 오히려 남자를 그리워했다.

유메는 처음부터 그를 믿지 않았다면서 구시렁댔지만, 나츠의 가슴 한구석에는 그 뒤로도 오랫동안 느티나무의 뿌리가 깊게 자리하고 있었다.

단상 위에 선 나츠는 인터뷰를 하고 있는 조셉과 세르게이 총사령관을 바라보며 두 주먹을 움켜쥐었다.

오래전에 본 남자의 얼굴은 이제 아무리 노력해도 기억나지 않았다. 그가 정말 저 사람인지 확신할 수도 없었다. 하지만 수천 번 더듬어본 기억 속에 선명하게 떠오르는 것이 하나 있었다.

남자의 빳빳한 제복 어깨에서 빛나던 네 개의 별.

로스티아벤에 입대하고 나서야 알게 되었다. 군대 내에서 '네 개의 별'을 달 수 있는 건 오직 한 사람뿐이라는 사실을.

그것은 로스티아벤의 사령탑, 군부의 총사령관직을 나타내는 표식이었다.

핏.

평의회 대회의실에 조명이 켜졌다. 중앙 화면에 푸른색 홀로그램 창이 열리자 위즈덤 로고와 함께 뉴 라이프 프로젝트의 광고가 재생되었다.

– 뉴 라이프 프로젝트. 세르게이 총사령관을 되살린 건 바로 그겁니다.

목소리의 주인공은 빈센트 의원이었다. 그는 불편한 표정으로 자꾸 헛기침을 했다. 뭐가 그렇게 찔리는지 뾰족한 눈초리로 연신 주변을 살피며 긴장을 감추지 못했다. 멜리사가 소스라치게 놀라며 되물었다.

– 뉴 라이프 프로젝트라면 위즈덤에서 만든 클론 사업 말입니까? 전 세계 상위 0.01퍼센트만을 대상으로 은밀히 진행한다는 수명 연장 상품이라고 들었는데, 그럼 세르게이 총사령관이 우리 몰래 클론을 복제해 뒀다고요?

– 비단 클론만 복제해 둔 게 아니고 그는 정기적으로 뇌 스캔을 진행해 본인의 기억을 철저히 업데이트시켜 두었습니다. 그리고 그 사실은 낙원의 관리자도 몰랐던 것 같고요.

– 그럼 의원님께선 그 사실을 어떻게 아셨습니까?

멜리사의 질문에 빈센트는 입을 다물었다. 솔로몬과 은밀하게 접촉한 건 죽었다 깨나도 비밀이었다.

줄곧 침묵하던 최고령 의원 아이작이 입을 열었다.

– 그 참, 난감하군요. 클론이 있다고 해서 '사망 사실'이 무효가 되지는 않습니다. 법적으로도, 의학적으로도 우리야 세르게이 총사령관이 사망한 건 기정사실입니다. 이제 와서 그의 '기억'이 이식된 클론이 존재한다 한들 세르게이 총사령관의 죽음을 없던 것으로 만들 수는 없다는 얘깁니다.

그는 고개를 내저으며 말했지만 주름진 눈빛은 동요로 일렁였다. 화면 속 우리야는 원래의 몸이 가지고 있던 기억을 고스란히 옮겨 받은 상태였다.

삶이란 우리가 가지고 있는 기억의 총집합이다. 지식도, 사랑도, 아픔도 모두 경험을 통해 기억 속에 각인되는 것. 기억이 없다는 것은 자아의 존재 의의가 사라지는 것이고, 타인의 기억을 훔치는 건 상대의 인생을 앗아 오는 것이라고 볼 수 있다.
'그렇다면 저것은 제2의 우리야 세르게이로 보는 게 옳은 것일까? 그나저나 뉴 라이프 프로젝트는 생각보다 아주 성공적인 연구 결과로 보이는군.'
아이작은 검버섯이 핀 얼굴을 만지작거렸다. 늙은 의원의 눈은 강렬한 유혹에 흔들리며 고뇌에 잠기고 있었다.
그 와중에도 우리야의 단독 회견은 계속해서 이어지고 있었다. 그는 한층 호소력 짙은 목소리로 화면을 향해 탄원했다.
"나츠 시게노는 낙원의 피해자입니다. 저는 여러분께 그를 용서해 줄 것을 간곡히 부탁드리는 바입니다. 우리들이 단죄해야 할 대상은 이 어린 쌍둥이들이 아닙니다. 그들을 비정하게 버리고 낙원에 어둠을 조장한 한 남자죠."
갓 태어난 아이들을 버린 남자와 그 아이들을 보호하고 몰래 지켜 준 남자.
'사람들은 과연 누구의 말에 더 귀를 기울일까?'
조셉은 친절을 가장한 미소로 나츠를 향해 물었다.
"시게노 씨, 우리야 세르게이 장군께서 지금 하신 말씀이 모두 사실입니까?"
나츠는 몸을 움츠리며 우리야를 쳐다보았다. 그는 의자에 태연히 앉은 채 나츠를 향해 부드러운 눈매를 보이고 있었다.
"걱정하지 마라. 이제부터 내가 너와 유메를 지켜 줄 테니."
나츠의 눈이 휘둥그레 커졌다. 그의 입에서 흘러나온 유메의 이름이 싸늘하게 다가왔다. 네 약점을 쥐고 있으니 꼼짝 말라는 듯이.

"나츠, 이제 모든 걸 밝힐 때가 된 것 같구나. 네가 누구인지, 낙원의 밑바닥에서 어떤 삶을 살아왔는지. 너희들의 억울함을 풀 수 있는 좋은 기회다."

우리야의 재촉에 나츠는 앞에 모은 양손을 물끄러미 내려다보았다. 보이지 않는 수갑이 채워진 것처럼 손목을 뗄 수가 없었다.

어느새 조셉이 그의 곁에 다가와 있었다. 그는 나츠의 어깨에 손을 걸치더니 친절한 목소리로 속삭였다.

"시게노 씨, 당신은 죄인이 아닙니다."

독한 술을 마신 것처럼 머릿속이 어지럽게 헝클어졌다. 고개를 푹 숙인 나츠는 주먹을 쥐었다 펴기를 반복했다. 그는 긴장한 표정으로 연거푸 심호흡을 하며 숨을 골랐다. 갑작스러운 이 상황이 도무지 이해가 되지 않았다. 어떻게 대처하는 게 옳은 것인지 혼란스럽고 두렵기만 했다.

'어떻게 하지?'

조셉은 그런 나츠의 갈팡질팡한 마음을 꿰뚫어 보았다. 그는 음흉한 속내를 감춘 채 용기를 주며 그의 등을 두들겼다.

"아무 걱정 말고 모든 걸 털어놓으면 됩니다. 눈앞을 보세요! 다들 당신의 이야기를 기다리고 있어요. 우리 모두가 함께할 겁니다."

아무도 없던 회견장에는 어느새 인파가 구름 떼처럼 모여 있었다. 창공에는 아직도 날아드는 에어쉽들이 보였다. 주민들은 하나같이 심각한 표정으로 단상 위에 선 그를 지켜보고 있었다.

나츠는 식은땀을 흘리며 가까스로 말문을 열었다.

"제, 제게는 쌍둥이 누나가 하나 있습니다. 저희는 태어나자마자 지하 미궁에 버려졌어요. 거기서 베이비시터인 안드로이드와 함께 살아야 했습니다. 우리야 세르게이 총사령관님은 그런 저희를 거두어 주고 보살펴 주신 분입니다. 반면 낙원의 관리자라는 친부는 저희를 버린 채 단 한 번도 찾아오지 않았습니다. 제가 오베론 소속인 것을 숨기고 로스티아벤에 입대한 이유는…….”

유메는 엘 카인에게 증명하고 싶어 했다. 여기 당신의 아이들이 살아 있노라고. 당신이 낙원의 입지를 지키기 위해 버린 생명들이 무엇을 이룩했는지 한번 보라고. 그녀는 엘 카인뿐만 아니라 낙원의 주민들에게까지 파멸이 닿기를 원했다. 유메가 증오하는 건 낙원 그 자체였다.

하지만 나츠는 달랐다.

그는 진심으로 낙원의 용병이 되고 싶었다. 비록 누구에게도 말하지는 못했지만 언젠가 다른 이들에게 존경받는 군인이 되는 걸 꿈꿨다. 캄캄한 지하 미궁에서 홍보 영상을 봤던 어린 시절부터 그는 낙원의 일원이 되는 날만을 기다려 왔다. 그리고 로스티아벤에 입대한 후 그는 평생 꿈꿔 온 이상형을 만나게 되었다.

브루클린의 성녀. 그녀처럼 빛나는 존재가 되고 싶었다.

“그러니까 두 사람은 아버지를 만나고 싶었던 거군요. 본인들을 버린 엘 카인에게 복수를 하고 싶었던 겁니다. 그렇죠?”

조셉은 사탕을 주며 다그치는 광대처럼 대답을 강요했다. 곁눈질로 흘끗거리던 나츠는 자포자기한 심정으로 고개를 끄덕였다. 어차피 진실 따윈 의미 없었다. 무슨 말을 하든 대중은 그들이 원하는 답만 들으려 할 테니까.

“가엽기도 하지. 여러분, 누가 이 아이들을 비난할 수 있겠습니까? 이곳에는 없지만 나츠의 쌍둥이 누나인 유메는 태어날 때부터 팔다리가 없었습니다. 그녀는 테트라 아멜리아 증후군의 변형을 앓고 있었거든요. 여기 있는 나츠 시게노 군은 그런 누나를 보살피고 지키며 미궁 바닥에서부터 아등바등 살아온 겁니다. 그리고 기특하게도 모래의 도시를 수호하는 회색 기사단의 단장이 되었죠."

'기특하게도? 모래의 도시를 수호했다고? 회색 기사단은 악의 축이라며 피를 토하듯 앞장서서 비난하던 게 낙원 뉴스였으면서?'

칼보다 무서운 게 펜이라고 했다. 나츠와 유메의 삶은 조셉이 한마디를 덧붙일 때마다 점토처럼 빚어지면서 점차 대단한 것이 되어 가고 있었다. 낙원의 언론을 움직이는 남자의 세 치 혀는 순식간에 주민들의 마음을 사로잡았다. 그는 세기의 테러리스트를 나약하고 어린 소년으로 둔갑시키는 데 성공했다.

회견장 허공에 유메의 모습이 입체 사진으로 나타났다. 나츠는 당황한 듯 눈을 부릅뜬 채 이를 악물었다.

온몸이 발가벗겨지는 기분이었다. 비참했던 어린 시절을 다큐멘터리처럼 다루고 자신을 동물원 우리의 짐승처럼 구경거리로 만들더니, 이젠 유메의 사진까지 띄워 놓고 서커스 쇼의 한 코너처럼 소개를 하고 있었다. 수치심이 몰려왔다. 자신이 이런데 자존심 강한 유메는 아마 지금쯤 죽고 싶은 심정일지도 몰랐다.

나츠는 충혈된 눈을 감으며 눈물을 애써 참았다.

사진을 바라본 사람들의 얼굴에는 어느새 안타까움이 가득했다. 그들은 딱하다는 듯 혀를 차며 슬픈 표정을 지었다.

조셉은 남몰래 만족스런 웃음을 머금었다. 해표지증[15]을 앓고 있는 소녀의 뭉뚝한 몸은 예상대로 효과 만점이었다. 사연을 알기 전

---

15 해표지증: 테트라 아멜리아 증후군의 다른 이름. 물범의 손발 같다고 해서 붙인 병명.

에는 경멸 어린 눈으로 바라봤을 몸이었다. 하지만 그들의 애틋한 드라마가 알려지자 소녀는 세상에서 제일 불우한 천사가 되어 버렸다.

그들은 나츠가 오베론의 기사단장이었다는 사실을 까맣게 잊은 듯했다. 또한 그의 쌍둥이 누나의 정체가 낙원 내 암흑 조직의 수령이었다는 것도 머릿속에서 하얗게 지워 버렸다.

눈앞에 실제로 나타난 이들은 그저 어린 소년과 소녀일 뿐. 낙원이란 울타리 밖으로 내쳐져서 정글 속에 살아야 했던 작은 짐승들이었다. 낙원의 주민들은 이미 쌍둥이에게 완전히 감정을 이입한 상태였다. 그들은 이제 이 아이들을 지켜 줘야 할 대상으로 인식한 채 적극적으로 행동에 나서기 시작했다.

"엘 카인을 몰아냅시다!"

한 중년 여성이 분노에 찬 목소리로 외쳤다. 첫 번째 도미노가 넘어졌다. 이제 급물살을 탈 일만 남았다.

"그럽시다! 끌어내립시다!"

"못돼먹은 남자 같으니!"

"엘 카인은 사죄하라!"

성난 군중들의 외침과 함께 분위기가 험악해지기 시작했다. 나츠는 떨떠름한 눈으로 주위를 쳐다보았다. 우리야가 일어서더니 그의 옆으로 걸어와서 말을 건넸다.

"이제부터 내가 네 보호자가 되어 주마. 그러니 아무 걱정할 필요 없다. 그런데 유메는 어디에 있니?"

빙그레 웃는 그에게서 우드 향이 느껴지지 않았다. 친절하고 인위적인 미소는 기억 속 시원하게 터뜨리던 웃음소리와 달랐다.

나츠는 동공을 잘게 떨었다.

우리야와 조셉은 군중을 이끌고 에덴 타워로 향했다. 쇠뿔도 단김에 빼랬다고 그들은 이대로 기세를 몰아 엘 카인을 축출하려는 심산이었다. 먹구름이 낀 높다란 첨탑은 팽팽한 긴장감에 휩싸였다.

우리야는 군사력을 동원해 에덴 타워를 포위하라 명했다. 갑작스러운 총사령관의 복귀에 군부는 잠시 혼란스러운 분위기에 휩싸였지만, 금세 그의 카리스마에 눌려 깔끔히 정리됐다.

감히 낙원의 관리자에게 총탄을 들이밀다니. 경악할 수준의 하극상이라 해도 과언은 아니었다. 그러나 주민들의 지지를 얻은 우리야는 당당했다. 그는 오히려 이것을 정당한 내란이라 치부하며 정의의 실현이라고 주장하기까지 했다.

태양의 도시 입실론들도, 사태를 지켜보는 제인 왓슨도 모두 손에 땀을 쥔 채 타워 밖을 훔쳐보고 있었다. 제인은 황급히 짐을 꾸리며 홈 AI에게 물었다.

"카인은 어디 있어?"

– 집무실에는 안 계십니다.

"대체 어딜 간 거지?"

발을 동동 구르던 그녀는 잠시 손톱을 물어뜯었다. 그러고는 간밤의 기억을 되새기며 고민에 빠졌다.

피투성이가 된 몰골로 메리의 목을 안고 있던 카인. 침실에서 진동을 하던 피비린내가 아직도 코끝에서 맴돌았다. 목이 잘린 채 지그시 눈을 감고 있던 메리의 얼굴. 그렇게 참혹하고 평화로운 시신은 처음이었다. 그 모습이 오히려 더 잔인하게 느껴졌다.

제인은 양팔에 오돌토돌 돋아난 소름을 문지르며 몸을 부르르 떨었다. 그녀는 어쩔 수 없다는 표정으로 돌아서며 복도를 빠져나갔다. 그 뒤를 따라가던 사샤는 멈칫 걸음을 멈추고 불빛이 번쩍이는 창밖을 바라보았다.

우리야 세르게이.

수십 년간 로스티아벤의 총사령관직을 독점해 온 그는 엘 카인의 오른팔이자 가장 충직한 심복이었다. 죽었다 살아온 그가 진짜든 아니든 간에 군부의 수뇌부는 여전히 그에게 충성할 게 분명했다. 그만큼 군권에 있어서 그는 독보적인 실권을 행사하고 있다 해도 과언이 아니었다. 그 카리스마만큼은 아무리 낙원의 아담이라고 해도 쉽게 무너뜨릴 수 없었다. 솔로몬이 그를 통해 손에 넣으려는 것도 바로 이 군권이었다.

이쯤 되면 왓슨 3세가 조치를 취할 법도 한데 이상하게도 카인 측은 아무런 대응도 하지 않은 채 침묵만 지키고 있었다. 아니, 어쩌면 침묵할 수밖에 없는 상황인 게 아닐까? 솔로몬과 달리 카인은 낙원에 대한 장악력을 서서히 잃어 가고 있었다. 주민들이 맹목적으로 신뢰하던 '왓슨 3세의 주인'은 사실 빛 좋은 개살구에 불과했다는 게 수면 위로 점차 또렷하게 드러나는 형국이었다.

"엘 카인은 물러나라!"

"진실을 밝히고 사죄하라!"

"관리자는 사퇴하라!"

군중의 성난 아우성은 점차 커져 가고 있었다. 제인은 양손으로 귀를 막고선 에어쉽 승강장을 향해 부리나케 걸었다.

"사샤 넌 어떡할래? 같이 갈 거야?"

"나는 이곳에 남을 생각이야."

"뭐? 그러지 말고 같이 가자."

하얀 에어쉽에 올라탄 제인은 문밖에 선 사샤를 향해 손을 내밀었다. 사샤는 잘록한 허리에 풍성한 레이스가 달린 검은 드레스를 입고 있었다. 우아한 발레리나 사샤. 비록 꽃잎은 잃었지만 헐벗은 봉오리와 가시만으로도 그녀는 여전히 향기롭고 아름다웠다.

"난 기다려야 할 사람이 있어."

"기다려야 할 사람?"

그녀를 빤히 쳐다보던 제인은 "남자야?" 하고 물었다. 사샤는 가만히 웃었다. 상처를 많이 받은 꽃처럼 가시가 뭉툭한 미소였다. 제인은 머쓱한 듯 손을 거두더니 씁쓸한 표정으로 중얼거렸다.

"사샤가 나보다 낫구나."

"뭐가?"

"사실 나 말이야. 그 사람 어디 있는지 알고 있어. 그런데도 혼자 가는 거야. 나도 내가 도망치는 이유가 우리야 때문인지, 카인 때문인지 솔직히 잘 모르겠어."

제인의 눈가에 눈물이 고였다.

"카인이 메리의 잘린 목을 안고 있었는데, 난 그게 내 얼굴로 보였어. 곧 닥칠 내 미래 같았어. 너무 끔찍하고 무서웠어. 하지만 아무런 말도 할 수 없었어. 그를 사랑했다고 생각했는데, 지금도 분명 사랑하고 있는데……."

그녀는 양손에 얼굴을 묻으며 흐느꼈다. 사샤는 말없이 들었다.

"그 사람은 아마 지금쯤 그곳에 있을 거야. 난 거기가 늘 찝찝해서 발걸음하기가 싫었는데, 카인은 지하 연구소에 내려갈 때마다 기분이 좋아 보였어. 꼭 보물 창고에라도 놀러 가는 것처럼 천진한 표정을 짓곤 했다니까?"

에덴 타워의 최하층부인 그곳은 피 웅덩이가 가장 깊게 고인 장소였다. 왓슨 연구소의 본부, 일명 제한 구역. 델타를 포함한 온갖 생체 실험이 난무하고 낙원에 기록되지 않은 묘비들이 자리한 곳.

제인은 사샤를 꼭 끌어안으며 작별인사를 했다.

"할아버지한테 가려고 해. 꼭 다시 돌아올게. 그때까지 안전하게 있어야 해, 사샤."

"그래. 회장님께 안부 전해 줘."

제인은 아쉬운 손길만 남긴 채 에어쉽과 함께 사라졌다. 사샤는 손을 흔들며 묘한 감정에 휩싸였다. 철부지 말괄량이 아가씨가 갑자기 철이 든 느낌이었다. 엘 카인의 본모습을 엿본 충격이 그녀를 되레 성숙하게 만든 것일까?

세상 무서울 것 없던 제인에게 비로소 겁이 나는 존재가 생겼다는 건 오히려 극약 처방이 되었는지도 모른다. 난생처음으로 맛본 극강의 공포였을 터. 탈왓슨을 주장하던 공주님이 결국 돌팔매질을 피해 도망친 곳은 제가 버리고 온 램지 왓슨의 곁이라는 것도 재미난 결과였다.

사샤는 승강장에 정차되어 있는 자신의 에어쉽, 블랙 스완을 바라보았다.

'아담, 이브는 찾았니?'

말려 볼 새도 없었다. 붉은 에어쉽에 올라타던 그의 얼굴에는 지난 십오 년간 볼 수 없었던 절박함이 가득했다.

어둠에 잠겨 있던 고독한 행성이 마침내 빛을 찾아가는 듯해 보였다. 그렇게 공전하며 멀어지는 그의 모습이 서운하면서도 기쁘다니 자기 스스로도 웃겼다.

사샤는 허벅지를 주무르며 에어쉽에 몸을 기댔다.

줄곧 성치 않은 다리를 핑계로 그에게 달려가는 걸 주저했다. 불우한 몸뚱이를 방패 삼아 어중간하게 그의 발목을 붙잡고 있었다.

하지만 이브는 거침없는 몸짓으로 그에게 돌진했다. 그녀야말로 진정한 흑조였다. 망설임 없는 눈빛으로 그의 영혼을 사로잡고, 몰아치는 파도처럼 다가와 그를 향한 모든 감정을 쏟아 내었다.

그렇게 격정적이던 소녀는 얼어붙은 바이칼 호를 적시는 백야가 되었고, 검은 별밤에 피어난 오로라가 되었다. 아담은 그녀가 팔 벌려 누운 하늘 위에서 노를 저었다. 그는 그녀를 위해 기꺼이 노래를 짓고 음악을 연주했다. 눈썹처럼 얇은 초승달은 그의 조각배였고 작은 뿔피리였다.

사샤는 블랙 스완을 어루만지며 옅은 미소를 지었다.

'아담, 나는 아직도 종종 알혼 섬을 떠올려.'

부채처럼 펼쳐진 동산은 초승달 모양의 절벽을 형성했다고 해서 '나발루니예 언덕'이라고 불렸다. 언덕 위 작은 블록처럼 세워진 저택은 바이칼 호수를 향해 난 커다란 아치형 창이 특히 아름다웠다.

밤이면 얇은 붓으로 그린 듯 불어오는 바람 속에 비처럼 쏟아지는 달빛이 유리창을 투과하며 저택을 비췄다. 하얀 창턱 위에는 그가 앉아 있었다. 월광으로 빚은 듯 신비로운 색채의 소년은 비스듬히 몸을 돌린 채 절벽 아래를 내다보았다.

암초에 부딪치는 파도 소리에 그의 옅은 머리칼이 흔들릴 때마다 사샤의 가슴도 물결치며 울렁였다.

그렇게 그와 그녀는 늘 일렬로 누군가의 뒷모습만 쳐다보며 밤을

지새웠다. 서로를 마주 보는 일은 없었다. 그녀는 그 적막 어린 시간이 좋았다.

그런 가혹하고도 아름다운 밤들이었다.

– 사샤.

스마트 워치에서 중년 남자의 목소리가 굵게 울려 퍼졌다. 정신을 차린 사샤는 주위를 홱 둘러보더니 손목에 입술을 가져다 댔다.

"무슨 일이세요?"

– 괜찮은 거니? 지금 에덴 타워의 분위기가 심상치 않던데. 방금 전 제인 왓슨의 에어쉽이 낙원을 떠났더구나.

왓슨 3세가 보고를 올린 모양이었다.

"전 괜찮아요. 지금 어디 계세요? 혹시 아담한테 연락은 없으셨어요?"

– 1호기를 가지고 튀더니 그대로 잠적했다. 망할 녀석 같으니라고.

"죄송해요. 제가 괜히 1호기를 가지고 가서는……."

구름 속으로 쏜살같이 사라지던 붉은 에어쉽이 떠오르자 그녀는 면목 없다는 표정을 지었다. 스마트 워치에서 낮은 웃음소리가 들려왔다.

– 상관없다. 그런 에어쉽 따윈 이제는 아무래도 좋아.

그렇게 대답하는 그의 목소리에서 옅은 설렘이 묻어났다. 행복한 웃음을 짓고 있는 듯한 느낌이었다.

불안한 얼굴로 서 있던 사샤의 얼굴에도 비로소 미소가 떠올랐다.

"제가 그리로 갈게요. 저와 같이 기다려요, 박사님."

• • •

“이제 어떡하실 생각입니까?”

화면을 응시하던 엘 카인은 눈살을 찌푸렸다. 그는 반즈 박사의 개인 연구실에 와 있었다. 하얀 벽에 등을 기대고 앉아 있던 그는 기자회견을 시청하며 생각에 잠겼다. 반즈 박사는 주민들이 에덴타워 앞까지 몰려와 헌병들과 대치 중이라고 보고했다.

돌아가는 형세가 심상치 않았다. 대체 밖에서 무슨 일이 있었기에 천하의 엘 카인이 이런 피투성이 모습으로 쫓기고 있는 것일까? 묻고 싶은 것이 산더미였지만 그녀는 현명하게 침묵을 지켰다.

카인이 몸을 일으키며 입을 열었다.

“용병대와 주민들까지 우리야의 편이라니 별수 없군요.”

바닥을 짚고 선 그는 얼굴을 찡그리며 신음을 내뱉었다. 팔다리가 욱신거리고 척추가 끊어지는 느낌이었다. 게이트에서 케이에게 당한 게 결정적이었다.

‘괴물 같은 녀석.’

회복할 새도 없이 계속해서 상처와 피로가 쌓이고 있었다. 본래 그의 특기는 전투가 아닌지라 더더욱 힘에 부쳤다.

평의회에서도 연락이 없는 걸 보니 그들마저 등을 돌린 모양이었다. 카인은 쓰게 웃었다.

‘솔로몬의 짓인가?’

전부터 심상치 않은 놈이란 건 알고 있었지만 이렇게까지 날카로운 발톱을 숨기고 있는 줄은 몰랐다. 낙원에 대한 집착이 누구보다도 강한 놈이었다. 우리야에게 클론을 만들고 대비하라고 유혹한 것도 녀석이겠지. 아무리 클론이어도 그렇지, 우리야의 기억을 가진 놈이 솔로몬의 사냥개로 전락할 줄은 꿈에도 몰랐다.

"세르게이 총사령관이 에덴 타워 내로 진입했다고 합니다. 이동하시죠."

반즈 박사가 연구실 문을 열며 말했다. 카인은 의욕 없는 눈초리로 그녀의 등을 응시했다. 반즈 박사는 그의 눈치를 살피며 몰래 스마트 워치를 내려다보았다. 그러고는 누군가에게 '출발'이라는 메시지를 보냈다.

두 사람이 향한 곳은 에덴 타워와 이어진 미궁의 입구였다.

눅눅한 어둠 속에서 흐릿한 빛이 등대가 되어 걸음을 이끌었다. 두 사람의 신발 밑창에서 새어 나오는 라이트 불빛이 간신히 앞을 비추고 있었다.

"어디로 가는 겁니까?"

카인이 무표정한 얼굴로 물었다. 어디선가 똑똑 떨어지는 물방울 소리가 들려왔다.

"잠수정이 있는 쪽으로 가고 있습니다. 에어쉽은 너무 눈에 띄니까 이쪽으로 탈출하시는 게 나을 것 같습니다."

"탈출?"

그는 생각지도 못한 선택지를 듣고 멍하니 되물었다. 얇은 입술 새로 헛웃음이 흘러나왔다.

하기야 더 이상 낙원에 미련 따위는 없었다. 이브가 살아 있고 누군지 아는 이상 쓸데없는 것들에 신경 쓸 여력이 없다.

문제는 케이였다.

그 녀석이 살아 있다는 건 뜻밖의 변수였다. 성체가 되기 전의 그는 정말이지 나약했다. 작은 몸뚱이는 인간의 아이와 다름없을 정도로 볼품없었다. 하지만 노아가 그랬다. 우리 중 일족의 지배자가 될 사람은 오직 케이뿐이라고.

— 그러니 엘.

— 네.

— 가장 연장자인 네가 무사히 그를 각성시켜서 보필해야 한다.

노아는 의도적으로 경쟁 심리를 조장했다. 일부러 케이를 싸고돌면서 다른 형제들의 불만을 축적시킨 것이다.

그동안 자신을 보좌한 것도 계획의 일부였나? 이브의 죽음을 보고한 사람은 노아였다. 그러고 보니 이브를 구하러 왔다는 그 소년, 아담 페트로비치…….

녀석은 처음부터 이브와 함께 있었다. 그리고 노아는 그 사실을 숨긴 채 줄곧 그들을 보호해 왔다.

'십오 년 전의 섬광, 그건 각성의 징조였나?'

온몸의 솜털 하나하나가 벼락 맞은 듯 찌르르 곤두섰다. 엘 카인은 눈을 부릅뜨며 분노를 표출했다. 그렇다면 이브는 이미 케이의 권속인 건가?

"네?"

그가 저도 모르게 중얼거린 질문에 반즈 박사가 동그란 눈으로 돌아서며 물었다. 엘 카인은 멍하니 어둠 속을 응시했다.

성체가 아니어도 권속을 만들 수 있다고? 생식 능력도 없는 미성체가 권속을 이루는 건 말도 안 된다. 노아는 그런 걸 가르쳐 준 적이 없다. 가르쳐 준 적은 없지만…… 불가능하다고 말한 적도 없다.

목구멍이 바짝 메말랐다. 카인은 갈라진 혀끝으로 까칠한 입술을 적셨다. 이브가 케이의 권속이라면 그에게 있어선 위협이었다.

이브를 죽여야 하는 건가?

— 정말 그러길 원해요?

엘 카인은 흠칫 놀라 걸음을 멈췄다. 호수처럼 잔잔하던 그의 심상에 동그란 파문이 일었다. 메리가 매서운 표정으로 그를 바라보며 서 있었다. 그녀는 깊은 웅덩이 사이로 들어가 자리를 잡고 앉았다. 그러고는 물이 잔뜩 고인 안쪽에 손을 집어넣고 뭔가를 꺼내기 시작했다. 저게 뭐지? 사람 머리? 핏덩이? 카인은 얼어붙은 채 서서 그녀를 뚫어져라 쳐다보았다.

'메리, 뭘 하는 거야?'

이건 환영이다. 머릿속에서만 보이는 허상이다. 사라져, 메리! 사라지라고!

피 웅덩이를 마구 파헤치던 그녀가 고개를 들더니 손가락으로 어딘가를 가리켰다. 그녀가 가리킨 방향을 좇아 움직이던 그의 눈동자가 어둠 속을 물끄러미 바라보았다. 날카로운 눈초리가 버드나무 잎처럼 가늘게 야지러졌다.

"누군가 있군요. 동료입니까?"

그의 목소리에 반즈 박사가 걸음을 멈췄다. 카인은 정면을 바라보며 미간을 좁혔다. 정체불명의 그림자들이 짙은 암흑에 몸을 숨긴 채 그들을 기다리고 있었다. 검은 인영들은 천천히 앞으로 다가왔다. 불빛에 비친 얼굴 하나가 후드를 벗으며 모습을 드러냈다.

"오랜만입니다, 엘 카인."

여성들을 이끌고 나타난 여자는 쓴웃음과 함께 인사말을 건넸다. 검은 후드를 뒤집어쓰고 나타난 여자들은 하나같이 험상궂은 눈빛이었다. 그녀들은 적개심이 가득한 눈초리로 그를 죽일 듯 노려보았다.

엘 카인은 주위를 둘러싼 여자들을 하나하나 쳐다보더니 아리송한 눈빛을 지었다. 그녀들의 얼굴에는 'Y' 자 알파벳이 불로 지진 듯 새겨져 있었다.

"당신들이 여기서 대체 뭘 하고 있는 겁니까?"

리더의 상징으로 손목에 붉은 팔찌를 찬 여자가 실소를 터뜨렸다.

"어떻게 살아 있냐고 묻는 것으로 해석하겠습니다. 놀라셨을 테죠. 오래전에 죽인 여자들이 살아 돌아온 꼴일 테니까."

입실론이라 불리던 그녀들이 늙기 시작하자 엘 카인은 그들을 '폐기 처리' 하라고 명했다. 폐기가 확정된 입실론들은 몸에 낙인이 찍힌 채 지하 연구실로 보내졌다. 그러면 반즈 박사는 연구 목적으로 사용될 이들을 제외한 나머지 인원을 소각장으로 이동시켰다.

'설마!'

카인은 고개를 홱 돌려 반즈 박사를 쳐다보았다. 하얀 가운을 입은 그녀는 몇 발자국 떨어진 곳에서 창백한 얼굴로 서 있었다.

"조이 반즈, 당신……."

"죄송합니다, 대표님."

그가 말을 끝맺기도 전에 그녀는 고개를 푹 숙였다. 양 무릎을 쥔 그녀의 손끝이 바르르 떨리고 있었다.

"몰래 입실론들을 빼돌렸던 겁니까?"

그녀는 아무런 말도 하지 못한 채 그를 응시했다. 초췌한 안색 위로 보이는 눈가의 주름이 괴로움에 얼룩져 있었다.

"그녀들은 아무 죄가 없습니다. 델타처럼 사람들을 공격하는 것도 아닌데 폐기라니요. 이유도 없이 무고한 분들을 죽일 수는 없었습니다."

엘 카인은 떨떠름한 표정이었다. 그녀의 배신은 정말 예상치 못한 것이었다. 대체 지금 상황이 어떻게 돌아가는 건지 정리가 필요했다.

'그러니까 폐기 처리를 하기는커녕 살려 주고는 몰래 미궁으로 도망치게 했다는 건가?'

멍한 얼굴로 허공을 응시하는 그는 완벽한 무방비 상태였다. 줄곧 기회를 엿보던 반즈 박사는 주머니에서 재빠르게 총을 꺼내 방아쇠를 쥐었다.

철컥.

엘 카인의 눈초리가 움찔 굳었다. 뒤통수에서 서늘한 금속의 숨결이 느껴졌다. 그는 곁눈질로 오른쪽 귀 뒤를 쳐다보았다.

"아무리 대표님이라도 머리를 맞으면 치명상이라는 건 압니다."

죽지는 않으시겠지만요. 그녀는 마지막 말을 중얼거리며 어금니를 꽉 물었다. 그러고는 손이 떨리지 않게 왼손으로 오른손등을 지그시 눌렀다.

"너무 많은 걸 알게 되었군요, 반즈 박사."

"그만큼 많은 걸 잃었습니다."

엘 카인은 피곤한 듯 눈을 잠시 감았다. 서서히 다시 뜬 그의 눈동자가 붉은 풍랑에 몰아치고 있었다. 분노와 후회로 점철된 눈초리가 웁실론들을 매섭게 노려보았다. 그녀들은 긴장한 듯 뒤로 움찔 물러섰다.

애쉬드 블론드 머리칼 아래 혼야의 달빛 같은 눈웃음이 피식 어렸다. 엘 카인 특유의 미소였다. 요물처럼 아름다운 얼굴로 진눈깨비 같은 달콤함을 뿌리는 눈웃음. 그걸로 얼마나 많은 입실론들의 마음을 흔들었던가? 붉은 팔찌를 한 실비아는 눈살을 찌푸렸다.

"조이 반즈, 지금 그만두면 모두 없던 일로 하겠습니다. 총을 내려놓으세요."

카인의 말에도 반즈 박사는 아무런 말이 없었다. 오히려 총구를 쥔 손에 더 힘을 주었을 뿐, 각오에는 변함이 없다는 눈빛이었다. 더 이상 누구도 억울하게 목숨을 잃지 않게 할 것이다.

'사라, 이브가 살아 있어.'

반즈 박사는 터져 나오는 울음을 억누르며 입술을 깨물었다. 그녀는 카인의 뒤통수만을 노려보았다. 더 이상 고민할 것도 없었다. 가슴을 짓누르는 이 무거운 돌덩이는 이미 오래 전에 그녀의 영혼마저 불구로 만들었다.

엘 카인은 비스듬한 시선으로 생각에 잠겼다. 반즈 박사는 리 박사처럼 야심이 큰 인물이 아니었다. 양심과 도덕성을 외면할 수 있는 사람도 아니었다. 다만 가슴에 품은 학구열만은 뜨거운 사람이었다. 그녀가 꿈꿨던 건 명예였다. 언젠가 인류의 과학사에 새겨질 제 이름 하나만을 소망해 온 게 분명했다. 아니면 그저 풍파 속에서 위태로워진 제 목숨을 보전하기 위해 보다 넓고 커다란 지붕을 선택했을 뿐이었을지도 모른다.

그런 소심한 여자가 어쩌다 이렇게 큰 용기를 내게 되었을까? 게다가 이렇게 많은 입실론들을 조직적으로 움직이다니, 저 붉은 팔찌의 여자가 그런 우두머리의 재목으로는 보이지 않았다. 게다가 반즈 박사와는 눈인사 한 번만 까닥했을 뿐, 둘 사이에 별다른 유대감은 보이지 않았다. 그렇다면 누가…….

"몰골이 말이 아닙니다, 카인."

바닥을 툭 짚은 지팡이 뒤로 구부정한 그림자가 천천히 모습을 나타냈다. 녹슨 듯 허스키한 목소리는 그를 친숙하게 불렀다. 그녀의 얼굴을 알아본 카인의 눈이 망연자실하게 커졌다. 그는 곧 헛웃음을 내뱉었다. 비로소 오늘 처음 예상이란 게 들어맞은 순간이었다. 최악의 상황임에도 불구하고 묘하게 편안한 표정이 지어졌다.

"안녕, 밧세바."

카리브 해의 수면처럼 해사한 미소였다. 그와 마주한 그녀의 머릿속에는 인턴 시절 그를 처음 만났던 날이 어렴풋이 떠올랐다.

"당신은 어쩜 하나도 변하지 않았군요."

누가 과연 믿을 수 있을까? 한때는 당신이 나보다 연상이었다는 것을, 우리가 서로의 살을 품던 연인 사이였다는 것을.

"나는 이렇게 노쇠해 버렸는데, 당신은 십칠 년 전과 변함없는 모습이라니."

어린 그녀의 가슴을 두근거리게 했던 남자는 그때의 아름다운 외모를 그대로 간직하고 있었다. 늙고 주름진 그녀의 심장을 이토록 다시 두근두근 뛰게 만들 정도로.

잠들어 있던 피가 깨어나는 기분이었다. 주책이지만 일순 그의 가슴에 안기고 싶다는 생각이 들 정도로 강렬한 끌림이 피어올랐다. 아마 다른 욥실론들도 비슷한 감정을 느꼈을 것이다.

'우리는 아직도 당신에게서 벗어나지 못한 것일까?'

반면 별 감흥 없는 눈빛으로 서 있던 엘 카인은 뭔가를 발견했는지 밧세바의 어깨 너머로 시선을 고정시켰다. 그는 어둠 속을 주시하며 정신을 뺏긴 듯한 눈빛을 지었다.

그곳에는 부유 체어를 탄 채 그를 죽일 듯 노려보는 소녀가 있었다. 곱슬머리를 양옆으로 묶은 그녀는 그가 한 걸음이라도 다가올 시 물어뜯어 버리겠다는 듯 크르렁거렸다.

"유메!"

밧세바는 그녀를 끌어안았다. 괜찮다고 진정시키는 그녀의 손길에도 유메는 이를 바득 갈며 살기를 내뿜었다.

카인은 말없이 고개를 기울인 채 그녀를 내려다보았다. 무표정한 얼굴이었지만 그의 바다색 눈동자는 아주 희한한 것을 발견하기라도 한 듯 호기심이 가득했다.

"당신 딸이야."

잠시나마 설렜던 가슴이 두려움으로 두방망이질 쳤다. 밧세바는 그에게 위협조로 경고했다.

"당신에게 부성애 따위 없다는 건 잘 알고 있어. 난 그냥 이 아이들과 조용히 살고 싶을 뿐이야. 어차피 얼마 남지도 않은 목숨, 이 애들을 만난 것만으로도 감사하고 있으니까. 하지만 당신이 행여나 아이들을 해치려 든다면 난 여기서 당신을 죽일 거야."

"날 죽일 생각을 하다니."

카인의 입꼬리가 미세하게 올라갔다. 그는 유메를 보호하듯 안은 채 턱에 힘을 단단히 준 밧세바를 가만히 응시했다.

"확실히 이젠 내 권속이 아니구나, 마야."

그녀의 눈동자가 굽이치듯 일렁였다.

마야.

그것은 기묘하게도 가슴속에 말뚝처럼 박혀 있던 그와의 쇠사슬이 뚝 끊어지는 소리로 들려왔다. 멍울처럼 먹먹해진 가슴이 저미는 듯 아려 왔다.

눈시울에 바늘이라도 들어간 것처럼 따끔한 고통이 느껴졌다. 밧세바는 유메와 카인을 번갈아 바라보며 입술을 깨물었다. 부녀지간인 두 사람은 비딱한 시선으로 서로를 경계하면서 눈을 떼지 못하고 있었다. 새삼 이렇게 놓고 비교하니 두 사람의 눈초리가 얼마나 닮았는지 눈에 훤히 보였다.

"카인, 나는……."

그가 갑자기 휘청거리며 '허억!' 하고 가쁜 숨을 내질렀다. 엘 카인은 바닥을 손톱으로 긁으며 경련을 일으켰다. 이마와 눈알에 도드라진 혈관이 급격히 팽창하고 있었다. 그는 호흡 곤란 증세를 호소하며 목을 움켜쥐었다.

"카인!"

몸을 벌떡 일으킨 밧세바의 눈이 멈칫 굳었다.

힘없이 총구를 내려놓는 반즈 박사의 손에서 투명한 주사기가 투둑 떨어지고 있었다. 텅 빈 주사기는 바닥을 도르르 구르며 어둠 속으로 사라졌다.

"지브인가?"

"이브의 혈청이죠."

반즈 박사는 담담한 어조로 대답했다. 그녀는 공허한 눈으로 엘 카인을 내려다보았다. 몇 개 남지 않았던 혈청을 이런 식으로 쓰게 될 줄은 몰랐다. 머리통이 으깨져도 멀쩡했던 남자가 주사기 하나에 속수무책으로 당하다니. 불사신에 가까운 그가 몸부림치며 괴로워하는 모습이 신기했다.

그녀는 가운을 고쳐 입고선 눈을 부릅뜬 채 버둥거리는 그를 향해 몸을 숙였다. 그러고는 싸늘한 표정으로 사망 선고를 내리듯 그에게 속삭였다.

"이것이 왓슨 연구소의 마지막 생체 실험이 될 것입니다, 실험체 엘 카인EL Kain."

— 4권에서 계속